本书为江苏省教育厅江苏高校哲学社会科学研究重大项目“基于价值共创的高校图书馆阅读推广品牌构建研究”和中国图书馆学会阅读推广重点课题“阅读推广活动影响力研究”阶段性成果。

阅读文化育人丛书（2020卷）

书架上的指南针

孙莉玲　李爱国　主编

东南大学出版社
SOUTHEAST UNIVERSITY PRESS
·南　京·

图书在版编目（CIP）数据

书架上的指南针 / 孙莉玲，李爱国主编．— 南京：东南大学出版社，2021.7

（阅读文化育人丛书：2020 卷）

ISBN 978-7-5641-9603-5

Ⅰ．①书…　Ⅱ．①孙…　②李…　Ⅲ．①文学欣赏—中国　Ⅳ．①I206

中国版本图书馆 CIP 数据核字（2021）第 144474 号

书架上的指南针

Shujia Shang de Zhinanzhen

主　　编　孙莉玲　李爱国
出版发行　东南大学出版社
社　　址　南京四牌楼 2 号　邮编：210096
出 版 人　江建中
网　　址　http://www.seupress.com
电子邮件　press@seupress.com
经　　销　全国各地新华书店
印　　刷　广东虎彩云印刷有限公司
开　　本　700 毫米 ×1 000 毫米　1/16
印　　张　18.5
字　　数　380 千
版　　次　2021 年 7 月第 1 版
印　　次　2021 年 7 月第 1 次印刷
书　　号　ISBN 978-7-5641-9603-5
定　　价　79.00 元

本社图书若有印装质量问题，请直接与营销部联系。电话（传真）：025-83791830

《书架上的指南针》

编写委员会

顾　　问：黄大卫

主　　编：孙莉玲　李爱国

副 主 编：李瑞瑞　华苏永

编委会成员：孙莉玲　李爱国　李瑞瑞　华苏永
王　骏　武秀枝　刘珊珊　蒋　辰
卢欣宇　黄思慧

PREFACE
前　言

人为什么读书,读书有什么用?爱读书的人或站在阅读门槛处张望的人都会问自己这个问题。大多数人读书为自己修身、修为,粗缯大布裹生涯,腹有诗书气自华。饱读诗书对人的言谈举止有着深远影响,也许读过的东西有一天会全部忘掉,但正是这个忘掉的过程,塑造了一个人的知识结构和举止修养。归志宁无五亩园,读书本意在元元。也有很多人"为天地立心,为生民立命,为往圣继绝学,为万世开太平"而读书。读书,让自己和这个世界变得更美好。习近平总书记在多个场合号召大家要"爱读书,读好书,善读书",读书可以让人保持思想活力,让人得到智慧启发,让人滋养浩然之气 。读书妙处无穷,总之天下第一好事,还是读书。

"青年如初春,如朝日,如百卉之萌动,如利刃之新发于硎。"对于青年大学生来说,最重要的学习方式是阅读,不仅要通过阅读学习知识,更重要的是通过阅读增长智慧,培养高尚的情怀和品德,趁着年轻的时候,记忆力好、接受力强,更应该抓紧读一些对自己终身成长具有关键性作用和决定性影响的好书。读书的好处已经毋须赘言。如今的问题在于,即使大学生知道读书是件好事,但还是会被更具吸引力的媒介牵扯精力;同时,现代社会是知识的时代,书籍出版速度快、流通广,如何在茫茫书海中选择要读的好书是很多大学生面临的一个问题。该怎么做才能让青年大学生多读书、读好书呢?东南大学图书馆为了"劝年轻人多读书"进行了诸多有益尝试。作为全民阅读推广基地,东南大学图书馆汇聚了一批优秀的图书馆人和阅读推广人,有责任也有能力根据大学生的阅读需求推荐经典好书,《书架上的指南针》便是成果之一。

本书是东南大学图书馆阅读文化育人丛书2020卷，系统整理了图书馆2020年度的荐读书籍和精心撰写的书评，多角度提炼中外著作的精髓和主旨，使读者在较短时间内了解著作的基本内容和思想内涵，激发读者阅读原著的兴趣。全书共分为四个篇章:《文学与人生》展现了文学经典对于人生的积极作用;《历史与社会》发掘历史经典给当代社会带来的启示;《哲学与心理》思辨哲学经典为人类精神世界创造的思考;《灾难与教育》则是疫情下通过引领大家阅读相关纪实文学、科普作品和经典文学作品，了解灾难的历史，认识灾难，看见灾难中人们积极的生活态度以及人性中的关爱。同时，该书作者为一个群体，属于集体创作，每篇文章都体现了导读者的偏好，突破了独立作者的局限性，也更能为不同读者找到可以引起广泛情感共鸣的作品。希望能够引领广大读者在阅读中开阔眼界，增长知识，滋养心灵，提高修养。

最后，感谢东南大学黄大卫副校长对图书馆阅读推广工作的大力支持，感谢热情参与图书馆导读工作、奉献智慧的各位老师，以及为《书架上的指南针》成功出版给予帮助的各位阅读推广人。

《书架上的指南针》编委会

2021年3月

桃李春风一杯酒

——序《书架上的指南针》

王振羽

有人说，大学，非大楼之谓也，乃大师之谓也。大楼好建，大师难觅。但也有人说，评价衡定一所大学的指标当然很多，名师荟萃，大师林立，固然难得；但一所大学的图书馆，其藏书数量，其服务功能，其检索效率，其数据存量，都是一个重要的不可忽略、难以或缺的参照系。

读书切戒在慌忙，涵泳工夫兴味长。未晓不妨权放过，切身须要急思量。去过欧美一些国家，虽然是走马观花，匆匆而过，但还是到过一些大学，诸如英伦三岛的剑桥、牛津、爱丁堡大学，诸如美利坚合众国的哈佛、耶鲁、普林斯顿、麻省理工、哥伦比亚大学、宾夕法尼亚大学，还有斯坦福大学、芝加哥大学、明尼苏达大学双城分校，除了校园的静谧肃穆，古木参天，草坪处处，诸多建筑的庄重典雅，令人肃然起敬外，最令人流连忘返的就是它们的图书馆。图书馆内安静怡人的舒适环境，阔达浩渺的阅览室，森然壁立浩如烟海的藏书陈列，与时俱进简洁便当的多语种搜索，让人有置身其间不愿挪步的阅读冲动。博尔赫斯所谓天堂的模样就是图书馆的样子，大体就是如此吧！明尼苏达大学双城分校有一东亚图书馆，是一专题图书馆，静坐窗前，屏气敛心，随意翻检众多难得一见的中文图书，窗外是花木扶疏的绿意葳蕤，密西西比河的静水流淌，真是沉潜下来做学问多思考的好地方啊。斯坦福大学的胡佛图书馆，因有众多中文图书的馆藏而在美国西部独树一帜，引来不少学者一睹为快。著名的历史学者杨天石先生有一段时间，每天到此，抄录一段政治人物的日记，撰就了令人信服的史学文章，一纸风行，纸贵洛阳。我想，如果不是哈佛、耶鲁等名校的珍贵藏书为不少学者提供了得天独厚的便利从容条件，怎么会涌现出来魏斐德、史景迁、孔飞力、傅高义等等这样灿若星辰的汉学大家?

粗缯大布裹生涯，腹有诗书气自华。有近现代意义的大学诞生在中国，大致是从京师大学堂开始，京师大学堂则源自北京同文馆，北京同文馆的首任总教习是丁韪良。京师大学堂就是北京大学的前身，中国共产党的主要创始人之一李大钊先生就曾担任过北大图书馆的负责人。东南大学是当年最早的国立综合性大学之一，成贤街校区的孟芳图书馆，应该是东大图书馆较早的馆舍之一，体面庄重的门楣台阶，挺拔峭立的罗马巨柱，长长的走廊，开阔的层高，天井里默默安详的古树，回响在木质地板上小心翼翼的脚步声，都是多少东南大学学子难以泯灭的悠长记忆啊。此后，又有新馆矗立，真是巧夺天工，别具匠心，新馆老馆浑然一体，毫无违和之感。新馆南二楼，是当年的人文社科阅览室，多少学子在这里如饥似渴汲取知识的乳汁、吮吸智慧的甘霖而不知今夕何夕呢。再后来，东大不断发展，丁家桥校区、九龙湖校区次第而来，蔚然大观，李文正图书馆安然静卧在东南大学的九龙湖校区，仪态万方，大气磅礴，尽显一座百年综合性大学历尽风华的勃勃生机。明年就将迎来东南大学成立120周年了，东南大学，校名几经更迭，岁月不断递嬗，120年，两个甲子，经历了多少风雨兼程，见证了多少忧患沧桑，培养了多少有用之才，走出了多少人间翘楚。这些人才的养育，这些事业的成就，这些穿越两个甲子的春华秋实，毫不夸张地说，都多多少少会受到学校图书馆的恩泽，都多多少少会得到学校图书馆的施予，都多多少少离不开学校图书馆的熏陶。

桃李春风一杯酒，江湖夜雨十年灯。如今的大学校园，地域阔大，大楼林立，壮观巍峨，学子数量也是步步攀升，不断刷新，而图书馆的重要地位更为凸显，日益重要，自不待言。书海茫茫，横无际涯，如今每年仅仅中文出版图书，几达五十万册，日积月累，书有未曾经我读，不是虚话敷衍。如何发挥图书馆无声课堂的多元功能，为广大学子做出一个参考，提供一种建议，体现一种引领，东南大学图书馆阅读文化育人丛书2020卷，被称作《书架上的指南针》，真是实至名归，功莫大焉。该书分为四篇，分别是《文学与人生》《历史与社会》《哲学与心理》《灾难与教育》，层次分明，逻辑井然，所涉及的图书超过三十种，有哲学、历史与文学，有虚构与非虚构，有经典文本，更有时下新作，这是一个很有特点的书单，也是东大图书馆人奉献给全校师生的一部年度报告，开卷有益，岂虚言哉。

东南大学是我的母校。六朝松下、大礼堂前，成贤街、文昌桥、进香河、蓁巷，还有北极阁、鸡鸣寺，后湖的月色、台城的烟柳，一个个老师、同学的笑貌音容，都成为东大学子的永恒记忆，弥足珍贵。承蒙错爱，为该书作序，愧不敢当。衷心祝愿母校基业长青，兴旺发达；也祝愿母校的图书馆苟日新，日日新，又日新。

是为序。

2021年3月27日于古城城南，时潇潇春雨

CONTENTS
目录

前言…………………………………………………………………… 001
桃李春风一杯酒——序《书架上的指南针》………………… 王振羽 001

文学与人生 …………………………………………………… 001

别有洞天在此间………………………………… 孙莉玲 梁泽惠 003
最美的爱情诗歌……………………………………………… 张天来 011
说不尽、无穷好的《三国演义》…………………………… 张长秀 019
读西游　品人生……………………………………………… 任　伟 025
满纸荒唐言，一把辛酸泪 ………………………………… 孙莉玲 032
灵魂的赌注…………………………………………………… 任　伟 041
局外人还是真实的人………………………………………… 李瑞瑞 048
“丧文化”与人间失格 …………………………………… 刘宇庆 055
文明路口的阿富汗…………………………………………… 武秀枝 062
你偷走了我的影子，不论你在哪里，我都会一直想你……… 黄思慧 070

历史与社会 …… 077

历史的美丽节点…… 刘宇庆　善渊读书会 079
一本中国的自我说明…… 武秀枝 086
以乡为群,以土为根 …… 徐文强 093
新闻中的种族主义和一本老书…… 李晓鹏 100
春天不应该寂静…… 李瑞瑞 106
大历史观…… 刘珊珊 113
你也可以成为设计师…… 任　伟 120
人穷穷观念,人富钱生钱 …… 卢欣宇 126
世界是怎么变得平坦的…… 东南大学学生会学习服务中心 133
这个世界还会好吗? …… 袁曦临 139

哲学与心理 …… 145

如何尽量幸福、愉快地度过一生的一门艺术 …… 王学琴 147
自由思想与《瓦尔登湖》 …… 刘宇庆 154
民可使,由之;不可使,知之 …… 王旭峰　李至楠 160
打开发现美的眼睛　培育感受美的心灵…… 王　骏 167
时间是什么? …… 吴筱珂 174
走进西方哲学发展史…… 卢欣宇 180
是什么蒙蔽了爱…… 武秀枝 187
我们与完美之间的差距…… 陈　石 194
向与生俱来的行为顽疾宣战…… 徐文强 200
驾驭“我要做”“我不要”“我想要” …… 李瑞瑞 208
批判性思维的力量…… 李瑞瑞　刘珊珊 214

灾难与教育 ………………………………………………………… 221

不是一个人,而是一座丰碑 ……………………………… 武秀枝 223
为了不被忘却的纪念……………………………………… 袁曦临 228
人类与大自然的抗争史…………………………………… 唐　权 234
天灾,只能面对;人祸,或可避免——重大人为灾难回顾 …… 华苏永 246
灾难来了,会自救! ……………………………………… 徐晓艳 251
生命书写与历史记忆:灾难中的受害者 ………………… 孟祥保 257
英雄心事无今古,神物风云各有时
——灾难下生命的脆弱与光辉 ………………… 武秀枝　蒋辰 263
一切都会过去……………………………………………… 胡曦玮 271
生命如何计算?——法律人对灾难受害者的关怀 ……… 程　宏 277

文学与人生

别有洞天在此间

导读者：孙莉玲　梁泽惠

《诗经》是我国最早的一部诗歌总集。它在孔子时被称为“诗”或“诗三百”，到了汉代，武帝罢黜百家，独尊儒术，将孔子所整理过的书称为“经”，才确定《诗经》的名称。《诗经》分为《风》《雅》《颂》三大类，并与其表现手法“赋、比、兴”一起，称为“诗之六义”。《诗经》收录了西周初年至春秋中叶约五六百年间的诗歌，记载鸟兽草木、典章制度、祭祀庆典、农业生产、社会生活等多方面内容，是当时社会面貌和人们思想感情的整体反映。《诗经》在明清之际便已作为中华文化的代表向西方传播，对《诗经》的翻译也逐渐雅致化、精确化。《诗经》无论是在政治、思想还是学术研究上，都有着重要而广泛的影响。

一、《诗经》及其六艺

《诗经》作为中国古代最早的一部诗歌总集，被认为是中国古代诗歌的开端。它收集了西周初年至春秋中叶（前11世纪至前6世纪）的诗歌，其产生地域以黄河流域为中心，南到长江北岸，分布在陕西、甘肃、山西、山东、河北、河南、安徽、湖北等地。《诗经》共有311首诗，其中有6首只存有标题而不见内容，被称为“六笙诗”。对此人们有两种解释：一种说法为这六首诗的内容在流传过程中已经散佚；另一说法为这六首诗原本就没有内容，是用于演奏的乐曲。《经典释文》中谈道：“盖武王之时，周公制礼，用为乐章，吹笙以播其曲。”故称之谓“笙诗”。

《诗经》内容涵盖甚广，反映了战争、劳动、爱情、风俗、祭祀、宴会等多种主题，甚至包括天象、地貌、动物、植物等方方面面。总体来说，《诗经》反映了当时整体的社会面貌和人们的思想感情。此外，《诗经》分为《风》《雅》《颂》，在现存的305首诗中，《风》有160篇，《雅》分大雅和小雅，共105篇，《颂》40篇。关于古人按照什么标准来划分风、雅和颂，后世学者对此有不同的看法，或认为按诗的作用分，或认为按作者的身份及诗的内容分，或认为按音乐分，现大多采用"风土之间曰风，朝廷之音曰雅，宗庙之音曰颂"这种分法，即《风》多属于各地民歌，《雅》是朝廷之乐，《颂》主要用于祭祀。

古人所谓"风"，即指声调，《诗经》中的十五国风，就是十五个不同地方的乐调，分别为：周南（今陕西河南之间）、召南（今河南湖北之间）、邶、鄘、卫、王、郑、齐、魏、唐、秦、陈、桧、曹、豳。这十五个地区的乐歌统称为"十五国风"。《国风》里有一些反映人民劳动生产的诗歌，如《芣苢》《七月》；还有一些反剥削压迫的诗歌，如《伐檀》《硕鼠》；有反映战争和徭役的诗歌，如《无衣》《鸨羽》；有揭露统治者丑行的讽刺诗，如《新台》《墙有茨》。但《国风》中大多还是人们抒写关于恋爱、婚姻、家庭生活的诗，如《关雎》《桃夭》《野有蔓草》《静女》以及一些弃妇诗如《氓》等。一般认为，《风》代表了《诗经》的最高艺术成就。

《雅》中有反映贵族生活的诗，如《鹿鸣》《宾之初筵》；有政治讽刺诗，如《节南山》《正月》；有后人称为史诗的叙述周人开国和宣王征伐四夷而中兴的诗，如《生民》《六月》，也有一小部分诗歌从内容到形式都很类似风诗，如《黄鸟》《苕之华》。《雅》这一部分历来争议较大，我们在此处列举两种影响较大的说法：其一是与民间诗歌《国风》相对，"雅"是指天子所在的都城的宫廷正乐。另外一种说法被王国维、梁启超等人认可，他们认为"雅"就是"夏"的假借字，而"夏"就是古书中所说的"九夏"一类，即周朝的九种乐曲，由此得知《雅》中诸篇其实是戴着面具、有对唱有表演的乐章，日本学者加藤常贤则直接说"《雅》就是假面舞蹈"，目前，这种说法的影响力也在不断地扩大。

《颂》即古代的"容"字，就是表演的意思，颂不仅配合乐器，用皇家声调歌唱，而且是带有扮演、舞蹈的艺术。据王国维考评，《风》《雅》只清唱，歌辞有韵，声音短促，叠章复唱。颂诗多无韵，由于配合舞步，所以声音缓慢，且大多不分章，这就是颂乐的特点。《颂》出现时间最早，其中的诗歌大体四字一句，它的用韵不够规范，应该是诗歌语言尚未完善所致。但是《周颂》也并非全是早期的作品，比如说《执竞》一篇中“自彼成康，奄有四方”一句，就有明显的用韵。关于《颂》和《雅》的异同，历来也是讨论较多的话题。宋代学者王柏认为：“颂有两体：有告于神明之颂，有期愿福祉之颂。告于神明者，类在《颂》中；期愿之颂，带在《风》《雅》中。”王柏认为《颂》与《雅》目的不同而性质相同，都是用于祭祀，只是《颂》告于神明，而《雅》期愿福祉。这一说法也可供大家参考。

《诗经》在表现手法上主要有三种：赋、比、兴。这一出色的艺术手法，韩愈称之为“葩”。

赋，朱熹说：“赋者，敷陈其事而直言之者也。”也就是说，赋就是叙述和描写。有全诗均用赋体者，如“静女其淑，伺我于城隅”，如《七月》全诗八章，将农民一年十二月的劳动铺叙出来；有全诗均用设问叙述的，如《采蘩》《河广》；有篇章章首起兴，下皆叙述的，如《燕燕》；有全诗仅首章或二章起兴，余皆叙述的，如《谷风》等等。

比，朱熹说：“比者，以彼物比此物也。”换句话说，比就是比喻。在《诗经》中用得很广泛，它的形式可分为明喻、隐喻、借喻、博喻、对喻等。“有女如玉”这是用玉洁白柔润的属性刻画诗中人物的美丽温柔，中间有一个“如”字，这就是明喻。“尹氏大师，维周之氐。”太师尹氏是宗周的根柢，这就是隐喻。“硕鼠硕鼠，无食我黍！”用大老鼠来比喻贪婪的剥削者，这是借喻。“有匪君子，如切如磋，如琢如磨”这是用很多种比喻来形容君子，顾名思义，这就是博喻。“他人有心，予忖度之。跃跃毚兔，遇犬获之”前两句是正文，后两句是比喻，这就是前文所说的对喻。

兴，即朱熹所谓“兴者，先言他物以引起所咏之词也”。兴是启发，也称起兴。兴是歌者先见一种景物，触动了他心中潜伏的思想感情而发出的歌唱，所以兴句多在诗的开头。诗的开头两句，往往为全章甚至全篇烘托了主题，渲染了气氛。如《关雎》，看见雎鸠关关地叫，在河洲追求它的伴侣，诗人便联想到了君子所追求的那位窈窕淑女，那些德貌兼美的好姑娘。“关关雎鸠，在河之洲”就是兴句。《诗经》的兴比比皆是，如以“桃之夭夭”来起兴新娘子的美好，以“习习谷风”来起兴一个弃妇之苦。赋、比、兴是诗经最基本的艺术特点，但它的艺术魅力并不止于此，还有一些修辞手法，如复迭、对偶、夸张、比喻、反问、设问、顶真、排比、拟人、借代等等。

二、《诗经》的影响

《诗经》的影响主要分为以下三点。其一,《诗经》作为中国诗歌的源头,具有无法撼动的地位。人们一般将《楚辞》看成是中国文学中浪漫主义的源头,而将《诗经》看成现实主义的源头。赵翼《论诗》里一句“江山代有才人出,各领风骚数百年”即可看出《诗经》《离骚》在中国文学中的代表地位及其重要性。另外,《诗经》赋、比、兴的艺术表现手法也深深影响着后世。其二,《诗经》具有教化功能。《论语·子罕》中说:“子曰:‘吾自卫反鲁,然后乐正,《雅》《颂》各得其所。’”所以,人们认为《诗经》是孔子为达到政治教化的目的而编纂的,通过学习《诗经》可以提高道德修养。《史记·孔子世家》记载:“三百五篇孔子皆弦歌之,以求合《韶》《武》《雅》《颂》之音。礼乐自此可得而述。”《诗经》中的一些句子还被引申为人生信条:“子曰:‘诗三百,一言以蔽之,曰思无邪。’”(《论语·为政》)。不仅如此,《诗经》也被看成一个沟通民间百姓和帝王的途径。《礼记·王制》中记载统治者“命大师陈诗以观民风”,帝王可以通过了解《诗经》里的内容来了解百姓生活状态,从而制定出合适的政策。这些都属于《诗经》的政治教化功能。其三,由于《诗经》能够反映当时的社会面貌,在史料严重缺乏的上古时期,我们可以通过《诗经》了解上古时的草木虫鸟,如雎鸠、黄鸟、螽斯,如荇菜、卷耳、葛覃、樛木、芣苢。可以了解风俗制度,如“匪我愆期,子无良媒”是说女子出嫁要有媒妁之言,“子之汤兮,宛丘之上兮”可以看出“降丘宅土”后那些高丘成了宗教、风俗的重要活动场所。“七月流火,九月授衣。一之日觱发,二之日栗烈”这是说那时的耕种是讲究农时的。因此,《诗经》也是我们一窥上古时期时代特点的窗口。

除了对后世文学、政治教化等方面的作用外,《诗经》对西方社会也存在不小的影响。《诗经》的西播自明清之际业已开始,当时的西方天主教教士陆续来华开始接触《诗经》。如利玛窦曾在我国广东地区学习儒家经典,根据记载,他“未一二年,四子五经皆通大义”。值得一提的是柏应理所编的《西文四书解》,这本书在汉学发展史上有很高的地位,一般认为是欧洲文学艺术领域“中华风”的开端。17世纪末叶至18世纪初叶,法国曾多次派传教士来华,随即开始了法国为欧洲汉学中心的时代。传教士的传播客观上使得《诗经》早期的西播具有浓厚的宗教学术色彩。进入19世纪中叶尤其是鸦片战争以后,原先覆盖于中国文化之上的光芒日渐消散，西方对汉学的研究转入低潮，并在此之后完成了由教会学术向世俗学术的转变。1871年，英国传教士理雅各在中国学者王韬的帮助下完成了附有长序译注的《诗经》英译。20世纪上半叶，整个汉学研究的发展速度并不如人们想象中的那么快，但是在《诗经》翻译和研究领域，还是取得了一些成绩。随着专业知识的积累和学术视野的扩展，《诗经》的翻译也逐渐趋向雅致化和精确化，同时也出现了顾维廉等人的文学史著作。

民国时期学者傅斯年则持有不一样的看法。他认为："《诗三百》在儒家的文献中，虽然有这么大的势力，而在后来文学的影响上，并不见得很多。仿佛《诗经》之体，同《诗经》之文，俱断于春秋之世。后来虽有四言诗，却已不是《诗三百》之四言诗了。"傅斯年做出这样论断的出发点主要有四个：首先，春秋战国时期魏文侯闻今乐则乐，闻古乐则倦，侧面反映出春秋战国时期流行的音乐已经发生了很明显的改变，和旧音乐联系紧密的诗体也不再通行；其次，汉代的音乐是继承楚地而稍微加上一些北方的元素，和《诗经》里雅、颂、郑、卫的系统不一样；再次，雅是随着宗周之文物一起消亡的；最后，《诗经》的诗体是初期的，还没有发展到曹子建的五言诗、李杜的七言诗这样成熟的地步，在春秋战国时期"中国一切物事大变"的情况下是很难统诸各国并长期保持下去的。但他同时承认："《诗三百》之后世虽小，然以风为名之辞在后来却变成一种新文体，至汉而成枚马之赋。"

三、《诗经》的现实作用

《诗经》的现实作用除却它以上几种较为客观的影响，还包括它激发出的思考——我们为什么要读《诗》？其实我们还可以将其变成这样的一句话——我们为什么要读诗？在白话文得到非常广泛的普及，甚至在日常生活中已经取代文言文的时候，在那些平仄韵脚显得生疏复杂甚至望而生畏的时候，我们到底为什么还要去读它们？

况周颐在《蕙风词话》中说道："吾观风雨，吾览江山，常觉风雨江山之外，别有动吾心者。"我们要读到的不是沉默的、呆板的方块字，而是在方块字里的那一种感人的力量。比如《芣苢》里"采采芣苢，薄言采之。采采芣苢，薄言有之"一句，这首诗非常原始，所描述的场景也非常简单，无非就是一群女子在一起采摘芣苢。我们初读可能会觉得索然无味，但我们要知道，这首诗并不是紧闭大门在屋子里创造出来的，它代表的是人们在田野中劳作时歌唱的声音。我们要读出其中的“风雨江山”，因此我们可以设想：在一个天朗气清、惠风和畅的时候，年轻女子成群结队地采摘芣苢，她们一边采摘一边唱着歌，歌声里夹杂着欢声笑语，歌声飘荡在风里，在山川里回响。整个画面给人一种万物清明、阳光柔和的联想。那其中的“动吾心者”呢？打动我们的不只是这一片世外桃源般的景色，更是这怡然自乐的生活与女子们的朝气和生命力。再比如说“春日迟迟，卉木萋萋”这些句子，如果细细品味，我们其实可以感知到《诗经》里蕴含着的一种能够使人沉静、使人变得恬淡下来的意境。

总而言之，我们寻常人读《诗经》，不必拘泥于每个字词的意思，我们要读到的是作者传出的那种生命力、那种振荡的情绪，以及蕴藏其中的美与动人的意境，这才是真正价值之所在。

叶嘉莹先生曾讲过这样一段话：“中国的古典诗词是把中国的语言文字运用得最精致最美好的。有时候我看到现代的诗歌，我承认它里面某一些感情，写得非常真实，非常感动人，它有很好的内容，有一两句也很出色。可是，忽然间会出现那么一句、那么几个字，使人感到枝丫生硬、粗糙，自己对自己国家的语言文字没有更精美更细致地掌握，至少我们读古人的诗词是可以帮助我们学习掌握到这一点的。”

不仅是中国古典诗词，所有的中国古代文学都是这样，都能够帮助我们理解我们自己国家文字的特性，能够帮助我们更好地掌握自己国家的语言文字。比如我们常说的“春秋笔法”“一字褒贬”“微言大义”“草蛇灰线”等等，如果我们不看原典，不去研究哪些地方真正体现了这些东西，我们对中国语言文字的这些特点也只是略知一二而并非深入理解。如若没有深入的理解，又谈何传承，又谈何创新呢？

精彩片段

关关雎鸠，在河之洲。窈窕淑女，君子好逑。
参差荇菜，左右流之。窈窕淑女，寤寐求之。
求之不得，寤寐思服。悠哉悠哉，辗转反侧。
参差荇菜，左右采之。窈窕淑女，琴瑟友之。

参差荇菜，左右芼之。窈窕淑女，钟鼓乐之。

引自《周南·关雎》

采采卷耳，不盈顷筐。嗟我怀人，寘彼周行。

陟彼崔嵬，我马虺隤。我姑酌彼金罍，维以不永怀。

陟彼高冈，我马玄黄。我姑酌彼兕觥，维以不永伤。

陟彼砠矣，我马瘏矣。我仆痡矣，云何吁矣！

引自《周南·卷耳》

岂曰无衣？与子同袍。王于兴师，修我戈矛，与子同仇！

岂曰无衣？与子同泽。王于兴师，修我矛戟，与子偕作！

岂曰无衣？与子同裳。王于兴师，修我甲兵，与子偕行！

引自《秦风·无衣》

呦呦鹿鸣，食野之苹。我有嘉宾，鼓瑟吹笙。吹笙鼓簧，承筐是将。人之好我，示我周行。

呦呦鹿鸣，食野之蒿。我有嘉宾，德音孔昭。视民不恌，君子是则是效。我有旨酒，嘉宾式燕以敖。

呦呦鹿鸣，食野之芩。我有嘉宾，鼓瑟鼓琴。鼓瑟鼓琴，和乐且湛。我有旨酒，以燕乐嘉宾之心。

引自《小雅·鹿鸣》

皎皎白驹，食我场苗。絷之维之，以永今朝。所谓伊人，于焉逍遥？

皎皎白驹，食我场藿。絷之维之，以永今夕。所谓伊人，于焉嘉客？

皎皎白驹，贲然来思。尔公尔侯，逸豫无期？慎尔优游，勉尔遁思。

皎皎白驹，在彼空谷。生刍一束，其人如玉。毋金玉尔音，而有遐心。

引自《小雅·白驹》

笃公刘，匪居匪康。乃埸乃疆，乃积乃仓；乃裹糇粮，于橐于囊。思辑用光，弓矢斯张；干戈戚扬，爰方启行。

笃公刘，于胥斯原。既庶既繁，既顺乃宣，而无永叹。陟则在巘，复降在原。何以舟之？维玉及瑶，鞞琫容刀。

笃公刘，逝彼百泉，瞻彼溥原，乃陟南冈，乃觏于京。京师之野，于时处处，于时庐旅，于时言言，于时语语。

笃公刘，于京斯依。跄跄济济，俾筵俾几。既登乃依，乃造其曹。执豕于牢，酌之用匏。食之饮之，君之宗之。

笃公刘，既溥既长。既景乃冈，相其阴阳，观其流泉。其军三单，度其隰原。彻田为粮，度其夕阳。豳居允荒。

笃公刘，于豳斯馆。涉渭为乱，取厉取锻，止基乃理。爰众爰有，夹其皇涧。溯其过涧。止旅乃密，芮鞫之即。

引自《大雅·公刘》

参考文献

[1] 傅斯年.诗经讲义稿.上海：上海三联书店，2017.

[2] 周发祥.《诗经》在西方的传播与研究.文学评论，1993(6)：70–81.

[3] 刘蟾.诗经密码：中国人的野性与疯狂.长沙：湖南文艺出版社，2013.

[4] 程俊英.诗经译注.上海：上海古籍出版社，2014.

最美的爱情诗歌

导读：张天来

对于中国古代社会的爱情，人们先入为主的刻板印象可能是受礼制拘束或带有悲剧色彩的，因为提到文学作品中描写的爱情，我们很容易想到明清时期《牡丹亭》《红楼梦》中的礼制约束下的爱情悲剧。也许我们一提到爱情，就会认为它是一个现代社会才有的词语，《诗经》这部古老的儒家经典会有爱情吗？其实，爱是人类生活的主题，也是古今中外文学的主旋律。《诗经》作为反映西周到春秋中叶社会生活面貌的诗集，其中会有什么样的爱情呢？

《诗经·国风》中有很多书写爱情题材的作品。宋代理学大师朱熹的《诗集传》写道："吾闻之，凡诗之所谓风者，多出于里巷歌谣之作，所谓男女相与咏歌，各言其情者也。"这不是抽象的、空洞的，从某种意义上来说，这恰恰是符合国风实际情形的，因为160篇《国风》有很多描写青年男女爱情的歌谣。要想进一步了解《诗经》中的爱情，最可靠的路径就是直接面对《诗经》的文本。当我们细读《诗经·国风》中的作品，也许会大开眼界，甚至会看到描述我们现代人爱情才会使用的词汇，那就是"自由""烂漫"。从中国的第一部诗歌总集《诗经》当中，我们可以看到先民们对美好爱情的向往。

一、烂漫爱情——静女其娈，贻我彤管

我们先来看下这两首诗。一是《邶风·静女》，它是《诗经》中短小篇章的经典语言形态，采用层层递进的叙事方法。"静女其姝，俟我于城隅。爱而不见，搔首踟蹰。静女其娈，贻我彤管。彤管有炜，说怿女美。自牧归荑，洵美且异。匪女之为美，美人之贻。"这篇诗歌描写了相爱的人自由约会，男孩如

约而至，女孩故意躲藏，急得男孩抓耳挠腮。女孩送给男孩彤管草和茅草，男孩子非常喜爱珍惜，但不是因为彤管草长得鲜艳美丽，而是“美人之贻”。我们看不到任何外来约束和干扰，或是不自由因素。在这首诗中，只见一种天真烂漫的青春气息扑面而来：女孩子的调皮、男孩子的执着。二是《郑风·野有蔓草》，这首诗叙说的是一种一见钟情式的爱情。全诗采用的是《诗经》常用的复迭的形式，其主要内容在一章节里就已表现出来了。“野有蔓草，零露漙兮。有美一人，清扬婉兮。邂逅相遇，适我愿兮。野有蔓草，零露瀼瀼。有美一人，婉如清扬。邂逅相遇，与子偕臧。”很多经典的文学作品描写爱情场景时，往往爱抓住一个偶然场景——邂逅。这首诗正是描绘了这一场景，在这个最适宜表达欢乐情感的仲春时节，男孩子大清早赶路，看到路边野草上的露水晶莹透亮，走着走着，突然眼前一亮，那不是露水反射太阳的辉光，而是一个美丽的妙龄少女来到了他的面前，男孩子一看，对面走来的她，正是我朝思暮想的那一位啊！

以上两首诗是男孩子处于主动地位，而我们能不能从《诗经》中看到青年男女恋爱的时候，女孩子也可以处于主动的地位呢？《郑风·溱洧》无论是从语言形式或是表现爱情的样式方面，与我们熟悉的《诗经》中的诗篇有所不同。首先，在语言上，它不是四言诗，语句参差不齐；其次，在内容上，女孩子在追求爱情的过程中也是可以主动的。这首诗采用了典型的重章式，是合乐歌唱的表现形式，甚至还有对话在其中，增添了诗歌的风趣和情趣。两章节所表现的内容大体相当，仅改动部分文字。“溱与洧，方涣涣兮。士与女，方秉蕳兮。女曰‘观乎？’士曰‘既且’。‘且往观乎！’‘洧之外，洵讦且乐。’维士与女，伊其相谑，赠之以勺药。溱与洧，浏其清矣。士与女，殷其盈兮。女曰‘观乎？’士曰‘既且’。‘且往观乎！’‘洧之外，洵讦且乐。’维士与女，伊其将谑，赠之以勺药。”先注意这首诗的特殊时间背景：诗中没有直接写出具体时间，而用自然的物象来交代时令，这是中国古典文学最典型的一种时间表现形式——物候法。物有很多种，可以是植物，也可以是动物。这篇诗歌比较特别，“方涣涣兮”，即焕然冰释，从冰雪消融的景象可以看出时间是中原地区的春天，大概为夏历的二月末三月初，也就是郑国上巳节前后。郑国三月的上巳节有一个神圣的仪式——禊礼，用冰消雪融的水洗除人身上在冬天的时候所积累的阴霾不祥之气，消除疾病，驱除病魔，祈求一年的平安和生活的安详。

在这个消灾攘灾的神圣且神秘的节日里也可以充满浓郁的生活气息和人间情怀，其中一个重要的因素就是和谐美满的爱情。《郑风·溱洧》描写的正是产生于这一个特殊节日当中的爱情。通俗地说，郑国人在这一天按照传统的习俗，男男女女老老少少到母亲河溱水洧水过节，在熙熙攘攘络绎不绝的人群中，一个女孩子一边走一边打量着什么。她在人群中看见了一个比较中意的帅小伙，于是三步并作两步走过去说道："怎么样，陪我到河边走一遭。"这个男孩子长得倒挺英俊，但有点傻有点呆，他听到这个女孩子的邀约后，回道："哎呀，我已经去过了，我要回家了。"他不知道这个女孩子要他陪她到河边走还有别的意思，并不是仅仅去举行禊礼。于是女孩子开始启发他："回家有什么意思呀，你看在溱水的岸边有很多像我们一样的人，别人还带着花儿，你啥也没带，你陪我到河边再走一次如何？"想进一步了解这首诗的情感内涵，需要注意诗中描写的具体物象——"蕑"和"勺药"。"秉蕑"即手上拿着兰草，用兰草汁擦拭肌肤在古代有驱除邪气的作用，兰草在上巳节有礼仪的功能。"勺药"生于江淮一带，按现在的历法是4月中旬开花，花期与牡丹花（也称木芍药）大体同时。在诗中，芍药是爱情的象征，男子手捧芍药表达的是对爱情的追求，芍药在后代文学作品中多表达自由纯真活泼美好的爱情。同时花儿的美丽也是人美丽的象征，以花写人也是中国文学惯用的手法。我们抓住了这几个关键词，对这首诗的理解可能比较深入。

中国有一句古话，"愿天下有情人终成眷属"。《诗经》中有很多自由烂漫的爱情，它最好的归宿就是结成美满的姻缘，《诗经》里有些诗歌就是对和谐美满婚姻的赞歌，《周南·桃夭》正是这样一首诗。"桃之夭夭，灼灼其华。之子于归，宜其室家。桃之夭夭，有蕡其实。之子于归，宜其家室。桃之夭夭，其叶蓁蓁。之子于归，宜其家人。"这首诗歌语言比较通俗，一般认为是婚礼上的赞歌，赞美新人特别是新娘子出嫁了以后一定会给男方家带来兴旺发达，所以诗中有个最具中国传统文化意味的关键词"宜其室家"的"宜家"。而诗中重要的典型物象是"桃之夭夭"的"桃"。诗中"灼灼其华""有蕡其实""其叶蓁蓁"是指桃枝叶柔嫩茂盛，象征着诗中的女性不仅有外在形象之美，也有内在品德之美。而在桃花盛开的仲春二月时节，周礼也要求在该时节青年男女外出约会寻找对象。大家可以看一下《周礼》中的记载："仲春之月，令会男女，于是时也，奔者不禁。"这与我们想象中的古代社会的封闭保守是不一样的。

二、礼法约束——父母之命，媒妁之言

是不是《诗经》中的爱情通通都是如此自由烂漫呢？其实，青年男女的结合不都是如《郑风·野有蔓草》般的邂逅相遇、一见钟情，而需要两个关键的角色——父母和媒人。如《齐风·南山》中的“取妻如之何？必告父母”“取妻如之何？匪媒不得”;《卫风·氓》的“匪我愆期，子无良媒”;《豳风·伐柯》的“伐柯如何？匪斧不克。取妻如何？匪媒不得”。到了战国时期，孟子总结为：“父母之命，媒妁之言。”《孟子·滕文公下》中说：“丈夫生而愿为之有室，女子生而愿为之有家，父母之心人皆有之。不待父母之命、媒妁之言，钻穴隙相窥，逾墙相从，则父母国人皆贱之。”

《郑风·将仲子》的第一章写“父母之言，亦可畏也”。第二章写“诸兄之言，亦可畏也”。第三章写“人之多言，亦可畏也”。从父母到诸兄到他人多言，关系越疏远的人越引起这名女子担心，可见礼法对人们婚姻行为的约束作用在《郑风·将仲子》这首诗中表达得非常充分。诗歌大意为：求求你了小二哥，别翻墙跑到我们村子里来，爬树很容易把树枝折断被别人发现。从文学的角度来说，自由烂漫的爱情令人向往，但像这样由于受封建礼教的约束，让相爱的人不能自由地相见乃至结合，这令人感到多么压抑乃至失望啊！

从自由爱情的角度看，礼法似乎在婚姻中起到消极阻碍作用，现代的很多文学作品多半表现出对封建礼教的批判。古代文化中的礼法是人在长期社会生活中相互适应渐渐形成的习惯，并由文人士大夫总结出的一套规范。要在社会群体中正常的生活，就必须遵循大家约定而成的礼，所以礼在开始形成时是符合人们正常社会生活需要的。“周公六礼”，即古代婚礼必不可少的六道仪式，包括纳采、问名、纳吉、纳征、请期、亲迎。一看是有些烦琐，但就在这个烦琐的程序里，也有它的合理性。问名不仅是问姓名，更为重要的是问姓。《左传》有云“男女同姓，其生不蕃”，这是先民们在长期生活经验中总结出的道理，血缘关系近的男女结合，其后代可能不健康，最终导致家族不会兴旺繁盛。姓是血缘关系的一种符号，因为古代人的生存空间相对比较狭小，同姓在早期都是血缘关系比较近的人。所以我们应该从爱情诗歌中看到礼在历史长河中的科学性、合理性。

三、相思悲歌——所谓伊人，在水一方

《诗经》作为经典是全方位的，从语言文字到它所反映的内容都非常丰富，可以说是上古时代的百科全书。《诗经》在爱情文学这一面，也显示出它的经典性。首先表现在时间上，《诗经》作为最早的一部诗歌总集，保留了先民们远古时代生活的影子。在早期人们受礼法的约束可能不像我们当代人想象得那么严重，到后期由于礼法的约束才出现更多不自由的爱情。其次表现在爱情形态上，人类爱情的主要形态在《诗经》中都有表现，包括当今社会主导的自由爱情、奉父母之命的婚姻爱情、完全违背礼法的畸形情爱、始乱终弃的悲剧爱情。

受“父母之命，媒妁之言”的约束，相爱的人可能无法自由地结合，从逻辑上说可能会导致爱情悲剧的出现。在《诗经》当中也写到这样形态的爱情——相思悲歌。消极忧伤情感的作品往往在文学审美上更具有影响力。近代大学者王国维在《人间词话》中写道：“《蒹葭》一篇，最得风人深致。”意思是在《诗经》305篇中，《秦风·蒹葭》是最具有审美价值及感染力的一篇作品。清代著名诗学家、四大诗学“格调派”代表人物沈德潜，在其文学批评著作《说诗晬语》中写道：“又爱‘蒹葭苍苍，白露为霜。所谓伊人，在水一方’。苍凉弥渺，欲即转离，名人画本，不能到也。”深秋时节的景物描写带来的是苍凉悲伤的感觉，在水一方的境界是著名的画家也难描摹的。那种好像离得很近又好像离得很远，看得见但就是接近不了的“欲即转离”的画面是很难画出来的。

“月出皎兮，佼人僚兮。舒窈纠兮，劳心悄兮。月出皓兮，佼人懰兮。舒懮受兮，劳心慅兮。月出照兮，佼人燎兮。舒夭绍兮，劳心惨兮。”《陈风·月出》这首诗带有鲜明的古老方言特征，虚词“兮”是陈国诗歌具有的地方语言特色，春秋时期的陈国和战国时期的楚国在地理上是邻国，后来陈国被楚国吞并了，所以语言形式上《楚辞》和《陈风》可能有传承关系。这首诗写的是这样一种意境，一轮明月升上天空，明月是如此皎洁，月光下面有一个青春美丽的少女，在月光的映衬下她是如此清丽，但是又看到她双眉紧锁，心情低沉，忧思深重。宋代理学家朱熹用简明的话语解释这首诗的情感基调：“此亦男女相悦而相恋之辞。”男女相爱，互相欣赏对方，但为何这首诗是忧伤的呢？诗中没有直接写出她忧伤的原因，我们从《郑风·将仲子》中大约就可以明白了，男女虽然相

恋但不能逾越父母之命的鸿沟。中国古典诗歌善于通过外在的物象营造意境、书写情感，在众多的意象中挑选经典意象来抒发情感，而月亮是最具我们民族特征的意象。中国的古典诗歌可以说是月光下的交响乐，交响乐的序幕就是从《陈风·月出》拉开的，以唐代张若虚《春江花月夜》、李白300多篇与月亮相关诗篇的出现为标志，这个宏大的交响曲到达了第一个顶峰。之后，到了宋代苏东坡的《水调歌头》“明月几时有，把酒问青天”，仿佛又出现了一个高潮，然后继续演进。月亮可以说是中国古典诗歌的灵魂，在这轮明月的陪伴下，我们可以遨游中国诗歌长河。

唐代诗人白居易《编集拙诗成一十五卷因题卷末戏赠元九、李二十》写道：“一篇长恨有风情，十首秦吟近正声。”宋代词人柳永《雨霖铃·寒蝉凄切》写道：“便纵有千种风情，更与何人说？”两篇诗歌都写到了“风情”，可见“爱情”和“国风”这两个概念关系紧密。《诗经·国风》有大量歌咏古老而年轻的爱情生活的作品，这些作品有永恒的美学意蕴，因此可以说最美不过《诗经》。

精彩片段

爰采唐矣？沬之乡矣。云谁之思？美孟姜矣。期我乎桑中，要我乎上宫，送我乎淇之上矣。

爰采麦矣？沬之北矣。云谁之思？美孟弋矣。期我乎桑中，要我乎上宫，送我乎淇之上矣。

爰采葑矣？沬之东矣。云谁之思？美孟庸矣。期我乎桑中，要我乎上宫，送我乎淇之上矣。

引自《鄘风·桑中》

氓之蚩蚩，抱布贸丝。匪来贸丝，来即我谋。送子涉淇，至于顿丘。匪我愆期，子无良媒。将子无怒，秋以为期。

乘彼垝垣，以望复关。不见复关，泣涕涟涟。既见复关，载笑载言。尔卜尔筮，体无咎言。以尔车来，以我贿迁。

桑之未落，其叶沃若。于嗟鸠兮，无食桑葚！于嗟女兮，无与士耽！士之耽兮，犹可说也。女之耽兮，不可说也！

桑之落矣，其黄而陨。自我徂尔，三岁食贫。淇水汤汤，渐车帷裳。女也不爽，士贰其行。士也罔极，二三其德。

三岁为妇，靡室劳矣。夙兴夜寐，靡有朝矣。言既遂矣，至于暴矣。兄弟不知，咥其笑矣。静言思之，躬自悼矣。

及尔偕老，老使我怨。淇则有岸，隰则有泮。总角之宴，言笑晏晏，信誓旦旦，不思其反。反是不思，亦已焉哉！

引自《卫风·氓》

将仲子兮，无逾我里，无折我树杞。岂敢爱之？畏我父母。仲可怀也，父母之言，亦可畏也。

将仲子兮，无逾我墙，无折我树桑。岂敢爱之？畏我诸兄。仲可怀也，诸兄之言，亦可畏也。

将仲子兮，无逾我园，无折我树檀。岂敢爱之？畏人之多言。仲可怀也，人之多言，亦可畏也。

引自《郑风·将仲子》

蒹葭苍苍，白露为霜。所谓伊人，在水一方。溯洄从之，道阻且长。溯游从之，宛在水中央。

蒹葭凄凄，白露未晞。所谓伊人，在水之湄。溯洄从之，道阻且跻。溯游从之，宛在水中坻。

蒹葭采采，白露未已。所谓伊人，在水之涘。溯洄从之，道阻且右。溯游从之，宛在水中沚。

引自《秦风·蒹葭》

伐柯如何？匪斧不克。取妻如何？匪媒不得。

伐柯伐柯，其则不远。我觏之子，笾豆有践。

引自《豳风·伐柯》

参考文献

[1] 毛亨，郑玄．毛诗传笺．陆德明，孔祥军，点校．北京：中华书局，2018.

[2] 朱熹.诗集传.赵长征,点校.北京：中华书局,2017.

[3] 程俊英,蒋见元.诗经注析：典藏本.北京：中华书局,2018.

[4] 焦循.孟子正义.沈文倬,点校.北京：中华书局,1987.

[5] 沈德潜.说诗晬语笺注.王宏林,笺注.北京：人民文学出版社,2011.

[6] 彭玉平.人间词话疏证.北京：中华书局,2014.

说不尽、无穷好的《三国演义》

导读者：张长秀

十年，或许更久以前，《三国演义》（简称《三国》）几乎像个魔咒，让我说不出的喜欢。要战争有战争，要谋略有谋略，好像想要什么都可以从中汲取。阅读无数次之后，仍然会被某一个点或某一种共通的氛围打动，虽然少了些爱情，但骑着白马的英雄依然呼啸而来。然而彼时的《三国》于我而言是纷乱而无序的，除了那些耳熟能详的故事，几乎没有过更多的思考。此时重读，恍然大悟，原来我是因为这些喜欢《三国》。

一、文化奇才、战略大家

罗贯中，名本，字贯中，号湖海散人，元末明初人。14岁时母亲病故，于是辍学随父亲去苏州、杭州一带做生意。元朝末年，天下大乱，群雄并起，罗贯中也曾参与其中。明人王圻在《稗史汇编》中，称他是一位“有志图王者，乃遇真主”。“有志图王”的罗贯中在苏州结识施耐庵，以师徒相称，两人一同参加位于平江（即苏州）的张士诚反元起义政权。在明朝成立后，创作了《残唐五代史演义》《隋唐两朝志传》等著作。上述乃是百度词条中得到学界共识的部分。而直至目前，罗贯中的生卒年代、籍贯、是否为完整《三国》的作者仍然都存在争议。有一些主流的观点，例如生卒年代，鲁迅先生据《录鬼簿续篇》推断约在1330年至1400年间；籍贯，历来有太原、东原、杭州、钱塘、庐陵诸说，百度词条选用《录鬼簿续篇》作者贾仲明的说法——“罗贯中，太原人”；而韩亚光在《重新认识〈西游记〉，重新评价罗贯中》一文中明确指出。“《三国志通俗演义》前十六卷和后八卷分别由罗贯中、施耐庵撰写。”但罗贯中是“中国章回小说鼻祖”,是文化奇才、思想巨星、道德典范、爱国志士,战略大家,这一点是毫无争议的。他为我们带来的一系列精彩故事、一个个有趣的灵魂、一段段充满谜团的人生,最终都成为《三国演义》值得阅读和探索的风采。

二、引人入胜、高潮迭起

三国的几大阵营,并没有黑暗与光明的绝对对立与激烈矛盾,只是为了地盘而发生的人与人之间的争斗,是一部披着历史外衣的故事会。孩童时看“小人书”版《三国》,三顾茅庐、草船借箭、过五关斩六将、空城计,感叹故事原来还可以这样写,能看的不只有葫芦娃。因我在读书这件事上,是一个极有耐心的人,乃至到了高中时代,拥有了18元购书经费之后,就赶紧将人民文学出版社上下两册《三国演义》收入囊中。认真仔细地从“天下大势合久必分分久必合”开始,看“王司徒巧使连环计”,看“郭嘉遣计定辽东”,佩服“关云长刮骨疗毒”,感叹“马谡拒谏失街亭”,景仰“关云长单刀赴会”“诸葛亮大破魏兵”……酣畅淋漓!

故事通常给人以启示,《三国》给人的启示前人早有总结:“唯才是举”“三个臭皮匠,赛过诸葛亮”,甚至告诉你什么样的儿子最可爱(生子当如孙仲谋),然而对当年沉醉于《三国》的我而言,得到的并不仅仅是这些!我总在《三国》的故事里,试图回到遥远的历史现场,做一回大将、想几个谋略,跟着赵子龙奋力拼杀,恍如穿越!随着年龄的增长与阅历的不断丰富,书中人物半文半白的表达方式越来越让我着迷,独特的节奏感令人不知不觉就沉溺于相关场景中,“诸葛亮舌战群儒”“武乡侯骂死王朗”均是此中翘楚,将语言文字的魅力发挥到极致。而一些千古名句往往在某一瞬间,令你发现这是对人生的指引,指点你如何为人处世:与公瑾交,若饮醇醪,不觉自醉(程普);弘志士之气,不宜妄自菲薄(诸葛亮);本是同根生,相煎何太急(曹植);勿以善小而不为,勿以恶小而为之(刘备);为人者,有大度成大器矣(司马懿)。

鲁迅对三国英雄人物颇有微词:“至于写人,亦颇有失,以致欲显刘备之长厚而似伪,状诸葛之多智而近妖;唯于关羽,特多好语,义勇之概,时时如见矣。”我读《三国》却如普罗大众一般,为英雄们的形象所吸引。书中每个人都是主角,都有自己的故事,都有完整的人生,人物形象都非常独特。那么真实,没有人依靠主角光环来生存。可以喜欢某个人,比如郭嘉;更喜欢某个人，比如诸葛亮；不那么喜欢某个人，比如刘备；讨厌某个人，比如周瑜。可以不喜欢、有点喜欢、越来越喜欢……兴之所至，随意为之，这就是读一部小说最大的乐趣。然而对于诸葛亮死后的《三国》，我阅读的心情越来越冷，不再为某个角色而悲伤，而是看着夹杂着各种人物与情感的历史之轮平静向前，碾碎所有人。尔虞我诈，钩心斗角，混乱的时代中，人命如同草芥一般，输的人丢掉了性命，赢的人也是离死不远，最终不过是“白茫茫大地真干净”。

《三国》其实也是一本写武装夺取政权的军事政治小说，战争场面随处可见。与当代战争不同的是，打仗场面并不宏大，通常两军对垒，三五千人马，摇旗呐喊，士兵们看起来只起到啦啦队的作用，只让两个大将出阵，大将打赢了，几千人马轰一声就冲过去；大将输了，几千人马轰一声就溃退。与猫腻《间客》中的战争场面比较一下，“约一米直径的光柱纯白至极，却没有宗教书籍里所说的圣洁味道，充满了毁灭和强大的意味，就这样在山谷里所有人没有意想到的情况下，直接命中了正往山腰上逃遁的黑色M52机甲。”人类并未出现，而战争已经结束。英雄的才能怎样发挥？心战、偷袭、离间、空城计、火攻、美人计、苦肉计怎么实现？《三国》离现实更近，离读者更近！我想大多数人都会一边谴责冷兵器时代的落后与无趣，一边离不开对个人英雄主义和个人价值实现的向往，这真是复杂的心理状态。

严格来讲，《三国》对女性的描写并不能成为我爱读《三国》的原因之一，只是身为女性更加关注艺术作品中的女性角色而已。据孙绍振统计：“《三国》一共写了1191人，其中武将436人，文官451人，皇族、后妃、宦官128人，黄巾起义者和少数民族67人，三教九流109人，此外还有几名女性，连同没有名字的共60多人。”可见女性数量微乎其微，然而作者用“非形象化描写”使每一个女性都形象鲜明、过目难忘。比如貂蝉：“妾若不报大义，死于万刃之下”，语言描写令读者对其知恩图报、深明大义的个性有了更为深刻的认知，然而她连个姓氏都没有，最终莫名其妙地死于关云长之手。比如孙夫人，新婚之夜“房中两边枪刀森列，侍婢皆佩剑”……并嘲笑刘备“厮杀半生，尚惧兵器乎”，将孙尚香的个性体现得十分直接：爽朗干脆、意志坚强，进而干脆因刘备之死投江自尽。这似乎就是文学的魅力，一边痛斥可怜之人必有可恨之处，一边因为她们爱恨交替，欲罢不能。

三、百花齐放、百家争鸣

认识《三国》，不仅是对原著的阅读，认真而广泛地了解“各门各派”的观点想法有助于更好地引发思考与研究的兴趣，略举几个例子，希望本文读者能因此而拾起重新研读《三国演义》的兴趣。

鲁迅先生曾在《中国小说史略》一书中谈及三国“欲显刘备之长厚而似伪，状诸葛之多智而近妖”，先生认为其在表现人物时分寸把握不够，所谓“夸过其理，则名实两乖”；伟大领袖毛泽东则对三国有过政治视角的评判：“刘备不能区分主次矛盾”“关羽不懂统一战线（自负凌人）”“学习诸葛亮（鞠躬尽瘁、死而后已的精神）”“为曹操平反（抑制豪强、发展生产、实行屯田制、督促开荒、推行法制、提倡节俭）”；金庸先生则更接地气，在答池田先生问时回顾了自儿时起对《三国》的喜爱，高度赞扬三国的布局和气氛安排，比如刘备三顾茅庐一步步把本书的主角诸葛亮从喧天的锣鼓中引出场来，并对三国的人物形象念念不忘。

近年品读《三国》的作品更多，其中较有代表性的有易中天《品三国》，这是笔者最喜欢的一位，他的品鉴有理有据，思路清晰，比如说袁绍之所以失败，是因为他“政治上失利、道义上失理、战略上失策、指挥上失误”；曹操之所以成功，是因为他“以信取人、言行一致，以理服人、开诚布公、推心置腹”，“（用人）洞察人性、洞悉人心”，说得有趣。袁腾飞《汉末三国》与易中天相比略显凌乱，人物线、时间线、故事线纵横交错，不是深入了解《三国》的人很难理解，但胜在幽默轻松，易于接受，略有《三国》基础的人很愿意借此再度复习。有易中天和袁腾飞珠玉在前，梁宏达讲三国很难超越，但他巧妙地以点带面，老梁说徐庶、老梁说刘备、老梁说诸葛亮，甚至老梁说三国兵器，都颇有可听之处。

《三国》是公认的经典，而经典在当代常常像祖传的老宝贝，被年轻人束之高阁，哪怕它屡屡成为考试的题目、比赛的题目！它从来不是时代的必需品，在这个时代尤其如此。幸运的是，当下仍然有能够沉下心来慢慢欣赏与品味个中滋味的人，正因为有他们的存在，经典将永远流传。

精彩片段

滚滚长江东逝水，浪花淘尽英雄。是非成败转头空；青山依旧在，几度夕阳红。白发渔樵江渚上，惯看秋月春风。一壶浊酒喜相逢；古今多少事，都付笑谈中。

引自《第一回 宴桃园豪杰三结义　斩黄巾英雄首立功》

北海孔融，字文举，鲁国曲阜人也，孔子二十世孙，泰山都尉孔宙之子。自小聪明，年十岁时，往谒河南尹李膺，阍人难之，融曰："我系李相通家。"及入见，膺问曰："汝祖与吾祖何亲？"融曰："昔孔子曾问礼于老子，融与君岂非累世通家？"膺大奇之。少顷，太中大夫陈炜至。膺指融曰："此奇童也。"炜曰："小时聪明，大时未必聪明。"融即应声曰："如君所言，幼时必聪明者。"炜等皆笑曰："此子长成，必当代之伟器也。"自此得名。后为中郎将，累迁北海太守。极好宾客，常曰："座上客常满，樽中酒不空：吾之愿也。"

引自《第十一回 刘皇叔北海救孔融 吕温侯濮阳破曹操》

臣本布衣，躬耕南阳，苟全性命于乱世，不求闻达于诸侯。先帝不以臣卑鄙，猥自枉屈，三顾臣于草庐之中，谘臣以当世之事，由是感激，遂许先帝以驱驰。后值倾覆，受任于败军之际，奉命于危难之间：尔来二十有一年矣。先帝知臣谨慎，故临崩寄臣以大事也。受命以来，夙夜忧虑，恐付托不效，以伤先帝之明；故五月渡泸，深入不毛。今南方已定，甲兵已足，当奖帅三军，北定中原，庶竭驽钝，攘除奸凶，兴复汉室，还于旧都：此臣所以报先帝而忠陛下之职分也。至于斟酌损益，进尽忠言，则攸之、祎、允之任也。愿陛下托臣以讨贼兴复之效，不效则治臣之罪，以告先帝之灵；若无兴复之言，则责攸之、祎、允等之咎，以彰其慢。陛下亦宜自谋，以谘诹善道，察纳雅言，深追先帝遗诏。臣不胜受恩感激！今当远离，临表涕泣，不知所云。

引自《第九十一回 祭泸水汉相班师 伐中原武侯上表》

参考文献

[1] 韩亚光.重新认识《西游记》,重新评价罗贯中.智慧中国,2019(7):64–66.

[2] 鲁迅.中国小说史略.上海:北新书局,1930.

[3] 陈思.毛泽东与《三国演义》.http://dangshi.people.com.cn/n1/2019/0327/c85037-30997233.html

[4] 池田.金庸与池田演绎三国.https://www.moon-soft.com/program/bbs/readelite55770.htm

读西游　品人生

导读者：任伟

《西游记》是我国家喻户晓的一部神魔小说作品，成书于16世纪中期，作者吴承恩。吴承恩，字汝忠，江苏射阳人，号射阳居士、射阳山人。他生活在公元1500—1580年之间，历经弘治（1488—1505）、正德（1506—1521）、嘉靖（1522—1566）、隆庆（1567—1572）、万历（1573—1619）五个年代。弘治皇帝在位期间整体上励精图治，任贤使能，与民休息，一时之间海晏河清，史称“弘治中兴”；正德皇帝是有名的贪玩皇帝，他在执政上放飞自我，化名为大将军朱寿出征西北边疆抗击蒙古小王子，自封征讨大将军要去剿灭已被王阳明镇压掉的南昌宁王朱宸濠叛乱，他在位期间重用太监，导致刘瑾乱政；嘉靖皇帝上任后首先打击在正德年间乱政的宦官与奸臣，重振朝纲，在民生上轻徭薄赋，休养生息，但是嘉靖在中后期日益腐化，为求仙方，迷信方士，任用奸臣严嵩数十年，北方边患与东南倭患也为害数十年；隆庆皇帝在位期间整体上节俭仁厚，他下令开放海禁与边贸，把中国纳入大航海时代的世界经济秩序中，从此白银内流经济增长，民众生活与市井文化更加繁荣；万历皇帝当政前十年，也就是吴承恩去世前，由内阁首辅张居正主持大局，进行一系列政治和经济改革，国家一片蒸蒸日上的景象。以上就是吴承恩所生活的年代，可以看出在他青壮年时期正值嘉靖皇帝执政，他在此期间多次参加科举考试却屡屡失利，终于在嘉靖二十九年补得一个岁贡生，也就是国子监保送生，但此时嘉靖帝已经进入昏庸时期，官场腐败成风，为人正直的吴承恩在官场上自然没有容身之地。他在1560年做了几个月的长兴县丞，因开罪上司，遭人诬陷，最后拂袖走人。科举失利与官场失意的吴承恩深深反思科举与官场制度，决定用纸和笔来表达对腐败的不满与愤懑，于是他就以“唐僧取经”的历史故事作为蓝本，结合已有戏剧和传说，经过自己的艺术加工，终成一部规模宏大并传承至今的伟大作品——《西游记》。

一、西游源头

唐僧取经是真实发生在唐朝贞观年间的历史。僧人玄奘（602—664），俗家姓名叫陈祎，被后世尊为三藏法师，洛阳陈家村人，自幼随父亲陈惠学习儒家经典。几年后陈惠去世，玄奘随二兄陈素在洛阳净土寺出家为僧，是年十二岁。隋朝末年时局动荡，玄奘与二兄为避祸来到四川，跟随众多著名法师研习大小乘经、南北地论学派和摄论学派的学说，四五年的时间学有所成并闻名吴蜀荆楚。唐朝建立局势稳定后，玄奘又赴佛教摄论学中心相州（今河南安阳）、赵州（今属河北石家庄）、长安等地的寺庙学习佛教经典知识，还曾向来自中印度地区年逾古稀的波罗颇迦罗密多罗法师咨询佛法。玄奘在常年的学习过程中发现，由于翻译的原因，部分宗教经籍解释分歧非常大，多种解释难以融合，甚至互有矛盾。玄奘下定决心要弄清楚佛教典籍真义，决定追本溯源，到佛教发源地天竺去求取真经。

贞观三年（629）玄奘法师从长安出发，跟随商队经过秦州、兰州、凉州等地到达边境地区。当时法令禁止平民出国，于是他昼伏夜出，经瓜州出玉门关，沿着丝绸之路商道穿过新疆到中亚葱岭地区，再转而南下，经过今阿富汗、巴基斯坦等地，历经千辛万苦，终于到达天竺。玄奘在天竺以那烂陀寺为主要学习基地，又广赴天竺各地，来回数万里，访遍天竺各国著名寺院。在641年，玄奘受戒日王邀请，在曲女城参加五年一度的佛学辩论无遮大会，玄奘深厚的佛学功底折服了来参会辩论的数千大德高僧，顿时名震整个印度地区。两年后，玄奘从印度启程回国，带回657部梵文经典，又耗时两年回到长安。载誉归来的他受到唐太宗李世民的隆重接见，唐太宗鉴于玄奘学识渊博，聪慧伶俐，多次要求玄奘弃缁还俗，共谋朝政，但玄奘一心向佛，屡次拒绝。645年，在唐太宗支持下玄奘在长安设立译经院主持翻译佛经，共翻译出佛教经论74部，1335卷，合计1335万字左右。在译经的同时，玄奘口述一路见闻，由门徒辩机记述写成《大唐西域记》，主要介绍他所闻所历的西域、中亚和南亚128国的佛教遗迹、风俗人情、疆域物产、政治经济等内容，为时人了解西域和天竺等国历史提供第一手鲜活的素材。再后来他的门徒慧立、彦悰又撰述了《大唐大慈恩寺三藏法师传》，记述了玄奘从出家到印度取经的经过以及回国翻译佛经的情况。这两部书互为参考与补充，都记录了中土以外的异域风情文化，加上玄奘能够孤身西行几万里的事迹在交通不便的古代具有足够的话题性，整个过程也充满传奇色彩，使得唐僧取经的故事很快就在民间传播开来。在数百年的传播过程中又被添加进去更多的神奇元素，使得唐僧取经故事充满神话色彩。吴承恩所著的《西游记》就是汲取了过去社会上长篇传说、戏剧话本和众多记述，集众家所长，收集整理后再创作的一部优秀小说，小说里既有阳春白雪语揭捺，又有下里巴人谈家常，这种老少咸宜的小说在众多明清小说里脱颖而出成为传世经典之作。

《西游记》的主线是唐僧师徒四人历经劫难一路斩妖除怪拜佛取经的故事，吴承恩借这个故事明确地表达了自己的主题思想：书中唐僧取经的表因是唐太宗因魏征梦斩泾河龙王走了一遭阴曹地府，在地府看到无数的被自己所杀之人的鬼魂而受到惊吓，答应返回阳间后行善超度亡魂，后又受观音菩萨指点遣唐僧上西天拜佛求经，保江山永固。实际上是因为大唐所在的南赡部洲“多贪多杀，多淫多诳，多欺多诈，不遵佛教，不向善缘，不敬三光，不重五谷，不忠不孝，不仁不义，瞒心昧己，大斗小秤，害命杀牲，造下无边之罪孽，罪盈恶满。……虽有孔氏在彼立下仁义礼智之教，帝王相继，治有徒流绞斩之刑，其如愚昧不明，放纵无忌之辈何耶。我今有经三藏，可以超脱苦恼，解释灾愆。”现需要东土大唐来一个虔诚的“善信”亲到如来佛祖所在的“不贪不杀，养气潜灵，虽无上真，人人固寿”的西牛贺洲“求取真经，永传东土，劝化众生”。这是作者借佛祖之口来表达对当时各种社会乱象的严重不满以及对心中净土的向往。过去千年，中国一直独尊儒术来教化社会上各种不良，实际效果令人失望，他希冀通过儒教之外的佛教来教化众生，通过佛教的轮回转世观念来劝人为善，提升修为。但作者并不是排斥儒教，而是寄希望于统治者“把三教归一，也敬僧，也敬道，也养育人才，我保你江山永固”。吴承恩作为一名信奉佛教的俗家弟子，自然也希望通过唐太宗的例子来传递信息给当朝统治者，希望他们能够崇信佛教，弘扬佛法，教化众生。

二、佛道之争

有一点需要指出，明代皇室在宗教信仰上整体偏向道教，吴承恩创作《西游记》的时间又正好处在最崇信道教的嘉靖皇帝时期，在书中道士的形象普遍不好，比如书中第三十七至三十九回，乌鸡国国王不小心得罪化作普通僧人前来点化他的文殊菩萨，将菩萨泡入御水河中三天三夜，佛祖知道后就安排狮猁怪化作全真道人来报复，妖道施法给干旱五年的乌鸡国带来滂沱大雨，就这样取得国王信任，两年后妖道趁国王不备将其推入井中，还变作国王模样占了他的国。如来佛祖罚国王浸泡三年井水后才等到唐僧师徒前来搭救，方能重登大宝，国王也才知道妖道是狮猁怪所变。

在《西游记》第四十五、四十六回唐僧一行人来到了车迟国，首先看到的是城外有五百个干苦力的和尚被两个小道童吆三喝四，一打听原来是在二十年前的祈雨比赛中和尚输给了会作法的道家虎力大仙、鹿力大仙、羊力大仙。这三位能够呼风唤雨、点石成金的天师迅速赢得了国王的信任，全国上下开始兴道灭佛，但凡跟佛教沾边的甚至秃头和发稀的人都要倒霉。当夜悟空、悟能、悟净变身，降临天师所在三清观，把三尊道家仙尊塑像扔进了五谷轮回之所，吃了贡品还戏耍了三天师。第二日，唐僧一行去拜见国王时，三天师为了道家修行不依不饶要打败他们佛家子弟，结果一系列比赛下来输得精光还现了原形，原来是黄毛虎、白毛鹿、羚羊修道成精后为非作歹。

在《西游记》第七十八、七十九回，唐僧师徒一行到了比丘国，发现家家户户门口挂了鹅笼，里面竟然装着小孩，打听后才知道原委：比丘国国王迷上了美后，身体每况愈下，美后的父亲即国丈是一位老道，他给国王指出治病药引要用一千一百一十名男童的心肝，于是糊涂国王就下令全国上交适龄儿童，等待开膛破肚。老道与唐僧斗法也分了两个回合：第一回合老道主动发难，提出国王与众人都关心的长生不老话题，唐僧为改变国王通过心肝药引延年益寿的思想，在大堂上与国丈老道展开一场佛道论战，但是论战结果一边倒，大臣们都被老道炼丹吃药的“三教之中无上品，古来唯道独称尊”的观念折服，唐僧的参禅修佛之说未获得认可。第二回合老道又主动发难，提出要用唐僧的黑心来替代被悟空转移走的男童的心肝，悟空假扮唐僧，剖出不是黑心的十七个心后挥棒就打，众人这才发现老道原来是妖怪所变。国丈老道原来是寿星的坐骑，美后乃玉面狐狸精，他们都打着帮助国王长生不死的幌子，干着伤天害理之事。

吴承恩描写的这三个关于妖怪成精化身道士的事例其用意也是非常明显的，道教那些呼风唤雨、炼丹修仙的做法对于治国理政和天下太平都只能是一时障眼之计，一国之主若被这些妖法所迷惑，短时期内国主和朝政能暂保平安，但对于需要长治久安的国运来说则是不祥之兆，比如车迟国佛法僧受难而奸邪当道，乌鸡国国王被推入井中，还被鸠占鹊巢的妖道占了王位，比丘国国王更是差点犯下杀死上千婴童的大罪，这都是自毁国运的做法。吴承恩在书中关于儒、释、道三教的看法，特别是浓墨重彩地表现出佛家与道家的矛盾，突出反映了明王朝皇帝的喜好以及作者对这种喜好的不满，希望通过这本书能够让统治者回头是岸，不要再受道教方士的迷惑。

三、细思极恐

《西游记》一书也有作者的局限性：菩萨神灵不可得罪，寻常百姓可以受苦受难。比如在乌鸡国宝林寺，国王托梦给唐僧讲述自己被妖道推入御花园水井中已经三年，孙悟空等匡扶正义之后才发现事情不简单，原来在斋僧行善的乌鸡国国王无意中把故意刁难的文殊菩萨泡在御水河中三天三夜后，作为报复，文殊菩萨的坐骑狮猁怪变作妖道推乌鸡国国王入井中罚泡三年。比丘国国王染病后听信国丈和美后之言，欲用一千一百一十个男孩的心肝做药引子，悟空救下无辜儿童后，国王又依国丈之言抓了由孙悟空假扮的唐僧到大殿上剖心做药引，并许诺“若得病愈，与长老修建祠堂，四时奉祭，永为传国之香火”。如此残忍虚伪，待悟空降妖除魔之后，国王也未受到丝毫惩罚，反而得到南极仙翁的仙枣祛病，这一切只因国王受到了妖邪的迷惑才会做出一些错事。

书中还有许多值得回味的地方，比如压了孙悟空五百年的五指山又名两界山，是东胜神洲和西牛贺洲的边界山。佛祖说西牛贺洲是一片人人固寿的极乐净土，东胜神洲则是多贪多杀、人心不古之地，但唐僧在收服孙悟空之前基本没有碰到妖魔鬼怪，之后遇到的所有妖魔鬼怪都是在西牛贺洲的地界，甚至在靠近灵山的狮驼国有妖魔鬼怪好几万人。如来的舅舅大鹏鸟吃光了礼佛斋僧的狮驼国国人，造成百里无人烟的惨状，但佛祖居然两耳不闻此事。唐僧一行在西牛贺洲遇到一些国主和百姓交相称赞东胜神洲的大唐是文明礼仪之邦，远近闻名。佛祖之语与凡人感受截然相反，作者留下这样明显的矛盾之处到底是何用意呢？

吴承恩关于人物性格特点的描述也是非常精彩的，唐僧师徒四人性格各异，经历了漫长取经路，师徒四人性格逐渐磨合，这就是修行。孙悟空一开始看见白骨精，不与唐僧和师弟们解释举棒就打，致使师徒间生了误会，到最后能够与八戒、沙僧互相配合来捉妖，这符合作者对佛教的理解，取经过程就是修行的过程，修行到了一定程度，真经自然就到，这与取回数千卷经书一样意义重大。书中类似的修行暗喻还有很多，这就需要我们多读多看多想了。

读完本书，我们会对吴承恩的《西游记》有一个全新的认识，对书中的一些细节会有更深刻的精妙体会。这本书为何会传承数百年成为我国四大名著，仅仅是因为故事奇幻、人物特点鲜明吗？俗语说一千个人眼中有一千个哈姆雷特，这句话放在《西游记》上也合适，一千个人眼中同样也会有一千个西游。

精彩片段

祖师笑道："你身躯虽是鄙陋，却像个食松果的猢狲。我与你就身上取个姓氏，意思教你姓'猢'。猢字去了个兽旁，乃是个古月。古者老也，月者阴也。老阴不能化育，教你姓'狲'倒好。狲字去了兽旁，乃是个子系。子者儿男也，系者婴细也，正合婴儿之本论，教你姓'孙'罢。"猴王听说，满心欢喜，朝上叩头道："好，好，好！今日方知姓也。万望师父慈悲，既然有姓，再乞赐个名字，却好呼唤。"祖师道："我门中有十二个字，分派起名，到你乃第十辈之小徒矣。"猴王道："那十二个字？"祖师道："乃'广大智慧真如性海颖悟圆觉'十二字。排到你，正当'悟'字。与你起个法名叫做'孙悟空'，好么？"猴王笑道："好，好，好！自今就叫做孙悟空也！"正是：鸿蒙初辟原无姓，打破顽空须悟空。

引自《第一回 灵根育孕源流出 心性修持大道生》

佛祖听言，呵呵冷笑道："你那厮乃是个猴子成精，焉敢欺心，要夺玉皇上帝尊位？他自幼修持，苦历过一千七百五十劫。每劫该十二万九千六百年。你算，他该多少年数，方能享受此无极大道？你那个初世为人的畜生，如何出此大言！不当人子，不当人子！折了你的寿算！趁早皈依，切莫胡说！但恐遭了毒手，性命顷刻而休，可惜了你的本来面目！"大圣道："他虽年劫修长，也不应久占在此。常言道，皇帝轮流做，明年到我家。只教他搬出去，将天宫让与我，便罢了；若还不让，定要搅攘，永不清平！"佛祖道："你除了长生变化之法，再有何能，敢占天宫胜境？"大圣道："我的手段多哩！我有七十二般变化，万劫不老长生。会驾筋斗云，一纵十万八千里。

如何坐不得天位？”佛祖道：“我与你打个赌赛：你若有本事，一筋斗打出我这右手掌中，算你赢，再不用动刀兵苦争战，就请玉帝到西方居住，把天宫让你；若不能打出手掌，你还下界为妖，再修几劫，却来争吵。”

引自《第七回 八卦炉中逃大圣 五行山下定心猿》

参考文献

[1] 吴承恩.西游记.北京：人民文学出版社，1980.

满纸荒唐言，一把辛酸泪

导读者：孙莉玲

《红楼梦》是当之无愧的四大名著之首，如果说小说是一个民族心灵最深的投射，那么，在我们民族心灵的构成中，《红楼梦》占有举足轻重的地位。这不仅在于它艺术成就之成熟、流传范围之广，还在于这本来就是一部奇书，有说不尽的玄机、探不完的秘密，因之奇而产生了后世的“红学”和“曹学”。对于这样一部著作，我们只能用“伟大”来形容它。此书自乾隆年间出于北京，尽管此后200多年的时间里，有无数的红学家、曹学家从各个角度来赏读、评议、题咏、指点、研究、著述、表演《红楼梦》，但却无人敢为其盖棺定论，既然如此，本人斗胆将个人的一些体会以及读书时的一些笔记拿来与大家分享，纯为一家之言，万望众多的红学爱好者海涵。既然不知从何说起，那我就套用伟大领袖毛主席的一句话：“《红楼梦》不仅要当作小说看，而且要当作历史看”“这本书，你要看五遍才有发言权”。

一、《红楼梦》作者其人

一部书当然首先要搞清楚作者是谁、他的生卒年月、他的人生经历与生活背景，因为这些毫无疑问与著书的年代故事、所倾注的思想感情、所反映的时代特征息息相关。然而，《红楼梦》这本书的作者却一直如谜一般存在。关于红楼梦的作者，一直有多种提法。俞樾说：“《红楼梦》一书，世传为明珠之子而作”；清人徐柳泉（时栋）说：“小说《红楼梦》一书即记故相明珠家事”；1917年钱静方写《红楼梦考》，成了这一派的代表，他说“宝玉固全书之主人翁，即纳兰侍御也”，他认为“黛玉葬花一段，亦从其词中脱卸而出”，这里的“词”指纳兰性德的《饮水词》。

胡适二十多岁写《藏晖室札记·小说丛话》，谈到《红楼梦》的作者时说："《石头记》作者不知何人，然绝非曹雪芹……" 此书开端第一回有云：列位看官，你道此书从何而来？说起根由虽近荒唐，细谙则深有趣味，待在下将此来历注明，方使阅者了然不惑。原来，当年女娲氏炼石补天之时，于大荒山无稽崖炼石三万六千五百零一块。只单单的剩下了一块未用，便弃在此山青埂峰下。谁知此石自经煅炼之后，灵性已通，因见众石俱得补天，独自己无材不堪入选，遂自怨自嗟，日夜悲号惭愧。一日，听得一僧一道说到红尘中荣华富贵，不觉打动凡心，苦求再四，二仙将其幻成一块鲜明莹洁的美玉，携其到那昌明隆盛之邦，诗礼簪缨之族，花柳繁华地，温柔富贵乡去安身乐业。后来，不知又过了几世几劫，因有个空空道人访道求仙，忽从这大荒山无稽崖青埂峰下经过。忽见一大石上字迹分明，便是此石堕落之乡、投胎之处，亲自经历的一段陈迹故事，便有了这《石头记》。后空空道人因空见色，由色生情，传情入色，自色悟空，易名情僧，改《石头记》为《情僧录》。至吴玉峰题曰《红楼梦》。东鲁孔梅溪则题曰《风月宝鉴》。后因曹雪芹于悼红轩中披阅十载，增删五次，纂成目录，分出章回，则题曰《金陵十二钗》。这段话是《红楼梦》的楔子，专门交代该书作者的，历来引人注目，也给人布下了疑团。作者谈了许多人，使人以为曹雪芹不是唯一的作者，以至于有一种观点认为，曹雪芹和所列诸人一样，只是一个"编辑"，在其之前已有了原书。

1921年胡适写《红楼梦考证》时，关于《红楼梦》的作者，他写道：大概石头与空空道人等名目都是曹雪芹假托的缘起，故当时的人多认这书是曹雪芹做的。这说明尽管关于《红楼梦》的作者有多种考据，但时人多认为作者就是"曹雪芹"。此时，胡适也已经认同了曹雪芹是《红楼梦》的作者，认为吴玉峰与孔梅溪同是故设疑阵的假名。而且查到《随园诗话》中有一条"康熙间，曹练亭为江宁织造，其子雪芹撰《红楼梦》一书，备记风月繁华之盛"。《随园诗话》作者袁枚是乾隆时人，离曹雪芹不远，他承认《红楼梦》是曹雪芹做的，是可以作为依据的。现在的通行本大家已经基本接受了《红楼梦》的作者是曹雪芹，而且从脂砚斋等人的评注中我们可以找到，其实在作者去世前《红楼梦》已经成书且有一百二十回。提及此，所有的红学爱好者，既因不能见其完整而心中大恸，又怀有一丝幻想，希望有一天从残垣断壁中发现完整的抄本。

曹雪芹何许人也？祖上原是汉人，很早就入了满洲旗籍，一直居于“包衣”奴才的地位，但跟随主子征战南北立有战功，特别到康熙时，曹玺的妻子李氏为康熙的乳母，曹寅为康熙的伴。曹家深得康熙皇帝宠幸，五下江南中四次就住在曹家。从曹雪芹的曾祖曹玺开始，经祖父曹寅到伯父、父亲，几代继任苏州织造、江宁织造、两淮巡盐御史等官职。雍正上台后为巩固既得势力，打击自己的政敌，曹家也受到打击。雍正五年（1727）雍正以曹府亏空没有补上，以及其他原因将其革职抄家。这次抄家还没有落到困苦的境地，所谓“百足之虫，死而不僵”，曹家在北京还保留少数财产，于是举家由南方迁往北京，勉强维持着小康生活。乾隆继位后对雍正的某些政策有所改变，曹家似乎解除了政治犯的罪名，可是乾隆四年（1739）宫廷内的斗争又祸及曹家，家境日益败落。大约在乾隆十几年，曹雪芹“举家食粥酒常赊”，贫居在北京西郊一带靠卖画和朋友们接济度日。就是在这艰苦岁月里，他呕心沥血地进行着不朽巨著《红楼梦》的创作。可惜由于过分伤痛幼子的早逝，加之生活贫困，曹雪芹未满五旬即去世了，时间大约是乾隆二十八年（1763）或二十九年（1764）。冯其庸先生高度评价曹雪芹：这样一位天才的陨落确实是值得人们惋惜的，但是惋惜什么呢？毫无疑问，令人永远惋惜的是他的书没有写完，他的才华没有用尽，而不是惋惜他没有得到先进思想和理论的指引。曹雪芹的突然逝世，就像太空中一颗巨星的陨落，他实在离世得太早了，连五十岁都还没有到，正是千古文章未尽才。

二、《红楼梦》讲的故事

《红楼梦》故事本身大家都太熟悉了，即使没读过原著，看过1987年版《红楼梦》的人也都知道，讲的是贾宝玉与林妹妹、宝姐姐的爱情故事。读过原著一遍的就知道这本书讲的故事很复杂，我们至少可以看到三条线索：一条是宝黛爱情线，一条是贾史王薛四大家族的兴衰线，还有一条是刘姥姥这条线。读过两遍之后，脑子里就开始画大观园的平面图，勾连人物之间的关系，体会人物的情感。再读下去，我们就会对红楼梦十二钗判词感兴趣，进而去揣摩人物未来的命运，就会去探究：贾宝玉就是曹雪芹吗？为什么宁国府会娶一个养生堂抱来的女婴做孙媳妇？为什么贾母不跟大儿子贾赦住在宁国府，而是随二儿子贾政住在荣国府？贾元春到底是怎么死的？太多的疑问，时而柳暗花明，时而疑窦重重。

要说《红楼梦》故事，还是得把它分为前八十回和后四十回来说。先说前八十回。从第一回“甄士隐梦幻识通灵，贾雨村风尘怀闺秀”至第八十回“美香菱屈受贪夫棒，王道士胡诌妒妇方”止。后四十回，现在通用的是程伟元、高鹗的续本，乾隆五十六年（1791）、五十七年（1792）先后以木活字排印行世的，第八十一回的回目“占旺相四美钓游鱼，奉严词两番入家塾”，第一百二十回的回目是“甄士隐详说太虚情，贾雨村归结红楼梦”。其思想或艺术较之原著已大相悬殊，然与其他同时或后起的续书相比，则自有其存在之必要，故至今仍能附原著以传。王蒙在《话说〈红楼梦〉后四十回》时是这样讲的：虽然红楼梦不是推理小说，“造谜”与“破谜”的道理却有相通之处，精彩的谜语令人感到精彩，往往是在未亮出谜底之前。这样，《红楼梦》前八十回之伟大自然使我们为后四十回之佚散而长叹。同样，前八十回之伟大也完全可能成为后四十回写不下去，写不完、写出来了也大不如前的根本原因。

《红楼梦》草蛇灰线贾史王薛四大家族的兴衰，但故事没有直接写家族的兴衰，而是围绕着十二个女儿的命运展开。《红楼梦》第五回的回目是“游幻境指迷十二钗，饮仙醪曲演红楼梦”，这篇的回目在脂砚斋评本中的回目名称是“开生面梦演红楼梦，立新场情传幻境情”，虽然我们不能看到故事的最终结局，但实际上，通过红楼梦十二钗正册、副册、又副册的判词和十四支舞曲子，已经交代了最重要女性的命运，这也是小说的结构特殊的地方，就是把故事结局放到前面来写，这一回实际是这部近百万字小说的真正的开头：一时宝玉倦怠，欲睡中觉。贾母命人好生哄着。贾宝玉做了一个梦，梦到一个叫作太虚幻境的地方，在那里他看到十数个大橱，皆用封条封着，只见那边橱上封条上大书七字云“金陵十二钗”，下边二橱则又次之，写着“金陵十二钗副册”，又一个写着“金陵十二钗又副册”。他一一打开，在每个抽屉里都会看到一幅画，旁边写有几句诗。那些诗，是他一生中碰到的女性的命运。如正册头一页上便画着两株枯木，木上悬着一围玉带；又有一堆雪，雪下一支金簪。也有四句言词，道是“可叹停机德，堪怜咏絮才。玉带林中挂，金簪雪里埋”。宝玉虽不解，但后人读此处时，至少可以看到这是林黛玉和薛宝钗的人物命运。“玉带林”反过来读就是“林黛玉”，而金簪就是宝钗，“雪”是薛的谐音，两株枯木就是两个女儿的命运结局。借用蒋勋先生讲此章的一段话：“第五回要一看再看，以后读到后面任何一章你都翻回来去印证第五回的结局。一部小说一开始就把结局告诉读者，这很冒险，因为如果知道结局，读者很可能就不想看下去了。可《红楼梦》告诉我们，结局不是最重要的，人怎么一步一步走向那个结局才重要。”

三、名家评《红楼梦》

可以说，20世纪中国的学术文化名人及作家大多曾撰写过红学论著或文章，王国维、蔡元培、陈独秀、胡适、鲁迅、茅盾、吴宓……这些超豪华的研究阵容，为我们留下了丰富又宝贵的文化遗产。毛主席在言谈著述中，可以随意称引《红楼梦》；茅盾可以将《红楼梦》倒背如流；张爱玲对不同版本《红楼梦》中的不同字句可以凭直觉感觉出来；巴金的激流三部曲也是深深地吸取了《红楼梦》的文学养分。

鲁迅先生评《红楼梦》：“经学家看见《易》，道学家看见淫，才子看见缠绵，革命家看见排满，流言家看见宫闱秘事。全书所写，虽不外悲喜之情，聚散之迹，而人物事故，则摆脱旧套，与在先之人情小说甚不同。”

王国维先生著《红楼梦评论》：“吾国之文学中，其具厌世解脱之精神者，仅有《桃花扇》与《红楼梦》耳。……《红楼梦》一书，与一切喜剧相反，彻头彻尾之悲剧也。……苟知美术之大有造于人生，而《红楼梦》自足为我国美术上之唯一大著述。”该书共五章，从美学的角度，谈及《红楼梦》之人生、之精神、之美学价值、之伦理价值。先生的美学思想深受叔本华的影响，所以没有一定的美学功底是很难看懂这本小册子的。

蔡元培先生作《石头记索隐》，开篇言道：“《石头记》者，清康熙朝政治小说也。作者持民族主义甚挚。书中本事，在吊明之亡，揭清之失。”蔡先生认为，《红楼梦》“横看成岭侧成峰”。最表面一层，谈家政而斥风怀，尊妇德而薄文艺；进一层，则纯乎言情之作，为文士所喜；再进一层，则言情之中，善用曲笔。何见吊明之亡而揭清之失？蔡先生认为“红”字影“朱”字，“朱者，明也，汉也”，所谓贾府，即伪朝也，“其人名如贾代善、贾代化，谓伪朝之所谓化，伪朝之所谓善也”。《石头记》叙事，自明亡始。第一回所云“这一日三月十五，葫芦庙起火，烧了一夜，甄氏烧成瓦砾场”即指甲申三月间明愍帝殉国，北京失守之事。

胡适先生著《红楼梦考证》，批判了“全为清世祖与董鄂妃而作，兼及当时的诸名王奇女”；批判了蔡孑民先生清康熙朝政治小说论；批判了俞樾《小浮梅闲话》所主张的《红楼梦》实为记明珠之子纳兰容若事。胡先生实为曹学、版本学之源。他提出做《红楼梦》的考证，只需根据可靠的版本与可靠的材料，考评这书的著者究竟是谁，著者事迹家世，著书的时代，这书曾有何种不同的本子，这些本子的来历如何。

俞平伯在《〈红楼梦〉底风格》中曰：“我以为《红楼梦》作者底第一大本领，只是肯说老实话，只是做一面公平的镜子。这个看去如何容易，却实在是真真的难能。看去如何平淡，《红楼梦》却成为我们中国过去文艺界中第一部奇书。”

端木蕻良这样评红楼梦中的贾宝玉：“贾宝玉的走向真的这面，而且殉了真，是他经历了一个市侩的阶级之后，是他看破了红尘之后。他看破了这个市侩的集团，一切的龌龊丑恶、害人害己、丧尽天良的行为，戕伤人性的道统，才更反映出林妹妹的一片真情的可贵。”

周汝昌先生从考据学的角度研究《红楼梦》，他说：“《红楼梦》现象，是中国大文化的一种显相，绝非文学艺术的观念所能阐释。”周汝昌先生更加系统、全面、深入地论证了曹家与贾家的图谱及对应关系，将曹学发扬光大，“没有这个大背景，雪芹的一切将成为不可解释”。

现在流行讲书，爱听讲书的朋友在喜马拉雅、樊登读书会等各大平台很容易找到《蒋勋细说红楼梦》《刘心武爷爷讲红楼梦》等，他们各自从不同的角度又有了新演绎。因这些材料在网上很容易获得，我就不赘述了。

四、《红楼梦》的语言魅力

《红楼梦》的语言艺术不能用“遣词造句”来评价，其语言艺术之美是立体的，是不可模仿的。就是因为其不可模仿性，才有了前八十回和后四十回被刘心武先生所言狗尾续貂的强烈落差与反差。

首先是一种整体美——悲和喜、动和静、冷和热、藏和露、疏和密、张和弛，作者充分运用和发挥了艺术的辩证法，使其达到对立统一、互相结合、彼此衬托、映照生辉的艺术效果。如第十六回，回目是“贾元春才选凤藻宫，秦鲸卿夭折黄泉路”，在大喜大庆中却是极痛极悲。

其次是其风格美——《红楼梦》的辞藻并不华丽鲜艳，相反它很朴素，跟日常生活一样朴素，然而就是在这种日常生活般的语言中展现了极为深广的社会内容。宝玉那句“女儿是水做的骨肉，男人是泥做的骨肉。我见个女儿，我便清爽。见了男人，便觉浊臭逼人”，质朴自然的语言风格中寄托了人物浓烈丰富的感情。

再次，其语言之美还体现于对俗语的运用上。秦可卿对凤姐说：“你如何连两句俗语也不晓得，常言‘月满则亏，水满则溢’，又道是‘登高必跌重’，如今咱们家赫赫扬扬，已将百载。一旦倘或乐极悲生，若应了那句‘树倒猢狲散’的俗语，岂不虚称了一世的诗书旧族了。”不仅形象生动地反映了社会生活的某些客观规律，而且它本身也就是红楼梦故事情节发展的一条重要线索。

从次，其语言之美还体现为文浅意深，具有寓意美。比如我个人一直推崇的《红楼梦》中的诗词曲赋，不仅仅是十二钗判词预示了十二钗最后的人物命运，《芙蓉女儿诔》《葬花吟》其实已经暗伏了黛玉之死。再比如《红楼梦》里一个鲜活的形象——刘姥姥。她第一次进贾府，走到宁荣街是这样描写的：“来到荣府大门石狮子前，只见簇簇的轿马。刘姥姥便不敢过去，且弹弹衣服，又教了板儿几句话，然后蹭到角门前。”一个“蹭”字让刘姥姥紧张迟疑、小心翼翼的形象以及走路的情态跃然于纸。

最后，其语言之美还表现在情趣盎然和人物语言上。就拿《红楼梦》中的酒令来说，史湘云行的酒令是这样的——“江间波浪兼天涌，须要铁锁缆孤舟”，而薛蟠薛大傻子的酒令是这样的——“一个蚊子哼哼，两个苍蝇嗡嗡”。这里不再一一赘述，因为整部著作中这样的例子随处可见。

有一次在读书会上，我选讲了《红楼梦》十二钗的判词，一位书友问了我一个问题：读《红楼梦》有哪些讲究？其实我也是半瓶子咣当，在此只能分享下我作为一个普通读者而非研究者的体会：要有一个好的著本——我选了人民文学出版社的读本；一本好的诗词解读——蔡义江先生的《红楼梦诗词曲赋评注》；比较全面的考据研究——周汝昌先生的《红楼梦新证》。如果你还想进一步了解，就再读鲁迅先生的《中国小说史略》、王国维先生的《〈红楼梦〉评论》、蔡元培先生的《石头记索隐》、胡适先生的《红楼梦考证》、俞平伯先生的《红楼梦辨》。但这些书如果你读得少于五遍，基本上是读不懂国学大师眼中的《红楼梦》的。时下，《蒋勋说红楼梦》和《白先勇细说红楼梦》，我也很推荐，人们更多地从文本本身去解读，而非以考据的态度来做文章，更有助于现在的读者去体会著作所表现的社会生活以及人性美的光辉。

最后，我想用“满纸荒唐言，一把辛酸泪，都云作者痴，谁解其中味”来作为本文的结尾。四大名著我虽独爱红楼，但我依然没有读懂，恍若梦里。

精彩片段

世人都晓神仙好，惟有功名忘不了。古今将相在何方，荒冢一堆草没了。世人都晓神仙好，只有金银忘不了。终朝只恨聚无多，及到多时眼闭了。世人都晓神仙好，只有娇妻忘不了。君生日日说恩情，君死又随人去了。世人都晓神仙好，只有儿孙忘不了。痴心父母古来多，孝顺儿孙谁见了？

引自第一回《好了歌》

镜里恩情，更那堪梦里功名！那美韶华去之何迅！再休提绣帐鸳衾。只这带珠冠，披凤袄，也抵不了无常性命。虽说是，人生莫受老来贫，也须要阴骘积儿孙。气昂昂头戴簪缨，气昂昂头戴簪缨，光灿灿腰悬金印；威赫赫爵位高登，威赫赫爵位高登，昏惨惨黄泉路近。问古来将相可还存？也只是虚名儿与后人钦敬。

引自第五回《晚韶华》

花谢花飞花满天，红消香断有谁怜？游丝软系飘春榭，落絮轻沾扑绣帘。帘中女儿惜春莫，愁绪满怀无处诉。手把花锄出绣帘，忍踏落花来复去。柳丝榆荚自芳菲，不管桃飘与柳飞。桃李明年能再发，明岁闺中知有谁？三月香巢已垒成，梁间燕子太无情！明年花发虽可啄，却不道人去梁空巢也倾。一年三百六十日，风刀霜剑严相逼。明媚鲜妍能几时？一朝飘泊难寻觅。花开易见落难寻，阶前闷杀葬花人，独把花锄泪暗洒，洒上空枝见血痕。杜鹃无语正黄昏，荷锄归去掩重门。青灯照壁人初睡，冷雨敲窗被未温。怪奴底事倍伤神，半为怜春半恼春：怜春忽至恼忽去，至又无言去不闻。昨宵庭外悲歌发，知是花魂与鸟魂？花魂鸟魂总难留，鸟自无言花自羞。愿奴胁下生双翼，随花飞落天尽头。天尽头，何处有香丘？未若锦囊收艳骨，一抔冷土掩风流。质本洁来还洁去，强于污淖陷渠沟。尔今死去奴收葬，未卜奴身何日亡？奴今葬花人笑痴，他年葬奴知是谁？试看春残花渐落,便是红颜老死时！一朝春尽红颜老,花落人亡两不知。

引自第二十七回《葬花吟》

参考文献

[1] 胡适.红楼梦考证.北京：北京出版社,2015.

[2] 王国维.《红楼梦》评论.杭州：浙江古籍出版社,2012.

[3] 王国维,蔡元培.红楼梦评论·石头记索隐.上海：上海古籍出版社,2011.

[4] 蔡义江.红楼梦诗词曲赋评注.北京：北京出版社,1979.

[5] 鲁迅.中国小说史略.北京：中国三峡出版社,2010.

灵魂的赌注

导读者：任伟

《浮士德》是德国著名文学家歌德（1749—1832）的诗剧巨著，全书一万两千余行，分为第一部和第二部。作者从1773年着手创作《浮士德》，中间停顿了二十年左右。1797年，好友席勒鼓励歌德继续完成作品的创作，此后经过十年的创作删改，歌德最终在1808年完成《浮士德》第一部的写作[①]，而后又历经二十余年，到1831年歌德82岁高龄时，《浮士德》第二部的创作才完成。他把生命中最成熟宝贵和最后的时光全部投入到《浮士德》的创作与完善中。歌德在这部作品上倾注了大量的心血，从人物性格的塑造、语言技巧的应用，到古希腊罗马神话故事、基督教和本地神鬼传说的巧妙编排布局，舞台设计也气势恢宏，恰到好处。本书叙事宏大，想象力丰富，主题明确。作者对此寄予厚望，特别要求第二部要在他逝世后才能公开发行。《浮士德》一经出版便轰动世界，其思想意义超越了时代与国界，浮士德积极向上、富于追求的崇高精神更是打动了世界各国读者，各种翻译版本层出不穷，对读者的影响巨大，由此也奠定了歌德在德国乃至世界文化史上无可比拟的地位。

《浮士德》进入中国后，也引起文化界的一股热潮。辜鸿铭用“天行健，君子自强不息”来肯定浮士德的精神，认为“孔子的精神和学说几千年后又出现在了歌德身上”[②]。哲学家唐君毅认为，浮士德“觉得他生命史上只充满着罪过与苦恼，然后他对于生活的本身依然执着，依然紧张地前进。他要肯定这罪过

① 歌德．浮士德．绿原，译．北京：人民文学出版社，2019：译者序．

② 勃兰兑斯．辜鸿铭论．林语堂，译//辜鸿铭．中国人的精神．黄兴涛，宋小庆，译．海口：海南出版社，1996.

与苦恼，他要把生命的胜利建筑在他的敌人——罪过同苦恼的城堡上”[①]。国学大师王国维更是认为《浮士德》为欧洲近世文学第一。由此可见《浮士德》来到中国后的影响力非同一般。从20世纪初至今，中译本的《浮士德》约有10种，其中较有影响力的是郭沫若译本、绿原译本、杨武能译本。

一、悲剧缘起

浮士德是德国16世纪以前就已经流传的故事人物，社会上有许多有关浮士德和类似的奇人异士传说的故事书出版，有些还被编成木偶戏四处演出。在歌德之前，已经有一些作家以浮士德传说为素材创作出剧本和小说。歌德在儿时就已经通过木偶戏和父亲的藏书知道了浮士德博士的故事。传说中浮士德博士是一位博学的炼金术士，为获取知识、青春、权力和爱情，写下血书将灵魂抵押给魔鬼，最后灵魂被魔鬼抓进地狱。这个神秘又可怕的故事给童年的歌德留下了深刻印象，以至于歌德还不到20岁时便决定开始创作《浮士德》悲剧了。

该书第一部正文之前有一段《舞台上的序幕》和《天堂里的序幕》，为全书奠定基调。在《舞台上的序幕》里，班主要求剧作家和丑角要迎合世俗观众的需要，剧作家只需要把剧情编写得“剧情复杂，场景花哨，看得人目不暇接，目瞪口呆”就行，演员的表演则需要给观众带来足够的感官刺激，等散场后观众们就给会剧作家和演员们广泛赞扬，“把你们捧上九霄云天”。剧作家向剧团班主、丑角二人表明作家的创作理念：不迎合世俗票房和低俗的观众，追求真理以及对美好幻境的精神向往。但这遭到班主和丑角的否定，班主认为：来逛戏园子的观众都是酒足饭饱之后来这打发时间的，他们不需要什么高深道理、艺术至上，他们只需要放松心情，整个德国舞台都是如此操作，咱们为了票房也不能例外。剧作家则坚持创作要“既渴求真理，又耽于幻想，虽一无所有但又富足”。歌德创作《浮士德》也正是基于此原则，不迎合世俗的需要，根据内心的纯粹来创作，畅快淋漓地表达出人类的真挚情感。很显然，歌德获得了最终的成功。《天堂里的序幕》是故事的源头所在。上帝与魔鬼靡非斯托打赌：浮士德是否经得起靡非斯托的诱惑，放弃进取与奋斗精神，从此贪图享乐，经不住美色、金

① 唐君毅.孔子与歌德.国风半月刊，1932(3)：65-80.

钱和权力的诱惑而走上歧途？他们的赌注就是浮士德的灵魂。

二、五大悲剧

《浮士德》这部悲剧题材的诗剧，主要从五个方面来描述主角浮士德的悲剧人生，即知识悲剧、爱情悲剧、政治悲剧、审美悲剧、事业悲剧。

知识悲剧在第一部的开头就出现了。主人公浮士德在中世纪四大学科的哲学、法学、医学、神学领域穷尽一生来探索知识的终极在哪里，想要掌握一切知识的奥秘，曾以为自己是“神的化身，自诩已与永恒的真理之境近在咫尺”，结果到头来发现自己“仍然是个傻瓜，并未比当初聪明半点”，甚至绝望得神志昏乱，“自觉像个侏儒，渺小无比”。这等幻灭感简直叫人崩溃，浮士德在绝望之余准备服毒自尽，但是复活节的钟声叫醒了他，使他明白拯救人心的并不是灰色理论，而是常青的生活经验，他皓首穷经研究一生的经院哲学、封建意识和宗教观念晦涩难懂，百无一用。也因此引出下文，与上帝打赌过的魔鬼靡非斯托前来引诱浮士德，并许诺借助魔力来帮助他从故纸堆中走向现实社会，而浮士德答应了，满腹经纶的博学之士竟要借助他人之力才能步入正常社会。

浮士德与格雷琴之间的爱情悲剧描述的是浮士德在喝了女巫的汤药后顿时回到青年状态。他化身贵族，在街道上遇到含苞欲放的美丽女子格雷琴就陷入了爱河。格雷琴只是一名普通的天主教信女，有着保守的思想与家庭。她与浮士德在人生观与世界观上都是两个世界的人，几乎没有共同语言，但浮士德为了满足自己的欲望借助魔鬼的力量成功地追求到了格雷琴。格雷琴深陷这一段没有未来的爱情之中，被爱情冲昏了头脑的她为方便与浮士德约会，竟然给母亲服用了过量安眠药而致其死亡。格雷琴与浮士德还有了私生子，为掩盖这种天主教教义看来大逆不道的非婚生子行为，她选择了溺死婴童。格雷琴的哥哥瓦伦汀是一位骑士，他在过去一向视妹妹为天主教的圣洁信女，但如今妹妹被浮士德下了蛊勾了心，为了家族和骑士荣誉，为了天主教的信仰，瓦伦汀决定与浮士德决斗。在魔鬼靡非斯托的帮助下，浮士德杀死了瓦伦汀并迅速逃离了这个城市。被抛弃的格雷琴失去了母亲、孩子和哥哥，这一系列的变故最终导致原本是天主教虔诚信女的格雷琴蹲了大狱，她因溺婴被法院判处死刑而葬送一生，十分令人惋惜。之后浮士德到监狱里试图把格雷琴救出来，但此时的格雷琴精神崩溃且神志不清，她放弃了浮士德和求生，选择通过死亡来向上帝忏悔赎罪以完成最后的救赎。

浮士德结束爱情之旅后，又马上出现在政治舞台上。他和魔鬼靡非斯托来到皇帝的行宫，试图在政治上大展宏图。此时皇帝正面临着严重的财政危机，贪婪的大臣们个个老奸巨猾，他们像蚂蟥一样吸吮着国家和人民的血液，不事生产但利用权位占据大量劳动果实和生产资料，给国家带来严重的财务危机。浮士德借助魔鬼的力量一举改善了国家（实际上是皇帝）所面临的困难局面，给国家带来了大量的金银财富，并且改变了货币流通方式。贵金属货币被新兴的纸币所取代，传统低效的经济形式被抛弃，适应时代发展的纸币迅速成为活跃经济的血液，经济流通效率更高，国家财政和社会经济从根本上得到改变。浮士德希望通过为皇帝解决后顾之忧，为改革奠定良好的物质基础，让皇帝能够励精图治，国家从此海晏河清。显然，浮士德的愿望又落空了。皇帝、大臣和骑士等封建主们拿到大把得来全不费功夫的钞票后更加纸醉金迷、骄奢淫逸，赌博、滥饮、沉迷女色更是无所顾忌，浮士德的努力换来竹篮打水一场空，政治上的企图也化为乌有。

浮士德借助学生瓦格纳的实验穿越到他所向往的古希腊世界，在这里他爱上了美丽无瑕的女神海伦。这种爱与对格雷琴的爱不同，浮士德与格雷琴的爱是由年轻的欲望而产生的，他对海伦的爱则是一种精神上的追求。海伦是浮士德所追求的古典美象征，但是这种古典美脱离了现实世界，古希腊文化与浮士德所生活的北欧文化存在较大差异，即使能够短暂地互相接纳结合，甚至能够有一个爱情的结晶——欧福良出生，但这毕竟是浮士德的幻想试验，文化之间的差异不可能最终抹平，枉顾现实世界而去追求和膜拜理想世界，其结果就是理想世界的崩塌——浮士德与海伦结合生下的活泼可爱的孩子欧福良意外身亡，佳人也随风而逝，只留下一件衣裳。浮士德对古典主义美的追求又一次幻灭。

最后，不甘失败的浮士德妄图在事业上有所成就。此时浮士德已经百岁高龄，他来到皇帝赐予他的封地——一片荒芜的海滩上准备大干一场，希望在这里干出旷世伟业，为普罗大众造出沃野良田，奈何一对居住于此的老夫妻不想搬迁，浮士德便让魔鬼靡非斯托去跟老人家谈判，用一座好田庄来交换土地。靡非斯托背着浮士德强行赶走老夫妻并纵火烧房，无辜老夫妻和一位过客却葬身火海，浮士德还未造福众生却已经造下罪孽，这不得不说是一种讽刺与失败。不久之后，浮士德也眼瞎身亡，在弥留之际，他对逝去的时光喊出：停留一下吧，你多么美呀！

浮士德死后并没有被魔鬼靡非斯托带走赌掉的灵魂。一方面是因为他一直保持着勇往直前、不断失败而不断奋斗的精神；另一方面，他心地善良、普爱众生，始终都向往美好，能够及时迷途知返，并没被魔鬼带向黑暗。“对于爱人之人，爱能指引道路。”最终浮士德的灵魂在众多天使的超度与护卫之下进入了天堂。

三、现实意义

歌德对人性的描述，是这本书成功的关键。在歌德生活的年代，德意志地区并未统一，这里存在300多个大大小小的公国城邦，而葬送黑暗中世纪的启蒙运动和宗教革命逐渐进入尾声，资产阶级开始登上历史舞台，成为社会上的重要力量。城市居民和小资产者增多起来，各种思潮泛滥，选帝侯、公国的伯爵与侯爵、容克地主、骑士团成员、官僚、城市新贵工场主、普通市民等在人生观和世界观上发生巨大变化，人的贪欲、性欲、恶念、权力欲等也被彻底释放，享乐主义成为很多人的选择。歌德对这种沉迷声色犬马、荒废人生的态度极度不满，在书中也对此大加批判，希冀通过《浮士德》这部震撼人心的不朽之作来改善这局面，给人民心灵注入一剂醒神汤，告诫普罗大众不要贪一时之欢、享一时之乐，这样的人生没有任何价值与意义。该书表面是浮士德的故事，实际上也算是作者歌德自己的故事。在歌德的一生中，他经历丰富，幼时染过天花，中年时又饱受脊椎疾病困扰，但他没有放弃过人生，而是追求进步，不断“以今日之我向昨日之我开战”，广泛涉猎诗歌、戏剧、自然科学、解剖学、油画、政治等，创作出诗歌《普罗米修斯》、小说《少年维特之烦恼》、科学论文《论色彩学》、报告《法国的政治运动》、诗剧《浮士德》等众多作品，成为德国乃至世界文学史上重要的文化名人。

在作者的创作理念中，浮士德可能是每一个人，浮士德的精神也应该是全人类的精神。作者希望人们拥有奋斗精神，通过脚踏实地的努力，在未知世界能够不断探索发现，不被靡非斯托的怀疑和否定迷惑住而陷入满足、懒散和堕落的深渊中。人们要经得起魔鬼的各种诱惑，矢志不渝坚守人性，虽然浮士德遭遇五大悲剧，遇上众多艰难险阻，但他并没有失信，他始终恪守向善的准则，没有被魔鬼诱出人性恶的一面，彻底出卖掉灵魂，而这也是他与魔鬼靡非斯托抵押灵魂的契约失去效力的最关键原因。

浮士德所遇到的五个悲剧其实就是我们每个人在生命中都会遇到的人生难题。我们怎么对待学习，是不断求知还是浑浑噩噩度过一生？我们面对爱情如何抉择，是逢场作戏、游戏人间，还是保持对爱情的纯真？我们对于功名利禄怎么拿捏，是不分黑白与奸佞为伍、浑水摸鱼，还是洁身自好、勇于担当？对于美的向往，我们又是怎么判断的，是美丑不分，还是脱离实际追求虚化？我们可以从该书中汲取许多人生智慧。

精彩片段

唉，不管是内心深处的激情，
不管是唇齿间的絮语温存，
不管失败也好，成功也好，
通通会被狂暴的瞬间鲸吞。
往往需要历经岁月的考验，
完美的形象才会自然浑成。
闪亮的东西只能存在一时，
真品才会在后世永葆青春。

引自《舞台上的序幕》

如此说她一样不受时间的羁绊！
可不，阿喀琉斯在斐赖发现她，
也曾超越时间。多难得多幸运：
通过斗争得到爱情，抗拒天命！
难道我就不能凭借苦恋之力，
使举世无双的美女转世还魂？
那永恒的丽质，堪与天神媲美，
既伟大又温柔，既高贵又可亲！
你曾经见过她，今天我也有幸：
完全如我期望，那么楚楚动人。

如今我的心、我的身全被束缚，
我得不到她，就再不能够生存。

引自《第二部 第二幕 珀涅俄斯河下游》

我只是匆匆地周游世界一趟；
劈头抓牢了每种欲望，
不满我意的，我抛掷一旁，
滑脱我手的，我听其长往。
我不断追求，不断促其实现，
然后又重新希望，尽力在生活中掀起波澜：
开始是规模宏伟而气魄磅礴，
可是如今则行动明智而谨慎思索。
我已经熟识这攘攘人寰，
要离尘弃俗绝无办法；
是痴人才眨眼望着上天，
幻想那云雾中有自己的同伴；
人要立定脚跟，向四周环顾！
这世界对于有为者并非默然无语。
他何必向那永恒之中驰骛？
凡是认识到的东西就不妨把握。
就这样把尘世光阴度过；
纵有妖魔出现，也不改变道路。
在前进中他会遇到痛苦和幸福，
可是他呀！随时随刻都不满足。

引自《第二部 第五幕 子夜》

参考文献

[1] 歌德.浮士德.杨武能，译.成都：四川文艺出版社，2010.

局外人还是真实的人

导读者：李瑞瑞

一部小说的开头，其实是你推开一个新世界大门看到的第一眼，这一眼可能让你惊艳，也可能让你转身关上门。不少小说的开头让人过目难忘，如《百年孤独》“许多年之后，面对行刑队，奥雷良诺·布恩地亚上校将会回想起，他父亲带他去见识冰块的那个遥远的下午”；再如《双城记》“那是最美好的时代，那是最糟糕的时代；那是睿智的年月，那是蒙昧的年月；那是信心百倍的时期，那是疑虑重重的时期；那是阳光普照的季节，那是黑暗笼罩的季节；那是充满希望的春天，那是令人绝望的冬天……”《局外人》这本小说的开头也同样让人印象深刻：“今天，妈妈去世了，也许是昨天，我不知道。”一句话，十六个字，突兀、冷漠，奠定了小说的基调，开始了一个看似荒诞的故事。

一、世界性的经典作家——加缪

读《局外人》，不得不先了解一下阿尔贝·加缪（Albert Camus，1913—1960）。加缪是法国声名卓著的小说家、散文家和剧作家，存在主义的文学大师，荒诞哲学的代表人物。1942年，还不到30岁的加缪创作了《局外人》，该书一经出版即大获成功，书中他形象地提出了存在主义关于“荒谬”的观念。对于一个青年作家来说，这似乎意味着一个创作的黎明，事实上也是如此：1943年出版的《西西弗的神话》、1947年出版的《鼠疫》等都是他重要的代表作。1957年，44岁的加缪获得诺贝尔文学奖，是有史以来最年轻的诺奖获奖作家，瑞典文学院给他的授奖词是：“他作为一个艺术家和道德家，通过一个存在主义者对世界荒诞性的透视，形象地体现了现代人的道德良知，戏剧性地表现了自由、正义和死亡等有关人类存在的最基本的问题。”

在阿尔贝·加缪的全部文学作品和哲学随笔当中，“荒诞”是他强调的最重要的一个概念。他在作品中揭示出世界的荒诞的同时却并不绝望和颓丧，主张要在荒诞中奋起反抗，在绝望中坚持真理和正义。他直面惨淡人生的勇气，他“知其不可而为之”的大无畏精神，使他在第二次世界大战之后，成为他那一代人的代言人和下一代人的精神导师。加缪的创作特色是善用白描手法，客观地表现人物的一言一行。

《局外人》作为加缪的代表作，淋漓尽致地体现了他的哲学观点和创作特色。“局外人”也由此成为整个西方文学、哲学中最经典的人物形象和最重要的关键词之一。故事篇幅不长，讲述了一个对一切都觉得无所谓的小职员默尔索，在平庸的生活中由于稀里糊涂杀了人，最后因为在母亲葬礼上的冷漠表现被判处死刑的故事。全书五六万字的内容主要分为上、下两部，第一部分主要写主人公默尔索处理母亲的葬礼及默尔索身处环境与人物周边环境，在第一部分结尾处，默尔索枪杀了一个阿拉伯人。第二部分写了默尔索被拘留，然后开庭审判，最后被判死刑。

小说表面上塑造了一个对一切都无所谓的、精神世界麻木的人，但是，在小说的背后，加缪要告诉我们的则是“存在的荒诞感”：每个人都有对抗这个荒谬世界的力量，但是一个人却不可能改变世界，也无法改变自己的命运；即便如此，也必须做出选择去应对。加缪本人这样评价他的“局外人”：他是穷人，是坦诚的人，喜爱光明正大，他是无任何英雄行为而自愿为真理而死的人。现代主义大家娜塔莉·萨洛特认为《局外人》在法国当代文学中起了开风气之先的作用，“像所有货真价实的作品一样，它出现得很及时，正符合了我们当时的期望”。那么，《局外人》符合了什么期望呢？

二、世俗世界的局外人——默尔索

“局外人”是顺应时代背景而产生的人物形象。作品酝酿于1938年到1939年，这是一个特殊的时代：第二次世界大战爆发，战争的动荡、家园的毁灭使人们处于一种慌乱和恐惧中，到处笼罩着一股阴霾；同时，这又是一个信仰失落的时代：19世纪出现以叔本华、尼采等人为核心的非理性主义思潮，尼采高呼“上帝死了”，打破了原有的宗教和道德权威，打破了绝对真理，人们失去精神家园归宿，普遍出现信仰危机。在这样的时代背景下，社会和作为社会主体的人呈现出一种荒诞、无序、混乱的特征。在文学作品中，古典悲剧式的英雄人物退出文坛，日常生活中的庸常人物成为文学作品中的主角，默尔索便是在这个时代背景下应运而生的小人物文学形象之一。

默尔索的冷漠从小说开头就可见一斑。他是一个三十来岁的未婚男人，在一家公司当职员，唯一的亲人——妈妈住在养老院。某一天，养老院发来电报通知他妈妈去世，他前去奔丧，守灵的时候抽烟、喝咖啡、昏昏欲睡，不知道妈妈去世的时间，毫无悲伤情绪，甚至妈妈下葬时都没流一滴泪。当葬礼结束乘汽车返回闹市区，他想到的是将要上床睡上十二个钟头的"喜悦"。假如至亲去世，该作何表现呢？至少默尔索的无动于衷不是世俗世界普通人应该有的反应。

生活中的默尔索对待一切也都是无所谓的态度。女朋友玛丽问他爱不爱她时，他对她说"这种话毫无意义，但我似乎觉得并不爱"。上司提出派遣他去巴黎，这意味着升职加薪，他觉得可有可无，因为"人们永远也无法改变生活，什么样的生活都差不多，而我在这里的生活并不使我厌烦"。与情人交往无所谓爱情，与老板打工无所谓事业。没有计划，只是机械度日罢了。后来，他稀里糊涂地牵连进了邻居蒙恩与情人的纷争中，糊里糊涂地开枪打死了一个阿拉伯人后成了杀人犯。在法庭上，面对法官的质询，默尔索无动于衷，继续表现出一种漠然的、无所谓的、冷酷的态度，拒绝配合律师作假为自己脱罪。他宛如一个局外人，像人们在马戏团看动物表演一样看一场事关自己生死的官司，他觉得很有趣。他的反应激怒了法官和律师，本来是正当防卫的索尔默反而被法官判处死刑。荒诞的是，导致他最终被判为死刑的关键因素不是杀人，而是他对母亲的一系列"冷漠"行为。用现在的话说，他是被当时的社会环境和意识形态道德绑架后强行画押。

默尔索与世俗世界格格不入，"局外人"是他最突出的特征。"对于世界，我永远是个陌生人，我不懂它的语言，它不懂我的沉默，我们交换的只是一点轻蔑，如同相逢在镜子中。"北岛的这首《无题》，很好地概括了默尔索与这个世界的疏离和脱节。在社会看来，默尔索是可笑与荒谬的，冷淡、孤僻、不通人情、不懂规矩、作风散漫、庸庸碌碌、浑浑噩噩……他不承认当时社会公认的基本法则，被世俗认定与这个社会一刀两断；他对人类良心的基本反应麻木不仁，使得世俗对他不抱期望。

默尔索真的是一个没有情感、没有灵魂的怪物吗？他爱他的妈妈，跟常人一样。但这又能说明什么呢，他认为人都是要死的，没必要为妈妈太过悲伤，生活仍需要继续。他认为人生在世，永远也不该演戏作假。他不爱玛丽就绝不假惺惺地说爱她。当律师请求他在辩护时解释他在母亲葬礼上控制住了悲痛的心情，他说"不，因为这是假话"。加缪曾这样描述他的主人公："默尔索并不是一个社会渣滓……他远非那种失去所有情感的人，他被一种固执的因而是深厚的激情所激励，那是一种绝对和真理的激情。"默尔索的冷漠并不是一种天然的对世态炎凉和人情冷暖的麻木，他的冷漠是对他所处的社会做出的反抗，实质上他是一个坦诚的人，是一个无任何英雄行为自愿为真理而死的人。他拒绝表演自己，是一个无比真实的人。

故事的结尾和开头一样有意思："我认为我是睡着了，因为醒来时我发现满天星光洒落在我脸上……这时，黑夜将尽，汽笛鸣叫起来了，它宣告着世人将开始新的行程……而我，我现在也感到自己准备好把一切再过一遍。好像刚才这场怒火清除了我心里的痛苦，掏空了我的七情六欲一样，现在我面对着这个充满了星光与默示的夜，第一次向这个冷漠而未余温尽失的世界敞开了我的心扉。我体验到这个世界如此像我，如此友爱融洽，觉得自己过去曾经是幸福的，现在仍然是幸福的。为了善始善终，功德圆满，为了不感到自己属于另类，我期望处决我的那天，有很多人前来看热闹，他们都向我发出仇恨的叫喊声。"从某种意义上说，默尔索在死亡直逼面前"大悟"了，他回归自我，完成了和这个冷漠世界的圆融统一，他明白了这个世界虚无的本质，他意识到了自己一切的方法和态度都是对的，都是这个世界本来的方式。他在死亡面前发现了自己。

一千个读者就有一千个哈姆雷特。很多读者认为默尔索是被社会所抛弃的，但若想更全面地了解他的性格，抑或是加缪想塑造的那个性格，必须要追问一句：为什么默尔索不遵循社会规则？加缪怕读者分不清"与世界的格格不入"和"沉默的反抗者"的区别，1955年特意在后记里点明："《局外人》是一部关于一位毫无英雄主张、单纯愿意为真相而死去的男人的小说。我以前说过，现在也再矛盾地说一次，我力图把主人公塑造成我们这个社会里应得的救世主。通过这段解释，我相信人们终将可以理解我的意图：我不想渎神，我只想表示一位艺术家有权利对自己创作的人物有一种稍带讽刺的情感。”

三、其他文学作品中的“局外人”形象

《局外人》出版后引起了读书界广泛而热烈的兴趣。马塞尔·阿尔朗认为《局外人》是加缪作为“一个真正作家诞生了”的标志。让-保罗·萨特评价《局外人》“一出版就受到了最热烈的欢迎，人们反复说，这是几年来最出色的一本书”，并赞扬它是“一部经典之作，一部理性之作”。一代理论宗师罗兰·巴特肯定“《局外人》无疑是战后第一部经典小说”，是“出现在历史环节上完美而富有意义的作品”，指出“它表明了一种决裂，代表着一种新的情感，没有人对它持反对态度，所有的人都被它征服了，几乎爱恋上了它。《局外人》的出版成了一种社会现象”。

其实，类似“局外人”形象在文学作品中并不少见。20世纪的“局外人”是对“多余人”的继承。“多余人”是19世纪俄国批判现实主义文学中出现的一类独特的文学形象，产生于19世纪20—50年代的俄国贵族革命时期。当时，一些受过西方资产阶级启蒙思想的影响、具有较高天赋和才华的贵族知识分子，既不满上流社会的腐败，愤世嫉俗，又无力与本阶级决裂；既有朦胧的追求，希望有所作为，又脱离人民，远离革命。最后只能在消极的玩世不恭中发泄他们的不满，消耗掉他们年轻的生命，在碌碌无为中虚度一生，成为“既非孔雀，又非乌鸦”的“多余人”。普希金的长篇小说《叶普盖尼·奥涅金》塑造了俄罗斯文学史上第一个“多余人”形象——叶甫盖尼·奥涅金。莱蒙托夫的《当代英雄》塑造了第二个“多余人”形象——毕巧林。屠格涅夫先生笔下的罗亭，也是一个著名的“多余人”形象。但在屠格涅夫之前，文学界还没意识到这是一种社会典型。1850年，屠格涅夫发表《多余人日记》，第一次使用“多余人”这个概念：他们就像马车上的第五个轮子，无处安放，成为社会的“多余人”。至此，“多余人”成为俄罗斯文学中的经典形象。

到20世纪第二次世界大战之后，存在主义哲学在欧洲盛行，并产生了加缪、萨特等作家；日本作为战败国，民生凋敝且失去政治经济自主权，国家前途堪忧，产生了描绘精神失落的“无赖派”作家。加缪《局外人》中的默尔索与太宰治《人间失格》中丧失为人资格的叶藏极其相似，但社会环境与作家背景的不同又决定了这两种“局外人”最终走向不同的结局。从这些作品中我们可以

看出，“多余人”并非一个世纪所有，“局外人”更非一个国家所有，“多余人”和“局外人”也并非文学人物所独具。

《局外人》是本好小说，阅读一本好的小说，可以在思考中燃烧思想的火花。书中的“局外人”保持本心；而书外也有不少“局内人”戴着面具生活。处在人类社会中，“局外人”还是“局内人”，如何选择是个拷问灵魂的问题。不论如何选择，但愿我们都能够真实地活在此刻。

精彩片段

我常常想，如果让我住在一棵枯树干里，除了抬头看看天上的流云之外无事可干，久而久之，我也会习惯的。我会等待着鸟儿飞过或白云相会，就像我在这里等待着我的律师的奇特的领带，或者就像我在另一个世界里耐心等到星期六拥抱玛丽的肉体一样。何况，认真想想，我并不在一棵枯树干里。还有比我更不幸的人。不过，这是妈妈的一个想法，她常常说，到头来，人什么都能习惯。

引自第二部

我们很少信任比我们好的人，这可太真实了。我们宁肯避免与他们往来。相反，最为经常的是我们对和我们相似，和我们有着共同弱点的人吐露心迹。因此，我们并不希望改掉我们的弱点，也不希望变得更好，我们大概首先应该被判犯了错误。我们只是希望在我们的道路上受到怜悯和鼓励。一句话，我们希望不再有罪，同时对自己的纯洁不做努力。不要够多的无耻，也不要够多的道德。我们既无力作恶亦无力为善。

引自第二部

我一直不理解，在何种程度上，既可说日子漫漫难挨，又可说苦短无多。日子，过起来当然就长，但是拖拖拉拉，日复一日，年复一年，最后就混淆成了一片。每个日子都丧失了自己的名字。对我来说，只有“昨天”与“明天”这样的字，才具有一定的意义。

引自第二部

参考文献

[1] 柳鸣九.《局外人》的社会现实内涵与人性内涵.当代外国文学，2002(1): 90–97.

[2] 郭宏安.多余人？抑或理性的人？：谈谈加缪的《局外人》.读书杂志,1986(10): 70–75.

[3] 张晓宸.时代的孤独者:“多余人”“零余者”“局外人”形象浅析.天津: 天津师范大学,2014.

“丧文化”与人间失格

导读者：刘宇庆

几年前，情景剧《我爱我家》中的“葛优躺”成为“丧文化”兴起的触发点。“葛优躺”透露出“我是个废人”的“丧”气质，迅速走红网络并引起大多数人的共鸣，也成为青年群体集体焦虑的缩影，使“丧文化”在新媒体时代迅速走红，成为新的青年亚文化。“80后”“90后”作为青年群体，在奔向传统概念中的而立之年时，却因理想与现实的种种冲突不能实现传统价值观上的“而立”，甚至有相当一部分人还在读书，这也就在某种程度上意味着需要继续“啃老”，“三十而立”演变成了“三十而已”，青年群体性的焦虑近年来尤为凸显。社交媒体的多元化飞速发展，使得这种群体性焦虑有了宣泄的社群，也就得到了爆发性的传播，在知乎、豆瓣等社交媒体中，“丧”成为持续性的话题。此外，相比在青年眼中过度渲染情绪的鸡汤，“丧文化”更直接、有创意。比如“相信自己，你是最胖的”“我差不多已经是个废人了”“现在是‘网抑云’（网易云）时间”等“丧文化”语录。“丧文化”大行其道，日本文坛称之为“无赖”文学的杰出代表太宰治便顺势备受年轻人推崇，其作品《人间失格》成为当下社会“丧”文化的代名词。《人间失格》在第二次世界大战之后由新潮文库发行，已经累计超过六百万本，超过夏目漱石《心》的累计发行数。2010年正值太宰治百年诞辰，日本角川映画会社将其搬上了银幕。2012年，该作又被改编成卖萌系漫画。

一、太宰治的人生

太宰治（1909—1948）是战后废墟上诞生的日本重要文学流派“无赖派”（也称新戏作派、反秩序派）的代表作家。太宰文学虽属于日本文学的另类，却是日本战后文学的重要坐标，随着时代的发展，其文学价值越来越为人们所认识。他的作品中对于挣扎在时代边缘的理想主义者的心理剖析可谓入木三分，少有可以比肩者，其后期重要作品被评价为“昭和文学不灭的金字塔”，与川端康成、三岛由纪夫并列为日本战后文学的巅峰人物。太宰治本人更是以其自身的伟大成就成为日后人们研究日本文学时的重要作家之一。

他本名津岛修治，出身日本青森县北津轻郡贵族家庭，父亲曾任众议院议员、贵族院议员，母亲体弱多病。太宰治自幼由姑母及保姆照顾。父亲的严厉与母爱的缺失造成了太宰治纤细而敏感的个性。初中时他便开始创办同人刊物，决心以文学为业。1930年进入东京大学法文系就读，师从井伏鳟二。大学时期的太宰治积极参加左翼运动，在此期间他体会到作为地主阶级的自己与革命者甚至普通民众的不同，仿佛就是一个天生背负着罪恶感的人，这种罪的意识在他的早期作品中比较明显，并显著影响了其后期创作方向。另外，其生活放荡不羁，一生四次自杀未遂，最终于1948年6月13日深夜与崇拜他的女读者投水自尽，时年39岁。

太宰治生活的时代背景主要分为三个部分，主要是战前、战时以及战后，而他的作品在第三个阶段到达了巅峰，成为日本文学界一股特殊的文学潮流“无赖派文学”的主要奠基人。另外，太宰治战时深受马克思主义的影响，当时共产主义的运动波及日本社会的所有阶层，地主出身的太宰治也加入革命，目的是为了证明自己在社会中存在的地位。然而现实并不如他所想，因为他身为地主的儿子，自然成为革命的对象，因此他产生了在社会中“多余”的意识。随着第二次世界大战的发展，太宰治又遭受了一系列的变故：母亲去世，家乡被盟军的飞机轰炸，并且得了肺结核，不久病情开始恶化，太宰治更觉了无生趣。战后是太宰治生活的时代背景中最重要的阶段。这个阶段社会秩序混乱，价值体系崩溃，病态社会造就了普遍的病态人生态度与意识。而以太宰治为主的这些人，富有反抗意识，因此他们的作品中大多表现出阴暗、颓废的思想，同时也是对当时社会的讽刺。太宰治式的“丧”，未尝不是一种反抗。

1935年太宰治以《小丑之花》初登文坛，在十五年短暂的创作生涯中创作了三百篇作品，佳作众多，大部分以私小说形式写成，可以说是他人生的真实写照。由于太宰治作品的主人公大多贫困潦倒，个性孤傲而自卑，加上自虐反俗的作品题材，以及作者经历与作品里人物高度契合等等，其作品也被称为“弱者的文学”“败北的文学”，其人则被称为“破灭型作家”。太宰治文学虽具有独特的魅力，但在他生前及死后相当长一段时间，其文学价值并未得到应有的评价。没落乡绅出身的文学青年太宰治，似乎一降生便注定了悲剧的命运，既无法回到旧时代，也无法融入新民主主义的新时代，他苦恼于理想与现实相克，为了拯救自我而投身写作，文学即他的人生。文学不仅造就了伟大作家太宰治，也对那个时代做出了最好的诠释。读太宰治，希望可以带给读者对人生和社会新的思考和启迪。

《人间失格》是太宰治的人生绝笔，太宰治用自己的一部分人生经历塑造了“我”——大庭叶藏这个形象，并用他对自身懦弱性格的无情解剖为这一人物点睛，通过叶藏表达了他对人类功利自私、互相算计、阴险狡诈、虚伪残忍等卑劣品质的厌恶和恐惧。

二、太宰治式“胆小鬼”

战前的日本，家族中奉行的家长制和长子继承制让排行老六的太宰治在家中成为地位低下的人。在太宰治小的时候，举手投足都要看兄长们的脸色，他甚至没有单独的卧室，这让他感觉自己在这个家中的地位是“多余”的。因此太宰治的思想总是游离于对家族的依赖和背叛之间，让他产生了无限的矛盾，也深深影响着他的一生。

太宰治式“胆小鬼”在文中彰显无疑，如“因为我清楚地知道，不公平的事是必然存在的。这一点是明摆着的事实。向别人倾诉原本就是徒劳。所以，我从来不说一句真话，除了默默地忍耐着，继续扮演滑稽角色之外别无选择”。正如文中所述，叶藏真的别无选择吗？自身有试着去选择吗？答案是没有，如此胆小，如此压抑，如此颓废，掏出自己内心的阴郁，如切生鱼片般，一片片呈现在读者面前，鲜活得残忍。

“胆小鬼连幸福都害怕，碰到棉花都会受伤”，叶藏对人类始终保持着最大的善意以及畏惧，他就像另一个智慧生物在人类社会中不知所措，压抑的氛围席卷而来。

“日日重复同样的事，遵循着与昨日相同的惯例。若能避开猛烈的狂喜，自然也不会有悲痛的来袭。面对阻碍着前途的绊脚石，蟾蜍，会绕路而行。”文中这首诗曾让叶藏羞赧万分，满脸发烫，但同时，叶藏也认定那只蟾蜍就是自己的真实写照。

三、太宰治式自我揭发

“我这一生，尽是可耻之事”，什么样的人会这样评价自己的一生？

叶藏从小体弱多病，幼小而敏感的心灵受到了互相欺骗的“人类”的伤害。他必须通过扮演“小丑”来克服心理上的不安与恐惧，寻求“他人”的认同。上学期间曾经积极参加在日本属于非法组织的马克思主义社团，后来因为与女招待殉情时，女方身亡而他获救，最终以教唆杀人的罪名入狱。而结婚之后，纯洁的妻子因轻信他人而遭到玷污，使他精神彻底崩溃。对自己的无能和“罪孽感”、对“人类”的恐惧和失望，使叶藏认为自己不配作为一个人而活着，沉湎药物，终日买醉，放任堕落，最终被送到了疯人院，无可避免地走向毁灭。

叶藏的不幸似乎是天生注定的——家庭环境、幼年的经历使他不具有与其他人平等交往和拒绝他人的能力，没有自己的自由意志。其结果就是总是受制于人，因而他愈加懦弱和不幸。对他人的敌意、对家人的恐惧、对女性的不信任等等，也导致了他的悲惨结局。对于虚伪的人世间，他拒绝一切形式的妥协，同时也不做任何抵抗，以堕落作为对浊世的抵抗。在小说的最后，酒吧的老板娘说：“我们认识的阿叶……也是一个神一样的好孩子呐。”由此可知，太宰治并不认为叶藏真的没有做人的资格，只不过不具备做浑浑噩噩的人的资格。

主人公大庭叶藏在本质上是一个至纯至善、正直天真的理想化人物形象，他所目睹的卑劣人性和荒诞世事正是太宰治从自己和旁人身上提取出的共性，这既是太宰治向内自觉自发的忏悔，也是他向外深沉却无力的质问。正如文中写道，“从小到大，我始终摆脱不了孤独和伤感，我始终渴望爱与被爱，却始终事与愿违，深渊般的迷惘和绝望，渐渐将我吞噬，我一次又一次伤害了我爱和爱我的人，我自暴自弃、自虐，直至丧失了做人的资格……”通过主人公的口吻，太宰治式的自我揭发贯穿全书。

四、太宰治式无望追寻

太宰治在这部小说里，透过叶藏这个角色，完成了对自己人生的回顾和评价。对于现代社会来说，太宰治式的主人公往往表现出很强的边缘性人格障碍，与社会格格不入。同时又因无力反抗而厌倦自我，因而以不作为的颓废堕落来抵制主流社会的普世价值，在理性思考与非理性行为之间反复拉锯，最终在自我沉沦与放逐中毁灭。正如文中叶藏在所有人生种种遭遇以后关于对人世间的思考：“所谓世间，又是什么呢？是人的复数吗？可哪儿存在着“世间”这个东西的实体呢？迄今为止，我一直以为它是一种苛烈、严酷，而且可怕的东西，并且一直生活在这种想法之中……”

在每一次绝望之前，都是叶藏想做一个社会人的努力尝试，然而他终究无法直视那一点点被挖掉的对人世的信任，无法说服自己一次次被伤害的心灵。没有人是一下子就被打败的，正如太宰治在序里描述的三张照片，“从强颜欢笑到矫饰轻薄，最后是面无表情的‘死相’，那正是叶藏极力迎合社会却最终惨败的一生”，也是太宰治极力守护的对美好与纯洁的执念，最终被无情摧毁的一生。太宰治至死都不愿低下高傲的头。正是他对真善美的执著追求，将自己驱入绝境；也正是这执著的追求，成就了太宰文学的大家地位。

有读者讲，叶藏就是一个无赖，是个人渣。“人渣”指品行败坏、道德低下的人。这刚好是个讽刺，有关于人间真相的讽刺。又有读者说道，他是个那么纯洁、纯良、清澈的人，只是太胆小了，胆小又不该有人怪罪。成人用早已麻木和漠视的躯壳无声地恐吓着这个敏感的孩子。

人们常说，透过一本书，我们能更加靠近一位作家。那些对于生命与生活都有着更高的感悟力（或者说更细腻触感能力）的人，仿佛能感知到周遭的“五十光一百色”。这样的纤细与敏感，虽然能体验更多层次的美好，但这种能力的背后却是敏感地感受比别人大十倍百倍的痛苦，且无处诉说。太宰治根据自己的人生经历，结合日本战后的社会环境，用独特的视角描述了人性的卑劣与不堪，既对此提出了质疑，又因此做出了反抗。他用堕落和叛逆的特殊方式倾诉内心的愿望——他想要追求现实反面的本真，同时又展示出心愿不可能达成的绝望；但他毕竟还在叶藏的心里为我们营造了一个至纯至善的极乐世界。主人公叶藏纤细而罪恶的灵魂，因为他本身的自我反省和罪恶感，连同他的诚实和不愿意伤害任何人的出发点，具有一种值得称颂的价值，这也是最后说“神一样的好孩子”的原因。

虽然《人间失格》很“丧”，但他一面在讲述叶藏（也是自己）内心阴暗的想法，一面也在为人生努力奋斗。他一次次表示“人间不值得”，但又一次次用心创作，用力生活，并让世间听到他的声音。1948年创作的《微明》结局处，女儿眼疾好转时，他写道："我高兴得不知如何是好，嘴里一个劲地叫道：'太好了！太好了！'然后急不可耐地带她去看被烧毁的家。'你看，家被烧掉了是不是呀？''嗯，烧掉了。'孩子微笑着说。'小兔子、鞋子，还有小田桐家、茅野家，附近所有的人家全都烧掉了哩。''嗯，全都烧掉了。'女儿答道，脸上仍旧挂着微笑。"

生活虽然很艰难，但他仍然能在痛苦中找到值得开心的事，依然能看到孩子脸上纯真的笑，依然是关心孩子的爸爸、在意妻子的丈夫。他不是真的悲观至极的人。终其一生，他都在为文学梦努力，不论是婚姻受挫、健康不佳或是时局动荡，他始终是有梦想的人。

文学艺术是一面镜子，希望广大读者通过这部作品，获得"别人也有同样经历，能够理解自己"的治愈。

精彩片段

每每见到人类露出本性，我都惊悚得汗毛倒竖。而一旦想到，这种本性或许是人活于世的必备资质之一时，我简直要对自己绝望了。对讨厌的事说不出讨厌，对喜欢的事也总是偷偷摸摸，我总是品着极为苦涩的滋味，因难以名状的恐惧痛苦挣扎。互相欺骗的双方竟都相安无事，甚至并未觉察相互欺骗之事——我以为，人类生活中无处不是这样单纯、明了的不信任之举。但我对相互欺骗没多大兴趣，因为我自己也从早到晚扮丑逗笑，欺骗众人。

引自《第一手札》

对待滑稽的逗笑，女人似乎比男人更显得游刃有余。当我扮演滑稽角色进行逗笑时，男人从不会哈哈大笑。而且我也知道，如果在男人面前搞笑时随着兴致得意忘形的话，肯定会招致失败，所以总是惦记着在恰到好处时中止表演。可女人却压根儿不知道什么叫"适可而止"，总是无休无止地缠着我要我继续搞笑。为了满足她们那毫无节制的要求，我累得筋疲力尽，事实上她们确实能笑。女人似乎能够比男人更贪婪地吞噬快乐。

引自《第二手札》

人世。我好像隐隐约约地开始理解这个词了。人世就是个人与个人的争斗，而且是现场的争斗，只要在那个场合赢了就好。人绝不会屈服于人，就连奴隶都会进行他们力所能及的、卑贱的报复。总之，人除了当场决一胜负之外，就再没有残喘延生的机会了。个人虽然口口声声地唱什么大义之类的高调，但努力的目标必定还是为了个人；超过某个人之后还是回到个人；人世的难题就是个人的难题；大洋并非世间，唯有个人……总之，我从对如大海幻影般的人世的恐惧中解放了出来，不再像以前那样庸人自扰，只在当下必要的时候，才厚颜无耻地想办法解决。

引自《第三手札》

参考文献

[1] 苏中美.精神生态视域下解读《人间失格》中现代人的精神病症.牡丹江大学学报,2019(4): 45–48.

[2] 刘沛婷.堕落之神叩问人性的决战：论太宰治《人间失格》“真我”与“伪世”的抗争.西安文理学院学报(社会科学版),2017(5): 101–104.

[3] 刘阳.“丧文化”传播现象研究.呼和浩特：内蒙古大学,2020.

[4] 栾轶玫.“丧文化”流行的传播机制与心理动因.传媒观察,2018(10): 28–33.

[5] 太宰治.人间失格.竺家荣,译.上海：上海译文出版社,2016.

文明路口的阿富汗

导读者：武秀枝

现代阿富汗的历史就像是一部跌宕起伏的戏剧，充满了荒唐、惊悚和悲伤。人们每每提到阿富汗就会把它与贫穷、战争联系在一起，就会与塔利班，与屠杀联系在一起。相比于东亚的其他国家，关于阿富汗的书可以说是很少，特别是旅游类的书，几乎没有。人们一说起与阿富汗毗邻的国家，好像都能说出这个国家最有典型意义的事物，或风景或名胜或美食。比如说印度在软件业出口方面表现突出；群山起伏的巴基斯坦伊斯兰堡是一个山清水秀的地方；伊朗为世界天然气大国，石油生产能力和石油出口量分别位于世界第四位和第二位；就连提到塔吉克斯坦、乌兹别克斯坦人们也会想到很多的宝石，包括价格不菲的红宝石和琥珀。但是没人能说出阿富汗有什么，除了阿富汗子民直抵天际的悲伤、痛楚及无望的呻吟。但是阿富汗人有自己的故事，我们需要了解阿富汗，需要了解生活在阿富汗伊斯兰共和国的真实的人民，就一定不能错过胡赛尼的这本《追风筝的人》。

《追风筝的人》是卡勒德·胡赛尼创作的第一本小说，该书一经问世便大获成功，成为近年来国际文坛最大黑马，获得各项新人奖，并蝉联亚马逊排行榜131周之久，全球热销600万册，创下出版奇迹。胡赛尼本人更因小说的巨大影响力，于2006年获得联合国人道主义奖，受邀担任联合国难民署亲善大使，促进难民救援工作。《追风筝的人》是一本让人一打开就想一口气读完的书，该书包含二十五个章节，讲述了阿富汗富家少爷阿米尔与仆人哈桑之间发生的残忍而又美丽的故事。

一、战争阴霾下的阿富汗

如果你没有参加过战争，你是幸运的。不用感受生离死别的痛苦，不会看到血流成河的土地，更不必体会背井离乡的艰辛。有人曾说："人不能揪着自己的头发离开地球，就像阿富汗无法摆脱战争。"的确，现代阿富汗的历史仿佛和战争牢牢绑在一起，充满暴力、血腥和悲伤。书中曾这样描写阿米尔和父亲因战争而逃离家园的场景：阿米尔和爸爸在地下室与老鼠做伴了一个星期之后，踏上了离家之旅。卡林和他的堂兄阿吉兹，一个方脸秃顶的汉子，帮助他们进入油罐。汽车发动了，停在那里，他们挨个爬上油罐车的后踏板，爬上后面那条梯子，滑进油罐。阿米尔依然记得爸爸爬到一半，从梯子一跃而下，从口袋里掏出烟盒。他把盒子清空，从土路中央抓起一把灰泥。他亲吻泥土，把它放进盒子，把盒子放进胸前的口袋，贴着他的心。

就这样，他们离开了自己出生、生活的土地，踏上了流浪之旅。他们是不幸的，却也是幸运的。因为当时的阿富汗正在经历一场战争，很多无辜的人在这场浩劫中永远地失去生命。这场战争长达十年，导致大约100万阿富汗人死于战火，600万人被迫逃离家园、沦为难民，阿米尔和他的父亲正是其中一员。

1979年12月，苏联武装入侵阿富汗，这场战争也被叫作"阿富汗战争"。在阿米尔的记忆中，那年，俄国的坦克在街道上耀武扬威，开启了血流成河的时代。我们不禁疑惑，苏联为什么要煞费苦心、耗费巨大的人力物力入侵这个弱小的国家？

一切还要从第二次世界大战后的国际形势说起。"二战"后百废待兴，形成了以美苏为对立阵营的两极格局，双方为争夺世界霸权，展开了长达十年的斗争。在20世纪70年代，美苏争霸出现了苏攻美守的棋局。苏联继承老沙皇南下战略的衣钵，企图以阿富汗为南下的基地，进而打通陆上通道直下印度洋，威胁中东产油区并迂回包围欧洲，并与其太平洋战略互相呼应，最终实现其世界称霸的目的。而当时的阿富汗正在经历内部革命，国内矛盾错综复杂，政府重组不断。1979年3月，哈菲佐拉·阿明被任命为政府总理，但他不受苏联欢迎。苏联企图联合塔拉基搞掉阿明，但阿明却捷足先登发动政变，处死了塔拉基，自己兼任总统。阿明政府执政时期，国内政局动荡，而且人民民主党内部也是互相倾轧。苏联认识到，阿明政权不能实现苏联在阿富汗的利益，决定实施南下战略，除掉阿明。因此，1979年苏阿关系终于闹到了要刀兵相见的地步。苏联悍然入侵阿富汗绝不是偶然和局部的行动，而是其全球战略的组成部分。

事实证明，这场战争也让苏联付出了惨痛的代价。阿富汗战争消耗了苏联大量的精力，造成了5万名士兵的伤亡。1989年，迫于国际压力，苏联从阿富汗撤兵，但这已经是苏联解体的前夜。后世有人认为："阿富汗战争是克里姆林宫里的老爷们用自己的双手，按下的苏联棺材上的最后一颗钉子。"

苏联从阿富汗撤兵，并没有给阿富汗带来和平，战乱仍在继续。当阿米尔接到拉辛汗电话的时候，他决定回家看看。当他回到家乡以后，看到了自己曾经生活的地方已经满目疮痍。书中这样描写："我们已经越过国境，触目皆是贫穷的迹象。在路的两旁，我看见村落一座连一座，如同被丢弃的玩具般，散落在岩石间；而那些残破的泥屋和茅舍，无非是四根木柱，加上屋顶的破布。我看见衣不蔽体的孩子在屋外追逐一个足球。再过几里路，我看到有群男人弓身蹲坐，如同一群乌鸦，坐着的是被焚毁的破旧俄军坦克，寒风吹起他们身边毛毯的边缘，猎猎作响。他们身后，有个穿着棕色长袍的女子，肩膀上扛着大陶罐，沿着车辙宛然的小径，走向一排泥屋。"

回到家乡，"多数的朋友和亲人不是死于非命，便是背井离乡，逃往巴基斯坦或者伊朗。在喀布尔，那个他生活了一辈子的城市，再也没几个熟人了。没有人可以打招呼，没有人可以坐下来喝茶，也没有人可以说说话"。阿里被流弹击中而死，哈桑和他的妻子为了保卫父亲的家园被残忍杀害，就连父亲亲手建立的孤儿院也被摧毁。"街头巷尾都是乞丐，身披抹布，伸出脏兮兮的手，乞讨一个铜板。他们中多是儿童，瘦小、脸色冷漠，有些不超过五六岁。妇女裹着长袍，坐在繁华街道的水沟边，膝盖上是她们的儿子，一遍遍念着：'行行好，行行好！'几乎看不到有任何成年男子在他们身边——战争把父亲变成阿富汗的稀缺物品。"

二、普什图人和哈扎拉人

读《追风筝的人》，我们都被书中的角色、曲折的情节深深触动。普什图人身份的阿米尔和哈扎拉人身份的哈桑，他们本是同根生，却因身份的不同，注定要分道扬镳。善良真诚的哈桑因他的身份备受折磨。普什图人和哈扎拉人之间的矛盾究竟从何而起？为什么哈扎拉人在阿富汗的处境如此艰难？今天就让我们一探究竟。

我们首先来了解一下普什图人。普什图人是阿富汗的主体民族，亦称为“阿富汗人”，居住在阿富汗南部和东南部，占阿富汗总人口42%左右。普什图民族的突出特点是酷爱独立和自由，不接受外人的支配，不服从于外来征服者，宁求有尊严地死，不要屈辱苟安。他们性格坚毅、自信、自尊，好胜心强，富有民族自豪感。他们性格简单淳朴，说话、办事、穿衣、吃饭都反对繁文缛节，是就是，非就非。同时，他们对自己的首领和部落头人又表现得很顺从，能按照他们的意志实现内部团结和统一，在对敌作战时尤其如此。书中主人公阿米尔的父亲就是一个典型的普什图人，为人正直、勇敢。传说中，他年轻的时候徒手撕狗熊，在苏联入侵阿富汗他们逃亡巴基斯坦的途中，面对苏联士兵要侮辱妇女，阿米尔的父亲冒着生命危险阻止此事。即使流亡到美国，仍然可以靠着在旧货市场卖货谋生。

“哈扎拉”是波斯语，意为“一千”。有些学者认为，哈扎拉是成吉思汗及其后人西征后在阿富汗留下的驻屯兵的后裔，他们大多生活在贫瘠的中部山区以及喀布尔、马扎里沙里夫和赫拉特等大城市，约占全国人口总量的20%。从生理特征上看，哈扎拉人属于欧罗巴人种和蒙古人种的混合类型，具有蒙古人的体质特征：他们长着大脸盘、高颧骨，少胡须，斜眼角等，这些都是很鲜明的蒙古族特征。哈扎拉人性格吃苦耐劳、诚实本分，但在阿富汗的生活并不如意，在社会上也多从事着低收入的服务员、厨师、勤杂工、司机、洗衣人以及庭院工等工作，为中高收入家庭服务，很难走入上层社会。书中哈桑和父亲阿里的生活状态，就是哈扎拉人在阿富汗生活的真实写照。哈桑聪明、勇敢，却只能做阿米尔少爷的仆人，没有机会接受教育，还要因为长相、身份的原因，不断受到周围孩子的歧视，甚至最终在塔利班进行的宗教和民族清洗活动中被杀害。

事实上，早在18世纪阿富汗国家形成时哈扎拉人与部分普什图人就有矛盾。普什图人是土生土长的原住民，而哈扎拉人则是蒙古族后裔，所以普什图人对于领土的占领问题就占了主动权。早期的哈扎拉人是讲蒙语而非波斯语的，而且面貌着装与普什图人也是很有区别的，比如塌鼻梁。这种因为语言、风俗习惯或是外貌导致的民族排异心理是一项很重要的因素。关于哈扎拉人因长相原因被歧视在书中也有描写：“阿里的脸庞和步伐吓坏了某些邻居的小孩。但真正麻烦的是那些较大的少年。每逢他走过，他们总在街道上追逐他，作弄他。有些管他叫‘巴巴鲁’，也就是专吃小孩的恶魔。‘喂，巴巴鲁，今天你吃了谁啊？’他们一起欢乐地叫喊，‘你吃了谁啊，塌鼻子巴巴鲁？’”

当然，普什图人和哈扎拉人最大的矛盾还要从宗教信仰讲起。普什图人信奉逊尼派，哈扎拉人信奉什叶派。逊尼派和什叶派是伊斯兰教的两个教派，双方已经互相攻伐千年之久，可以说伊斯兰教兴起后的中东历史，必然有逊尼派和什叶派的斗争史，两派分裂、斗争的根源还要从谁是穆罕默德的继承人说起。632年，穆罕默德去世，由于他在生前没有明确指定其继承人，因而在阿拉伯帝国内部爆发了争夺哈里发的冲突，这里的“哈里发”意为真主使者的继承者，也是帝国的政治宗教领袖。最后经过协商，先后推选艾卜·伯克尔、欧麦尔和奥斯曼为第一、二、三任哈里发。但在此期间，仍有人主张穆罕默德的权力应由其亲属中信教最早、追随穆罕默德传教有功的阿里来继承。656年，奥斯曼被刺后，阿里当选为第四任哈里发。由于部分圣门弟子不承认阿里的哈里发地位，因之先后爆发了骆驼之战、隋芬之战和拿赫鲁宛之战。661年，阿里被一名哈瓦利吉派信士所杀。穆阿维叶自立为哈里发，建立了伍麦叶王朝。但斗争仍在进行，并逐渐形成伊斯兰教的两大派：拥护阿里的一派称什叶派，意为宗派；另一派为逊尼派，意为“遵守逊奈（即圣训）”。两派形成以后，派别之间的斗争从未停止。由于逊尼派为历代伊斯兰国家中央政权所奉行，得到官方扶植而广泛流传。目前，逊尼派约占世界穆斯林总数的90%，什叶派约占10%。

1888年和1892年什叶派哈扎拉人两次反叛，都失败了，随后被政府血腥镇压，1893年哈扎拉人第三次反叛失败后，遭到了几乎灭族的屠杀，有半数的哈扎拉人死于非命，其余被迫流亡。此次事件也造成了后世民族仇恨深种……

该书中也处处体现了普什图人和哈扎拉人之间世代延续的矛盾。从阿米尔父亲与阿里的关系，到阿米尔与哈桑的关系，即使他们在乎彼此，也难以跨越种族矛盾的鸿沟。尽管阿里是和阿米尔的父亲从小一起长大，情同手足，但他也从未承认过阿里是他的朋友；在年幼的阿米尔心中又何尝不是这样，就像阿塞夫质问阿米尔：“如果哈桑是你的朋友，为什么每次宴会你都不会邀请他？”

三、关于该书的评价

著名作家伊莎贝尔·阿连德说：“这本小说太令人震撼，很长一段时日，让我所读的一切都相形失色。文学与生活中的所有重要主题，都交织在这部惊世之作里：爱、恐惧、愧疚、赎罪……”《华盛顿邮报》认为：“这是一部极为动人的作品。没有虚矫赘文，没有无病呻吟，只有精炼的篇章，细腻勾勒家庭与友谊、背叛与救赎。作者对祖国的爱显然与对造成它今日沧桑的恨一样深。故事娓娓道来，轻笔淡描，近似川端康成的《千羽鹤》。”《科克斯书评》评价这本书：“缠绕着背叛与赎罪的小说以阿富汗斯坦近代的悲剧为骨架，不仅仅是一个关于成长或移民的辛酸故事，作者把这两个元素都融入来之不易的个人救赎宏景之中。所有的这些，加上丰富的阿富汗斯坦文化风情：魅力难挡。”

于我而言，这本书的魅力在于能让人重新正视自己。每个人的人生中都有可能在不经意间犯下错误，如果我们习惯虚伪、麻木，对别人的伤痛视而不见，就会失去那个原本的自己。这就是人需要被救赎的根本原因，即使你伤害的人已经无法听到你的一句抱歉，但我们仍然需要直面那些被我们伤害的人，正视自己，去尽力抚慰被我们伤害的灵魂，甚至可以大哭一场，不只是为别人，更是为了自己的完整。这本书中有很多对阿米尔心理的描写，透过文字我们甚至可以看到阴暗的自己，无关国籍、无关时代。不知从何时开始，人们很少真实地存在于社会中，忙碌地制造各种面具，即使心里埋下了自私、欺骗、贪婪等罪恶的种子，也不会告诉任何人。这部小说最成功之处在于有很强的代入感，我们通过文字可以感受到一个人的人生、忏悔、赎罪，从而看见自己、正视自己、审视自己。

还记得在一次追风筝过程中，阿米尔和哈桑有一个这样的对话：“我骗过你吗，阿米尔少爷？”刹那间我决定跟他开开玩笑：“我不知道。你会骗我吗？”“我宁愿吃泥巴也不骗你。”他带着愤愤的表情说。“真的吗？你会那样做？”“真的吗？你会那样做？”他疑惑地看了我一眼，“做什么？”“如果我让你吃泥巴，你会吃吗？”我说。我知道自己这样很残忍。“如果你要求，我会的。”“你是否会让我这么做。你会吗，阿米尔少爷？”我勉强露出一个笑脸：“别傻了，哈桑，你知道我不会的。”哈桑报我以微笑，不过他并非强颜欢笑。“我知道。”他说。这就是那些一诺千金的人的作风，以为别人也和他们一样。

若干年后，阿米尔回忆起这段对话，仍然觉得要没有这段对话就好了。我们能感觉到哈桑小心翼翼的试探，也能感觉到他纯真的笑容下掩盖的失落。为何人总是把最亲近的人当成敌人，而对那些真正伤害我们的东西视而不见？也许人类对深厚感情的体会也是需要阅历的，遇见更多的人，经历更多的事，品味人生的五味杂陈，才更能体会人情冷暖，体会到别人对自己付出的情感的重量。就像阿米尔长大后，经历人世艰辛后才愈发体会那个能说出“为你，千千万万遍”的人是如此珍贵，然而时间却再也无法倒流，我们都已经回不去了。

有人说，人类很多高贵的品质往往不是遗传来的，而是在一次次救赎中坚定的。我觉得这句话很有道理，很多读者在读这本书的时候都可能讨厌阿米尔，但也许我们都曾是阿米尔。阿米尔的痛苦其实也证实了他内心隐藏的善良，因为没有美德的人，是不会痛苦的。希望我们每个人都能保持感受自己和他人疼痛的能力。

最后我想以书中一段话结束本文：“我们总喜欢给自己找很多理由去解释自己的懦弱，总是自欺欺人地去相信那些美丽的谎言，总是去掩饰自己内心的恐惧，总是去逃避自己犯下的罪行。但事实总是，有一天，我们不得不坦然面对那些罪恶，给自己心灵予救赎。”

精彩片段

我成为今天的我，是在1975年某个阴云密布的寒冷冬日，那年我十二岁。我清楚地记得当时自己趴在一堵坍塌的泥墙后面，窥视着那条小巷，旁边是结冰的小溪。许多年过去了，人们说陈年旧事可以被埋葬，然而我终于明白这是错的，因为往事会自行爬上来。回首前尘，我意识到在过去二十六年里，自己始终在窥视着那荒芜的小径。

引自第一章

无关乎这些事情，因为历史不会轻易改变，宗教也是。最终，我是普什图人，他是哈扎拉人，我是逊尼派，他是什叶派，这些没有什么能改变得了。没有。

引自第四章

我们是忧郁的民族，我们阿富汗人，对吧？我们总是陷在悲伤和自恋中。我们在失败、灾难面前屈服，将这些当成生活的实质，甚至视为必须。

我们总是说，生活会继续的。但我在这里，没有向命运投降，我看过几个很好的大夫，他们给的答案都一样。我信任他们，相信他们。像这样的事情，是真主的旨意。

引自第十五章

接着我还看到其他东西：一个男人穿着人字形背心，将他那把俄制步枪的枪口抵在哈桑脑后。枪声在我父亲房子那条街道上回荡。哈桑扑倒在柏油路上，他那不求回报的忠贞生命，像他以前经常追逐的断线风筝那样，从他身上飘走。

引自第十七章

参考文献

[1] 胡赛尼.追风筝的人：中文、英文.李继宏，译.上海：上海人民出版社，2018.

你偷走了我的影子，不论你在哪里，我都会一直想你

导读者：黄思慧

成年之后很难再一口气读完一本书，但《偷影子的人》这本书却是窝在沙发上一动不动，花了三小时一口气读完的。小说的主人公没有名字，就连他所居住的城市也没有名称，这也是它最完美之处，每个人都能从中找到自己童年的影子，都能回想起那些曾经的梦想和希望，那些被镌刻在记忆深处的时刻，那些造就了我们性格、影响了我们未来的瞬间。合上书，闭上眼，沉睡在心灵深处的童年和青春被唤醒。

一、一部唤醒童年回忆和内心梦想的小说

小说，其实是故事。好的小说，是好的故事。而马克·李维连续十二年蝉联法国《费加罗报》评选出的“法国年度最畅销小说家”，很明显他是一个非常会讲故事的人。他1961年10月出生于法国，在22岁的时候创办了一家电脑影像合成公司；1989年，他丧失了这家公司的绝对控股权；随后他从这家公司离职，进入短暂的自由创作期；30岁前，与朋友开设建筑师事务所，短短数年间即跃升为法国的顶尖品牌。37岁完成处女作《假如这是真的》，出版前就被好莱坞知名导演史蒂芬·斯皮尔伯格买下版权，并将其拍成电影《出窍情人》，而小说出版后更是一炮而红。此后，他离开建筑师事务所，开始全心创作，主要作品有《如果一切重来》《伊斯坦布尔假期》《假如这是真的》《你在哪里》《七日成永恒》等。

《偷影子的人》是马克·李维的第10部作品，完美展现了马克·李维温柔风趣的写作风格，是一部唤醒童年回忆和内心梦想的小说。故事温情而又富有想象力，一经出版即大获成功，在法国首印45万册，是法国全年销量排行榜的总冠军。法国媒体惊叹："销售得比影子消失的速度还快！"

故事的主人公是"他"。他是一个胆小、谨慎的小男孩，父母离异后父亲离家，多年无音讯；由于他瘦弱且胆小怕事，在学校受同学欺负；为了照顾母亲情绪，他也不常与母亲交流。有一天，他获得了一种特殊能力而变得强大——"偷别人的影子"。"偷影子"是一种读心术，是一种"高敏感天赋、高共情能力"，通过"偷影子"能够读懂人们内心深处的不安、疑惑以及他们不为人知的梦想，听见人们心中不愿意说出口的秘密。拥有"偷影子"天赋的他开始成为需要帮助者的心灵伙伴，为每个偷来的影子找到点亮生命的小小光芒，并以此帮助好友伊凡走出了回忆的枷锁，帮助挚友吕克重拾了人生的意义。

故事背景是法国的一个外省小城市，以奇幻为线索，却走情感路线，极力渲染亲情、友情和爱情三个主题。亲情催人泪下，润物无声；爱情浪漫感人，疾风骤雨；友情不离不弃，久旱甘霖。让我们一起走进小男孩奇妙而温暖的故事，走进他的亲情、友情和爱情。

二、催人泪下的亲情

亲情自始至终贯穿着整个故事，作者对亲情的描述展现了缺憾美。他的家庭并不完整，年少时父亲因为"爱上了别人"而离开，答应他会尽可能常常见面，所谓的"尽可能"就是在关上门后，爸爸从童年里消失了。他忧伤且自责，将父亲离开的主因归结于自身，认为自己是一个没办法让爸爸快乐、不值得爸爸留下的没用的儿子。从此，母子俩相依为命。父亲离开后，他猜测母亲的痛苦，揣摩母亲对父亲的态度，假装察觉不到母亲忧伤的情绪，与母亲疏离，怕伤害她又想保护她。这种复杂的情绪让他保持缄默，可以说，他的童年是灰色的。

小男孩写了几封信给父亲，但因为没有通信地址寄不出去。他渴望与父亲相见却不得。就这样跟随母亲度过了忧伤而孤独的童年。长大后他在外学医，下意识地减少与母亲相处和见面的时间。很不幸的是，在本该去车站迎接母亲的那一天，他却等来了母亲去世的噩耗，直到那一刻，他才明白母亲前些日子所说的在外度假都是假的，其实那时母亲已病入膏肓。母亲去世前留给他最后一封信，在信中，母亲向他道歉，坦白是她隐瞒了父亲的所有消息，并将父亲写给他的信整理好留给了他。其实父亲从未停止过对孩子的爱，在每一个圣诞节以及每年他的生日，父亲都会写信给他。他一直追寻着父爱，却对母亲在他身上倾注的爱全然不知。他虽有着通过影子解读别人内心的本领，可却从未想过走进母亲的世界，而母亲离世的那一刻他也就错过了主动走进母亲内心的机会。

母亲葬礼结束后，他重读童年时期母亲写给他的信。母亲一直牵挂着他，她最大的愿望就是他能开心成长；她也盼望他找到一份让自己快乐的工作；不管他的人生做出什么选择，不论他会去爱或是被爱，在母亲心中他都是好得超过母亲期待的孩子。

小男孩纠结于已经失去的，却没有珍惜已拥有的；父亲的离去成为他的心灵创伤，但却忽略了母亲深沉的爱。但小说中没有仇恨，没有抱怨，是亲情解开了一直将他禁锢在童年的枷锁，一切遗憾都在爱中释怀了。

三、浪漫感人的爱情

爱情是故事的主线。年少的爱情，纯粹而美好；成年的爱情，多了些理智，少了些冲动。

小时候，他是班级年龄最小、最瘦弱的学生，但他与班级年龄最大、最强壮的马格，同时喜欢上了同班女生伊丽莎白。他和马格性格爱好截然相反，因为他在课堂上逗笑了伊丽莎白，马格对他恨之入骨，处处欺负他。学校煤气炉爆炸，因为影子，他在大火中救了伊凡，并因此赢得了班长选举，马格却赢走了伊丽莎白的心，这一度令他很消沉。但事实证明他对伊丽莎白的感情并不是爱，只是一个十二岁的小男孩对一个异性的好感罢了。两年后，他吻了伊丽莎白，这段感情也终于在亲吻后终结了。他说："她的吻既没有蜂蜜的味道也没有草莓的香味，只有一种对马格报复的香气，证明从此我跟他一样了。"

某个假期，在一个海滨小镇，他遇到了克蕾儿——一个比伊丽莎白漂亮很多的女孩。克蕾儿从出生就又聋又哑，为了弥补她的耳聋，上帝给了克蕾儿一双大大的眼睛。两人很快混得很熟，并且无话不说，彼此付出了全部的真心，被遗弃在码头尽头的旧灯塔是他们的秘密基地。沙滩上一起放风筝玩耍的六天成就了一段刻骨铭心的回忆，让他终生无法忘却。

在医学院四年级，他遇到一个耀眼又美丽的女同学——苏菲，两人既是同学、同事，又是好友。他和苏菲念同一所医学院，在同一个医院实习，理所当然地在一起，成为不温不火的情侣。虽然他带苏菲回到家乡见了母亲，但他对苏菲的渴望只存在于某个瞬间。多年后回到充盈着童年回忆的海滨小镇，再次看到灯塔和带着岁月痕迹的风筝，他终于领悟到多年来始终无法忘却的是克蕾儿。最终他和苏菲友情般的爱情褪色了。这段恋情对苏菲而言无疑是苦涩的："我只是你生活里的一个影子，你却在我的生命里占有重要地位。如果我只是个单纯的过客，为何要让我闯入你的生活？我千百次想过要离开你，但仅凭一己之力我做不到。"

小男孩对克蕾儿的爱是纯粹的，即使时隔十几年，他也一眼认出昔日的沙滩、灯塔，义无反顾地鼓起勇气，并且拼尽全力地去寻找"爱"。故事的结尾，他与克蕾儿重逢，克蕾儿用风筝在天空中写下这十几年的思念，像往常一样。故事在这里戛然而止。他们能否跨越横亘在两人间的时间长河，故事如何发展，就留给读者想象了。

四、不离不弃的友情

每个人的成长过程中，都有朋友相伴。很幸运，在他的童年里有两个朋友——一个是学校的警卫伊凡，一个是面包师傅的儿子吕克。

伊凡是他童年时期学校的警卫，也是他在学校的第一个朋友。开学第二天，他被马格锁进柜子里，是伊凡解救了他。第一个星期六，他被老师惩罚打扫操场，也是伊凡过来帮他扫落叶，并开导他。他透过影子得知伊凡的伤痛：伊凡一出生就失去母亲，因此十分渴望母爱；童年时期长期被父亲毒打，所以极度缺乏父爱。学校煤气炉爆炸，他不顾一切冲进警卫工具间，救出了伊凡。他请求自己的妈妈给他写一封信，并把这封信给了伊凡，而正是这封信帮助伊凡告别过去的禁锢，走出童年的阴影，离开学校去寻找新的生活。

吕克是他的同班同学，也是唯一的同龄朋友。吕克的陪伴，给他孤独的童年带来一丝色彩。吕克带他去家里的面包店吃面包，帮助他成功竞选班长，并一次次帮他逃离马格的魔爪；在他孤寂的时候总会用大量的笑话、大量的欢乐来填补他的忧愁，甚至童年时期每个回家的午后时光，他都是与吕克一起度过的。即便成年后，两人依然不离不弃，彼此成全。他帮助吕克追求学医的梦想，吕克帮助他寻找克蕾儿。他和吕克的友情印证了这样一句话:“陪伴是最长情的告白。”

这是一部关于得到与失去、成长与懂得的童话。马克·李维用一支生花妙笔,让我们回想起本以为遗忘了的童年往事,和不曾审视过的微妙情感。每个读者都会在小男孩的经历里看到自己成长的影子。在成长的过程中,我们逐渐编织了一张网,将脆弱的一面包裹起来,仿佛这样就不会受伤,就不会失去。但是,却无形中拉开了与别人的距离,产生了隔阂。

我相信在某种程度上我们都拥有“偷影子”的能力,只要我们愿意去倾听、去观察,真诚地关心我们身边的、我们所爱的人。只要拥有强烈的意愿,我们就可以听到他们不敢说出口的话语,透过表象追寻真相。我们常常可以看透别人的心思,却将自己困在自己编织的网里,正如小男孩一样,通过影子帮助别人治愈深埋在内心深处的伤痛,却始终无法了解真正的自己。虽然身体已然长大,却一直将自己囚禁在童年的伤痛中,不知如何对待自己的不幸,也无意中伤害了身边的人。除非完成自我疗愈,否则无法真正长大。

凡是过去,皆为序章。成长的过程难免会有遗憾,珍惜现在、珍惜生活中的点滴美好,努力向前,或许这就是人生吧!

精彩片段

一段美丽的邂逅,有时是时间问题,两个人得在对的时间遇到对方。曾读到过这样一首诗:有一种恨,情生错年代。今生至此,来路茫茫。寻寻觅觅,走走荡荡。终不曾遇见那位对的绝世佳人——我的恋人。你是否在那遥远的地方?你是否也在等待?一次次秉着烛灯,我坐在楼台,翻阅了几千年史话。那一天顺着风来,我眠于白雪,花轻碰我的唇,落在了史书的第几页年代。是你犹怕我冻坏……

每一个人都有自己的世界,一人一世界,光丽的外表或者强健的体魄并不能表示他人的幸福,每一个人都有自己的悲伤。外表风光强悍的马格,谁能想到他的晚餐没有一家人的陪伴,只有履行任务般的进行。这或许就是一个人光环下的阴影。所以没有一个人是最悲哀的。只是你不了解罢了。

引自《第二章 影子的秘密》

我再也不能看到你，再也不能听到你叫我的名字，就像从前每天早上你所做的那样。我再也嗅不到你衣服上适合你的香味，再也不能与你分享我的快乐与忧伤。我们再也不能互相倾诉，你再也无法整理插在客厅花瓶中的含羞草，那是我一月底为你摘来的。你再也不会戴夏天的草帽，不能披秋天第一波寒流来袭时你披在肩上的克什米尔披肩。你再也不会在十二月的雪覆盖花园时点燃壁炉。你在春天还未来临前离去，毫无预警地抛下我。在月台上得知你已不在时，我感觉到一生中前所未有的孤单。

……小时候，你去上学时，我会借着帮你整理房间的名义，走进你的房间，整理床铺时，我会拿起你的枕头，嗅一嗅你的味道。你不过离家五百米，我就已经想念你了。你看，一个妈妈的心就是如此单纯，永远都在想念着她的孩子；从睁开眼睛的第一秒，你们就占据了我们全部的思想，再也没有别的事物能让我们感受到如此的幸福。我远远谈不上是一位优秀的母亲，你却是一个好得完全超出我期待的儿子，而你将会成为一名优秀的医生。

爱你并且会一直深爱着你的妈妈。

引自《第七章 用风筝写下的思念》

参考文献

[1] 李小丢.马克·李维的全球化写作之路.光明日报,2013-08-11(05).

[2] 李维.偷影子的人.段韵灵,译.长沙：湖南文艺出版社,2018.

历史与社会

历史的美丽节点

导读者：刘宇庆　善渊读书会

《人类群星闪耀时》是人类“历史上最好的传记作家”斯蒂芬·茨威格的传记名作之一。该书共收入他的历史特写14篇，分别向我们展现了14个决定世界历史的瞬间：千年帝国拜占庭的陷落、巴尔沃亚眺望水天一色的太平洋、亨德尔奇迹的精神复活、老年歌德热恋的悲歌、滑铁卢的一分钟、英雄的瞬间、南极探险的斗争、西塞罗之死、威尔逊的梦想与失败以及马赛曲神佑般的创作等。而这14个历史瞬间神奇地降临到14位传主的身上，他们或是被命运高高举起，送入英雄们的殿堂；或是被狠狠嘲弄，抛入千秋遗恨的行列。当强烈的个人意志与历史宿命碰撞之际，火花闪烁，那样的时刻从此照耀着人类文明的天空。

正如作者在自序里所说：“在艺术上，一旦有天才诞生，他必将流芳百世，而历史中，这种星光闪耀的时刻一旦出现，就会决定未来几十年和几百年的进程。……那些平时悠然缓慢地先后发生和同时发生的事，都被压缩在某个独一无二的短暂时刻，它将决定一切，也将改变一切：在这一时刻，一个简单的肯定或否定、某个来得太早或是太迟的决定，都让其后几百代人的生活因此变得不可逆转，它决定了一个人的生死、一个民族的存亡，甚至整个人类的命运。这种命运攸关的时刻充满戏剧性，在个人的一生及历史的进程中都是难得出现的。这种时刻可能集中在某一天、某一时，甚至常常发生在某一分钟，但它们的决定性影响却是超越时间的。我把它们称为人类群星闪耀的时刻。”（江苏凤凰文艺出版社2019年版本）

一、命途多舛的茨威格

作者斯蒂芬·茨威格出生于奥匈帝国一个犹太富商家庭，少有文才，16岁前开始发表文学作品，后进入维也纳大学攻读德国和法国文学，1903年获博士学位。然而，1933年"二战"爆发后，作为犹太人的茨威格，在德军入侵前不得不离开故乡奥地利，开始了辗转流亡的生活，从英国，到美国，最后抵达巴西。1942年2月22日在巴西服毒自杀。

他的小说以细腻而深刻的心理刻画名世，文笔清新、优美，深受读者喜爱与评论家称许。《一个女人一生中的二十四小时》《一个陌生女人的来信》是其代表作。其传记创作的代表作当首推论述巴尔扎克、狄更斯和陀思妥耶夫斯基的传记巨著《三大师》；此外，《罗曼·罗兰》《自画像的名家》《精神疗法》等都是他留给后人的重要精神财富。

茨威格在全世界所赢得的声誉实至名归。然而在时代的沉重压力下，尽管他天赋极高，意志力却崩溃了，令人无比悲痛。在卧室的书桌上，他留下了一封绝命书："在我自觉自愿、完全清醒地与人生诀别之前，还有最后一项义务亟须我去履行，那就是衷心感谢这个奇妙的国度巴西……与我操同一种语言的世界对我来说业已沉沦，我的精神故乡欧罗巴亦已自我毁灭，从此以后，我更愿在此地开始重建我的生活。但是一个年逾六旬的人再度从头开始是需要特殊的力量的，而我的力量却因长年无家可归、浪迹天涯而消耗殆尽。所以我认为还不如及时不失尊严地结束我的生命为好……"理解茨威格的人道主义立场，理解他性格中的浪漫和理想主义情怀，是打开《人类群星闪耀时》这本书的一扇门。

二、冒险家与开拓者

开拓者与冒险家是茨威格在这本书中描写最多的类型。书中可见：一个债务缠身的破产者，以非凡的勇气与胆识成为第一个发现太平洋的人，同时也让他陷入叛国的阴云，犯下屠杀罪孽的巴尔沃亚；狡猾多谋，以移舟翻山的奇想攻破海港，撕碎拜占庭古老城墙和港口的奥斯曼帝国皇帝穆罕默德；放弃自己多年经营的生活，只身前往加利福尼亚租地拓荒，一夜暴富又一夜之间破产的苏特尔；铺设横跨大西洋连接欧亚的海底电报电缆线，又因电缆故障饱受唾骂的商人塞勒斯；晚一步到达南极，最终死于归途的英国冒险家斯科特；流亡海外，冒着名誉败坏的风险，怀着要去实现工人梦想回归俄罗斯的列宁。

在所有这些故事中，最感人至深的莫过于《征战南极》这一篇。1911年，两支队伍向南极发起征途，一支是挪威探险家阿蒙森率领的队伍，另一支是英国探险家斯科特率领的队伍。结果是阿蒙森先于斯科特5周到达南极。最后阿蒙森凯旋，但斯科特带领的5人却在归途丧生。虽然并非第一个发现那片处女地的人，但斯科特和其他四人依然历经苦难到达了南极点。返程途中，天气恶劣、补给困难，五个人相继在永冻的南极罹难。在他们绝望之际，反而如同回归了生命的平静。奥兹说了一句简短的话语："我想出去走走，我可能要在外面待一会儿。"没有人阻止他，没有人有勇气伸手向他告别，这位绅士，这位骑兵上尉，正如英雄一般走向死神。斯科特最后的日记里，也记录了绝境、对亲友的坦白和对祖国民族的无限热爱。第二名的事迹，第一次没有被封藏在冰雪中消逝。

三、固守成命的小人物

相比于勇猛无畏的开拓者和冒险家，小人物的生存之痛是最让人无言以对和无可奈何的，他们往往因为无力把握现状和改变命运而显得孤独无助、渺小可怜。古往今来艺术家们往往以小人物的人生际遇为载体，对他们寄予人道主义的关怀，寄托他们对小人物命运的思考。茨威格在这本书中，就写了一个导致拿破仑滑铁卢战役失败的小人物——格鲁希。

格鲁希是怎样的一个人呢？书中写道：一个气度中庸的男子，老实可靠，兢兢业业，当他任骑兵队长时，常常被证明是称职的。然而他也仅仅是一位骑兵队长而已。他从戎二十年……他是缓慢地、一级一级地升到元帅的军衔。不能说他没有成绩，但却无特殊的贡献。奥地利人的子弹、埃及的烈日、阿拉伯人的匕首、俄国的严寒使他的前任相继丧命，从而为他腾出了空位。时值拿破仑卷土重来，与威灵顿展开拉锯战，谁先得到增援，谁就将获得胜利。此时，格鲁希和他的部队奉命追击败逃的普军，却一无所获。格鲁希的部下已经感觉到战争已经开始，纷纷建议前往增援，但格鲁希始终不愿意违背拿破仑的命令。格鲁希的老实、平庸、保守，能够在战后支持他身居高职，却不能在关键时刻拯救拿破仑和他的帝国。“倘若格鲁希在考虑的刹那有勇气、有魄力，不拘泥于皇帝的命令，而是相信自己，相信显而易见的信号，那么法国也就得救了。可惜这个毫无主见的人只会始终听命于写在纸上的条文，而不会听从命运的召唤。”待英国援军到来、拿破仑溃败之后才姗姗来迟的格鲁希，“他面前不再有任何敌人了”。

仅仅是转瞬即逝的一秒钟思考，也就决定了之后数年的历史。茨威格把这个故事写得跌宕起伏，让人无限唏嘘。有时，历史并不单单热衷于选择高尚伟大的人，平庸无奇的小人物也可能接到历史抛来的绣球。诚然，格鲁希的错误决定也不是一秒钟内能做出来的，也是思前想后的结果。放弃驰援是一系列决策的结果，比如，拿破仑选择了一个平庸的将领统帅军队，拿破仑也要负主要责任。人们都喜欢听“丢掉一个蹄铁，亡了一个国家”这种戏剧化掌故，但试想——明天就要去打决定国家存亡战争的骑兵军队，为什么马丢了蹄铁还没人知道？拿破仑的失败当然不只是格鲁希的错误决定这一方面的原因，但这个关键的历史节点也确确实实地反映出了拿破仑用人不当、指挥不当的因素。历史只给所有的人一次机会，哪怕是命运的宠儿，也不会时刻得到垂青。拿破仑如此，格鲁希亦是如此。

四、崇高的理想主义者

在茨威格书写的所有人物中，有一类人最为闪耀——理想主义者。一名最纯粹的理想主义者往往有着一往无前、无所畏惧的精神以及最坚定的信念。书中写了4位理想主义者，分别为思想家、作家、科学家歌德，古罗马政治家、演说家西塞罗，俄国作家列夫·托尔斯泰和美国总统威尔逊。

74岁的歌德陷入了对19岁少女乌尔莉克的狂热爱慕，但这注定是命运在他身上开的一个玩笑，让他在垂暮之年再次品尝青春的情感而不给他得偿所愿的机会，他的情感喷薄而发，但也通过一种残忍的方式，让他抛却那最后一丝无望的希冀，战胜了痛苦。晚年的西塞罗曾经是一名演说家和政客，在为真正的独立自由斗争失败后回归创作和思考，在人生义务完成后用最后的生命为自由发声，最终被献祭给罗马自由的终结。列夫·托尔斯泰终身践行自我道德审判和人道主义，多年来，他一直以自己的贵族生活为耻；与两位大学生的谈话、妻子的不信任，使暮年的托尔斯泰下定决心离家出走，与贵族生活决裂，最后死在了火车站站长简陋的卧室里。威尔逊是美国第28任总统，怀着世界永久和平的梦想。“一战”后，他极力主张签订能够维持人类长久和平的条约。但他的理想主义败给了政治现实——迫于多方的压力，态度一向强硬的威尔逊不得不违背自己的原则，向粉饰各国暗中交易的暂时和平妥协，在惆怅与失败中结束了自己的政治生涯。

在茨威格笔下，理想主义者们都在与现实的战斗中落败，这似乎是纯粹理想主义者的宿命，但光明都是从黑暗的最深处绽放出来的，没有最深沉的黑暗就没有最璀璨的光明。无论结局如何，作者所强调的都是理想本身的价值，这种理想主义精神是最难能可贵的。

要说最贴近茨威格的理想人格的理想主义者大概就是西塞罗了。西塞罗是罗马帝国的第一个人文主义者，演讲的大师、法律的保卫者，在三十年的漫长时间里一直为继承下来的法律和共和国而不懈努力。在他晚年时，恺撒用他的高卢军团成为意大利的统治者，实行独裁统治，西塞罗被迫退出政治舞台，隐居乡野。恺撒的独裁，让政坛元老西塞罗成为“跌入陈腐政治世界中的天生的艺术家”，西塞罗在隐居期间终于找寻到内心的自由，成为“永恒的精神共和国的公民”。看清现实的西塞罗心灰意冷，将自己的政治理想付诸笔端，写下了他最伟大的著作《论义务》。当他已经完成了毕生的整理，他便无所畏惧地重新投入政治、捍卫自由。他回到元老院，站上元老院的论坛，发表了反对独裁者的言论。他呼吁行刺恺撒的布鲁图斯和卡西乌斯执掌政权；他向民众发表演说，鼓动民众拥护共和政体的重建。这种公开的反对给他招来了杀身之祸。他原本可以逃亡到希腊，但他决定留下来，迎接最终的命运。哪怕最后，他的头颅被当权者挂在他作过不朽演说的演讲台上，也仍然默默控诉着无理的暴力。一个人永远不能长久地去保卫群众的自由，但可以永远地保卫自己内心的自由。在全书所有的篇章中，可以说西塞罗就是最闪耀的那颗星吧。

茨威格的特写尤其区别于故事和传奇。他在使用传统散文写作的特写中，尽量避免直接的描写，以侧写最大限度地保留了事件与形象的真实；少数别出心裁地以戏剧、诗歌写就的篇章，加入的想象也生动合理而不逾矩。《人类群星闪耀时》描绘了14个改变人类命运的历史瞬间和历史人物，其中既有成功者，也有失败者。但茨威格没有仅以结局评定成败，他所书写的是勇敢、进取、坚韧、责任等最闪耀的品质。他在过去的角落讴歌人性，反思历史，以良知对抗暴力，用文字追缅先驱。他无须掺入虚伪和矫饰，因为“历史是真正的诗人和戏剧家，任何一个作家都别想超越历史本身”。从一个诗人、戏剧家的视角来写历史，有着满满的浪漫主义色彩。

精彩片段

这种充满戏剧性和命运攸关的时刻在个人的一生中和历史的进程中都是难得的；这种时刻往往只发生在某一天、某一小时甚至常常只发生在某一分钟，但它们的决定性影响却超越时间。在这里，我想从极其不同的时代和地区回顾群星闪耀的某些时刻——我这样称呼那些时刻，是因为它们宛若星辰一般永远散射着光辉，普照着暂时的黑夜。但我丝毫不想通过自己的虚构来增加或者冲淡所发生的一切的内外真实性，因为在那些非常时刻历史本身已表现得十分完全，无须任何后来的帮手。历史是真正的诗人和戏剧家，任何一个作家都别想超过它。

引自《序言》

到不朽的事业中寻求庇护：一个人生命中的最大幸运，莫过于在他的人生中途，即在他年富力强时发现了自己的人生使命。

引自《遁入不朽》

多少年来，命运总是使自己屈从于这样的个人：恺撒、亚历山大、拿破仑，因为命运喜欢这些像自己那样不可捉摸的强权人物。

在命运降临的伟大瞬间，市民的一切美德——小心、顺从、勤勉、谨慎，都无济于事，它始终只要求天才人物，并且将他造就成不朽的形象。命运鄙视地把畏首畏尾的人拒之门外。命运——这世上的另一位神，只愿意用热烈的双臂把勇敢者高高举起，送上英雄们的天堂。

引自《决战滑铁卢》

只有一件事会使人疲劳，摇摆不定和优柔寡断。而每做一件事，都会使人身心解放，即使把事情办坏了，也比什么都不做强。

引自《逃向苍天》

参考文献

[1] 茨威格. 人类群星闪耀时. 姜乙，译. 上海：上海文艺出版社，2019.

一本中国的自我说明

导读者：武秀枝

“中国”究竟是怎样的一个国家？我们可能会说，是一个拥有960万平方公里国土，屹立于世界东方的国家，但这只是地理上的概念，她的文化概念是什么？“中国人”这三个字到底意味着什么？真正让我们区别于他国人民的精神内核是什么？对于这些既普通然而又很难找到答案的问题，林语堂先生早在八十多年前发表的作品《吾国与吾民》就进行了深刻剖析与灵魂思考。打开这本书，仿佛一幅巨大的中国画卷铺展在人眼前，不管是了解过去的中国还是现代的中国，有此一本书，可矣。

《吾国与吾民》是林语堂先生在1934年完成的作品，也是他在西方文坛的成名作和代表作。该书一经问世就取得了巨大反响。诺贝尔文学奖获得者赛珍珠曾这样评价这本书：“它（《吾国与吾民》）的笔墨是那样的豪放瑰丽，巍巍乎，焕焕乎，幽默而优美，严肃而愉悦。对于古往今来，都有透彻的了解与体会。我想这一本书是历来有关中国的著作中最忠实、最巨丽、最完备、最重要底成绩。尤可宝贵者，他的著作者，是一位中国人，一位现代作家，他的根蒂巩固地深植于往昔，而丰富的鲜花开于今代。”的确，这部作品最难能可贵之处在于它不隐恶，不虚饰，向世界展现中国人的生存意义与中国文化的迷人之处，同时直面中国人存在的问题。这本书一共包含9个章节，林语堂以冷静犀利的笔调、睿智幽默的语言讲述了中国人的道德、精神状态与向往，以及中国的社会、文艺与生活情趣。

一、不可思议的中国

“中国在现存国家中年龄最高，而且保持着赓续一贯的固有文化；她挟有世界最多的人口；她曾经是雄视全球的强大帝国，是异民族的战胜者，她贡献给世界几个重要发明；她涵育有完全自己的生活智慧，自己固有的文学与哲学；在艺术的境界中，当别个民族方拍翅学飞的时候，她已经振翮高翔了”，这是林语堂先生在书中对中国的评价，这段话也可以看出先生对于祖国最深沉的爱。先生对于祖国的热爱之情是特别的，他曾说过：“说不定我也同样爱我的国家，可是我常小心翼翼在他们面前隐藏起来，因为人或许穿着爱国主义的大褂，过久则破碎而零落，而人方穿了破碎的大褂，炫耀过市——在中国，或在世界各处——服之终身而弗渝。我堪能坦白地直陈一切，因为我心目中的祖国，内省而不疚，无愧于人。我堪能暴呈她的一切困恼纷扰，因为我未尝放弃我的希望。”这段话也体现了先生创作《吾国与吾民》的初衷，他从不愿披着爱国的外衣去炫耀自己，他更愿意冷静地思考中国存在的问题，甚至不惜将之公之于众，为的是千千万万的国人能够正视自己。这也恰恰说明，他从来没有放弃对祖国强大、祖国复兴的希望。

中国曾经在世界上握有至尊的权威，拥有过世界最伟大的基业，几乎是文化绵邈的国家中的硕果仅存者，但却在近代的历史中，遭遇了颠覆性的冲击。当时的人们心中有无数的疑问：“中国命运将怎样？她是否能生存下去一如既往之光荣？是否不蹈其他古老民族之覆辙？”事实证明，中华民族就是这样一个强大的民族，他们历经磨难而愈坚，饱尝艰辛而更强。正如先生在文中所言：“无论中国的一切都是缺点，她有一种优越的生活本能，一种战胜天然之非凡活力，是不可否认的。”

我想如果林语堂先生有幸能见到今日之中国，应该是欣慰的。特别是2020年的这次疫情，让太多的中国人、外国人重新认识中国。中国人在疫情面前向世界表现出的中国力量、中国速度、中国精神，让所有人都为之动容。今日之中国已经不再是近代那个落后挨打的国家，在灾难面前我们看到的是一方有难八方支援、四海同心的中国力量，是上万名医护人员“逆行”驰援的责任担当，更是千千万万的普通人民万众一心共克时艰的团结。打不倒我们的终将使我们变得更强大。殷忧启圣，多难兴邦。在一次次灾难面前，中国人民敢于斗争、艰苦奋斗、自强不息，历经磨难却生生不息。我们也坚信，中国的未来是满怀希望的，中国的道路是光明的，我们将带着先生的期许见证祖国不可思议的繁华盛世。

二、中国人之德性

中国是世界少有的看重“德性”的国家，似乎中国人的整个心灵都被它所操控着，导致我们的全部哲学无暇顾及其他。德性的力量实际上是心的力量，儒家学者认为：当一个人经过智育的训练而养成上述的德行，则我们说，他的“德性”已经发育。林语堂先生将中国人的德性归纳为以下几个方面：圆熟、忍耐、无可无不可、老猾俏皮、和平、知足、幽默、保守性。

谈到德性，先生在书中首先提到的就是中国人的圆熟。所谓圆熟，其实是一种环境的产物。中国人的圆熟并非来自书本，而是受社会环境的影响。“这个社会见了少年人的盛气热情，就会笑出鼻涕。”中国人有一种轻视少年热情的劣根性，也轻视改革社会的新企图。他们常常会讥笑少年的躁进，嘲笑“天下无难事”的自信，所以中国青年老是会被教导在长辈面前谨言慎行，不许放肆。现代青年应该警惕这种“德性”对自己的影响，尽可能地保持自己的初心。

书中指出中国人身上具有的三大恶劣而重要的德性是忍耐、无可无不可、老猾俏皮。有的人说忍耐是中国人的一大美德，但实际上这是一种应该接受批判的德性，甚至可以说是恶行。中国人曾经忍受的暴君、虐政、无政府等种种惨痛，远远超过西方人所能忍受的苦难。可见这个特质并没有给国人带来幸福生活，反而让我们深受其害。这种品质在充满竞争的现代社会显然是不适用的，忍耐并不能换来幸福，甚至会让人生活得更加痛苦。中国人的“忍耐”可谓举世无双，但他们的“无可无不可”却盛名已久。之所以有这样的态度，是因为在当时的社会里，人们的权利普遍没有法律的保障，只有模棱两可的消极态度才最为安全稳妥。值得庆幸的是，改革开放以后，中国的法制越发健全，国人的权利有了更好的保障，这种“无可无不可”的特质也在慢慢发生改变。此外，先生将“老猾俏皮”视为中国人最富刺激性的品性。这是西方人难以传导的最奥妙无穷的一种特性，因为它直接来自根本不同于西方的人生哲学。还有很多俗语体现了这一特质：“三十六计，走为上计”“好汉不吃眼前亏”“退一步海阔天空”“负一子而胜全局”等，都是出自同一根源的态度。

除对以上几个德性的论证和分析外，先生还在后续内容中详细解释了中国人爱好和平、不嗜战争的原因；论述了中国人知足常乐的乐观主义生活哲学和幽默风趣的语言表达能力，以及满足现状的保守性。

在中国人德性的分析上，林语堂的笔触是锋利的，内心是矛盾的。他逐一分析了中国人的圆熟、忍耐、无可无不可、老猾俏皮、和平、知足、幽默和保守性。在分析中，作者对美德有赞扬，对恶行有批评，对一些中性的德性，给予了辩证的分析。看完这部分内容读者会发现，幽默的林语堂先生，对于民族的劣根性，也有如鲁迅一般冷峻的眼光。

三、人生之理想

人生究竟有何意义？这是无数的中外哲学家都在探讨的问题。目的论认为宇宙间一切事物连同蚊虫和伤寒病菌在内都是为了人类的福利而产生的。尼采则认为人生本就是没有目的的，人类生命的进程只是一种循环。在林语堂看来，中国人的人生目的的价值首先是人文主义的，是此岸的而非来世的，是俗世的而非天国的。中国的人文主义者们认为"人生的目的存在于乐天知命以享受朴素的生活，尤其是家庭生活与和谐的社会关系"。他们的思想闪耀着人性的光辉，一切的学问都是以人为中心；一切智慧与知识，都是为了让"人"不失为"人"，让人能坦然地"享其生存"。

中国人的现实主义，是受儒家思想的影响。道教的出现则填补了儒家思想缺乏超越性的空白，给中国人的心灵带来了慰藉。儒学是中国人工作的姿态，如儒家主张"学而优则仕"，也就是"学习如果有余力就去做官"，强调一种积极入仕的人生态度。而道教是中国人游戏的姿态，主张"无为而治"，向往一种"鸡犬之声相闻，民至老死不相往来"的生活状态。人们成功得意的时候都是儒学派，失败失意的时候都是道教徒。道教的存在抚慰了中国人的心灵，老子的《道德经》饱含了以弱胜强、不争无为的自保哲学，也蕴含着深厚的智慧，影响了世世代代的中国人。

人文主义、超自然主义和自然主义构成了中国人的价值系统。中国人不走极端，善于在不同价值之间进行平衡，取中道，这便是中国的"中庸之道"。"中道"思维也带来了中国人常被诟病的缺乏法治、无纪律、无规则和人情社会。如果将人文主义归于孔子的贡献，那么自然主义的道教则是中国人精神的底色，也是中国人最纯真的人生理想，而佛教以其逻辑和哲学的力量，赢得了学者信徒，以其宗教的性质，为民间疾苦寻找了逃避的去处。正如书中所言，一个人的彻悟程度，恰等于他的痛苦深度。凡大彻大悟之人，必经历常人不能忍受之苦。所以西游记里面要经历九九八十一难才能取得真经。佛教更像是一种对于人生痛苦的反击与报复，也是一种灵魂遭遇痛苦的出路。这让我联想到古代一些善男信女，在感情或生活遇到问题后，会选择出家，这种就是一种心灵的救赎，也是对尘世苦难的反击。

在以前我就一直反对“中国人无信仰”的说法。我认为中国人的信仰是在骨子里的。我们从不会轻易说自己是道教徒、佛教徒，但各种行事作风都深受道教、佛教的影响，这种影响深入骨髓，大家都觉得理所应当，甚至自己也没有发现。总之，儒、释、道从道德、神学、哲学等方方面面对中国人的精神和人生理想进行指引，铸就了千百年来中国人的形象。

四、中国人的生活

本书第六章讲述了中国人的“社会生活和政治生活”，作者回答了中国人缺乏公共精神的原因，揭露了家庭制度对社会的负面影响，并具体探讨了“裙带关系”“礼俗”等问题。在政治上，“乡属制度”即为中国式的基层自治制度，社会管理主要依靠的是同乡社团和地方自治。政治理念上，国人主张“管得最少的政府是最好的政府”“垂拱而天下治”等理念，对于政府有着“父母般”的无限信任，愿意将权力托付于政府和圣贤君子。

书中的第七、八、九章分别讲述中国的“文学生活”“艺术家生活”和“生活的艺术”。在《文学生活》中，作者阐述了中国人对文学的划分，中国人的语言与思维等，并指出“中国语言之语格，实为决定中国文学特殊发展的主要因素”。在接下来的篇幅，作者进而讨论了中国的学术、学府制度以及文学与政治的关系等。在《艺术家生活》这一章，先生通过介绍中国的艺术家、书法、绘画和建筑，总结出中国艺术家的特殊气质，即“天性安静平和，不受社会的桎梏，不受黄金的引诱，他们的精神深深地沉浸于山水和其他自然现象之间”。最后一章《生活的艺术》，先生开篇讲道“倘不知道人民日常的娱乐方式，便不能认识一个民族”，即通过对中国人娱乐生活的观察，才能真正理解中国人。仔细观察会发现，中国人的日常生活是愉快的，是充满艺术性的，花鸟鱼虫、山水建筑、诗歌绘画、书法篆刻、服饰装扮、美味珍馐……都能让国人为之沉迷，为之陶醉。中国人最擅长把平凡朴素的日子，过得有滋有味，怡然自得。

“每当酒香茶热，炉烟袅袅，泉水潺潺，则中国人的心头，将感到莫名的欣悦；而每间隔五百年或当习俗变迁，新势力笼罩之下，他们的创造天才将备感活跃，或在诗歌的韵律方面，或在瓷器的改良方面，或在园艺的技术上，常有一种新的发明，民族的生命乃复继续蠕动而前进。”从古至今，中国人依靠自己的聪明才智，享受着丰富的精神生活。他们热爱烹饪和美食，中国味道在世界依然享受盛名；中国的茶叶、瓷器在很早的时候就是外国人青睐的商品；人们对音乐、诗歌、剪纸、书法、戏剧等诸多的艺术形式也有很高的追求和造诣。中国人甚至以同样的态度探索自然界的奥秘：雷霆、风雪、闪电、冰雹，以及人体机构之作用，如涎液与饥饿之关系。他们不用试验管和解剖刀。他们有时觉得世间一切可知的知识都给自己的祖宗发掘穷尽了，人类哲理的最后一字已经道出，而书法艺术的最后风韵，已经发明。

读完这本书，我们会惊奇地发现，《吾国与吾民》对中国人的德性、心灵、人生理想以及日常生活的分析是如此透彻和深刻，甚至在八十多年过去后的今天依然适用。不可否认，今日之中国与中国人，较之书中所描绘的中国与中国人的形象已发生一些变化。但文化是有惯性的，在这本书中，我们看到了祖国悠久的历史和灿烂的文化，也看到了勤劳勇敢但又圆滑俏皮的真实的中国人形象，这些都是我们既熟悉又陌生的东西。一方面，我们亲切地像在照镜子；另一方面，在阅读过程中，时不时会有东西撞击着我们的心灵，让我们不禁掩卷沉思。我想这也是林语堂先生希望我们去关注的，他不惜揭开民族的伤疤给世人看，不是为了让我们感到羞愧，而是为了让我们自省。这，也许就是经典的力量，它们穿越了时间，跨越了空间，让我们反思现在，更好地走向未来。

精彩片段

说不定我也同样爱我的国家，可是我常小心翼翼在他们面前隐藏起来，因为人或许穿着爱国主义的大褂，过久则破碎而零落，而人方穿了破碎的大褂，炫耀过市——在中国，或在世界各处——服之终身而弗渝。我堪能坦白地直陈一切，因为我心目中的祖国，内省而不疚，无愧于人。我堪能暴呈她的一切困恼纷扰，因为我未尝放弃我的希望。中国乃伟大过于她的微渺的国家，无须乎他们的粉饰。她将调整她自己，一如过去历史上所昭示吾人者。

引自《自序》

中华民族的生命，好像是在迂缓而安静地向前蠕动着，这是一种沉着坚定的生活的范型，不是冒险进取的生活的范型；其精神与道德习惯亦相称而具和平与消极之特征。这就是历史上常间歇地被北方民族所征服的根源。

引自《第一章 中国人民》

因为道家思想有如吗啡，含有神秘的麻痹作用，所以能令人感觉异样的舒快。它治疗了中国人的头痛和心痛毛病。它的浪漫思想，诗意，崇拜天然，际乱世之秋，宽解了不少中国人的性灵，恰如孔子学说之著功盛平之世。这样，当肉体受痛苦的时候，道教替中国人的灵魂准备了一条安全的退路和一服止痛剂。单单道家思想的诗，已能使孔教典型的严肃的人生稍为可忍受一些了；而它的浪漫思想又救济了中国文学之陷于歌颂圣德，道学说教之无意义的堆砌。一切优美的中国文学，稍有价值为可读的，能舒快地愉悦人类的心灵的都深染着这种道家精神。道家精神和孔子精神是中国思想的阴阳两极，中国的民族生命所赖以活动。

引自《第二章 中国人之德性》

妇女的想模拟男性的行为这种意念，其本身实即为一种女性的束缚。

引自《第五章 妇女生活》

凡父母太以自己为中心而太专制，它时常剥夺了青年的事业心和发明天才。著者认为这一点是家族制度所施于中国人的特性最恶劣的影响。

引自《第六章 社会生活和政治生活》

参考文献

[1] 林语堂．吾国与吾民．黄嘉德，译．长沙：湖南文艺出版社，2016.

以乡为群，以土为根

导读者：徐文强

城市化进程日益加快的今天，无数劳动力大军涌入城市的车水马龙之中，有人迫于生计，有人为追求梦想。然而每当霓虹初上，熙攘的人群将你我淹没，故乡，这一让人魂牵梦萦的回忆总能及时涌上心头。常听人说城市容不下自己的灵魂，而家乡却容不下自己的梦想，但每当梦想照进现实，故乡犹如童年黄昏时母亲的呼唤，召唤与安抚每个游子疲惫的灵魂。就如歌中所唱："一座座山，一道道岭，一片片川，我的故土这么难舍难离；一路路风霜，一阵阵雪雨，一次次别离，为了希望我们永不放弃。"

一方面很多人向往城市的生活而逃离乡村，另一方面又在城市的生活中迷失自我而缅怀乡村。于是每当春节，总有无数的人奔波在回乡的路上，只为舌尖品尝家乡的味道，鼻尖感受家乡的气息，耳边回荡熟悉的乡音。乡土已成为现代中国人割舍不断的情节。

评论家雷达认为：当今中国，我们谁也避免不了也无法抗拒地卷入从"乡土中国"到"城乡中国"的巨大时代车轮之中，但我们经历的不是从乡土到城市，而是从乡土到城乡，倘若城市碎片还没整合出完整有序的城市文化，我们的心灵还没有完成城市化的自足与自觉，矗立于我们心中的乡村精神、乡土世界以及人类社会的童年记忆就不会消失！

因此，在物质发展迅速，而文化演进缓慢的今天，今天的乡土中依然保存着昔日乡土的影子，而昔日的乡土依然在今天的乡土之中绵延。社会变迁之中，"乡土中国"这一话题不可避免。

一、费孝通[①]与《乡土中国》

费孝通的一生充满传奇，集多重身份于一身：他是留学海外的博士，大学里的学者，社会的观察者和研究者，他是全国人大常委会副委员长、全国政协副主席，然而他的自我定位却是“老来一书生”。我们都知道鲁迅弃医从文，而他是弃医从社会科学，早年的费孝通受革命思潮的影响，决定放弃学医改学社会科学，本科就读于燕京大学社会学专业，硕士就读于清华大学社会学及人类学专业，后就读伦敦经济学院人类学专业，师从被称为“民族志之父”的马林诺夫斯基，也是获得国际人类学最高学术荣誉“赫胥黎奖”的第一位中国学者。早在1936年，费孝通便以博士论文《江村经济》震惊学界，该论著被誉为“人类学实地调查和理论工作发展中的一个里程碑”，也开启了国际学界对中国社会与人情的认识之门。

《乡土中国》是费孝通著述的一部研究中国农村的作品，收集的是费孝通在西南联大和云南大学所讲“乡村社会学”一课的内容，是社会学名著，是费孝通对中国进行社会结构分析的尝试，他试图在理论上总结并开展实地研究，以构建中国社会特有的乡土伦理体系。他将实地调查和学术研究结合起来，开创了一套先进而有特色的社会学研究方法。《乡土中国》研究的是中国曾经的基层社会特征，与当前传统社会被瓦解的社会结构截然不同，但是对“乡土中国”的研究，将有助于我们了解自身的文化特性，找到当前社会之所以发生种种冲突和矛盾的深层原因。与其他话题严肃、晦涩难懂、术语满天的书籍不同，作者用简洁接地气的文字讨论了传统中国社会的诸多特点，生动清晰，语言流畅，通俗易懂。

二、走进《乡土中国》

学术著作不同于文学著作，它没有情节，精彩的是观点以及对观点的阐述，因此对《乡土中国》的解读要从其框架入手，把握其思想体系，了解其章节之间的联系。在该书中第一章至第三章剖析的是对乡下人的偏见——土、私、愚。第四章讲述的是“差序格局”。第五、六、七章讲述的是乡土社会中的人。第八章至第十一章，讲述的是礼治秩序、无讼、无为政治、长老统治，描述的是乡土社

① 费孝通：著名社会学家、人类学家、民族学家、社会活动家，中国社会学和人类学的奠基人之一。1982 年被选为伦敦大学经济政治学院院士，1988 年获联合国大英百科全书奖。

会的运行情况与乡村社会的管理。第十二至第十四章讲血缘和地缘、名实的分离、从欲望到需要，讲述的是社会的变迁，社会性质的转变、权力的变迁、需求变化导致的文化变迁。接下来我们就从本书的几个标志性观点入手，开始一段难忘的精神之旅。

首先我们讲到乡土本色，为“土”正名。我们对土的感情是复杂的：一方面当被讲成土气、土包子、土老帽时，总感觉受到居高临下的蔑视；而讲到土特产、土生土长时，就有种油然而生的自豪感。中国自古就是一个以自给自足为主的小农经济国家，农业人口一直占据着人口的大多数，因此费老在描述中国社会时，自然是从最基层的大众——农民说起。

“从基层上看去，中国社会的基层是乡土性的”，七十多年前，在《乡土中国》这本薄薄小书的开篇，费孝通先生留下了这样一个结论，费老抽象出来的词是“土气”。费老描述中国，先从基层开始，基层最广大的人民是农民，而农民通常被我们称为是“土气”的。由此，一个理解中国社会的新视角就此诞生，和往常居于庙堂之高的俯瞰不同，费老的研究视角来自对基层乡土社会的观察，从文化本位的视角重新构建中国的多元与一体。“乡土”二字是中国传统社会特点的精炼描述，祖先对土地有着深深的眷恋，无论定居何地，都要与土地相连，在土地上耕种，扎根于土地。“乡下人离不了泥土”，乡下人以种地为谋生方法，自然明白泥土的可贵。乡土具有不流动性，乡村里的人口似乎是附着在土地之上，安土重迁，人和人在空间的关系上就是孤立和隔膜。乡土是熟人社会，聚村而居，终老是乡。中国社会的乡土特性更是无论历史怎样改变，世世代代都不曾改变的。

其次，讲到文字与乡土符号。日常生活中，熟人间话少了，往往只需要一个动作、一个表情就能传达意思。而在“愚”与“不愚”的判断标准上，乡下人在城里人眼睛里是“愚”的。乡土社会不用文字绝不能说是“愚”的表现，同时把“文字下乡”运用到乡下人身上意义不大，文字是人和人传情达意的过程中受到时间和空间阻隔的产物，费孝通认为，“中国社会从基层上看去是乡土性，中国的文字并不是在基层上发生，最早的文字就是庙堂性的，一直到目前还不是我们乡下人的东西”。在乡土社会“面对面的往来是直接接触，为什么舍比较完善的语言而采取文字呢”？而且除语言文字外，还有表情、动作等“特殊语言”可作象征的原料。“愚”与“不愚”的标准是智力的不足或缺陷，并非不识字。由于乡土社会是一个很安定的社会，一个人所需的记忆范围本就很狭窄，而同一生活方式反复重演，自然使得语言足够传递世代间的经验而无须文字。

再次，讲到乡土关系中的差序格局。“朋友圈”并不只是当代的产物。乡土社会同样形成了独特的人际关系。中国人独特的“私”的个性，造就了中国独特的“差序格局”，不同于西洋社会团体格局，中国人亲疏远近的人际关系，如同水面上泛开的涟晕一般，由自己延伸开去，一圈一圈，按离自己距离的远近来划分亲疏。以自我为中心，按照私人关系的重要程度，形成逐层递减的关系圈、朋友圈，我们常说的“人伦”中的“伦”即指代这样一个关系圈。

从次，讲到家族和男女有别。在“家”的形式上，乡土社会也形成了不同于西方的形式。在中国的乡土社会中，家并没有严格的团体界限，可以沿着父系这一方面扩大。当其扩大成为氏族和部落时，其功能显然不只是生育，而被赋予政治、经济、宗教等复杂的功能。在中国的乡土社会，家是个连绵延续的事业社群，它的主轴是在父子之间、婆媳之间，是纵的。所以，对于两性之间的感情，中国人就矜持和保留得多，纪律排斥了私情，这在《男女有别》中有进一步的说明。乡土社会是一个男女有别的社会。浮士德式的恋爱精神，在乡土社会中是不容存在的。因为乡土社会不需要新的社会关系，更害怕旧的社会关系被破坏。乡土社会是亚普罗式的文化观，男女关系必须有一种安排，使他们之间不发生激动性的感情。这便是男女有别的原则，即干脆认为男女之间不必求同，不必了解，在生活上加以隔离。

最后讲到礼治秩序。乡土社会是注重人情的。乡土社会的治理方式是“人治”而不是“法治”。法治社会是根据法律来维持人与人之间的关系，国家是维护这种秩序的力量，而在传统中国的基层，是礼治社会。所谓人治和法治之别，不在于“人”和“法”这两个字上，而是在维持秩序时所用的力量和所根据的规范的性质。在乡土社会中，人们社会关系的调节不是靠法律，而是靠“礼”这种社会规范来调节。礼，是公认合乎规矩的行为规范，可以是文明的，也可能看起来是残酷和不讲理的，有点儿像风俗习惯。这些“礼”融进他们的认知及生活中，形成一整套行为规范，人们自觉按照它生活。“礼”也就是传统，而维持传统力量的，是每代年长人对年轻人的教化，从小到大的耳濡目染让“礼”内化于心。

三、《乡土中国》的启示

《乡土中国》这本书最初版本距今已经过去70多年了，但人们对此书的阅读渴求不仅不减，反而变得愈加强烈。大家试图在阅读此书中获得一些对新环境、新处境以及新选择的新启示。

拔地而起的高楼、一尘不染的地面、失去季节感的四季、硬化的地面、被机器声淹没的虫鸣鸟唱、天南地北来来往往的人群，这是日益远离“土”的现代生活。我们的路上不再尘土飞扬，我们不必再担心道路泥泞，我们很难看到一点泥土，因为土地上裹着厚厚的水泥硬壳。我们对“土”唯恐避之不及。我们很少再去关注月圆月缺、云卷云舒、寒来暑往……但我们内心会经常陷入茫然和焦虑。我们不习惯毗邻而居老死不相往来的邻里关系，我们不习惯芝麻大点的事儿就拿法律来说事，我们在焦虑中探讨着社会的诚信。对此，费孝通先生说：“在我们社会的激速变迁中，从乡土社会进入现代社会的过程中，我们在乡土社会中所养成的生活方式处处产生了流弊。”陌生人所组成的现代社会无法用乡土社会的风俗来应付。

然而，在由陌生人组成的社会中，我们还在用“熟人社会”的目光审视我们周围的一切。美国法学家劳伦斯·弗里德曼曾说：“在当代世界，我们的健康、生活以及财富受到我们从未而且也永远不会谋面的人的支配。我们打开包装和罐子吃下陌生人在遥远的地方制造和加工的食品，我们不知道这些加工者的名字或者他们的任何情况。”这是对现代陌生人社会的真实描绘。而当前社会形态不断加速变化，新经验尚未形成，传统经验已无法适应人们的生活需求，乡土社会结构被打破。环境发生变化，长辈们的经验不再适用，社会治理也逐步从“人治”转向“法治”，“礼”也不再像曾经那样可以维持秩序。礼治社会中的行为规范受到挑战，长老权力、长幼间的强制权力不断缩小，新社会人与人之间的往来无法仅靠人情来维持，契约精神变得尤为重要。

传统社会中“面对面关系”、差序格局、礼治、男女有别等观念立足和延续于变化缓慢的社会结构中，祖祖辈辈生活经验和生活需求的积累形成了传统。在了解乡土社会诸多特点之后，可以为当代中国社会诸多思想、行为以及产生的矛盾冲突找到合理的解释，同时也可以深入传统、了解当代，保持传统与现代富有张力的平衡。“在中国发展极为特殊的新时代里，我们或许也需要从《乡土中国》的文化逻辑中来一次真正的再出发，来一次真正的基于费孝通思想研究的社会科学诗和远方的心灵朝圣之旅。”

精彩片段

因为只有直接有赖于泥土的生活才会像植物一般地在一个地方生下根，这些生了根在一个小地方的人，才能在悠长的时间中，从容地去摸熟每个人的生活，像母亲对于她的儿女一般。

引自《第一章 乡土本色》

"特殊语言"常是特别有效，因为它可以摆脱字句的固定意义。语言像是个社会定下的筛子，如果我们有一种情谊和这筛子的格子不同也就漏不过去。

引自《第二章 文字下乡》

文化是依赖象征体系和个人的记忆而维护着的社会共同经验。这样说来，每个人的"当前"，不但包括他个人"过去"的投影，而且是整个民族的"过去"的投影。

引自《第三章 再论文字下乡》

我们的格局不是一捆一捆扎清楚的柴，而是好像把一块石头丢在水面上所发生的一圈圈推出去的波纹。每个人都是他社会影响所推出去的圈子的中心。被圈子的波纹所推及的就发生联系。每个人在某一时间某一地点所动用的圈子是不一定相同的。

我们儒家最考究的是人伦，伦是什么呢？我的解释就是从自己推出去的和自己发生社会关系的那一群人里所发生的一轮轮波纹的差序。

引自《第四章 差序格局》

我想在这里提出来讨论的是我们乡土社会中的基本社群，这社群普通被称为"大家庭"的。我在《江村经济》中把它称作"扩大了的家庭"（extended family）。

引自《第六章 家族》

我用感情定向一词来指一个人发展他感情的方向，而这方向却受着文化的规定，所以在分析一个文化范型时，我们应当注意这文化所规定个人感情可以发展的方向，简称作感情定向。

引自《第七章 男女有别》

礼是社会公认合式的行为规范。合于礼的就是说这些行为是做得对的，对是合式的意思。

引自《第八章 礼治秩序》

所谓礼治就是对传统规则的服膺。生活各方面，人和人的关系，都有着一定的规则。行为者对于这些规则从小就熟习，不问理由而认为是当然的。长期的教育已把外在的规则化成了内在的习惯。维持礼俗的力量不在身外的权力，而是在身内的良心。

引自《第九章 无讼》

从社会合作一方面着眼的，却看到权力的另一性质。社会分工的结果使得每个人都不能“不求人”而生活。

引自《第十章 无为政治》

参考文献

[1] 费孝通.乡土中国.北京：北京大学出版社，2012.

[2] 温儒敏.年轻时有意识读些“深”一点的书：费孝通《乡土中国》导读.中华读书报，2019-12-25(11).

新闻中的种族主义和一本老书

导读者：李晓鹏

文明一直在发展，野蛮却挥之不去。2020年5月25日，美国明尼苏达州明尼阿波利斯市，白人警官德雷克·肖万在拘捕非裔美国公民乔治·弗洛伊德时，跪在他脖子上长达8分46秒，导致其死亡。5月26日，该事件导致明尼苏达州暴发抗议示威活动，数百名抗议者聚集在明尼阿波利斯市要求“伸张正义”，并与警方爆发冲突，警方使用催泪弹和爆震弹驱散人群。随后，全美各地皆发生反对种族歧视的抗议，反种族歧视运动的浪潮一度蔓延至欧洲各国。全球与此相关的新闻报道沸沸扬扬，一度充斥各种媒体。

《杀死一只知更鸟》也译作《杀死一只反舌鸟》，是美国女作家哈珀·李发表于1960年的长篇小说。小说讲述一个名叫汤姆·鲁滨逊的年轻人被人诬告犯了强奸罪，因为其黑人身份，辩护律师阿蒂克斯·芬奇尽管握有汤姆不是强奸犯的证据，却无法阻止陪审团给出汤姆有罪的结论。此一妄加之罪，导致汤姆死于乱枪之下。该书被翻译成四十多种语言，且于1961年获普利策奖，同年被改编成同名电影。

一、新闻、老书与Ta的对话

老书：“杀死一只反舌鸟就是一桩罪恶。”

Ta：心里又念了一遍这句话，疲倦地点开新闻网站。

新闻：“弗洛伊德葬礼前，拜登前往休斯敦看望死者家人。”

Ta：点开新闻页面前，又想起了昨天看到的那一则报道。

新闻：“奥巴马：我们没能力一举铲除400年的种族主义。”

Ta：心里再次开始思考：这里的400年是如何计算得来的？15世纪末西班牙、葡萄牙开始出海劫掠；16世纪起印第安人被驱逐和屠杀；随之而起的黑奴贸易……瓜分非洲，利奥波德二世蹂躏刚果，西欧强国侵占大洋上的岛屿，压榨东南亚；希特勒建立集中营，美法放任卢旺达大屠杀……这些灾难，为什么反复重演？殖民主义、帝国主义对无辜人民的施暴至今未被清算！

新闻："弗洛伊德死了，非洲大陆怒了。"

Ta：猛然想起了什么，取过《杀死一只反舌鸟》查找起来。一周前翻出来放在手边的这本书，每日零零散散读几页，抄几句，以便搜寻一丝与绝望对峙的勇气。找到了昨天刚读过的一段。

老书："我猜汤姆已经厌倦了白人能给的机会，所以采取了自己的行动。"在这一页里，阿蒂克斯带来消息，汤姆在逃跑时被枪杀。

老书："他身上有十七处弹孔。他们根本没必要对他开那么多枪。"

这本出版于1960年的书，讲述了善良的汤姆·鲁滨逊被诬告有罪，只因他身为黑人，虽然辩护律师阿蒂克斯·芬奇搜集到多重证据可证汤姆不是罪犯，但由12位"正直的好人"组成的陪审团却还是给出汤姆·鲁滨逊有罪的结论。韦恩·弗林特在"致内尔·哈珀·李的悼词"(《知更鸟之歌》)中说道："汤姆·鲁滨逊是三个世纪以来种族隔离和对非洲人和非裔美国人不公的象征。如果他们选择权衡证据而不是屈从于梅科姆的种族禁忌，他们本可以宣告汤姆·鲁滨逊无罪。"

Ta：合上了《杀死一只反舌鸟》这本书，这一本最先通过阅读把悲愤之情灌注进他心灵的成长之书，这一本长久以来都影响着他冷眼观世事人情的书。如今，竟又发生了充斥着新闻频道的"Black Lives Matter"运动，这些都鲜血淋漓地昭示着，又一只知更鸟被杀死了！只是，这个世界要怎样改变，才能使得它就是最后被杀的一只呢？

老书："反舌鸟只唱歌给我们听，什么坏事也不做。它们不吃人们园子里的花果蔬菜，不在玉米仓里做窝，它们只是衷心地为我们唱歌。这就是为什么说杀死一只反舌鸟就是一桩罪恶。"

Ta：自那本书的60年之后，另一个弗洛伊德死了，也再一次引发美国大规模的反种族歧视示威游行，波及欧洲和非洲的许多国家。翻看着半个月以来的相关新闻，感觉沉浸在苦痛中，不想看新闻却又忍不住去关注。

二、新闻、老书与Ta的反思

新闻： 2020年6月3日，“联合国秘书长呼吁抵制种族主义”“小布什就弗洛伊德之死发声：反思悲惨性失败，推动公平正义”。

Ta：种族歧视，难道不是文明的耻辱吗？种族歧视造成的灾难，还要缠绕人类多久？

新闻： 2020年5月16日，“一名卢旺达大屠杀嫌疑人在法国被捕”。

Ta：这算是前殖民主义者在为反对种族歧视做出的一点努力吧？法国抓了一个藏匿在法国境内已久的重大嫌犯，受害一方的卢旺达总统保罗·卡加梅则至少两次公开地发声，指控法国政府“参与”了1994年卢旺达大屠杀。

新闻： 2020年4月7日，联合国秘书长在“1994年卢旺达境内对图西族实施的灭绝种族罪国际反思日”的致辞中提道：“我们必须对仇恨言论和仇外心理说不，必须反对两极分化、民族主义和保护主义的势力。我们必须认识到全人类是同一个星球上的大家庭，只有这样才能应对我们面临的诸多全球挑战，包括(2019)冠状病毒病疫情和气候变化的挑战。”

Ta：联合国为什么要一直呼吁？向谁呼吁，又有多少人能听见？多少人会因此行动起来？联合国维和部队也曾在1994年年初从卢旺达发出求救，但当时有能力干预的美国等国家则选择了置之不理，错失了避免灾难发生的时机，致使80万人在不到100天的时间里相互残杀死去。冷血旁观的他们做出的反应只是，在1998年3月25日，时任美国总统克林顿在卢旺达基加利机场表达了道歉。

新闻：“屠杀开始后，我们没能快速地采取行动，而在全世界都有像我一样的人坐在办公室里任其一天天过去，我们并没有领会到自己已经被难以想象的恐怖吞没，不知它有多深，有多快……”

Ta：多么讽刺，轻描淡写的“像我一样的人坐在办公室”，可这个世界上没有任何一个人能像你克林顿一样握有当今最大的权力、最强的武力啊。

新闻： 联合国网站上发布了一本名为《Tugire Ubumwe：让我们团结起来！》的书，由卢旺达大屠杀幸存者卢本特·巴赞本扎创作，其中讲道，在卢旺达发生的种族区分，根本就是西方殖民者强加于当地人民的。其族群间相互的仇恨情绪也与西方殖民者和教会在当地支持的教育引导有关。要了解这场灾难，还有电影《卢旺达饭店》等不下20部的电影和纪录片。

Ta：可是，这样惨绝人寰的灾难又教育了多少的后来人呢？有几个政府对他国的人民，对穷困地区的人民的生命和生存能给予足够的尊重？文明一直在发展，野蛮却挥之不去，种族歧视造成的灾难中，经历者的伤痛谁能理解？

老书：阿蒂克斯提醒他的孩子们："你永远不可能真正了解一个人，除非你从他的角度去看问题……除非你钻进他的皮肤里，像他一样走来走去。"

Ta：1945年1月，苏联红军在波兰发现奥斯威辛集中营；1994年初，美国大兵主动避开卢旺达；在《杀死一只知更鸟》发表之后的60年，当下的世界依然充斥着反种族主义的声音。

三、新闻、老书与Ta的觉醒

新闻："对于我们这个时代来说，这部小说最重要的主题之一就是对异己之人宽容。"

Ta：我希望那样的时代早日到来，宽容成为大家相处的习惯和常态，彼此鼓励与扶持代替了相互推诿与指责。

老书："莫迪小姐紧紧握住我的手，于是我什么也没说。有这温暖在就足够了。"

新闻：2020年6月8日，在与拜登会面之后，弗洛伊德家人的律师曾写道："相互倾听将会开始治愈美国。这正是前副总统拜登对弗洛伊德的家人所做的事情。在长达一个多小时的时间里，他认真倾听，倾听他们的痛苦，分担他们的悲伤。这种同情心对这个悲伤的家庭来说意味着全世界。"

新闻：2020年5月16日，在一场线上的美国高中生毕业典礼《一起毕业》上，克林顿说："即使是在疫情之前，你也知道你将踏入的这个世界，贫富不均日益严重，又像原始部落一样四分五裂，人们急着与那些跟自己不一样的人划清界限。翻腾着的憎恨，和一个坏掉的信息体系，让那些一心只为自己赚钱和弄权的人得以煽动起人性中的恶。这将你的未来、我们的民主和这个星球置于危险之中。"

新闻：在同一个活动中，奥巴马说："那些你曾经以为是运筹帷幄的成年人，其实他们并不是对所有事都有答案。他们中很多人甚至还没提出过正确的问题。所以，这世界是不是能变好，都看你们的了。"

新闻：他的夫人米歇尔也说："毕业生们，愤怒是一种强大的力量。它可以是一种有用的力量，只要它们是被同情心、原则、希望所驱使的。”

Ta：是的，这里的同情心、原则和希望，60年前就在《杀死一只反舌鸟》中的阿蒂克斯·芬奇身上闪耀着！

新闻：“这部小说已成为全世界主要的文学工具，教导种族公正和对不同于我们的人的宽容的价值观，以及在面对社区偏见和排斥时，具备道德勇气的必要性。”

老书：阿蒂克斯也为我们指出了什么是真正的勇敢：“勇敢是，当你还未开始就已知道自己会输，可你依然要去做，而且无论如何都要把它坚持到底。你很少能赢，但有时也会。”

Ta：所以，在那个时代的那样一个地方，阿蒂克斯毅然选择了为汤姆辩护。只是，即便是在今天，大家面对的现实又有多少不同呢？

老书：“阿蒂克斯，我们会赢吗？”

“不会，宝贝儿。”

“那为什么……”

“道理很简单，不能因为我们开始前已经失败了一百年，就认为我们没有理由去争取胜利。”

精彩片段

“斯库特，”阿蒂克斯说，“等到夏天，你还要在很多更恶劣的事情上保持理智……我知道，这对你和杰姆很不公平，可是有时候我们必须妥善利用一些事件，在关键时刻，我们要引导自己向……噢，我现在只能说，等你和杰姆长大后，也许你们会带着同情和理解回顾这件事，也许会对我没有让你们失望而心怀感激。这个案子，汤姆·鲁滨逊的案子，它在某种程度上触及了人的良心和道义的本质——斯库特，如果我不去帮助这个人，我就再也不能上教堂去礼拜上帝了。”

“阿蒂克斯，你肯定错了……”

“怎么讲？”

“呃，大部分人好像都认为他们是对的，你是错的……”

“他们当然有权利那样认为，他们的观点也有权利受到完全的尊重，”阿蒂克斯说，“但是在我能和别人过得去之前，我首先要和自己过得去。有一种东西不能遵循从众原则，那就是人的良心。”

引自第十一章

《杀死一只知更鸟》在美国的道德价值观教育中经受了半个世纪的激烈辩论。公立学校是否应该教授价值观？如果是，应该教什么价值观，谁的价值观？实际上，成千上万的美国教师早就解决了这场争论。他们决定教哈珀·李的价值观，或者是阿蒂克斯·芬奇的价值观。不管怎样，他们教会了我们《杀死一只知更鸟》所蕴含的道德价值观。在我看来，他们最能教导我们的价值观，是宽容、善良、文明、慈善、正义。当人们犯错时，应有敢于面对社区或家庭的勇气，以及尽管人们有缺点，仍然要同情地去爱他们。

引自《附录：致内尔·哈珀·李的悼词》

参考文献

[1] 李.杀死一只反舌鸟.高红梅，译.南京：译林出版社，2009.

[2] 弗林特.知更鸟之歌：我与哈珀·李的友谊.吕阳，译.北京：中国人民大学出版社，2020.

[3] 巴赞本扎.Tugire Ubumwe：让我们团结起来！.[2020-03-15]. https://www.un.org/en/preventgenocide/rwanda/pdf/Tugire-Ubumwe.pdf.

春天不应该寂静

导读者：李瑞瑞

今天，环境保护已经成为一个人尽皆知的概念。然而，整个人类社会认识到现代环境保护的重要性并开展环保运动的历史却不过短短几十年。这一切都要从蕾切尔·卡森[①]的《寂静的春天》说起。可能很多中国人是从刘慈欣的《三体》开始知道《寂静的春天》："三十八年后，在叶文洁的最后时刻，她回忆起《寂静的春天》对自己一生的影响。在这之前，人类恶的一面已经在她年轻的心灵上刻下不可愈合的巨创，但这本书使她对人类之恶第一次进行了理性的思考……"叶文洁看完《寂静的春天》想了很多，她思考：人类到底有多少看似正常和正义的行为其实是邪恶的？人类面对大自然是否有真正的道德？或许，蕾切尔·卡森的《寂静的春天》会给你答案。

一、现代环境运动之母——蕾切尔·卡森

蕾切尔·卡森是美国海洋生物学家，现代环境运动之母。她于1907年出生于宾夕法尼亚州的斯普林达尔的农民家庭，1932年在霍普金斯大学获动物学硕士学位，1936—1952年供职于美国联邦政府所属的鱼类及野生动植物管理，这使她有机会接触到许多环境问题。她对森林、野生动物、野生植物无比热爱，也正因为如此，当自然、生物甚至人类受到伤害时，责任感和科学家的良知使卡森不再沉默。

1941年，卡森出版了她的第一部著作《海风下》，由于当时人们对生态环

① 蕾切尔·卡森（Rachel Carson,1907—1964），1980年美国政府追授她"总统自由勋章"，这是美国普通公民的最高荣誉。2000年，被美国《时代》评选为20世纪最有影响的100个人物之一。

境保护的重视程度远远不够，该书出版后并未引起关注，但这本书却是卡森生态思想的启蒙之作。1951年，卡森出版了第二部著作《我们周围的海洋》并引起了巨大的轰动，这本书在被连续加印后仍销售一空。随着卡森影响力的不断扩大，该书被印成几十种文字在世界各地出售，并获得了美国伯洛兹自然科学图书奖、美国国家科学技术图书奖。《我们周围的海洋》让卡森意识到人类对于自然界中生物的错误定位，体现了卡森生态思想的转化，为《海之边缘》的诞生埋下了伏笔。1955年10月，卡森出版了《海之边缘》，结束了她为大海立传的著作。

1958年，卡森开始撰写她一生中最辉煌的著作——《寂静的春天》。如果说她的前三部重要作品——"海洋三部曲"给予了她科普作家的称呼，那么《寂静的春天》则使卡森成为生态文学家。1962年出版的《寂静的春天》犹如平地惊雷，惊醒了沉醉于征服大自然的人类。这本书用深切的感受、全面的研究和雄辩的观点改变了历史的进程，被称为"自然文学的典范""环境主义的开山之作""50年以来全球最具影响力的著作，一本引发了世界环境保护事业的书"。如果没有这本书，环境运动也许会被延误很长时间。

二、寂静的春天——现代生态危机警示录

《寂静的春天》的创作背景和当时美国的社会背景是分不开的。两次世界大战期间，滴滴涕（DDT，双对氯苯基三氯乙烷）在疟疾、痢疾等疾病的治疗方面大显身手，救治了很多生命；战后，以DDT为代表的杀虫剂被美国农业部当成拯救农业的灵丹妙药，被广泛喷洒在农田、果林、路旁，以控制杂草和害虫，提高农作物产量。DDT杀虫剂的发明者还于1948年获得了诺贝尔医学奖。

DDT作为一种杀虫剂，几乎对所有的昆虫都有效。人们充分利用了以DDT为代表的杀虫剂的优点，却对化学杀虫剂的危害知之甚少：DDT在环境中非常难降解，并可在动物脂肪内蓄积，进入食物链之后，导致食肉和食鱼的鸟接近灭绝。1958年，卡森的好友奥尔加·哈金斯给她写了一封信，告诉她由于大规模喷洒DDT杀死了大量的野生动物，当年春天在她的后院再也听不到鸟鸣声。这封信成为卡森撰写《寂静的春天》的导火索。起初，卡森打算用一年时间写本小册子。但随着时间的增加，她感到问题比她想象的要复杂和严重得多。她花费四年的时间搜集了大量的证据，终于完成这部改变美国乃至世界命运的书。

《寂静的春天》警告人们，一旦昆虫产生更顽强的抗药性，人类将陷入无法摆脱的注定灭亡的循环。书中引用的数据来自各个学科的专家、科学家及卡森本人多年的研究成果，内容翔实、论述确凿，包含生物、化学、物理、环境等多学科知识，融可读性、科学性、哲理性、文学性于一体。全书17章，剥丝抽茧地向我们展示了化学制品的巨大危害。首先，开头的寓言描绘了一个美丽城镇由于杀虫剂导致的突变："从前，在美国中部有一个城镇，这里的一切生物看来与周围环境相处得很和谐。这个城镇坐落在像棋盘般整齐排列的欣欣向荣的农场中央，庄稼地遍布，小山下果园成林。春天，繁花像白色的云朵点缀在绿色的原野上；秋天，透过松林的屏风，橡树、枫树和白桦闪射出火焰般的彩色光辉，狐狸在小山上吠鸣，鹿群静悄悄穿过笼罩着秋天晨雾的原野……"后来，一些不祥的预兆降临到村落里：神秘莫测的疾病袭击了成群的小鸡，牛羊病倒和死去，鸟儿也没有了，只有一片寂静……接下来，卡森指出这一切都是杀虫剂造成的。她通过大量事实论证了杀虫剂对水源、海洋、土壤、植物、动物甚至是人类造成破坏，并经由不同途径进入食物链且对食物链造成严重影响，进而对食物链所处的生态造成危害；同时，这种危害具有广泛性和可遗传性，像多米诺骨牌效应一样，从动物到植物，从生物到非生物，从一个生态系统到另一个生态系统，无一幸免。人类由于自身的无知付出了惨痛的代价。最后，卡森指出人类必须舍弃"控制自然"的想法，而应该与其他生物共同分享我们的地球。"控制自然"是一个妄自尊大的想象产物，是当生物学和哲学还处于低级幼稚阶段时的产物，是要大自然为人们的方便有利而存在。我们必须要改变我们的哲学观点，放弃我们认为人类优越的态度。

卡森在《寂静的春天》中一直坚守的观点是：人类应该保持对一切生物的生命敬畏的态度。她对人类过度干预自然和意图控制自然的思想和做法提出了批评与反对，书中通过大量案例指出：人类为了防治害虫或杂草使用了过多的杀虫剂和除草剂，虽然取得了一定的效果，但同时给土壤、水、空气和人类自身的生存环境带来了严重的损害，最终受害的还是人类自己。同时，她批判了人类无视自然的内在价值，只顾自己不顾环境的自我中心主义，书中第四章加州清水湖就是一个典型案例。只是因为在湖边钓鱼和度假的人想消灭无害的、只是数量多且烦人的蚋虫，就向湖中喷洒杀虫剂，最终造成湖中水鸟大量死亡的严重后果。该书也体现了卡森的生态整体主义思想，卡森通过大量的举例说明杀虫剂不仅令乡村居民受到伤害，也会对城市居民造成危害；DDT等药物不仅通过食物链在动物体内聚集，也会通过人类的生存环境大量聚集在人的体内，危害我们的健康。卡森认为科技并非无所不能的万灵丹。“科技产品”的效果往往会超出人们的预期，对生态环境造成严重的破坏并产生抗药性更强的目标生物，使用这种技术手段进行防治往往事倍功半，最终形成一个恶性循环。“我们惯于找寻显著、立即见效的结果，而忽视其他的。祸害若不马上以明显的方式出现，我们就不承认它的存在。”

三、觉醒的春天——她唤醒的不只是一个国家，还有整个世界

凡是真理，必然要经受考验；凡是英雄，必定会受磨难。其实《寂静的春天》出版之前，已经有很多著作来呼吁人类保护环境，例如奥尔多·利奥波德（Aldo Leopold）的《沙乡年鉴》和亨利·梭罗（Henry Thoreau）的《瓦尔登湖》，但这两本著作刚出版时引起的关注和《寂静的春天》比起来还是相形见绌。

《寂静的春天》刚问世时就是一本很有争议的书。一方面作品中的观点是人们前所未闻的，让很多人感到困惑；另一方面这本书侵犯了某些既得利益者——如农场主、杀虫剂生产商和受雇于企业的科学家们的切身利益：因此这本书不仅受到与之利害攸关的生产和经济部门的猛烈抨击，而且也强烈震撼了社会民众。那时，大自然是人类征服与控制而非保护并与之和谐相处的对象，人类信奉“向大自然宣战”“征服大自然”，人类中心主义思想占主导地位，且人类对科学技术盲目崇拜。而卡森的《寂静的春天》向人类基本意识提出了挑战，她所遭受的诋毁和攻击是空前的，却也终为人类环境保护的意识点燃了一盏明灯。

引起争议的同时，该书也获得了很多好评。美国前副总统戈尔在该书序言中写道：“当一九六四年春天蕾切尔·卡森逝世时，人们已经明白她的声音是不可能被掩盖的。她唤醒的不只是我们国家，还有整个世界。《寂静的春天》的出版可视为当代环境保护运动的起始点。”它的思想的力量远比政治家的力量更强大。菲利普·沙别科夫对《寂静的春天》有这样的评价：“《寂静的春天》现被认为是本世纪（20世纪）具有真正重要意义的著作，更重要的是它改变了美国人、全世界人看待事物的方式，我们曾以漠不关心的态度看待我们居住的星球。”加州大学的罗伯特·拉德教授在《杀虫剂与生物景观》一书中对《寂静的春天》的重大意义进行了阐述，他说：“《寂静的春天》是生物学上的一响警钟，

是对社会生活痛下针砭，而在道德上则是一篇醒世之作。”作者自始至终呼吁从事技术工作的人们暂且住手，对过去所作所为来一番认真的反思。

《寂静的春天》对于促进人类环保运动的发展也有重要意义，对很多国家立法、未来规划起到了重要的推动作用。该书出版后，西方各国政府及民众都开始认识到环境问题的严重性，并采取一系列行动；各种环境保护组织也纷纷成立。1967年，瑞典成立环境保护署，是世界上第一个成立环保机构的国家。1970年，美国环境保护总署成立；同年将4月22日确立为世界地球日。1972年，联合国召开了人类环境会议，并签署了《联合国人类环境会议宣言》（简称《人类环境宣言》），同年夏天美国全面禁止DDT的生产和使用。1983年，中国宣布禁止将DDT用于果树、茶树、蔬菜、药草、烟草、咖啡树等。1987年，联合国世界环境与发展委员会出版的《我们共同的未来》以“持续发展”为基本纲领。1992年，联合国大会通过了《联合国气候变化框架公约》。现在环保、生态等概念已经为人们熟知，甚至成为消费主义的宠儿，商业营销环保概念受到商家热捧和消费者追逐。但不能否认的是，至今环境问题仍层出不穷。

以现在的眼光来看，《寂静的春天》里有很多对农用化工品的描述并不准确，而且该书集中笔墨描述的是对化学农药负面的报道。以DDT为例，即使在今天，关于DDT的争议也还在，而作者用大量笔墨来渲染其对于人类以及环境的不利影响，却未曾提起DDT最初是为了消灭蚊虫以减少致命的疟疾传播，以及它对于非洲疟疾防治做出的重大贡献。《寂静的春天》的出版导致很多地方禁用DDT，疟疾的发病率因而一直居高不下，很多人也因此丧命。人们对于中断使用DDT是否间接杀害了2000万人这一话题也一直纷争不休。2002年世界卫生组织宣布重新启用DDT，用于控制蚊子的繁殖以及预防疟疾、登革热、黄热病等在世界范围的卷土重来。

在《寂静的春天》出版58年后的今天，2020年，我们也经历了一个“寂静”的春天，只不过这一次是14亿中国人居家隔离、工厂企业商家停工、防止新型冠状病毒传播的春天。从不少新闻报道中可以看出，少了人类的干预，不少鸟类等野生动物在这个春天活跃了起来，对于刚从冬季苏醒的动植物来说，这个春天更加明媚了。人类仍在持续地摸索与环境的关系，更多的环保法令和行动被实施，但我们的环境在整体上仍继续恶化。顺应自然，心存敬畏，在这个小小的蔚蓝星球上，我们做得远远不够，我们要做的还有很多。

最后，以电影《流浪地球》的开头的旁白作为结语：“最初，没有人在意这场灾难。这不过是一场山火，一次旱灾，一个物种的灭绝，一座城市的消失。直到这场灾难和每个人息息相关。”

精彩片段

我对人类感到悲观，因为它对于自己的利益太过精明。我们对待自然的办法是打击并使之屈服。如果我们不是这样的多疑和专横，如果我们能调整好与这颗行星的关系，并深怀感激之心对待它，我们本可以有更好的存活机会。——E. B. 怀特

引自扉页

我并不是说完全不能使用化学杀虫剂。我要指出的是，我们任意地把具有强大毒性和生物影响力的化学品交到一些人手中，而这些人很大程度上或者完全不知道其潜在的危险。我们让太多人接触了这些毒药，而没有经过他们的同意，甚至常常不去告知他们。

引自第二章《忍耐的义务》

人们都回避了去认真考虑这样一个问题：是谁作了这个决定，它使得这些致毒的连锁反应运动起来，就像将一块石子投进了平静的水塘，这个决定使不断扩大的死亡的波纹扩散开去？是谁在天平的一个盘中放了一些可能被某些甲虫吃掉的树叶，而在天平的另一个盘中放入的是可怜的成堆杂色羽毛——在杀虫毒剂无选择的大棒下牺牲的鸟儿的无生命遗物？是谁对千百万不曾与之商量过的人民做出决定——是谁有权力做出决定，认为一个无昆虫的世界是至高无上的，甚至尽管这样一个世界由于飞鸟奋拉的翅膀而变得黯然无光？这个决定是一个被暂时委以权力的独裁主义者的决定；他是在对千百万人的忽视中做出这一决定的，对这千百万人来说，大自然的美丽和秩序仍然还具有一种意义，这种意义是深刻的和必不可少的。

引自第八章《再也没有鸟儿歌唱》

人类冒着极大风险试图把自然改造得称心如意，最终却事与愿违，真可谓绝大的讽刺——但这确实就是人类面临的现状。人人都已看到了真相，但很少有人愿意明确地讲出口：大自然从来不会轻易屈从于人的意志，即使是不起眼的昆虫也总能千方百计地逃脱我们的化学攻击。

引自第十五章《大自然在反抗》

“控制自然”是一句极端自大的宣言，它源于远古时代原始的生物学和哲学观念，当时的人类认为大自然本来就应该为自己服务。至于应用昆虫学的理念和做法，如果究其源头，也会发现它们也大多始于科学的蒙昧时代。如此原始的科学观念却配备了杀伤力最强的现代武器，而且枪口瞄准的不只是昆虫，更是整个地球，这实在是我们的大不幸啊！

引自第十七章《另一条道路》

参考文献

[1] 卡森.寂静的春天.吕瑞兰，李长生，译.上海：上海译文出版社，2011.

[2] 汪晓辰，刘丹鹤.《寂静的春天》对公众理解科学的影响.科技视界，2017(12):34–35.

[3] 高冠楠.论《寂静的春天》中的生态哲学思想.大连：大连理工大学，2013.

[4] 格雷厄姆.《寂静的春天》续篇.罗进德，薛励廉，译.北京：科学技术文献出版社，1988:67–68.

大历史观

导读者：刘珊珊

历史如同盘根错节的树根，如同枝杈纵横的树枝，但若把历史剖开，横截面似交织层叠的年轮。历史其实不过如此：表面上是宏大到无法直视的时间怪物，能吼出雷霆万钧的洪荒之声；但掰开揉碎细细一听，原来也不过是万千句细弱蚊蝇的“此事无关紧要”罢了。《万历十五年》正是通过“无关紧要”的一叶以图展现历史，细枝末节也得以窥全貌，正所谓“风起于青蘋之末，浪成于微澜之间”。这本书并未按照传统编年史的时间顺序来讲述明朝历史，而是采取“以点概面”的方法，其叙述呈现的精妙之处也在于此。

《万历十五年》英文名为“1587, A Year of No Significance”，直译过来本应是“1587，无关紧要的一年”，其英文原版完稿于1978年，美国耶鲁大学于1981年出版。在美国，英文版被多所大学作为教科书，并两次获得“美国书卷奖历史类好书奖”提名。很可惜我没有读过英文原版，但中文书常拿在手头翻翻。在中国，中文版自问世以来累计销售已超过数百万册，被《新周刊》评选为“改革开放以来对中国影响最大的20本书之一”，可见其影响力之广泛。

一、“无关紧要的一年”——万历十五年

万历十五年是万历皇帝与文官集团对抗失败的第一年，是首辅申时行“调济折衷”上任的第四年，是元辅张居正去世的第五年（当年已基本抄家清算完毕），是南京都察院右都御史海瑞在任所与世长辞的当年，是抗倭英雄戚继光壮志未酬身先死的当年，也是思想家与心学家李贽削发为僧的前一年。此时世界形势风起云涌瞬息万变，这是努尔哈赤吞并各部始定国政、女真族崛起的当年，

也是西班牙无敌舰队开征英吉利海峡的前一年(资本主义进入殖民扩张时代的前奏)。另外,国际贸易的发展也如火如荼,而明朝仍然厉行海禁,不允许民间海运通商。这些看似毫无关系的事件,其实有千丝万缕的关联,在历史学家黄仁宇[①]先生的眼中,“这些事件,表面看来虽似末端小节,但实质上却是以前发生大事的症结,也是将在以后掀起波澜的机缘,其间的关系因果,恰为历史的重点”。

的确,在明朝历史上,万历十五年实为平平淡淡的一年,“小事未曾酿成大灾,也就无关宏旨”。这一年没有惊天动地的大事件发生,没有改变世界的大人物出现。它太容易被人忽视了,以至于所有人都忽视了它,但人们往往不明白的是,酝酿比爆发更值得玩味。所谓蝴蝶效应,其令人拍案叫绝之处不在于风暴之可怖,也不在于蝴蝶扇动翅膀之渺小,而在于二者之间“竟然有这回事”的恍然大悟。1587年,西班牙无敌舰队的船员们喊着号子起锚的时候,努尔哈赤在战局图上插上一个代表征服的小旗子的时候,他们也认为,那不过是他们人生中最为普通的一天。暗潮涌动或许是另一种令人感叹的力量,这也许是《万历十五年》所采用视角的诱人之处。

“惟有大视野才能见到大历史。”因此,学者们往往带着气吞山河的豪情与雄心壮志,在“大历史”“大视角”的指挥下从宏观视野去把握历史,不拘泥于细枝末节,在世界历史的图景中去诉说特定朝代的更替演变。这种大口吃肉、大碗喝酒的硬汉做派固然使人心生豪情,有挥斥方遒之感,但千篇一律,难免疲乏。此时,黄仁宇先生的叙说方式就显得格外清新,又不失韵味风骨,喻大历史于小事件,藏大视角于小角色,是使了四两拨千斤之巧劲儿。这种方式还有别样的大历史观,这种历史观的“大”,不在于其气势是否宏大,口号是否响亮,而在于其逻辑起点之轻与落脚点之重,在于这轻重之间的对比,在于发现这轻重之间因果关系的睿智。

二、“六个小人物”——万历十五年

《万历十五年》书中提取了六个典型的人物以反映明朝现实,并使用了七个章节来解释作者的历史观点,从而利用不起眼的历史角色的一言一行推演出

---

① 黄仁宇(1918年6月25日—2000年1月8日),美籍华人,教授、学者。以历史学家、中国历史明史专家,大历史观的倡导者而为世人所知。著有《万历十五年》《中国大历史》《汴京残梦》等畅销书。

宏大而有历史智慧的结论。黄先生以历史评述的方式，以人物为主线来撰写全文，其叙述方式极为冷静克制，其叙述人物的一生却又极为悲剧、荒唐。

第一个出场的人物是万历皇帝朱翊钧。世人皆以为地位越高，日子越快活。总览全文，我们会发现皇帝不是万能的，皇权的至高无上、独断专行在万历年间是无法做到的。皇权同时受到伦理道德、礼仪礼制、官宦集团的掣肘，皇帝也只是国家这个庞大机器中的一个重要零件。黄先生说："即使贵为天子，也不过是一种制度所需要的产物。"所以万历皇帝前是勤勉后怠政，其生平大概有四件事无法做到：练书法、内操练兵、立太子、确定寝陵陪葬的后妃人选，这导致他从守礼仪的少年天子变成三十年不上朝的活着的祖宗牌位。到明朝中后期，权力变成责任，地位变成义务，个人变成制度的产物。这使朱翊钧时常感到痛苦，但这不仅仅是他一个人的过错。时代的裂变、制度的固化给每个人带来了撕裂之感，只不过因其特殊的身份，他所承受的苦痛才格外剧烈。

第二个粉墨登场的是首辅申时行。他不是合格的内阁首辅，他以外交手段来处理内政，以人事安排来管理百官，对于文官，从中调剂、就事匡维；对于皇帝，显谏者不若潜移为妙。申时行深受儒家思想的影响，深谙中庸之道，四处和稀泥，努力保持政治上平衡，以关系来搞平衡，力图曲线治国。在任期间虽然治理黄河水患、避免北方战争，苦心孤诣却无法撼动大局。申时行作为继任者，以张居正为诫，以为张居正之惨淡是因为其风头过盛，以至于毁坏了中庸之道。但他没想到的是，绝非张居正使一切开始倾覆，而是一切开始倾覆才催生了张居正。

第三个人物说的是元辅张居正，但却是从张居正死后开始讲起。文中并未详细介绍张居正的生平，但从头到尾处处都有张居正的影子。张居正的死是整段历史的背景。令人惊奇的是，在那段历史中，他的死不仅没有让他迅速地湮灭，反而让他越发鲜活。明朝官员的贪腐风气因他的死而越发嚣张；明朝政府的改革尝试因他的死而越发显得挣扎；明朝社会的安稳守旧因他的死而越发摇摇欲坠。历史便是这样，你以为的结束，其实永远只是另一段历史的开始。张居正不是典型道德标准上的好官，"他独断专行、待人不善、生活奢侈、表里不一，是个道德并不高尚的人，但他敢于改革、敢于创新、不惧风险、不怕威胁，是一个伟大的改革家"。有一件事让他受到社会道德意义上的广泛非议，张居正父亲过世需回家"丁忧"即守孝三年，皇帝特别颁旨不让他去职离任视为"夺情"，导致文官联名弹劾其"贪位忘亲"。其实是皇帝半恳请半命令他在职"丁忧”，一旦他离开权力中心，所建立的财政赋税改革可能无法推进。张居正身前位极人臣，死后很快荡然无存，“人在政在，人走政息”。世间已无张居正，青史确已留其名。

第四个人物是清官海瑞。他言行如一、节俭务实、廉洁正直、直言敢谏，但书中却评价海瑞是古怪的模范官僚和道德楷模，他的尊重法律，乃是按照规定的最高限度执行。如“凡讼之可疑者，与其屈兄，宁屈其弟；与其屈叔伯，宁屈其侄。与其屈贫民，宁屈富民；与其屈愚直，宁屈刁顽。事在争产业；与其屈小民，宁屈乡宦，以救弊也。事在争言貌，与其屈乡宦，宁屈小民，以存体也”。在断案方面采取道德上的主观臆断，不消说其他方面。其所作所为无法推广，不是道德无人推崇，而是道德于政府管理上的无力。

第五个人物是名将戚继光。书中评价他是孤独的军事将领，是因为他不得不依附于张居正。他生在土木堡之变后武勋贵族集团凋零殆尽的明朝中后期，武将受制于文官，后勤保障依赖地方，组织低能装备落后，军训军令无固定准则，军官任命多数以“世荫”制。戚继光孤独地矗立着，他所组建的“戚家军”虽成立已有30年，但还只是戚继光的个人部队，并且经常受到文官严厉地弹劾。在明朝只需要打赢一场战斗的勇将，而不需要运筹帷幄、谋略全局的统帅。黄先生说：“戚继光的天才，在于他看准了妥协之无法避免；而他的成功，也在于他善于在技术及人事上调和各式各样的矛盾。”

第六个人物是思想家李贽。李贽是自相冲突的哲学家，他批判男尊女卑、重农抑商、假道学等，强调“真心”，以“异端”自居。文中着重描写了他与耿定向思想之争，这场激烈而又带有复杂感情色彩的争论已经演变成晚明思想史上的一段著名的学术公案。他猛烈地抨击着世人，却往往还要依靠被抨击者的接济而生活；猛烈地抨击着社会，指出诸多问题，然而却又指不出解决问题的出路。他剃发为僧，却到处讲学，与世人争论学术思想。传统道德批判他，文官参劾他，1602年朝廷以“敢倡乱道，惑世诬民”罪名（罗列的罪状有部分出于风传）将其批捕下狱。李贽的资本主义思想觉醒，但却难敌旧时代的惯性，最终自刎而死。

三、“明朝衰败之因”——万历十五年

书的开头从一件小事写起。由于讹传，百官奔赴午朝大典，禁卫军未加询问便放入皇城，万历皇帝本来大可付诸一笑，但考虑到此事有损朝廷体统，且因

无法查明始作俑者，便对全部在京供职的官员罚俸两月。黄先生自此深挖，审视明王朝的官俸制度，引出“朝廷上的政事千头万绪，而其要点则不出于礼仪和人事两项”。

黄先生在书中提出关于明朝衰败原因的两点看法：一是“中国两千年来，以道德代替法制，至明代而极，这就是一切问题的症结”。在《自序》中，黄仁宇也做了明确的回答：“中国幅员广大，情形复杂，明朝采取严格的中央集权，施政方针不着眼于辅助先进的经济，以增益全国财富，而是保护落后的经济，以均衡的姿态维持王朝的安全。”中国历史上下五千年，贵在稳定。但到了明朝，资本主义开始萌芽，松动着久经板结的封建经济的土壤；先锋思想开始活跃，冲撞着尊为封建正统的儒家思想。而与社会现实不符的是，明朝廷以维系文官统治集团的既得利益作为施行道德的目的，以游移不定、为目的服务的道德作为国家最高的行为准则，最终的结果不言而喻。《万历十五年》中写的六个人物：“他们或身败，或名裂，没有一个功德完满。”这六个悲剧性的代表人物，其结局在明朝是必然的，因为传统中国的社会组织技术已经在逻辑上走到了日暮，传统道德统治的制度治理国家已然山穷水尽。

二是统治缺乏“数目字管理”的方式，他认为：“如果社会可以接受财产权绝对且至高无上，一切就可以加加减减，可以继承、转移及交付信托。因此，物质生活的所有层面，不论是私人或公共，就可以在数字上处理。”《万历十五年》中黄先生在很多情况下是站在后人特别是西方现代化的角度来看待封建社会的，他常提及的“数目字管理”更是当时社会物质条件远达不到的。但这并不是事后诸葛亮式的评价，而是在提供解决方案的同时，理解当事人未选择该解决方案的苦衷。黄先生作为一个现代人在叙述历史时强调技术和法治的作用，以一种西式的思想道德观念来评判中国儒家思想发展最为鼎盛的时代，身处西方资本主义发展上升期而对农耕社会与宗法传统持以批判态度，实际上正无形中体现了其一以贯之的大历史观，即在对比之中发掘历史之纵深，在碰撞之中诠释历史发展的内在动力。这也是黄先生不断倡导的，“从小事件看大道理；从长远的社会、经济结构观察历史的脉动；从中西的比较提示中国历史的特殊问题”。

现代大史家钱穆先生认为：“不知一国之史则不配做一国之国民。”而黄仁宇先生的作品在不失历史之客观秉性的前提下，能让大众去理解接受，使得历史不再遥远。《万历十五年》作为一本平易近人的历史学书，值得我们反复阅读细细品味。值得一提的是，虽然《万历十五年》在中国的销量非常大，但是相较于美国高校对该书评价之高，在中国该书至多作为各大高校历史系明史课程之引入教材，鲜少作为正经教材被推荐，各种缘由，值得玩味。借用王小波的一段话："我说《万历十五年》是本好书，但又这样鸡蛋里挑骨头式地找它的毛病。这是因为此书不会因我的歪批而贬值，它的好处是显而易见的。万历十五年是今日之鉴，尤其是人文知识分子之鉴，我希望他们读过此书之后，收拾起胸中的狂妄之气，在书斋里发现粗浅原则的热情会有所降低，把这些原则套在国家头上的热情也会降低。少了一些造罐子的，大家的日子就会好过了。"

精彩片段

总的来说，万历即位以后的第一个10年，即从1572年到1582年为本朝百事转苏、欣欣向荣的10年。北方的"虏患"已不再发生，东南的倭患也已绝迹。承平日久，国家的府库随之而日见充实。这些超出预计的成就，自不能不归功于内阁大学士张居正。这就怪不得张先生偶感腹疼，皇帝要亲手调制椒汤面给先生食用。慈圣太后对张先生也是言听计从。她一向是一个虔诚的信神奉佛的女人，有一次曾准备用自己的私蓄修筑涿州娘娘庙，后来听从了张居正的劝告，把这笔钱改用于修筑北京城外的桥梁。万历皇帝出疹子痊愈以后，太后本来打算在宫内设坛拜谢菩萨的保佑，也由于张居正的反对而作罢。还有好几次，慈圣太后想在秋决前举行大赦，但是张居正坚持以为不可，太后也只能被迫放弃原来的意图。在这些事例中，张居正的主张无疑都很正确，但是这种铁面无私的态度，在以后也并不是不需要付出代价的。

引自《第一章　万历皇帝》

在首辅申时行看来，纵使国步艰难，政府的办、事能否收效，仍可以常识判断。如果各部院寺的文官几个月都见不到皇帝一面，他们就很难维持信心，认为皇帝陛下对各种事情仍能充分掌握。此念一开，他们即会怀疑他对是非善恶可能已经置之度外。信念既失，疑窦即生，他们就很难再尽忠竭力。这也就是"四书"劈头所述的"诚意"至此已经不能维持。这种情况，就是所谓“上下否鬲，中外睽携”，如果继续下去，铤而走险的农民决不会止于三千，白莲教徒也一定会越来越多了。

引自《第二章 首辅申时行》

以皇帝的身份向臣僚作长期的消极怠工，万历皇帝在历史上是一个空前绝后的例子。其动机是出于一种报复的意念，因为他的文官不容许他废长立幼，以皇三子常洵代替皇长子常洛为太子。这一愿望不能实现，遂使他心爱的女人郑贵妃为之悒郁寡欢。另外一个原因，则是他在张居正事件以后，他明白了别人也和他一样，一身而具有“阴”“阳”的两重性。有“阳”则有“阴”，既有道德伦理，就有私心贪欲。这种“阴”也决非人世间的力量所能加以消灭的。于是，他既不强迫臣僚接受他的主张，也不反对臣僚的意见，而是对这一切漠然置之。他的这种消极怠工自然没有公然以圣旨的形式宣布，但在别人看来则已洞若观火。

引自《第三章 世间已无张居正》

参考文献

[1] 黄仁宇.万历十五年.北京：生活·读书·新知三联书店，2014.

[2] 当年明月.明朝那些事儿　陆.北京：中国海关出版社，2008.

[3] 王小波.王小波文集.西安：陕西师范大学出版社，2003.

你也可以成为设计师

导读者：任伟

当我们看到手机上的一张宣传海报、展厅里一件工业产品或者一张照片又或者是店铺招牌的时候，心底里都会不自觉地品头论足这件东西好看或者不好看。为什么好看或者不好看了？我们很少有认真的思考。好看的作品看起来赏心悦目符合我们的视觉审美，而造成不好看的理由则有很多种，比如字体大小不合适，画面布局没有条理性或者颜色使用的杂乱无章等等，倘若我们换一个角度来思考下如果我是设计师，我会怎么修改或者重新设计能够让这件不好看的作品变得好看起来，我想大家会不太肯定自己的想法。因为我们大多数人都没有受过专业的训练，通常能够看出问题但看不出问题所在，为解决这种尴尬局面就必须向大家推荐美国设计师罗宾·威廉姆斯《写给大家看的设计书》这本“菜鸟”入门设计书。

该书是著名设计师罗宾·威廉姆斯“写给大家看的***”系列丛书中的一册。威廉姆斯1953年出生在加利福尼亚的伯克利，她在17岁高中毕业后就进入了社会，她从事了很多具有挑战性的工作，比如到加拿大露营一个月，在医院做医药助理，学潜水，从美国西海岸搭车穿越至东海岸，又花了一千美元游走欧洲两年，在伦敦的英国航空做秘书，在奥地利寄宿学校边工作边练习滑雪，跟随乐队穿越德国，在希腊游艇上做服务员，在以色列农场过集体生活。而后她回到美国，想继续学习兽医未果，后来在社区大学里她对莎士比亚产生了兴趣，但因家庭缘故又改学平面设计专业，在加州圣罗莎一所专科学校进行了三年科班学习，从此设计界多了一位优秀的设计教师。威廉姆斯共有三位孩子，由于感情问题，她离婚后独立抚养三个小孩成长，生活压力迫使她在设计道路上更加勤奋努力，在十来年的时间里半夜接平面设计的业务已是一种常态，她用自己的作品来给孩子换戏票、舞蹈课、书籍，给了孩子力所能及的教育。需要指出一点，在威廉姆斯养育孩子的那个年代，个人电脑并未普及，她一开始对电脑有一点抵触情绪，直到有一位学生反复劝说，并将个人电脑带到她的厨房，这才开启了职业的新生涯。

一、设计之路走来

威廉姆斯自学电脑后又开始教授办公软件课程、排版入门课程和麦金塔（苹果公司的一款个人电脑）电脑教程等。在教授麦金塔课程时，她为学生编写了讲义，经过不断删改和修订，她的第一本著作《麦金塔基础》诞生了。但是一开始没有出版社愿意出版，她从母亲那里借钱出版了由《麦金塔基础》分拆的两本书籍*Beyond the Little Mac Book*和《Mac不是台打字机》，并在一个周末培训班学习销售和营销，售卖自己的书籍。有了第一次的成功出版，她就继续撰写了更多的电脑入门与平面设计入门书籍并出版发行。

通过威廉姆斯的学习成长经历，我们可以看到她在设计方面的坚持与努力，在电脑教学方面的积极与主动。她本不想成为老师，而是“想成为非洲珍稀动物的兽医，或者海底摄影师，或者联合国翻译官，但是生命中出现的一些事情改变了我们的生活方向”。威廉姆斯也很高兴自己能成为一名教师，她想与他人分享知识，以此报答世界，这本《写给大家看的设计书》饱含着她在设计实践中总结到的宝贵经验，经过她提炼总结，毫无保留地传达给小白读者，为读者“睁开眼睛”提供解决方案。

《写给大家看的设计书》书名起得很大气，但书中内容基本是平面设计的基础书。这并不是说该书不值一提，该书的定位就是非设计专业的菜鸟设计师入门书，一旦这些设计师学习掌握了作者结合自己多年实践和教学经验得出的设计四大基本原则，那么在以后的学习中也能做到循序渐进，阅读和学习更多进阶级的专业设计书。书中说明入门读者掌握了四大基本原则之后，能够提升视觉敏感度，不仅是平面设计，就连平时在穿衣打扮、室内装饰等审美方面也会有质的提高。

二、威廉姆斯的四大设计原则

本书分三大部分、十五章，章节之间并不是简单的递进或者平行关系。作者通过大量的案例和练习，将各章节内容关联起来，明确地告诉读者优秀的设计牵一发而动全身，需要多方面的协调。

首先，本书讲述了设计的四大基本原则：亲密性、对齐、重复、对比。

亲密性是指设计一个作品时，通过物理位置的布局能够“将相关的项组织在一起”，使彼此之间产生关联，通过距离或者远近让主题元素在作品中变得更有条理性，重要信息放在关键位置重点强调，次要信息根据与主题的亲密性来决定分组和位置。书中展示了名片、海报、餐馆菜单案例中各项元素的位置、字体、大小等的调整，把信息主次分序，合理规划亲密性，实现展示内容的条理性和组织性，表达出设计展示的重心内容，让读者对内容一目了然。

需要强调一点：“亲密性的思想并不是说所有一切都要更靠近，其真正含义是：如果某些元素在理解上存在关联，或者相互之间存在某种关系，那么这些元素在视觉上也应当有关联。除此之外，其他孤立元素或元素组则不应存在亲密性。位置是否靠近可以体现出元素之间是否存在关系。”这种关系需要通过对设计内容进行分类整合，让读者在视觉阅读上能够分清主次关系或从属关系、展示内容的亲密性从而来实现设计的目的。需要注意的问题：注意留白；避免太多孤立元素；亲密性是建立在有关系的元素之间的，无关系的元素则需要分开。

对齐是我们很熟悉的一个概念，平时大家都会用到。书中提出“对齐的目的是使页面统一而且有条理”。不论创建的是精美的、正式的、有趣的还是严肃的外观，通常都可以利用一种明确的对齐（当然，要结合适当的字体）来达到目的。还是以名片设计为例，通过调整名片上的几项元素如姓名、电话、公司名称、联系地址、职位等，将一个信息分离的名片，分别用左对齐、居中、右对齐名片上元素的方式来展示出名片所要表达的重要和次要信息，引导读者了解对齐的重要性。

该书对初学者爱用的居中对齐做了专门的讲解：居中对齐会创建一种更正式、更稳重的外观，这种外观显得更为中规中矩，但通常也很乏味，大多数看来精巧的设计都没有采用居中对齐。在设计一个作品时，我们要找到一条明确的对齐线，并坚持以它为基准。对齐使用得当，亲密性原则也自然地体现出来。在熟悉对齐原则和亲密性原则后，充分利用亲密性，并结合明确的右对齐或左对齐，我们在名片、论文、海报、文字排版、广告、信封等设计时都能够提升新的认知，设计出更能打动人心的作品。需要注意的问题是：避免在页面上使用多种文本对齐方式；避免使用居中对齐，除非你是有意识地创建一种比较正式、稳重的表达。

重复是第三个基本原则，“设计的某些方面需要在整个作品中重复”。这种重复可以是字体、线条、项目符号、颜色、设计要素、格式、空间关系等形式的重复，它使得设计能够“统一，并增强视觉效果”。书中继续用名片举例，通过对名片两项独立的元素姓名和电话号码的字体加粗重复、组织关键信息来突出表达重点，增加了元素间的联系，提高信息的清晰度，让名片接收者第一眼看到名片姓名，其次看到联系电话，过滤掉次要的地址与职位信息。在“建立标示性包装时，最重要的特性之一是需要遵循重复原则：每一件作品中都必须有某个标志性图像或某种标志性风格”，“这样会为你的作品带来一种专业性和权威性，它使读者感觉有人在负责，因为重复显然是一种经过深思熟虑的设计决策”。通过重复，大家可以一眼看到作者所需表达的主要内容有哪些，在增强视觉效果的同时还保证了一致性。需要注意的主要问题是：避免太多的重复同一个元素，因为重复太多会让人讨厌，从而忽视了重点。

对比是最后一个基本原则，“在设计原则中，对比最有意思，同时效果也最为显著。只需要几个小小的改动，就能把一个普普通通的设计变成一个精美的设计”。其中一个重要规则就是：“要想实现有效的对比，对比就必须强烈，千万不要畏畏缩缩。”倘若两个元素存在某种不同，但差别并不是很大，那么你做出的效果并不是对比，而是冲突，截然不同的冲突能够强化对比效果。该书中通过修改新闻报纸、简历、宣传广告、明信片的字体大小、线条粗细、颜色冷暖、图案大小、留白、形状等，“把信息归入逻辑亲密性，利用对齐，找到并制造重复性元素，加入对比”来制造焦点，一来可以增强页面的效果，二来有助于信息的组织，这两点也就是对比的根本目的。页面效果明显，读者就能很快阅读到你所要表达的重要和关键信息，节约读者的时间与精力，这就是成功的设计。需要注意的问题是：避免使用两种或者多种类似的字体，这样会弱化对比。

三、颜色应用及字体设计

四大原则阐述之后则是关于颜色的应用。从红、黄、蓝三原色开始，带出三间色、第三色、互补色、类似色、亮色和暗色、暖色和冷色等一系列颜色概念和应用案例，比如单色组合、亮色与暗色组合、暖色与冷色组合等，来指导我们在设计中的色彩应用。在设计同一类型系列的作品时，我们可以通过约定俗成的排版和颜色来告诉读者：看，我们是同一系的，我们是有联系的。这种方法的相互强调会让读者的潜意识里接纳你想表达的观点。

另外，本书着重介绍了字体设计，因为原著是英文，所以书中涉及的字体都是英文字体，但这并不妨碍我们来学习，因为所有优秀设计的理念是放之四海而皆准的。通过字体规则入手，从排版工人和老式打印机的限制讲到字体排版需要注意的事项，讲到字体的六个主要类别：旧式体、现代体、粗衬线体、无衬线体、手写体、花体。在一件设计作品中会使用其中多种字体，利用协调、冲突、对比等多种手段来更好地表达信息，"创建有趣、有煽动性、有效的字体组合"。

最后书中给出了前两部分训练题的答案和所用到字体的说明表。训练题用以检验我们对四大设计原则掌握的效果如何，并再一次强调做一个设计或者重新设计的过程是这样的：从中心点开始，将信息按照逻辑分组，通过组之间的亲密性来显示这些关系，在页面上组织文本和图片时要建立并维护明确的对齐，接着来创建重复或者找出可以重复的元素，最后一定要建立强烈的对比，吸引读者的视线。

在书中威廉姆斯所传授的不仅是设计知识，还有她在学习和工作中的心得体会以及对生活的态度。她对生活始终饱含热情，勇敢地去尝试和学习新生事物，乐于挑战自己，遇到困难也坚忍不拔继续向前。她在退休之年又到英国攻读了莎士比亚学研究的博士学位，完成了年轻时的一个梦想。威廉姆斯在自序中也表达出希望通过这本书作为设计入门者读物，能够潜移默化地影响到设计者，提高设计人员的视觉敏感度。书中没有展示出华丽的设计技巧、高超的软件操作手法，只是用大量的案例来说明朴素的原则，确保大家能够读懂，掌握到她所要表达的设计原则与技巧，拿到设计学习的"入场券"，在未来的创作过程中能够创作出生动、有趣、有条理并让自己引以为豪的页面。

精彩片段

亲密性原则并不是说所有一切都要更靠近，其真正的含义是：如果某些元素在理解上存在关联，或者相互之间存在某种关系，那么这些元素在视觉上也应当有关联。除此以外，其他孤立的元素或元素组则不应存在亲密性。位置是否靠近可以体现出元素之间是否存在关系。

引自《第二章 亲密性》

如果哪个元素引起了你的兴趣，就可以拿来用作重复元素！也许这是一个剪切画，或者是某种图片字体。为了实现重复，完全可以为此增加一些全新的东西。或者，也可以选择一个简单的元素，然后以多种不同的方式加以使用，比如说指定不同的大小、颜色或角度。

有时候重复的项并不一定完全相同，而只是存在明确关联的紧密相关的对象。

引自《第四章 重复》

建立标示性包装时，最重要的特性之一是需要遵循重复原则：每一件作品都必须有某个标志性图像或者某种标志性风格。

引自《第八章 更多提示与技巧》

参考文献

[1]《写给大家看的设计书》作者Robin Williams：我永远是一位教师（图灵访谈）.（2013-05-22）[2018-08-26].https://www.ituring.com.cn/article/41065.

[2] 威廉姆斯.写给大家看的设计书：第4版.苏金国，等译.北京：人民邮电出版社，2016.

人穷穷观念，人富钱生钱

导读者：卢欣宇

“人们在财务困境中挣扎的主要原因是：他们在学校里学习多年，却没有学到任何关于金钱方面的知识。其结果是，人们只知道为金钱而工作，但从来不学着让金钱为自己工作。”罗伯特·清崎这样说。

正如罗伯特·清崎所说的，学校教育专注于学术知识的传授和专业技能的培养，教我们成为律师、医生、老师或各种岗位上的合格员工，却没有任何一门课程教我们财务知识，教我们如何管理财富；家庭教育也从来不教我们如何打理我们挣到的钱，如何让钱为我们工作。甚至在大多数人的教育中，对金钱是避而不谈的，这就导致了我们只知道为金钱而工作，却从来不会学着让金钱为自己工作。

《富爸爸穷爸爸》是罗伯特·清崎系列图书的第一本。作为一本理财入门书，它并不教我们如何投资，而是讲述如何培养财商，如何拥有富人思维。作者在书中通俗地对富人的理财秘密进行了说明，并应用自己亲身经历印证了走向财务自由的首要条件是观念。现实中的穷与富并非单指金钱上的贫穷和富有，而是指一种对待金钱的思维。思维的不同、行动和思考的不同，最终导致理财结果大相径庭。

一、成为有钱人是一种选择——富爸爸的财商思维

书中从罗伯特的第一人称视角展开，阐述了他的两个“父亲”，一个是“穷爸爸”——他的亲生父亲，受过良好的教育，拥有博士光环的教育官员；另一个是“富爸爸”——他好朋友的父亲，高中没毕业却善于投资理财的企业家。在罗伯特小时候，两位爸爸事业都相当成功，也拥有丰厚的收入。

但是两个爸爸对待金钱的观念迥然不同。穷爸爸认为“贪财是万恶之源”，谈论金钱是羞耻的；而富爸爸认为“贫穷才是万恶之本”，直面对金钱的渴望与追求才是正确的。面对喜欢的商品时，穷爸爸会说，太贵了，我可付不起；富爸爸则会思考，那我怎样才能付得起。穷爸爸认为学习是为了找个好工作，因此要好好学习，去好公司；而富爸爸则认为要学习理财的知识，拓宽知识领域去收购公司。穷爸爸觉得我不富有的原因是因为我有孩子，富爸爸则认为我必须富有是因为我有孩子。如此等等。观念上的巨大差异，影响到穷爸爸和富爸爸的行为准则，进而导致了二人财富差距越来越大，最后步入了不同的社会阶层，穷爸爸终其一生都在个人财务问题中挣扎，而富爸爸则成了夏威夷最富有的人之一。

在当时，作者选择跟随富爸爸学习理财知识，富爸爸的财富课程一共有六课，涉及金钱观念、财务知识、职业与事业、税收与法律等各个方面的内容。其中核心观点总结为三方面。

第一，拥有正确的金钱观念，不要被钱控制，而是要让钱为我们所用。穷人与富人拥有不同的生活模式，穷人和中产阶级为钱而工作，他们会重复起床—付账—起床—再付账的模式，因为缺乏对金钱的了解，即使挣了更多的钱，他们也会以更高的开支重复这种循环，从而陷入“老鼠赛跑”的陷阱，一旦陷入其中，财富的流失也会贯穿他们一生。而富人会让钱为他们工作，通过排除短期内对金钱的渴望和焦虑，从而避免“老鼠赛跑”的陷阱。造成穷人和富人生活巨大差异的主要原因是恐惧和无知，而打破这种无知的最好办法是学习。社会不断发展，现如今基本已经不存在完全稳定的工作了，于是我们需要不断学习，拥有自己独特的技能，成为工作中的不可替代品。离开学校是学习的起点而不是终点，思想需要革故鼎新，方法需要与时俱进。

第二，分清资产与负债，不断提升财商。学习财务知识首先就需要分清资产和负债，资产是能带来收入的东西，而负债是将你的钱从口袋中取走的东西。作者所提到的真正的资产的范畴包括：不需我到场就可以正常运作的业务、股票、债券、产生收入的房地产、专利权等。现实的情况是富人买入资产，穷人只有支出，而中产阶级买他们以为是资产的负债。但实际上资产与负债并不是绝对的，比如说房产，如果你买房自住，并为此背负上了房贷，那么它就是负债，它会将你的钱从口袋中拿走。但如果你买房之后将其租出去，每月可以产生固定的房租收入，那么你的房产就属于资产。财商由会计、投资、市场规律和法律四个部分组成，其中会计指财务知识或解读数字的能力；投资指了解钱生钱的科学；市场规律是指供给与需求的规律；而法律包括如何利用减税优惠和如何在诉讼中获得保护等。财商是构建财富帝国的地基，地基越深越牢固，财富成长性就会越好。根据作者的经历，财商训练任何时候开始都不晚，但越早开始越有利。无论贫富，我们唯一的也是最重要的资产都是我们的头脑，如果受到良好的财商训练，它们能创造出大量财富。

第三，学会不为钱工作。工作要看能学到什么而不是只看能挣到多少钱。成功者通常精通多项技能，如果你只会一项技能，那么你就只能成为一名牙医、老师、作家，你努力工作，却挣不到大钱，因此不断学习并且掌握多种技能，才能获得收入的显著增长。大多数工作都可以培养我们的三大通用基础能力，包含书面表达、口头表达及谈判能力在内的沟通能力，销售和营销能力，以及对金钱、系统和人员进行管理的管理能力，注重日常工作中对自己能力的培养至关重要。更深层次讲，要让钱为自己工作，因此需要通过工作积累相关的技能，通过自主创业构建自己的事业。

二、关于财商的训练——开始行动永远都比不行动成功

关于财富的课程是《富爸爸穷爸爸》这本书的核心内容，其核心观念是分清资产和负债，通过学习各种财务知识，让钱为自己工作。但学习了这些知识之后，就一定能致富吗？答案是否定的，现实是很多人都掌握了财务知识，但仍然不富有。其中的原因有很多，首先需要克服恐惧心理，迈出第一步，正如作者所说的，唯一没有投资亏损的人，是那些从未做过任何投资的人。其次需要克服抱怨，愤世嫉俗的人只会抱怨现实，而成功者则会分析现实。在面对喜欢的商品时，需要将想法从“我可付不起”转变为“我怎样才能付得起呢?”，要实现这种观念的转变就需要我们克服懒惰的习惯。要学会先为自己支付，不理性的财务习惯会让人在不自知的情况下付出代价，因此需要不断克服坏习惯。最后，如果你在某一领域不懂，请诚实地承认，克服骄傲也是成功的必经之路。

掌握了知识、克服了坏习惯之后，真正开始行动也需要遵循一些步骤。首先需要一个精神力量，这个精神力量可以支持你不断追求财富；然后需要重视选择的力量，投资的过程中需要不断地选择，而作者的选择就是首先投资于教育；要相信关系的力量，谨慎地选择朋友；需要掌握学习的力量，学习的过程在

于精而不是在于快，完全掌握了一种模式之后再学习另外一种模式；要学会首先支付自己而不是各种账单，因此需要自律的力量，需要在资金短缺时适当承受压力，而不是直接去动用储蓄；需要掌握好建议的力量，不要吝啬于支付给经纪人或者专业人士优厚的报酬，他们能带来的收益往往比支付给他们的那部分报酬要多得多；要做一个给予者，明智的投资者不只看到投资回报率，还能看到收回投资后额外还能收获的资产，因此需要利用好无私的力量；了解集中的力量，用资产的收益来购买奢侈品，学会让金钱为自己工作；不要丧失对英雄的崇拜，给自己找一个效仿的榜样；最后需要先予后取，先付出成本才能得到自己想要的东西，这也是给予的力量。通过以上这十个步骤，不断训练就可以发掘自己在财富方面的才能。

现实生活中想要提高自己的财商也有很多能做的事情：首先可以停下手头正在做的事情，并且评估一下目前哪些做法有效，哪些无效；然后多看些不同主张的书，寻找不同的思想；找到成功完成过你想做的事情的人，向他们寻求一些经验和技巧；也可以参加研讨班或研讨会；在想投资的领域散步或慢跑，发现其中的变化，寻找可能的商机；低价购入特价商品然后高价售出；经常关注银行的破产清仓或拍卖会，先找到想买进的人然后再去找想要卖出的人；最后也是最重要的一点，开始行动永远会比不行动的人要成功。

三、关于财商的思考——我们缺乏的不仅是财商，更是财商教育

《富爸爸穷爸爸》这本书出版至今，多次获得《纽约时报》《商业周刊》《华尔街日报》《今日美国》畅销书榜第一名，并且在109个国家和地区发行，总销量超过3500万册，几乎改变了一代人的理财观念。这本书2000年登陆内地，当年的销售量就突破百万册，二十年过去了，它依然稳坐当当网投资理财书榜的首位。其畅销的热潮和引发的财商思考是值得肯定的，并且全书强调的“让钱为自己工作”“资产与负债理论”“职业与事业的区别”等理论，确实从思想层面颠覆了很多人的想法。

整本书以作者拥有两个爸爸开始，描述了两个爸爸的不同金钱观念，但他们都给了作者许多建议，因为观念的不同，所以建议的内容各不相同，这让他在客观上有了对比与选择的机会。实际上这也是在富人与穷人的观念之间进行对比和选择的机会，而这种对比和选择的结果也决定了作者的一生。同时全文

不断穿插两位爸爸在观念上的交锋，一方面直观地给读者展现了穷人和富人思维的不同，另一方面让读者反思，自己以往很多习以为常的金钱观念，是不是也有问题？

看完这本书，第一个想法是如果你不思考富人如何变富，那么你永远不会富有，而富人致富的秘诀正是财商。财商是一个人与财富打交道的能力，包括创造、认识财富规律的能力以及驾驭、应用财富的能力。我们从小就强调“智商”的重要性，被教导要好好学习然后找个工资高的好工作，好像所有的一切成功仿佛都建立在你必须要好好学习的基础上；工作了，为了处理好社交关系，在职场上升迁，挣更高的工资，开始强调“情商”。但在我们大多数人的人生经历中都比较忽视“财商”，而清崎首次提出“财商”的概念，认为不断提高自己的财商才是通往富人阶层的进阶之路。财商与你能挣多少钱没有直接关系，而是指你能留住多少钱，能让这些钱为你工作多久。

在我国，受财富观念的影响，出现了畸形消费、炫富攀比、诚信缺失等不良现象，“啃老族”“月光族”“卡奴”“房奴”甚至成为很多年轻人的代名词。大量的社会现实让我们不得不承认，我们在学校中学不到理财的课程，不了解什么是资产，什么是负债，更不明白资产和负债的区别。我们不仅缺乏财商，更缺乏财商教育。在传统“重义轻利”道德观影响下，社会各界对财商教育的认同度仍然比较低；而改革开放以来，社会主义市场经济得到极大发展，人们的财富观念也有所转变，但无论是家庭教育还是社会教育都仍然不太重视青年的财商教育，今后仍然需要借助多平台营造重视财商培育的社会氛围，借助互联网、电视、广播等途径提升社会大众对财商教育的重视程度，传播积极健康的财富观、消费观、理财观。

再回到《富爸爸穷爸爸》这本书，书中提到的各种理财观念，关于“财商”的概念，确实在观念层面上颠覆了很多人的想法，但实际操作层面的炒房方法、税务政策等等由于国情不同，成书年代比较久远，因而借鉴性并不强。罗伯特·清崎一直给我们传递的也不是具体的方法，而是观念和思维。

授人以渔，而不是授人以鱼。想要通过阅读一本书就实现财富自由，显然不太现实。一方面，该书的作者罗伯特·清崎是美国人，他所说的房地产、股市、税务、法律都只是符合美国的国情，在中国并不适用，也难以落地，我们没办法通过复制作者的路线获得财务自由。投资理财的方法很多，我们需要根据社会的大环境和自己的情况活学活用；另一方面，书都是有局限的，《富爸爸穷爸爸》这本书只是传递了关于理财的观念，如果对投资、理财感兴趣，还需要阅读《聪明的投资者》《影响力》《精益创业》等更多的书。希望看完书的你，能明确自己想要什么，并且坚定地走下去。

精彩片段

由于我有两个对我有影响力且可以向其学习的爸爸，迫使我不得不去思考每个爸爸的意见，由此，我认识到一个人的观念对其一生的巨大影响力。例如，一个爸爸爱说“我可付不起”这样的话，而另一个爸爸则禁止用这类话，他会说，“我怎样才能付得起呢？”这两句话，一个是陈述句，另一个是疑问句，一个让你放弃，而另一个则促使你去想办法。那很快就致富的爸爸解释道，说“我付不起”这种话会阻止你去开动脑筋想办法；而问“怎样才能付得起”则开动了你的大脑。

引自《第1章　富爸爸，穷爸爸》

大多数人都希望有一份工资收入，因为他们都有恐惧和贪婪之心。一开始，没钱的恐惧会促使他们努力工作，得到报酬后，贪婪或欲望又让他们想拥有所有用钱买到的好东西。于是就形成了一种模式。起床，上班，付账，再起床，再上班，再付账……他们的生活永远被这两种感觉所控制：恐惧和贪婪。给他们再多的钱，他们就会以更高的开支重复这种循环。这就是“老鼠赛跑”。

你知道吗，生活才是最好的老师，大多数时候，生活并不对你说些什么，它只是推着你转，每一次推，它都像是在说“喂，醒一醒，有些东西我想让你学学”。

引自《第2章　第一课　富人不为钱工作》

我们都或多或少地存在着某种自我怀疑的心理，从而阻碍前进的步伐。这种障碍很少是缺乏某种技术性的东西，更多的是缺乏自信。

在学校里，我们得知错误是坏事，如果犯了错就会受到惩罚。然而，如果你看看人类学习的过程，就会明白我们其实就是在犯错误的过程中学到知识的。我们从跌倒中学会了走路，如果我们从不跌倒，也就永远学不会走路。学骑自行车也是同样的道理，尽管我的膝盖上仍有伤疤，但今天我骑车时已毫不费力了。致富也是同样的道理，但不幸的是，大部分人贫穷的主要原因就在于他们太担心失去。胜利者不害怕失败，但失败者害怕。失败是成功过程中的一个组成部分，如果避开失败，也就不会成功。

引自《第6章 第五课　富人的投资》

参考文献

[1] 清崎，莱希特.富爸爸穷爸爸（全新修订版）.萧明，译.海口：南海出版公司，2008.

世界是怎么变得平坦的

导读者：东南大学学生会学习服务中心

谈到世界近20年的发展历史，你会想到什么？是"9·11"恐怖袭击还是伊拉克战争？还是科技的汇集与传播使得印度、中国和许多发展中国家成为世界商品和服务产品供给链上的一员，从而为世界大的发展中国家中的中产阶级带来了大量的财富，使这两个国家在全球化浪潮中占据更有利的位置？我们不禁感叹，世界的平坦化趋势是如何在21世纪初发生的？这个趋势对于国家、公司、社会和个人而言意味着什么？政府与社会要做出而且必须做出怎样的调整以应付这种趋势？这些问题，都是经济全球化大背景下，国家发展和个人成长难以回避的。托马斯·弗里德曼在《世界是平的：21世纪简史》(简称《世界是平的》)这本书中及时地就全球化过程中取得的成功和面临的挑战进行了分析。阅读《世界是平的》，是一种激动人心的过程和愉快的精神享受，仿佛与作者一同穿越时空、周游世界，时而在中国，时而在印度，时而在美国，时而在中东，大量鲜活的事例与深入浅出的分析论证，让我们强烈地感受到全球化带来的惊天动地的变化。

一、揭开这个世界的神秘面纱

2005年，《世界是平的》一书在美国出版，一时间好评如潮，洛阳纸贵，短短半年内便卖出一百万册。如此轰动的影响也让它一跃成为《纽约时报》《商业周刊》和亚马逊图书排行榜第一名。比尔·盖茨也多次推介，美国的大学校长和国会议员都在议论此书。时至今日，这本书依旧是屈指可数的经济学未来发展的著作。

作者托马斯·弗里德曼是《纽约时报》资深专栏作家，曾三次获得普利策奖。他撰写过许多著作，在《世界是平的》一书出版之前便已是美国最有影响力的记者之一。此书的出版则使他在国际上的地位更为巩固——他的影响力早已超出美国。他在《纽约时报》上发布的文章固定被全球700多份报纸转载。在2009年，他又在《世界是平的》的基础上出版了《世界又热又平又挤》，在“平”的基础上又增加了“热”和“挤”两个概念，是作者对《世界是平的》一书的延续，也给读者展现了一个更为完整的经济学的未来世界。

作者提出“世界是平的”这样一个概念，是在前段所构建的基础上产生的，并不是什么空中楼阁。即使是现在，在我们的身边竞争与合作的因子随处可见。先不谈脑力劳动与体力劳动中的巨大差异，即使是最最机械的劳动，也存在着极大压力的竞争。在普通的一群机械劳动的人中间，不去理会每个人的学习能力以及背景基础，每个人无论是工作态度还是责任心，这些被广为推崇的品质实际上就是在推崇中被打上了竞争的烙印。有着更为积极的工作态度、更愿意承担责任的人将会在这一场优胜劣汰的竞争中脱颖而出。当然，现实生活中绝不可能如此简单，每一个细小的差别或者几克的砝码都能产生所有人都无法预料的“蝴蝶效应”。虽然不能说每一个人的成功都是偶然，但是每一个人的失败都是在一点一滴中积累起来的。不具备看清这些现实能力的人，终将被淹没在历史的浩荡潮流之中。

与此同时，为了能够让人做上机械工作，就意味着需要合作。这也是最机械的合作——简简单单的流程递进。再上升一点，就是脑力劳动和体力劳动的结合，这产生的能量是之前体力劳动的叠加所无法想象的。越是多元的叠加，带来的惊喜也是越大的。人类趋利避害的本能告诉我们：不能离开团队而独立生存。但是要将自己的后背交予其他人，人类又似乎缺少了一点在与他人合作中交心的态度和潜力。随着全球化进程的推进，越来越多的人都感受到了隐隐的压力——自己不再是局限在一个小的圈子里，而是与全世界其他处于同一个平台上的人——可能是家庭主妇，可能是在校学生，甚至可能是一个小学生——竞争。

在碾平世界的十大动力中，前两条“柏林墙的倒塌和Windows操作系统的建立”和“互联时代的到来：Web的出现和网景上市”突出了全球化竞争。而后的“工作流软件：人们通过应用软件相互对话”等动力因素中的交流合作则更为突出。同时与后面的公司应如何应对平坦化相呼应：最好的公司是最善于合作的公司。在平坦的世界里，越来越多的工作要通过合作才能完成，不管是公司内部的合作还是公司之间的合作。理由很简单：下一阶段的价值创造，无论是在科技、生物、纳米技术、半导体、市场还是制造业领域，都将是十分复杂的，没有任何一家公司或部门能够独自胜任。

二、这是最好的时代也是最坏的时代

在托马斯·弗里德曼笔下，全球化进程是能够划分为3个伟大的时代的。第一个时代是1492年到1800年，也就是全球化1.0版本，从哥伦布起航开启世界贸易开始，这一时期全球化是由“国家”的力量在拓展，世界变圆了。第二个时代是1800年到2000年，全球化2.0版本，这一时期“跨国公司”扮演着全球化的主角，世界变小了。第三个时代是2000年至今，也就是全球化3.0版本，这一时期的全球化将以个人为主，在全球范围内合作与竞争，最终将世界变为平地——世界变平了。

与全球化1.0和2.0版本不同的是，在全球化3.0时代，个人代替国家和公司，成为全球化的主体。换言之，只要有足够的潜力，也要有足够的想象力，世界上的所有资源都能够因为某一个极具潜力与野心的想法融合到一起，从而集结成一个巨头横空出世。扁平的世界不再有立体的维度，从空间体积的角度来看，世界变小了。随着科技——各个方面的科技迅速发展，世界甚至从小型变成微型。就像是这句话一样，“光缆把全世界都联结起来，在没有刻意计划下，班加罗尔成了波士顿的近郊”。

正如前文所言，有合作就必然存在着竞争。随着合作的高度联动一同而来的是成几何倍数增加的竞争。在几乎所有的生产乃至服务都能够外包的时代，只需要借助外包，就能够把各类小块的产品融合成崭新的事物。为了能够成为产业链中的一部分，企业与企业之间、人与人之间充满了竞争与合作。也正是因为竞争与合作，整个世界发生了翻天覆地的变化。我们无法定义这样的变化是顺应时代的，还是会被历史潮流所淘汰的，但是我们无法否认这是人类文明的发展，也是人类文明历史上最为广泛的传播与传播中必然裹挟着的融合。

为什么说“世界是平的”？而这个“平”又是从何而来的呢？作者给“平”赋予的含义是在无可阻挡的全球化进程中，美国的工人、财务人员、工程师和程序员现在必须与远在中国和印度的那些同样优秀或同样差劲的劳动力竞争，他们中更有竞争力的将会胜出。在个人全球化的时代，我们每个人都必须将我们自己“水平化”，必须有创意地修正学习、生活习惯去适应崭新的平台。这是因为，我们正在离开一个以垂直控制与指挥来创造价值的世界，而走入一个与他人联结、与他人合作来创造价值的世界。

在书中，作者托马斯·弗里德曼用独特的视角讲述了世界正在变平的过程，把开放源代码、外包、离岸生产、供应链和搜索技术等描述成为铲平世界的10大动力，而中国、印度等国家和一些站在全球顶尖位置的公司及机构，则被描述成在变平的世界中举足轻重的角色。

《纽约时报》评价：这是一本令人欢欣鼓舞的关于全球化的著作，非常具有可读性，它可以让你从新的角度看事物，在其具有挑战性的论述中，他告诉了我们这个崭新的世界对我们来说意味着什么。《华盛顿邮报》评价：“这本书展现了弗里德曼深入浅出地分析深奥的经济现象的才能以及他洞察世界发展潮流的天分……读起来让人爱不释手……弗里德曼对平坦的世界进行了全方位的分析，他的文字把各种不同的人物和潮流展现在读者面前……”《独立报》评价：作为世界上最好的报纸专栏作家，弗里德曼拥有熟练的技巧，对各种现象进行分析，找出其间的联系，并据此得出精练的观点。通过细致地描述世界经济生活中大量的令人惊奇的现象，他为读者呈现出全球经济体的发展速度、密切合作和复杂性……对于任何一位想了解下一阶段世界平坦化进程将把我们带到何方的读者来说，这是一本必读书。

三、窥探世界未来发展的可能性

我们都在努力了解世界正在发生着什么……要想知道最有价值的历史和未来，从托马斯·弗里德曼的文字中我们就能够窥探到一点点未来发展的可能性！整本书的写作风格类似于理查德·泰勒的《“错误”的行为》一书，两者都并无枯燥冗长的理论，而有大量的事例。托马斯·弗里德曼这本书是以大量的个人研究、游历、谈话及沉思为基础的热门著作，他将概念性的分析和个人的佳句与意见以其相当具特色的方式结合，围绕各个小标题叙述，其连接过渡巧妙恰当，就像用一根线把一颗颗散落在生活各个角落的珠子串了起来，最终于无形中说明自己的观点——世界是平的。

在书中，不难发现，作者十分推崇创新创造思维与能力，他认为这是在扁平化世界中公司应对的策略之一。可能你今天学的知识，明天就没用，重要的是学习力。某香草冰激凌的生产商说："我们现在提供给客户的，是战略洞察力、创作灵感和艺术眼光。我们卖的是灵感和创意，我们卖的是个性。我们的核心能力和主要工作是无法被数字化的。我知道我们今天的客户和未来的客户不会流失，他们之所以继续与我们合作就是看中了我们的没有被数字化的东西……所以我们雇佣更多的创意人员，并把技术性的工作外包出去……现在需要你能为产品注入更多的创作灵感和个性……所有的一切都与想象力有关。"

有趣的是，东南大学的经济学教授徐康宁教授曾给大一本科新生上过一堂课——"世界不是一夜之间变平的"。他从历史文明等角度对《世界是平的》进行了更为贴近当代的阐释，并对比西班牙、阿根廷等国家的几百年的经济进程，再从全球化的视角分析世界变平的影响因素，以及世界在变平的过程中经过的历史轨迹。在课前，他也向同学们推荐了这本《世界是平的》，希望本科新生能够通过这本书在了解世界经济格局变化的过程中培养自己对世界经济发展的认识。在这本书的基础上再多看一些经济学著作，能够对一个想要在经济管理方面一展拳脚的人有更大的影响。

人们之所以不愿改变，是因为害怕未知，但历史唯一不变的事实，就是一切都会改变。该书出版已经十多年，现在阅读也并不晚，反而可以帮助读者去验证作者当初的观点是否正确。未来十年，世界又是怎么样的？未来十年，什么会变，什么不会变，这本书或许会带给你一点启发。

精彩片段

在我离开Infosys园区回到班加罗尔的路上，我反复回味那句话："世界的竞技场已经被夷为平地。"

引自《第一章　当我在睡梦之中》

在非洲，瞪羚每天早上醒来时，它知道自己必须跑得比最快的狮子还快，否则就会被吃掉。狮子每天早上醒来时，它知道自己必须追上跑得最慢的瞪羚，否则就会被饿死。不管你是狮子还是瞪羚，当太阳升起时，你最好开始奔跑。

引自《第二章 碾平世界的10大动力》

因特网就是注射器的针头。年轻人过去不得不通过注射迷幻药来逃避现实中的失败，现在他们只需要上网就可以了。你可以下载到正好说中你心思的那些观点，平坦的世界使这一切变得更加容易。

引自《第十三章 戴尔理论与冲突防范》

当回忆超过了梦想，即意味着终结的来临。真正的成功者的标志是抛弃曾经使他成功的东西，从头再来。

如果一个社会的回忆多于梦想，在这个社会中，会有很多人花费大量的时间向后看。他们不是通过当前的努力而是通过回味过去获得尊严、肯定和自尊。甚至通常情况下，那并不是一个真实的过去，而是想象中的、经过装饰的历史。这种社会的全部精力都用在了把他们的过去想象得比实际更加美丽，然后沉湎其中，不能自拔；而不是设想一个更加美好的未来，同时为此而奋斗。

引自《第十四章 11月9日与9月11日》

参考文献

[1] 弗里德曼.世界是平的.何帆，肖莹莹，郝正非，译.长沙：湖南科学技术出版社，2006.

这个世界还会好吗？

导读者：袁曦临

《人类简史：从动物到上帝》(简称《人类简史》)是以色列新锐历史学家尤瓦尔·赫拉利的一部普及类历史作品。该书以极为宏观的视角，完整描述了从十万年前有生命迹象开始到21世纪资本、科技交织的人类发展史，厘清了影响人类发展的重大脉络。《人类简史》2012年以希伯来文出版，成为以色列超级畅销书，这本书已授20多个国家版权，被翻译成近30种文字，不仅为全球学术界所瞩目，而且引起了一般公众的广泛兴趣。

《人类简史》围绕认知革命、农业革命到科学革命这三个人类历史的重大变革过程，挖掘和探讨了人类文化、宗教、法律、国家、信贷等产生的根源。作为一部宏大的历史著作，该书的逻辑和论据也许并不足够严密，但其叙述思路广阔，从人类心智发展的角度分析了人类文明的变迁，并以理性客观的立场看待人类的行为及影响，其论述之大胆，表达之新颖，不断给读者以思想上的冲击。特别要指出，该书译者林俊宏先生对于该书的翻译是近年同类著作中少见的，文笔流畅、生动，给读者以美好的阅读体验，而这一点对于一部有一定学术门槛的著作而言是太重要了。

十万年前，地球上至少有六个人种，智人曾经只是非洲角落一个并不起眼的族群，为什么只有智人能够登上生物链的顶端，最终成为地球的主宰？人类究竟走过了怎样的道路？尼安德特人是怎么消失的？人类创建的古老文明为什么会一个个衰亡？帝国又是如何形成的？宗教从何而来，如何产生？为什么科学的发展首先出现在欧洲？货币是怎么产生的？在经历近一个世纪突飞猛进的技术发展之后，人类比过去过得更加幸福了吗？

所有这些疑问，正是这本书所致力于回答的，作为一部宏大的人类简史，作者的意图显而易见，他希望能够让人类站在理性客观的立场上，回首来路，重新审视自己，思考作为人类的命运。该书从结构上可以分为三部分：

一、认知革命

大约250万年前，最早的人类在东非开始演化。200万年前，一部分远古人类离开家园，踏上旅程，先后到达北非、欧洲、亚洲。在不同的环境下，为了生存，人类开始朝着不同方向进发。欧洲和西亚的人类被称为尼安德特人，亚洲的是直立人，印度尼西亚的爪哇岛住着梭罗人，在寒冷的俄罗斯发现了丹尼索瓦人，来自鲁道夫湖的鲁道夫人，还有人类的祖先——智人。

究竟是什么让智人战胜了其他原始人呢？该书的解答是：智人之所以能征服世界，是因为有独特的语言。大约距今7万年到3万年，智人出现了新的思维方式和沟通方式，即所谓的认知革命。这让智人以前所未有的方式思考，用前所未有的语言方式来沟通。智人的语言，除了认识世界之外，还有一个更为重要的功能，用以认识自己，认识自己的部落族群。比如需要知道族群里人与人之间的关系，这一功能需求极大提升了人类的语言能力，这样，部落规模可以扩展到更大，智人也就能发展出更紧密、更复杂的合作形式。

作者在书中详细地阐述了不管是《圣经》《创世纪》，还是其他什么，人类语言真正独特的功能是八卦，即表达不存在的事情（虚构故事），如此人类才能够构建共同想象的现实，即共同的信念，从而进行大规模团队合作，这就是认知革命赋予人类力量的核心。货币、国家、资本、宗教、法律、公司、政府、民族、道德、科学等等，都是人类想象的产物，虚构的“想象”，造就了人类。

二、农业革命

人类的早期是采集时代。大约一万年前，人类意外地发现了可以驯化的作物和牲畜，发明了农业，从此逐渐放弃了采集狩猎者的生活方式，开始定居生活。农业革命极大提高了人类的生产力，让人类不再以拣拾野果为生，不再过着迁徙的生活，而在一个地方安定下来。农业革命的出现，使得人类的食物总量增加，人口爆炸性增长，进而，食物有了盈余，使得有一部分人可以不从事农业生产，转而从事文学艺术等更为高级的工作，由此产生一群养尊处优致力于思考和探究的精英分子。随着部落越来越大，部落之间冲突、合并、征服、被征服日益频繁，文明向前进，农业社会把人类一直推向了封建制的皇朝。而在这个漫长的时期里，人类通过虚构故事，谱写了圣经，制定了法律，创建了国家，奠定了人类文明的根基。

然而，进入农业时代后，人类的命运也就发生了巨大的变化，为了田地里的小麦，人类不得不每天日出而作，日落而息。作者进而提出这样的一个观点：不是人驯化了小麦，而是小麦驯化了人。表面上看，人类通过大面积耕种，大规模的生产，使得人口激增，不断发展壮大，但实际上各种问题也随之而来，资源环境的破坏，各种政治权术以及残酷的战争，最主要的是人类的自由被大大束缚于土地之上，最终成为小麦的奴仆！

三、科学革命

在农业革命时期，在人类创造的伟大宗教里，神都是全知而万能的。直到500多年前，人类才真正意识到这个世界上确有一些问题，是神回答不了的。而如果神解答不了，那么人要怎么办？质疑和焦虑是科学探索的先声。科学革命发生的历史背景，正是从中世纪到文艺复兴、新航路开辟那段时期。

与过去时代相比，科学革命阶段有一个重要的不同，就是承认无知。在发现新大陆的冲击性事实以及接下来一系列的连锁后果之下，人类不得不承认，这个世界上的大多数重要的事情，自己并不知道。正是由于不断质疑，勇于承认无知，人类才不断探索，不断追寻，在科学的力量之下，人类第一次不但能够了解自己是谁，了解自己想要什么，甚至能够决定自己去创造什么。公元1500年以来，人类越来越相信可以依靠科学研究去提升人类的能力，而不一定需要神的恩典，信仰不再是盲目的了。通过验证、观察、记录，通过数学和统计的方法，人类逐渐敲开了科学的大门，并最终迎来了知识爆炸性增长的时代，人类社会由此发生翻天覆地的变化。

该书最大的意义和价值并不是简单介绍人类的历史，而是以人类意识形态的进展为主线，在刻画了人类进化史的同时，将现代社会的面貌逐渐展现在我们眼前。赫拉利通过讲故事的方式，传递自己的观念和深切的人文关怀，以及对哲学和人类的基本思考。这些有趣的视角和生动的描写，极大拓宽了读者的视野，带给大家与一般常识迥异的新的认识冲击。

在该书结尾，作者其实提出了一个值得深思的问题：人类的未来究竟会通向哪里？会更好吗？显然尤瓦尔·赫拉利是心存疑虑的，他对人类未来发出了担忧的警告。他说，我们之所以研究历史，不是为了要知道未来，而是要拓宽视野，要了解现在的种种绝非自然，也并非无可避免。未来的可能性远超过我们的想象。他提醒人们，如果智人不负责任地追求私利，科技的发展最终可能导致人类的毁灭。

精彩片段

智人之所以能征服世界，是因为有独特的语言。

大约在7万年前，现代智人发展出新的语言技能，让他们能够八卦达数小时之久。这下，他们能够明确得知自己部落里谁比较可信可靠，于是部落的规模就能够扩大，而智人也能够发展出更紧密、更复杂的合作形式。

引自《第二章 知善恶树》

在大约1800年前，最后一个冰河时代结束，全球气候变暖。随着气温上升，降雨也在增多。在中东，这种新气候非常适合小麦和其他谷物生长。人类采集这些谷物之后，再送回部落的途中必然会有一些掉到地上。慢慢地，人类最常走的路径附近或是居住的营地附近就长起了越来越多的小麦。在小麦生长特别茂盛的地方，猎物和其他食物来源也特别丰富，于是人类部落逐渐能够放弃四处流浪的生活方式，在某地住上一个季节，随着小麦数量和面积大增，最后终于形成了永久的村落。此后，人类部落开始有意地培植谷物，采集和狩猎的时间就被挤压。于是，采集者变成了农民。

引自《第五章 史上最大骗局》

身为人类，我们不可能脱离想象所建构出的秩序。每一次我们以为自己打破了监狱的高墙、迈向自由的前方，其实只是到了另一间更大的监狱，把活动范围稍稍加以扩大。

引自《第六章 盖起金字塔》

金钱正是有史以来最普遍也最有效的互信系统。

然而，千百年来，哲学家、思想家和宗教人物都对钱嗤之以鼻，称钱为万恶的根源。但就算真是如此，钱同时也是人类最能接受的东西。比起语言、法律、文化、宗教和社会习俗，钱的心胸更为开阔。所有人类创造的信念系统之中，只有金钱能够跨越几乎所有文化鸿沟，不会因为宗教、性别、种族、年龄或性取向而有所歧视。

引自《第十章　金钱的味道》

参考文献

[1] 道金斯．自私的基因．卢允中，张岱云，陈复加，等译．北京：中信出版社，2012.

[2] 赫拉利．人类简史：从动物到上帝．林俊宏，译．北京：中信出版社，2014.

[3] 戴蒙德．枪炮、病菌与钢铁：人类社会的命运．谢延光，译．修订本．上海：上海译文出版社，2016.

[4] 卡普兰．人工智能时代．李盼，译．杭州：浙江人民出版社，2016.

[5] 卡尔．数字乌托邦．姜忠伟，译．北京：中信前沿出版社，2018.

哲学与心理

如何尽量幸福、愉快地度过一生的一门艺术

导读者：王学琴

人的一生有太多值得思考和探讨的事物，人生有无尽的智慧、幸福和苦难，我们终其一生都在寻找内在精神世界和外在世界的平衡。人生是一个神圣的命题，里面有无数的大考、小考，我们不可避免地会遇到各种各样的问题，需要我们去思考、去感悟、去处理，最难能可贵的是前人给我们留下了无数的智慧，能给我们加以指点。

出生于1788年的叔本华[①]，是19世纪一位伟大的哲学家，他于晚年完成了最后的作品《附录和补遗》,《人生的智慧》就来源于他最后的作品。正是这本书使叔本华成为享誉世界的哲学家。在这本书中他以“优雅的文体”，从世俗的角度探讨了人生应遵循的原则。叔本华跟歌德、格林兄弟等知名哲学家、文学家是志同道合的朋友，尼采、托尔斯泰、莫泊桑是他忠实的粉丝。这本书的中文译本总共有七章：第一章是引言；第二章引用了亚里士多德的三分法，对决定人命运的要素做了划分；第三章到第五章则用了大量篇幅清晰地阐述了决定命运的三要素，即你的自身、你的财富、你的名誉地位；第六章是他的建议和格言，可以理解为追求幸福生活的小窍门；第七章为人生的各个阶段，某种程度上来说，更是他的人生感悟。能够真正读懂叔本华的哲学思想不是易事，我只能

① 叔本华（Arthur Schopenhauer，1788—1860）是德国著名哲学家，唯意志论和现代悲观主义创始人。1788年2月22日诞生在但泽（今波兰格但斯克）一个异常显赫的富商家庭，自称“性格遗传自父亲，而智慧遗传自母亲”。他一生未婚，没有子女，以狗为伴。

从他的阐述和观点中得到一点浅拙的感悟。

人生的智慧，用叔本华的话说，就是“如何尽量幸福、愉快地度过一生的一门艺术”，他的文字具有预见性、普适性，同时也带有时代的烙印，是其一生智慧和思想的总结。他对于人生阶段、对于财富等的理解，在新时代也很有教育意义，而书中大量篇幅阐述的骑士精神，也是时代的特色，下面我将书中给我留下深刻印象的几个点与大家分享。

一、人生的智慧——什么决定了命运

叔本华认为决定凡人命运的根本差别在于三项内容，它们是人的自身、人所拥有的身外之物以及人所展现的表象。“人的自身即最广泛意义上属于人的个性的东西，包括健康、外貌、道德品格、精神智力等。”人的自身是大自然决定的，属于内在的东西，对于获得幸福而言也是最重要的。“自身的内在素质直接决定了这个人是否能够得到内心的幸福，因为人的内心快乐或痛苦首先就是人的感情、意欲和思想的产物。”人所拥有的身外之物即拥有的财产或其他占有物。财富对人来说是必需的，可以满足人们的需求和愿望，某种意义上，财富可以带来自由，但财富的拥有程度跟幸福的感受程度并不是成正比的，因为对于财富的过度欲望反而会增加内心的负担和压力。对于财富的态度应该是，可以追求或拥有财富，但是不能为了财富而迷失自我，失去了真正的自由。人所展现的表象即人在其他人眼中所呈现出来的样子，包含了名誉、地位和名声。人们的不幸感或者说痛苦很大程度上就来源于对名誉、名声的追求，看重别人对自己的看法和评价。正确评估本身的价值和看待别人对自己的看法，对我们的幸福大有裨益。别人的看法是间接存在的，我们是耿耿于怀还是淡然处之取决于我们自己的选择，重视自己的内心和幸福则要学会对别人的看法释然。

叔本华在书中就三要素给出了很多见解，比如“人们所追求的名声和名誉是一对兄弟，名声可以通过建功立业做出业绩或者创作思想性的作品来获得”，这两种途径的名声都不易获得，对于伟人而言，真正具有价值的不是千辛万苦获得的名声，而是这个过程中展现出的伟大的心和伟大的头脑，这些都来源于人的自身。仁者见仁智者见智，但是我还是十分认可他对于人的自身重要性的观点，包括思想、意识、健康等的重要性，就像一个很经典的比喻：你的自身是100分里面的1，没有这个1，后面再多的0也是无用的。幸福感是从心而来的，当然财富和名誉是否也可以增加幸福感，每个人都有自己的感悟。社会生存，离不开财产，拥有适量的财产能够让人觉得更自由、更舒适。有人觉得我拼命追求财富和地位，我就是幸福的；有人觉得我思想充裕、精神丰满，即使贫困潦倒，我也是幸福的：这些都无可厚非。当然，同时拥有思想财富和物质财富更是难能可贵的。

人活在世，不是独立的个人。人是社会人，必然要跟他人有社交、有接触。有人会因为别人说的一句话或者不好的态度而难过生气，也会因为别人的正面评价或鼓励而开心，这些都是正常的心理状态和情感表达。叔本华没有片面地让人否认和忽视这些外界的看法，反而建议人们能够正式地、客观地去看待外界的观点，通过内在合理地消化、吸收和排解。学会与自己对话，学会与他人相处，这恐怕是人生在世的一门必修课。人生是没有绝对标准化路径的，但幸福地、有意义地过一生也是一个不错的选择。

二、人生的智慧——破坏幸福的敌人

嫉妒是破坏幸福的敌人，嫉妒别人的成就或名声，最终痛苦会反噬到自身。“如果不跟别人做比较，那我们就会为我们所得到的感到快乐；如果由于别人比我们更加幸运而内心不安，那我们将永远不会快乐。”我们处于这样的世界，总有人比你过得好，也有人过得不好，会嫉妒别人或者受到别人嫉妒的攻击，要找到自己的优势，并淡定自若地面对嫉妒，不被它左右。不可否认的是，嫉妒是客观存在的一种心理现象，我们要将这种心理转化为一种正面力量，推动自己进步，提高对自己的要求，加强自己与自己的对话，而不是过于在意跟别人之间的差距。

叔本华将打牌、娱乐等归结为用无聊的行动去安排珍贵的闲暇时光，不可否认，我们很多人都参与过他所说的“无聊的行动”，我也参与过，但是说实话，在参与的过程中，我觉得是很放松的。万事皆有度，如果让你用毕生闲暇时光只做打牌等娱乐事宜，那肯定是会很空虚、很无聊的，所以我并不反对偶尔的放松，但是不会让自己只有漫无目的的娱乐，而丧失了其他目标和追求。叔本华是著名的哲学家，对他而言，他的珍贵的闲暇时光，更愿意用来去阅读、学习和思考，正是他的思考给后世留下了这么多宝贵的精神财富。

除了嫉妒外，无聊也是破坏幸福的敌人。亚里士多德说“生命在于运动”，与这里的“运动”相对立的是无所事事或者说无聊，它是破坏幸福的另一个敌人。这里所说的运动的概念是比较宽泛的，不管是在学习抑或是创作作品、制作产品等过程中，运动的过程带给人们愉快和喜悦。百无聊赖时会去追求社交、游戏等，将自身幸福寄希望于身外之物，也停止了对自身的思考和精神的修炼，最后得到的只是空虚和寂寥。客观上所说的运动也是十分值得提倡的行动，运动的好处不言而喻，运动强身健体，分泌多巴胺使人开心，运动还可以使大脑保持年轻。当你心情不好的时候，去跑个步、打个球、游个泳，可以让你心情舒畅，重获斗志。

书中还指出，人生智慧的第一戒律，即不要放大痛苦。“一切快乐的本质都是具有否定性质的，而痛苦则有着肯定性质的本质”，叔本华用了一个常见的事实来阐述这句话的定义：当我们身体某一个很小的地方受伤后，如果我们意识不到自己身体整体上的健康，而只是过于去关注疼痛的伤口，那么我们就会因为这一小块伤口而失去了总体上的舒适感。同理，在你遇到的那么多事情中，很多事情都是如期发展的，也很合意，但是只要有一件事没有按照我们的意愿进行，哪怕仅仅是很小的一件事，不如意的事就会进入意识，从而会让我们忽略那么多行进顺利、合意的其他事情。痛苦总是直击身体和心灵，哪怕只是很小的部分。他建议人们用避免痛苦的方式来追求幸福，真正的、最大的幸福就是没有痛苦的状态，但是这种状态是很难实现的。作者提倡的是无欲无求：“摆脱了各种期望，回归存在本身，才能够体会精神安宁，这是幸福的基础。”这是一个常人很难达到的高度。对于我们而言，没有痛苦怕是不可能的，就要尽量做到正视痛苦，不要放大痛苦，多去看一看痛苦之外的顺意的部分。

三、人生的智慧——建议和人生格言

“要么孤独，要么庸俗。”叔本华认为并不断倡议伟人或者具有伟大精神的人应该孤独，这种倡议带有时代的特点，但从话语中来看，是比较带有个人色彩的，也不一定能够被大众所接受，但是其本意是摒弃无聊、无价值的聚集，选择独处。独处不是无所事事，而是静下心来对自我、自身进行思考。人是社会人，现代社会离不开人群，在喧闹的环境中能够静下心来，不被他们的观念所左右，追求自己的内心，是难得且不易的事情。

“活在当下，珍惜所有。”哲学理论上说，世上没有同一片树叶，没有同一条河流，因为在不同的时间段即便看起来相同的事物也是不同的、是独立的，因此，把每一天都视为一段特别的生活，没有一天是相同的，每一天都应该是独立精彩的。人的一生快而短暂，人生经历丰富的老者会更有体会，青年体会到的只是一种概念而不是真实的感受。童年和青年时期相对于老年时期，过得会更加充实，因而觉得时间过得比较慢，因为在童年时期，“新奇感把一切事物都纳入我们的意识”。人生的每一个阶段都有不同的意义，每一天都是特别的一天。珍惜所拥有的——你的时光、健康、财富、亲人好友、喜爱的事物等等，当你拥有的时候，不一定能够感知所拥有的珍贵，但是可以反过来想一下，如果你失去了某样东西，你会怎样？如果等到真的失去了才后悔，才想着去珍惜，那肯定是晚了的。经常去反过来想一想，所拥有的珍贵的东西可能会更加闪闪发光。

“有自己的判断标准。”在处理具体事务中，我们必须拥有自己的独特观点，要经过深入的思考，用与自身个性相符的方法处理事情。我们不应该以他人为标准评判自己应该做什么和不应该做什么，因为每个人的处境、关系都不一样，周围人的价值观或多或少会影响到自己。毕业之际，有同学去考研，有同学去工作，也有很多人给你游说、灌输各种观点，可以选择继续深造或者去工作，但是具体如何选择需要遵从自己对自己的了解。作者在书中阐述了很多的观念，是照搬照收，还是结合自己的思考去做，都在于自己的评判和选择。

“如果一个人缺少符合他年龄的神韵，那么他就会拥有他那个年龄特有的各种不幸。”叔本华在书中引用了伏尔泰的观点，这里的“神韵”解读为“思想深度”或许更合适。如果只是表象的神采，那么对于女生来说，看起来比实际年龄更年轻，岂不是一件美事？人生可以用童年期、青年期、老年期三个阶段概括，让人不得不承认生命在茫茫星河中的短暂，即便短暂也要活得精彩，活出每个阶段的特点。“人生的前四十年是一本书的正文，而后三十年则是对于正文的注解”，人生的各个阶段是从认知、学习、创造到领悟的过程。

童年时期是认知阶段，是一个不断学习的阶段。小时候拼命想长大，觉得长大了有各种好处；长大成人后，回想童年时期的经历，总会觉得特别美好，而且时光过得十分缓慢，感觉那十几年尤其漫长，但是到了20岁以后，就会觉得时光飞逝。也许就是因为童年时期一直在学习、在探索新事物，身体在成长，思想也在逐步成长，时光是一样的，只是让人觉得过得很慢，这也是童年给人的特有的感知。“我们在童年时会感到幸福的原因还有：初春的树叶都有着差不多一样的颜色和形状，与此相同，我们在年幼时彼此之间也十分相似，所以和谐一致。”童年是美好的、饱含憧憬的、充满希望和未来的阶段，这个阶段的美好怕是只有等到下一个阶段才能体会到。青年时代可以说是最好的时代，我们从依附于父母变成了独立的、依靠于自己的个体，身体、思想都逐渐成熟。青年时期是充满期望的、创作的时期，是精力和精神都相对旺盛的时期，在这个时期也会觉得未来很长、人生很长，甚至会浪费时光，等到了老年时期，就会发现，浪费时光实在可惜。老年时期回头看人生，心态更豁达了，思想也更开阔了，即便身体状态和思想活动的频率不如青年时代，但是依然不能放弃思考。“青年时代，我们的直观占据了统治地位，而老年时代，思想却占据了上风。所以，青年时代是创作诗歌的时代，而老年时代则更适合进行哲学思考。”叔本华完全践行了这个想法，用思考去填充老年生活，给世人留下了珍贵的精神财富。他用自己的人生经历、智慧描绘出了这篇关于人生的蓝图。我们尚在青年，无法去体会老年的状态，但是我们可以从文字中了解和感悟，珍惜当下时光。待到年老时，能够坦然回首一生，也是难得之事。

叔本华看重个人自身及其精神世界，他认为这是获得幸福的基础，他也因此获得了自己认可的幸福。“幸福论”是一个很大的命题，我们的人生阅历少、参悟尚浅显，要更多地从书籍中获取知识和营养，提高自己思考的广度和深度，为自己的精神世界增加财富。漫漫人生长河，烦恼也许是不可避免的，但希望我们都有一颗能够正视烦恼与困境的勇敢的心，有丰富的精神世界，悠然自得。

什么是幸福？怎样获得幸福？人生应该怎么过？什么是人生最重要的……这些问题都没有统一答案，每个人对人生、对幸福都有不同的见解。愿我们都是真正地收获着、享受着属于自己的幸福！活在当下！

精彩片段

幸福不是容易的事：很难求之于自身，但要想在别处得到则不可能。——尚福尔

引自《引言》

一个精神丰富的人会首先努力摆脱痛苦和烦恼，从而达到一个宁静、

安逸的状态，也就是获得一种简单、安宁，不受骚扰的生活。所以，只要对所谓的人有一定了解，他就会过起隐居的生活；如果他拥有博大精深的思想，他甚至有可能会独居。这是因为，一个人自身所具有的东西越多，那么他对外部事物的需求也就越少，他人对于他的意义也就越小。因此，一个拥有杰出的精神思想的人往往不喜欢与他人交往。

引自《第二章 人的自身》

实际上，我们对他人看法的重视程度和我们对此的担忧程度，通常来说都超过了合理的范围，甚至可以把它看作一种广泛流行的，或者更准确来说，是一种人类天生具有的疯狂。不管我们要做什么事还是不做什么事，第一个要考虑的就是他人的看法。通过仔细观察可以发现，我们所感受到的担心和害怕大部分都来源于这类忧虑。我们脆弱的自尊心——因为它敏感得接近病态——所有虚荣、自负、炫耀、铺排都以之为基础。当我们不再担忧和期待他人的看法，绝大部分奢侈和排场都会立刻消失。各种各样的荣誉和自豪感，虽然有着不同的内容和范围，但基础都是他人的看法。

引自《第四章 人所展现的表象》

衡量一个人是否幸福，我们不应该向他询问那些令他高兴的赏心乐事，而应该了解让他烦恼操心的事情，因为烦扰他的事情越少、越微不足道，那么，他也就生活得越幸福，因为如果微不足道的烦恼都让我们感受得到，那就意味着我们正处于安逸、舒适的状态了。

引自《第五章 建议和格言》

参考文献

[1] 人生的智慧（豆瓣）.[2020-10-11].https://book.douban.com/subject/3261600/.

[2]《人生的智慧》这本书究竟讲了些什么？ .[2020-10-12].https://www.zhihu.com/question/56271829/answer/148673287.

自由思想与《瓦尔登湖》

导读者：刘宇庆

亨利·戴维·梭罗[①]毕业于哈佛大学，曾协助爱默生编辑评论季刊《日晷》，写有许多政论，反对美国与墨西哥的战争，一生支持废奴运动。他到处演讲倡导废奴，并抨击逃亡奴隶法。其思想深受爱默生影响，提倡回归本心，亲近自然。1845年，在距离康科德约3.2公里的瓦尔登湖畔隐居两年，自耕自食，体验简朴和接近自然的生活，并以此为题材写成的长篇散文《瓦尔登湖》(又译为《湖滨散记》，1854年)，成为超验主义经典作品。梭罗才华横溢，一生共创作了二十多部一流的散文集，被称为自然随笔的创始者。其文简练有力，朴实自然，富有思想性，在美国19世纪散文中独树一帜。而《瓦尔登湖》在美国文学中被公认为最受读者欢迎的非虚构作品。梭罗的著作都是根据他在大自然中的体验写成，发表了对自然、人生和文艺问题的深刻见解。在他笔下，自然、人以及超验主义理想交融汇合，浑然一体。其作《瓦尔登湖》与《圣经》等作品齐名，同时被评为"塑造读者人生的25部首选经典"。

一、自由的来源

1845年3月，梭罗来到瓦尔登湖，动手搭建了一座约3米宽、4.6米长的小木屋；7月4日，也就是美国的独立纪念日，他终于如愿以偿地开始了那段在后世成为传奇的独居生活。瓦尔登湖不仅为梭罗提供了一个栖身之所，也为他提供了一种独特的精神氛围。《瓦尔登湖》描绘了梭罗独居湖畔两年多时间里的所

---

① 亨利·戴维·梭罗（1817—1862），美国作家、思想家、自然主义者，19世纪超验主义运动的重要代表人物，也是一位废奴主义者，有无政府主义倾向。

见、所闻和所思。该书共由18篇散文组成，在四季循环更替的过程中，详细记录了梭罗内心的渴望、冲突、失望和自我调整，以及调整过后再次渴望的复杂心路历程，几经循环，直到最终实现为止。现如今严重的环境污染几乎使人们丧失了田园的宁静，因而梭罗的著作便显得尤为难得。

《瓦尔登湖》中，梭罗崇尚简单生活，主张人的需求最小化，人类只需要一些最基本的生活必需品就足够生活。在瓦尔登湖边，梭罗衣食住行各方面都像原始人那样简单地生活，身体力行地证明了这种主张的可行性，践行了自然状态下的自然自由。梭罗在很短时间里，依靠双手在瓦尔登湖旁，用28美元为自己建造了一个能遮风避雨的木屋；并在木屋旁的沙地种上蚕豆、土豆、萝卜等农作物，农作物收获的一部分自己食用，来提供生命必需之营养，另一部分则用来换取其他生活所需物品。在这两年的实验里，梭罗每年只需工作六个礼拜，工作所得就足够支付他一切的生活开支了，充分证明自然状态下的野蛮人依靠自己的能力和大自然的物资，就能自给自足。梭罗说："衣服不过是我们的最表面的角质，或者说，尘世之烦恼而已。"出行方面，相比那些乘坐交通工具去旅行的人，梭罗认为最快的旅行方式是步行，与其花一天、一个星期的时间去劳苦工作，用自己的自由去换取那出行的费用，不如用最简单最原始的方法——步行。当计划乘坐交通工具的人仍在辛苦劳作时，步行的人早已到达了目的地，顺便还欣赏了沿途的风景，这岂不是一举两得的好事。

梭罗的骨子里是向往大自然的，只有在那里，他的心灵才能获得启迪和升华，在现实中遭受的创伤才能得以弥补和消弭；只有投入到自然中去，与自然共心跳、同呼吸，浑然一体，领略自然审美的意义，人们才能获得释放和新生。因此，他选择和大自然融为一体，成为大自然的一部分。身处在大自然的怀抱之中，动物、植物、湖水都和他极为亲密，游鱼是他的好友，松鼠和他共享坚果，豆子受他照顾；沉浸在大自然的夜空之下，他浑身都充满着喜悦，带着一份奇异的自由，在大自然中徘徊，成为大自然的一部分。梭罗在大自然的怀抱中生活，创造自己，超越自己，生活得单纯本真、无拘无束、自由自在。

二、自由的践踏

梭罗所处的时代也就是19世纪的美国，正处在用牺牲自然生态环境去换取经济的发展阶段，征服自然的人类中心主义思想牢牢占据主导地位；人们对财富和金钱的无限追逐，普遍流行的拜金主义思想和享乐主义思想不断冲击着现实社会。在这纷杂的社会中，梭罗看到了“人类中心主义”的局限性，并适时提出了回归自己的心灵并接近自然的大胆主张。在梭罗眼里，大自然生机盎然、充满灵性，人类应该尊重自然、与自然和谐相处。因而梭罗在瓦尔登湖的实践和他的作品中都有一个贯穿始终的主张，那就是回归自然。他在作品中不断地指出，我们大多数现代人都被家庭、工作和各种物质需求所困，失去了精神追求，过着物欲的生活。这样的情形今天依然存在，并且愈发严重。

“大多数人，在我看来，并不关爱自然。只要可以生存，他们会为了一杯朗姆酒出卖他们所享有的那一份自然之美。感谢上帝，人们还无法飞翔，因而也就无法像糟蹋大地一样糟蹋天空，在天空那一端我们暂时是安全的。”许多人的精神活动过于局限，只关心物质生活和感官享受。自然赋予了人类自由，可是随着大环境不断发展变化，人类的欲望不断地膨胀，甚至自以为是大自然的统治者，人类这样其实是给自己戴上了枷锁，成为自己的奴隶。人类就这样自我放逐出了“乐园”，从自然状态进入社会状态，逐渐丧失了自然自由。19世纪的美国正处于工业化浪潮中，人类的欲望极度膨胀，物质主义盛行，人们只注重经济收益，根本不考虑对大自然的伤害。夏天时，湖边浓密高大的树木被疯狂砍伐，拉上火车成了木材。那些伐木者就像特洛伊战争木马里藏着的人，商人就是想出木马计策的人，商人伙同伐木者秘密谋划，侵入了瓦尔登湖，无情地对其摧残掠夺。冬天时，这些商人又来到湖边，他们带着几车的农具准备大干一场，他们用犁耙勾住这块处女地，用铲子铲、用锯子锯开它的“皮”，再用雪车运走。瓦尔登湖的资源就这样被无限制地开采，这些强盗般的行为满足人们追逐金钱的欲望之心的同时，却留下了满目疮痍。自此再没有鸟儿在这欢快歌唱，没有人在林荫道上自由徜徉，火车震耳欲聋的吼声打扰了村子的宁静；肮脏的铁蹄浑浊了湖水，破坏了她的纯洁，火车头上的黑烟也遮蔽了人们头顶的白云，污浊了人们呼吸的空气。

那些疯狂追求物欲的人，给自己身上加上了沉重的枷锁。他们渴望住上华丽的房子，于是一辈子困于劳苦工作，成为房奴。他们向往奢侈的衣物，妄想通过高贵的衣服凸显他们身份的高贵和品德的高尚。尽管他们获得了物质财富，但是他们积累的金钱非但不能给他们带来半分的快乐，反而是“给自己铸造了一副金银的镣铐”。他们总是要担心这钱是否够花，是否还要挣更多的钱，是否有人觊觎他的金钱。就这样终身禁锢在枷锁中，无法恢复自然状态下的自由。

此外，19世纪美国蓄奴制盛行，“把男人、女人和孩子当牛马一样地买卖”。奴隶被当作物品进行买卖交换。在奴隶失去利用价值时，就如废弃物品似的被随意丢弃甚至是销毁。奴隶被认为低人一等，到处遭受剥削压迫，沦为奴隶主的挣钱工具，毫无人权和自由可言。随着工业文明迅速发展，统治阶级为了满足自身的欲望，蓄奴制度下悲惨的奴隶被迫承担造火车、建轨道这些苦役，没日没夜地工作，企图获得喘息的机会。这些人生活在社会的最底端，像蚂蚁一样卑微地活着，从出生起就被剥削被压迫，最终沦为火车下的亡魂。

现实的“污浊”使得梭罗走出了社会，走向了自然。瓦尔登湖的清澈荡涤着梭罗，自由之思想在此生根发芽。可以说，放弃在物欲横流的社会合群，选择来到湖边的人，都是“朝圣者”。

三、自由的重获

人类不应再被物质生活所约束，而是应更加注重精神的富有，只有获得精神自由，才能获得真正的自由。在瓦尔登湖旁的隐居生活使梭罗总结出经验：对于那些农作物，只要收成能够维持基本的生活需要就足够了。如果花费太多气力去追求农作物大丰收，他不会因此变得更富有，反而会变得更贫穷。因为他被农事束缚了，生活成为沉重的负担。他会被欲望冲昏了头脑，无法获得精神自由，相比生产更多的农作物，他认为更应该生产美好的品德。“我对自己说，下一个夏天，我不要花那么大的劳力来种豆子和玉米了，我将种这样一些种子，像诚实、真理、纯朴、信心、天真等。”这些美好的品德能帮助我们提升精神世界，摆脱枷锁，重获精神自由，因而人类应该像梭罗所主张的那样过活。另外，梭罗强烈地批判了那些无限制破坏和索取自然的人。“但是我比一般的猎人和樵夫更重视保护野生动物和林中植被，好比自己是守林人，如果有森林被烧，哪怕是我自己不慎点燃的，也会感到心痛不已，甚至比林子的主人更难受，更难恢复平静。哪怕树木是林子主人自己砍伐的，我也会心生哀痛。”

对梭罗来说亦师亦友的爱默生说过：“人类不仅要远离社会，还需远离书房，方可进入孤独的境界。”远离社会并不是消极避世，而是隔绝污浊的社会欲望，使自己的精神纯洁，不受污染，实现精神自由。

“无论你的生活有多么低劣平庸，都要面对它好好地过；不要躲避它咒骂它。它不像你那么糟。你最富有的时候生活显得最贫穷。爱挑剔的人即使在天堂里也能找出毛病来。尽管贫穷，也要热爱你的生活。即使在济贫院里，也许你也会有一些愉快的、激动的、光辉的时刻。夕阳反射在救济院的窗子上，和反射在富人家的宅窗上同样明亮；门前的雪在春天也同时融化。我看到只有安谧悠闲的人，能够在那里生活得和宫殿里一样满足，拥有同样使人高兴的思想。”

最后，附上《死亡诗社》中引自《瓦尔登湖》的一句话：“我走进丛林，因为我想从容地活着，我要活得充实，吸取人生所有的精华，抛开身外之物的所有烦恼，才不会在我临终时，发现我虚度此生！”

精彩片段

我希望世界上的人，越不相同越好；但是我愿意每一个人都能谨慎地找出并坚持他自己的合适方式，而不要采用他父亲的，或母亲的，或邻居的方式。

引自第一章《经济篇》

我在大自然里以奇异的自由姿态来去，成了她自己的一部分……牛蛙鸣叫，邀来黑夜，夜鹰的乐音乘着吹起涟漪的风从湖上传来。摇曳的赤杨和白杨，激起我的情感使我几乎不能呼吸了；然而像湖水一样，我的宁静只有涟漪而没有激荡。

怎样一种空间才能把人和人群隔开而使人感到寂寞呢？我已经发现了，无论两条腿怎样努力也不能使两颗心灵更形接近。我们最愿意和谁紧邻而居呢？……人们倒是更愿意接近那生命的不竭之源泉的大自然，在我们的经验中，我们时常感到有这么个需要，好像水边的杨柳，一定向了有水的方向伸展它的根。人的性格不同，所以需要也很不相同，可是一个聪明人必须在不竭之源泉的大自然那里挖掘他的地窖……有了思想，我们可以在清醒的状态下，欢喜若狂。只要我们的心灵有意识地努力，我们就可以高高地超乎任何行为及其后果之上；一切好事坏事，就像奔流一样，从我们身边经过。我们并不是完全都给纠缠在大自然之内的。我可以是急流中一片浮木，也可以是从空中望着尘寰的因陀罗。看戏很可能感动了我；

而另一方面，和我生命更加攸关的事件却可能不感动我。吠陀神话中的大神，用雷电和雨战胜敌人。我只知道我自己是作为一个人而存在的；可以说我是反映我思想感情的一个舞台面，我多少有着双重人格，因此我能够远远地看自己犹如看别人一样。

引自第五章《寂寞》

不必给我爱，不必给我钱，不必给我名誉，给我真理吧！我们身体内的生命像活动的水，新奇的事物正在无穷无尽地注入这个世界来，而我们却忍受着不可思议的愚蠢。

引自第十八章《结束语》

参考文献

[1] 黄璜.论《瓦尔登湖》的自由思想.海外英语，2020(6)：216-217.

[2] 李新艺.在平凡与简单中感受生活：论梭罗《瓦尔登湖》的审美价值.黑河学院学报，2020(6)：145-147.

[3] 田淼.《瓦尔登湖》生态自然观的人文精神解读.科教导刊，2019(27)：165-166.

[4] 陈芳芳.梭罗生态美学思想探微：以《瓦尔登湖》为例.大众文艺，2019(6)，234-235.

民可使，由之；不可使，知之

导读者：王旭峰　李至楠

“群体盲从意识会淹没个体的理性，个体一旦将自己归入该群体，其原本独立的理性就会被群体的无知疯狂所淹没。”每当社会上出现群体事件时，总有人提到100多年前的这本书——《乌合之众》。该书作者为法国社会心理学家古斯塔夫·勒庞，出生于1841年，经历了著名的法国大革命以及之后的一系列社会动荡，包括第三共和国对巴黎公社的审判、布朗热浪潮、频繁的政权更迭等。勒庞把自己所观察到的一切都概括提炼进了《乌合之众》一书当中。虽然这本书中的大部分结论都来源于生活经验和观察总结，并不依于科学的研究方法得出，但是这本书仍然精准描述了群体存在的种种问题，现如今仍极具现实意义与参考价值。

一、物以类聚，人以群分

什么是群体？勒庞认为群体是拥有共同的心理诉求的集合体，可以没有物理上的聚集。“一些人偶然发现他们彼此站在一起，仅仅这个事实，并不能使他们获得一个组织化群体的特点”，单纯物理空间上聚集的人群并不一定能构成群体，群体也与聚集的人群数量无关，因为他们并没有心理学意义上的聚合。要成为一个严格意义上的群体，必须具备趋同的心理和一致的目标。网络的便捷使得心理趋同的人群更容易聚合在一起，因此虽说网络时代让个体在物理空间上更加孤立，但不可否认的是群体的时代已经来临，群体事件的频发也使得群体这一课题日益受到人们的关注。另外，“真正的一体是浑然天成的那种自成一体，而聚集和拼凑在一起的东西，大都是一群乌合之众”。群体是偏执和专横的代名词、没有分辨是非能力的弱智、固有观念的奴隶、宗教形式的忠实追随者，其只会被极端感情所打动，本质偏执、狂热且盲目。个人进入群体后，个人意识会很快被群体心理所替代。这也造成了现如今“闻有吏虽乱而有独善之民，不闻有乱民而有独治之吏”的乱象，真正的有识之士往往被网络时代的“乱民”所裹挟，真实的情况也会被流言所掩埋。《乌合之众》这本群体心理学的开山之作恰恰深刻地剖析了这一问题，作者对异质群体即由特点、职业和智力水平各不相同个体组成的群体的深入研究也正好解决了网络时代群体构成鱼龙混杂、良莠不齐这一症结。

“从心理学的角度看，‘群体’一词却有着完全不同的重要含义。在某些既定的条件下，并且只有在这些条件下，一群人会表现出一些新的特点，它非常不同于组成这一群体的个人所具有的特点。”群体由个体构成，但其特征却往往与个体特征迥异，它并不是个体特征的简单叠加，如今大部分对群体中个体特征的片面研究只会让我们陷入一叶障目不见泰山的逻辑困境。“要想具备群体的特征，得有某些前提条件起作用，我们必须对它们的性质加以确定。”作者勒庞在他的书中将群体特征分为了互为表里的两种：群体的同质特征与衍生特征。

一方面，同质特征是群体的普遍特征，其体现了群体的本质，主要体现在群体中个体自觉和个性消失、个体心理被群体心理所替代、群体心理的组合突变性、群体的无意识性、群体中个体与原本个体的本质差异性等。其中群体的无意识性特征在现实中体现最多，也对群体的行为影响最为深刻。“无意识构成了种族的先天禀性，尤其在这个方面，属于该种族的个人之间是十分相似的，使他们彼此之间有所不同的，主要是他们性格中那些有意识的方面——教育的结果，但更多的是因为独特的遗传条件。”世界上所有的人基本都有着非常相似的本能与情感，人的喜怒哀乐也往往具有共情性，因此，群体最基本的特征就是它的无意识本能与性格特征。换句话说就是不管个体高矮还是胖瘦，智慧或是愚蠢，群体中的个体总是同质化的，群体并不会因为某几个个体的出类拔萃而显得聪明或出众，群体只会吞噬个体的异质性，使自己表现出最平庸的一面。这也解释了为什么一些看似高高在上，自认为智珠在握的公众人物总是出现于某些反智团体、邪教中，甚至为其代言；周围总是有高学历、高资产的人身陷传销组织。“群体不能完成需要很高智力的工作。涉及普遍利益的决定，是由杰出人士组成的议会做出的，但是各行各业的专家并不会比一群蠢人所采纳的决定更高明。”

另一方面，群体除了同质特征外，它还衍生出了一系列的外在特征，主要衍生特征有：群体的冲动、易变和急躁；群体的易受暗示和轻信；群体情绪的夸张与单纯；群体的偏执、专横和保守等。现实中主要体现的特征是群体的易受暗示、轻信。“群体通常总是处在一种期待注意的状态中，因此很容易受人暗示”“一些可以轻易在群体中流传的神话之所以能够产生，不仅是因为他们极端轻信，也是事件在人群的想象中经过了奇妙曲解之后造成的后果”。这解释了群体随波逐流与盲从的缘由，说明了流言产生的前因后果。“四面楚歌”“草木皆兵”“风声鹤唳”等中国古代成语也正是它的真实写照。

二、近朱者赤，近墨者黑

影响群体的因素复杂多样。其中直接因素有形象、话语和套话、幻想、缺乏理性等；间接因素有种族、传统、时间、政治、社会制度与教育等。过多的影响因素也使得群体的行为极易发生变化。一瞬间群体便可以从最血腥的暴徒转变为最慷慨和最仁慈的英雄，既会杀人如麻，也会慷慨就义，能够为某种信念抛头颅洒热血。而群体的领袖往往正是应用上面各种因素影响群体的专家，他们常常利用断言、重复和传染等方法操控无意识的群体为自己所用。“当某种断言得到充分重复，这种断言就会变得毫无异议。群体的各种想法、观点、情感和信仰，都具有细菌一样强大的传染力。”其中断言给予了群体中的个体以心理暗示，重复则帮助断言在个体心中扎根，传染进一步利用已受操控的个体对其他个体的思维产生影响，最终使得个体的自觉意识消失，形成一个愈来愈庞大的无意识群体，成为群体领袖表达自己意识的工具。

群体容易被暗示，而在暗示作用的影响下，进入大脑的念头很容易转变为行动。这也造成群体根本不会做任何预先策划，他们可以先后被最矛盾的情感所激发，但是他们又总是受当前刺激因素的影响。“他们就像被风暴卷起的树叶，向着每个方向飞舞，然后又落在地上。群体的这种易变性使它们难以统治，当公共权力落到它们手里时尤其如此。一旦日常生活中各种必要的事情不再对生活构成看不见的约束，民主便几乎不可能持续很久了。此外，群体虽然有着各种狂乱的愿望，它们却不能持久。”因此，群体的前期引导与暗示对其后续的行动有着至关重要的影响。

一方面，群体会变得野蛮残暴，杀人放火、无恶不作。如书中提到的法国大革命时期巴士底狱监狱长德·劳奈的遇害最为触目惊心:"当巴士底狱被攻占后,监狱长德·劳奈被一批群情激昂的人团团围住,并遭到来自四面八方的拳打脚踢。有人建议将他绞死,砍下他的头,将尸体拖到马后游街。在自我保护的过程中,德·劳奈无意踢到了在场的某个人。于是,又有人提议让那个被踢到的人割断监狱长的喉咙,这个建议立刻得到在场所有人的赞同。"而这个被无意踢到的人实际上只是个因为无聊而来凑热闹的失业厨师,被人群裹挟着走到了"案发现场"。在此之前,他和德·劳奈并没有任何交集,只是想看看这里究竟发生了什么。但是在群体的提议下,他觉得杀死德·劳奈成为一种爱国行为,甚至觉得自己应该得到一枚光荣的勋章,以奖励自己手刃恶魔。在这个事件中,厨师孤身一人时不可能做出杀人的举动,即便有这样的念头也能轻易摆脱;成为群体的一员后,他会意识到群体赋予他的力量,任何有形和无形的障碍都会被摧毁。同样的事情还有阿道夫·希特勒纳粹党的建立及对国家民众的裹挟、美国暴力化的"黑命贵(Black Lives Matter)"运动、各国新冠疫情期间声势浩大的反封锁事件以及最近微博热搜的虞书欣粉丝"无脑"辱骂中南政法大学事件等。偏执专横是它们的代名词,失智狂热也是它们的生动写照。

另一方面,它也会表现出无私奉献、勇于牺牲以及公正无私这样高贵的品质,而且比个体的表现更为崇高。以名誉、光荣和爱国主义为名义号召群体,最有可能打动他们,并常常使他们会不顾性命,慷慨赴义。从文艺复兴中前赴后继反抗中世纪教会黑暗统治的科学家团体、法国大革命中誓死推翻腐朽封建统治的人民群众,到抗日战争中舍生忘死保卫家国的英雄志士、新冠疫情中守护国家人民生命安全直到现在还慎始如终、无私奉献的白衣天使,这些群体无不表现出了比单一个体更加勇敢无畏与大公无私的崇高精神。

三、金无足赤,瑕不掩瑜

作者勒庞在整本书中采用观察法选取对自己观点有用的事件作为论据,没有系统地搜集证据,很多观点是主观且经不住推敲的,这是该书受到质疑的原因,同时也是他的书能够具有持久影响力的原因所在。而且作者由于受所处年代及资本主义政党的限制,也属于资产阶级"乌合之众"中的一员,对无产阶级及人民群众具有严重偏见,对社会主义也有相当的仇视,该书还是有些缺乏客观理性的。另外,作者对历史记录具有矛盾心理,在写书的过程中,勒庞曾发出了“历史完全是一派胡言”的感慨，他认为史学著作只能被当作是对一知半解的事实做出自以为是的记述，后人无法看到历史的原貌。但是之后他又否定了自己的看法，因为如果完全脱离历史，就无法分析群体的行为特征，他必须要用历史来证明自己的理论，这也使得书中一些观点无法自圆其说。

些许局限与瑕疵并不能遮盖这本书出众的思辨逻辑与跨时代的思维影响力。书中大量使用简单、极端的语言，给人以极强的冲击力。例如：群体是“受人摆布的玩偶、冲动的奴隶、固有观念的奴隶、没有辨别是非能力的弱智”，让人在沉浸于此时，脑海中会时不时浮现出一个人一边口吐芬芳，一边张牙舞爪地骂街的画面，但同时又会从生活事件中找到作者观点的印证，产生“他说得很有道理”的感觉。遨游于书中，我们常常会产生一种众人皆醉我独醒的不真实感，而这恰恰是被作者通过断言、重复、传染等手段进行无意识群体化的特征。我们总觉得我们站在上帝视角就能完美对抗这种潜意识的趋同暗示，殊不知这种偏执与专横也加快了个体自身无意识个性的显现。这种矛盾的心态会在阅读此书时一直持续，吸引着读者继续看下去，并且努力搜集各类解读，这便是它的魅力所在。另外，该书对社会现象的抽象概括和群体行为的预测能力也使得其被心理学研究人员、企业管理人员、营销业与媒体从业者等奉为圭臬。

子曰：“民可使由之不可使知之。”对此，不同人有不同的理解。理解为“民可使由之，不可使知之”，对群体的理解便是独裁者的思维，这点在西方资本主义国家的施政中暴露无遗，他们治国理政中最惯用的手段就是利用群体的无意识状态垄断舆论，让被蒙蔽的狂暴民众成为其针对政敌、其他国家的锋利武器。群体的专横、偏执和保守被它们利用得炉火纯青，“乌合之众”在其民众中也体现得淋漓尽致，但往往被欺瞒的群众却认为他们才是群体的主人，真是滑天下之大稽。而理解为“民可使，由之；不可使，知之”时，对群体的理解才是辩证科学的，当群体可以托付完成各种任务时便任由其发挥，不可以完成时便阻止他们并积极引导他们。这点在我国的社会治理中也体现得十分透彻，新中国成立以来的各项政策无不是围绕群众路线展开，正因为这种正确的群体观，我国才在短短70年时间里便完成了中华民族的伟大复兴，才取得了今天举世瞩目的发展成果。毛主席曾经说过：“在我党的一切实际工作中，凡属正确的领导，必须是从群众中来，到群众中去。这就是说，将群众的意见（分散的无系统的意见）

集中起来(经过研究,化为集中的系统的意见),又到群众中去做宣传解释,化为群众的意见,使群众坚持下去,见之于行动,并在群众行动中考验这些意见是否正确。然后再从群众中集中起来,再到群众中坚持下去,如此无限循环,一次比一次地更正确、更生动、更丰富。这就是马克思主义的认识论。”历史唯物主义理论指出人民群众才是历史的创造者,彻底摧毁一个破败的文明是他们最明确的任务,而复兴一个沉睡的文明同样是他们最基本的能力。只要加以正确的领导,“乌合之众”也照样可以成为时代发展的最有力推动者。

精彩片段

护卫舰贝尔·波尔号在公海巡航,寻找在暴风中失散的巡洋舰波索号。当时天气极好,阳光明媚,突然一个守卫发现有船只发出的求救信号。全体船员一起朝着信号指示的方向望去,清楚地看见一只载满遇难者的木筏被几条显示遇难信号的船只牵引。然而这只不过是集体幻觉。舰队司令命令船员放下一条船去营救遇难士兵。接近目标时,船上的官兵看到这样一幅景象:在混乱的人群中,到处是伸着双手求救的人,而且隐约地听到了人们发出的混杂不清的哀号。但是当他们到达目标时却发现,面前漂浮的不过是从附近海岸漂来的几根长着叶子的树枝。在真切的事实面前幻觉消失了。在这个例子中,一方面,群体处于极其期待找到遇难者的状态下;另一方面,守卫发现遇难船只的信号传递给了所有人以某种暗示,这种暗示经过传染之后,被在场的所有人接受了。

引自《第二章 感情的傀儡》

但是,当领袖们打算用观念和信念——例如利用现代的各种社会学说——影响群体的头脑时,他们所借助的手段各有不同。其中有三种手段最为重要,也十分明确,即断言法、重复法和传染法。它们的作用有些缓慢,然而一旦生效,却有持久的效果……如果一个断言得到了有效的重复,在这种重复中再也不存在“异议”,就像在一些著名的金融项目中,富豪足以收买所有参与者一样,此时就会形成所谓的流行意见,强大的传染过程于此启动。各种观念、感情、情绪和信念,在群众中都具有病菌一样强大的传染力。这是一种十分自然的现象,因为甚至在聚集成群的动物中,也可以看到这种现象。马厩里有一匹马踢它的饲养员，另一匹马也会起而效尤；几只羊感到惊恐，很快也会蔓延到整个羊群。在聚集成群的人中间，所有情绪也会迅速传染，这解释了恐慌的突发性。头脑混乱就像疯狂一样，它本身也是易于传染的。在自己是疯病专家的医生中间，不时有人会变成疯子，这已是广为人知的事情。当然，最近有人提到一些疯病，例如广场恐怖症，也能由人传染给动物。

引自《第七章 群体领袖及其说服手段》

随着理想的不断消亡，种族不断丧失越来越多的使之团结、和谐、强盛的特质。个人的个性和智力水平可能会得到提高，但与此同时，种族的集体自我意识会被过度发展的个人自我意识取代，随之而来的是种族特征的弱化和行动力的降低。构成民族或集体的人们，最终变成一盘散沙。出于传统和制度的关系，从表面上看，他们会暂时聚在一起。正是在这个阶段，不同的利益关系和愿望将他们弄得支离破碎，他们再也无法进行自我管理，即使是最细微的行为也需要指导，这样国家开始发挥引人注目的作用。……民众的权利至高无上，野蛮之风开始肆虐。文明似乎灿烂依旧，因为悠久的历史赋予了它光鲜的外表，实际上它是一座摇摇欲坠的大厦，毫无支撑，风暴来袭时必定立刻土崩瓦解。

引自《结语 民族的循环过程》

参考文献

[1] 勒庞.乌合之众：大众心理研究.高山，译.北京：新世界出版社，2015.

打开发现美的眼睛
培育感受美的心灵

导读者：王骏

《谈美》是朱光潜先生建立其早期美学理论体系的重要著作之一，该书一直被视为"科学性，普及性的经典之作"。朱光潜先生这本书信形式的书籍，充满了新鲜感，跨越时间空间，仿佛近在咫尺，将"美"这个看似简单，实则稍有些琢磨不定的话题进行了具象表现。全书对于美学的讲述由浅入深，层层递进，使大家在认识美学的同时，也对看待事物的方式有了多元的见解。书中有对于美感态度的特性讲述，也有艺术与距离、美感与移情、美感与快感的关系研究，同时兼顾了自然美与艺术美等等。最后以"慢慢走，欣赏啊！"作为结束，就如老师一般徐徐道来，缓缓展开。该书抒发了这位美学大家的人格理想、审美理想，提出了他美学研究的理想目标，即"人生的艺术化"。该书渗透了朱光潜①先生对艺术与人生关系的深刻感悟。全书的阅读，轻松愉悦，但同时也能激发人更多的思考。

一、生活实践与思考成就"美"业

朱先生曾经说起过一件亲身经历：他在国外留学期间，自己的寓所后面有一条通往莱茵河的小河，他晚间常去那里散步。他发现自己在东岸看西岸，西岸的景物比东岸漂亮，当自己走到西岸看东岸时，发现东岸的景物又比西岸美，

① 朱光潜（1897—1986），现当代著名美学家、文艺理论家、教育家、翻译家。1922 年毕业于香港大学文学院，1925 年留学英国爱丁堡大学，致力于文学、心理学与哲学的学习与研究，后在法国斯特拉斯堡大学获哲学博士学位。中国现代美学奠基人。

但是无论西岸和东岸的景色多么美丽，又都不如它们在水里的倒影令人神往。细心的观察和反复的思考成就了朱光潜先生关于美的“距离说”。

想想当你观赏在博物馆里展出的战国青铜剑时，你会进行审美并产生审美感受，但当这把青铜剑此时此刻架在你的脖子上时，你还会有“美”的感受吗？距离让你远离利害关系，距离产生了“美”。一棵松树和一棵白雪覆盖的松树，或者东南大学的“六朝松”和一棵现代的松树，你觉得哪个更能吸引你驻足、产生诗情画意的感慨？你在电影银幕前感受狂风暴雪和身临其境，哪种处境会让你有时间和情怀去感受大自然的力量之“美”？无论是物理的距离，还是时间的距离，会是使你产生审美感受的重要条件之一。

朱光潜先生关于美的“距离说”可以与之前很多关于美的定义进行对比理解。如公元前6世纪的古希腊哲学家毕达哥拉斯，据传他有一次路过一家铁匠店铺，听到五个铁锤打铁时发出了悦耳的声音，很有节奏感，像一首好听的歌曲，他停下了脚步，并让店铺的老板帮助称了一下铁块重量，结果神奇的事情发生了：这些铁块的重量符合一定的比例关系。毕达哥拉斯心里很高兴，进一步发现弦长成一定比例时能够发出和谐的声音，于是毕达哥拉斯得出结论，音乐的和谐是由数字的比例造成的，他们的学派认为这种和谐就是美，毕达哥拉斯学派又被称为“数字学派”。他们进而将音乐的和谐推广到整个宇宙，日出日落，月盈月缺，天体有序运行都因为有数的比例。此外，苏格拉底的“美的合目的性”，柏拉图的“美是理式”，亚里士多德的“美产生于大小和秩序”可以与此做一系列的对比理解。

朱光潜先生在书中多次以“松”来谈美。开篇朱老先生就以不同身份的人对于一棵古松的三种态度缓缓展开：木商——实用性，在生活中我们五官所接触的、吃穿用度皆为实用，甚至是所谓的常识性活动，既定的，或是历史流传下来的习惯都可称之为实用性。植物学家——科学性，纯粹、理性、缺少了感情的温度，没有了情感的牵挂，看似干净简洁但也冰冷。同时这些也使得他们更好地去梳理关系，条理清晰，从原因到结果，可以用数字、方程式、符号表示，缺少了生活中偶然性的惊喜，以及混乱时无意造就的美。画家——美感，长久伫立于古松旁，忘却了世间烦恼，逐步走进古松的世界，达到无我，沉醉其中，用眼看、用心将古松印刻其中，这样的美单纯就是一个人最为直观的感受，虽然这些并不能让人吃饱穿暖，也不能治病救人。

大家可以联系其中一章《“情人眼底出西施”》,其中详细地讲述到“美与自然”的关系,深入地去思考:美生于美感的经验,美感不同于实物,美感并没有科学的思考等问题。就从古松来说,也许它可以是一个精神上极大的寄托,不同的人生境遇总会有不同感触。遭遇人生变故,你观古松也许可以感受到历史的漫长,而一个人的时间不过匆匆一瞬;相较于古松经历过雷击、虫蛀等,自己的困难又有何过不去的。人生得意之时,看着古松也许又是一番滋味,古松的沉淀、厚重、淡然,同样可以告诉人们在得意之时不忘初心,始终如一。观者的处境不同带来的感受不同,这也许就是美所带来的魅力。给人以心灵上的支持,鼓励前行,更好地做自己。据说找一棵古树抱抱,可以很好地缓解压力,这又何尝不是自然之间的共鸣呢?美由心生,朱老先生认为美是一种直觉的表现,不同境遇中美感会不同,同时,每个人的个性不同、性别职业各不相同,美感也是不同的。

二、“审美”激发灵感,“审美”启迪智慧,“审美”增添趣味

在文艺领域,以南朝文学批评家钟嵘和唐代文学家司空图为代表的一批文学家提出如“滋味说”“韵外之致,味外之旨”等文艺美学理论,使得文艺的创作和欣赏有了美学基础,创作者和欣赏者在文艺作品中流连忘返,意犹未尽,产生无尽联想。如辛弃疾的《青玉案·元夕》:“东风夜放花千树。更吹落、星如雨。宝马雕车香满路。凤箫声动,玉壶光转,一夜鱼龙舞。蛾儿雪柳黄金缕。笑语盈盈暗香去。众里寻他千百度。蓦然回首,那人却在,灯火阑珊处。”再如张若虚的《春江花月夜》被称为孤篇压全唐:“春江潮水连海平,海上明月共潮生。滟滟随波千万里,何处春江无月明!江流宛转绕芳甸,月照花林皆似霰;空里流霜不觉飞,汀上白沙看不见。江天一色无纤尘,皎皎空中孤月轮。江畔何人初见月?江月何年初照人……”美学思想的融入也让很多反映现实的作品增添了浪漫主义的色彩。

美的事物总让人产生联想。“记得绿罗裙,处处怜芳草”,联想总是无序的,也无规律可言,“一千个读者心中有一千个哈姆雷特”,不同的人对于文章的解读联想各不相同。音乐中不同的调性每个人听觉感受各不相同,有人对不同的调性以及大小调标注出颜色:有人说降E大调也许是色彩沉静的蓝色,而有些人则认为是明朗的黄色;也有人认为G大调更像沉静的蓝色。这就是不同的人

在音乐上的联想，各执一词，但这些不影响大家对于音乐的欣赏。

生活中美感往往与“趣味”联系在一起，“觉得有趣味”的事情很多，在发现趣味的同时，也是发现美。美是什么？是“乘兴而来，兴尽而返”，也是“山水之乐，得之心而寓之酒也”。留意生活，留意每一个不经意的灵感，体味心境、宇宙、斗转星移、日月流转的变化，同样不忘眼前的风景，品味当下，别是一番情趣，别是一番美。

三、“美”净化人心，“美”改变社会，“美”创造五彩缤纷的世界

大家在对什么是“美”进行探索和思考时，除了景物、事物和文艺作品，也可以思考人的道德品质，人性光辉也会让你感受到“美”的力量。一位母亲在卡车撞向自己孩子的最后时刻，奋不顾身迸发出的惊人力量居然让卡车停了下来，你会感受到“美”；新冠疫情阶段，被称为“逆行者”的“白衣天使”们舍生忘死，舍小家顾大家，在战“疫”一线守护大众和公共的健康及生命线，你会感受到“美”；中国人民万众一心，众志成城，共克时艰，你也会感受到“美”。因为他们都在那个时间迸发出了超出凡人所能想象到的能量，让人产生“崇高”的感觉和“真、善、美”的感受，进而产生出“崇高”的美感。

马克思主义美学科学地阐明了真、善、美的辩证关系。从内容方面说，美既不是单纯的自然，也不是纯粹的主观意识，而是显现在感性形式中的人的本质力量，是真与善的统一体，即人在实践中合目的性与合规律性的统一体。人类的实践活动，是一种求真向善的活动。求真，即合规律性的活动；向善，即合目的性的活动。因此，按照马克思主义的实践观点，美与真、善有机地结合在一起。从内容和形式看，美都是真和善的辩证统一。

朱光潜先生在阐述艺术之“美”时，认为艺术之“美”是具有社会性的，他结合马克思《经济学哲学手稿》和恩格斯《自然辩证法》等论著，通过系统的分析认为艺术不仅是一种生产劳动，而且是精神方面的生产劳动，精神生产与物质生产是一致的，也是相互依存的；人不同于动物在于人有自觉性，人类的这种精神生产肯定了文艺的广阔题材和社会功用；人能够发现并按照美的规律来创造艺术。这点可以与孔子的文艺美学观进行对比理解，孔子认为文艺是具有社会性的，且具有“兴、观、群、怨”四个最重要的属性：“兴”是指人可以在文艺氛围中激发想象力和精神创造力；“观”是指通过了解一个地域的文艺

状况和主体内容可以深入了解该地域的兴衰成败;“群”是指人们通过文艺的互动可以培养自己的责任担当,角色扮演,可以信息交流,可以以文艺会友交友;“怨”是指精通文艺之人可以用文艺进行创作,并反映社会风貌,激励社会进步。可见,孔子的文艺美学观也认为艺术之“美”具有社会性。朱光潜先生的这一观点可以结合“谈人”与“从生理学观点谈美与美感”这两块内容联系阅读并理解。

艺术之“美”既然是一种精神方面的生产劳动,具有社会性,则内在便具有了不断创造的要求和驱动。朱光潜先生在《空中楼阁》《“超以象外,得其环中”》《“从心所欲,不逾矩”》和《“不似则失其所以为诗,似则失其所以为我”》中以短诗为例分别阐述了创造的想象、创造与情感、创造与格律、创造与模仿的关系。创造不是一个简单的物理转移过程,将艺术作品转移到欣赏者的脑海里,或者程序反过来,首先应该学会欣赏,欣赏是一种创造,是一个复杂的解码过程,要由欣赏者本人运用想象、情感和掌握一定的美的规律进行再造或者再现。然后是学会创作,作为创作者也需要运用想象、情感和美的规律进行进一步的编码。创造力是现在社会发展和自身综合素质中最重要的一个指标,但是任何人进行创造都需要经历一个学习和模仿的过程。如在艺术领域,很多艺术家在孩童时期所做的大半是学习和模仿,米开朗琪罗大半生是在研究古希腊罗马的雕刻,莎士比亚半生精力投身于模仿和改编前人的剧本,就连诗仙李白的诗作模拟古人的也是极多的。学习和模仿是创造的根基,没有做到这步就止步,或者只想不做,不学以致用,都不足以言创造,创造是旧经验的新综合。正如朱光潜先生所说“旧经验大半得诸模仿,新综合则必自出心裁”。朱光潜先生在这几章节中主要从短诗进行分析和阐述,广大读者朋友们也可以结合自身的专业,先个性化、后共性化地来理解,这对于自身的专业也会有很强的指导作用,激发创造力、注入活力的同时,让创造的过程避免心浮气躁。个体是这样,一个社会和国家亦是如此。中国在人工智能、新能源、新材料、数据处理、通信技术等众多领域都不断发展和创造,进而带来北斗卫星导航、高铁技术、航空母舰技术、5G通信技术等系统和产业的大发展,成为世界领先、中国创造,世界也越来越多运用中国方案,最终造福全人类。

说到创造与“美”的关系,读者朋友们也可以再结合科技哲学和科技伦理相关书籍进行纵深研究式阅读,如伽达默尔的《科学时代的理性》《真理与方法》，卡尔·波普尔《猜想与反驳：科学知识的增长》，舒炜光、邱仁宗《当代西方科学哲学述评》等。20世纪70年代著名科学家钱德拉塞卡在题为“美与科学对美的探求”讲座中，援引彭加勒和沙利文的言论：科学家之所以研究自然，不是因为这样做很有好处，他们研究自然是因为从中得到了乐趣，而他们得到乐趣是因为它“美”；没有规律的事实是索然无味的，没有理论的规律充其量只具有实际意义，所以我们可以发现，科学家的动机从开始就显示出一种美学的冲动……科学在艺术上不足的程度，恰好是科学上不完善的程度。

虽然每个人对于“美”的欣赏程度和需求是不一样的，创造“美”的能力也是不尽相同的，但“美”无处不在，这正是“各美其美，美美与共”最好的画面。每个人对于“美”的认知也是不断发展的，我们要学会在发展中不断去总结和解决关于“美”的问题。作为大学老师，我们也应该不断地深入开展“以美育人”，将真善美的种子播撒在学生的心田，这样才能灌溉出高素质人才，让他们的精神世界更有营养，让他们具有包容发展的胸怀，为母校、为国家、为全人类做出更大的贡献，为人类命运共同体展现自己美丽的身影。

“美”到底是什么，大家也可以继续结合中外其他美学书籍进行进一步探索，柏拉图曾经在《文艺对话集》的最后说道“美是难的”。我们不仅要善于睁开发现美的眼睛，培养感受美的素质，还需要锻炼创造美的能力，树立真善美的崇高理想。

精彩片段

看倒影，看过去，看旁人的境遇，看稀奇的景物，都好比站在陆地上远看海雾，不受实际的切身的利害牵绊，能安闲自在地玩味目前美妙的景致。看正身，看现在，看自己的境遇，看习见的景物，都好比乘海船遇着海雾，只知它妨碍呼吸，只嫌它耽误程期，预兆危险，没有心思去玩味它的美妙。持实用的态度看事物，它们都只是实际生活的工具或障碍物，都只能引起欲念或险恶。要见出事物本身的美，我们一定要从实用世界跳开，以“无所为而为”的精神欣赏它们本身的形象。总而言之，美和实际人生有一个距离，要见出事物本身的美，须把它摆在适当的距离之外去看。

引自《二 “当局者迷，旁观者清”——艺术和实际人生的距离》

我们说“自然美”时，“美”字有两种意义。第一种意义的“美”就是上文所说的常态；第二种意义的“美”其实就是艺术美。我们在欣赏一片山水而觉其美时，就已经把自己的情趣外射到山水里去，就已把自然加以人情化和艺术化了。法国画家德拉库瓦说得好：“自然只是一部字典而不是一部书。”人人尽管都有一部字典在手边，可是用这部字典中的字来做诗文，则全凭个人的情趣和才学。做得好诗文的人都不能说是模仿字典，说自然本来就美（“美”字用“艺术美”的意义）者也犹如说字典中原来就有《陶渊明集》和《红楼梦》一类作品在内。

引自《八 “依样画葫芦”——写实主义和理想主义的错误》

艺术是情趣的活动，艺术的生活也就是情趣丰富的生活。人可以分为两种：一种是情趣丰富的，对于许多事物都觉得有趣味，而且到处寻求享受这种趣味；一种是情趣干枯的，对于许多事物都觉得没有趣味，也不去寻求趣味，只终日拼命和蝇蛆在一块争温饱。后者是俗人，前者就是艺术家。情趣愈丰富，生活也愈美满，所谓人生的艺术化就是人生的情趣化。“觉得有趣味”就是欣赏。你是否知道生活，就看你对于许多事物能否欣赏。欣赏也就是“无所为而为的玩索”。在欣赏时人和神仙一样自由，一样有福。

引自《十五 “慢慢走，欣赏啊！”——人生的艺术化》

参考文献

[1] 朱光潜.谈美.北京：中华书局，2010.

[2] 凌继尧.美学十五讲.北京：北京大学出版社，2003.

[3] 宗白华.美学散步.上海：上海人民出版社，1981.

[4] 叶朗.美学原理.北京：北京大学出版社，2009.

时间是什么？

导读者：吴筱珂

《三体》中曾经说过："唯一不可阻挡的是时间，它像一把利刃，无声地切开了坚硬和柔软的一切，恒定地向前推进着，没有任何东西能够使它的行径产生丝毫颠簸，它却改变着一切。"时间，从古至今都以其神秘莫测牢牢吸引着人们好奇与求知的脚步。我们从何而来？时间是否有起点与终点？我们能否回到过去？我们最终将归往何方？宇宙是什么？它如何开始？又是否有结束？接下来，带着这些问题跟着我走进《时间简史》的世界，一起领略它的魅力。

一、《时间简史》——关于它不得不知道的二三事

说起《时间简史》，首先想到的就是它的作者霍金。作为当代最伟大的理论物理学家之一，霍金的研究为探索黑洞和宇宙本源提供了新的思路。他的一生都在追寻宇宙诞生的奥秘，即使身患重疾，到后来甚至不能动弹与说话，仅凭一个薄薄的书写板，他依然为物理界创造了新的传奇。霍金不仅用他的成就征服了全世界，更是用自己顽强拼搏的精神征服了全世界。正如他自己所说："我们一世为人被教导很多常识，但常识往往只是偏见的代名词。"毫无疑问，霍金是一位伟大的科学家，虽然他行动不便，甚至说话都需要机器的辅助，但是他有着自由的心灵与灵魂，孜孜不倦地追寻着科学的光辉。

除了学术上的成就，霍金的另一个同样伟大的成就便是其对科普工作的巨大贡献。《时间简史》在全世界的销量以千万计，创造了科普读物史上的神话，而它也使霍金的名字为大众所知。截至2014年，《时间简史》的发行量已经超过了2500万册，被译成近40种语言。它以其独特的魅力吸引着所有对宇宙、对

时间充满好奇的人前来拜读。

《时间简史》一书可看成是按三条线穿插交替展开叙述。首先，该书讲述了人类对宇宙认识的历史，从最初的地平论、地心论到后来的日心说，再到现在的无限宇宙论等。其次，该书介绍了物理学发展的历史。对牛顿的经典力学到爱因斯坦之后的广义相对论与量子力学的物理知识均有涉猎，且均有着通俗易懂的讲解。最后，该书着重描述了霍金当时对黑洞性质与特点的分析结果，并简要介绍了时间箭头、弦论等新兴理论与概念。霍金通过自己精心的设计，将原本枯燥无趣的科学知识与生活场景相结合，从而将这样一种题材的书籍写得拥有了自己的魅力，这是值得所有科普工作者学习的。

二、《时间简史》——理性的哲学

借这次机会，我又一次重温了《时间简史》这本书。可能是因为物理知识储备量有所扩大，这次重读为我带来了许多新的感悟与体验。

我们从何而来？我们将会去往何方？我们为什么要研究时空？宇宙为何是现在这样？这些问题似乎是科学、哲学、宗教等领域都致力于回答的问题。而量子力学的出现更是无限拉近了科学与哲学的距离。以往由精密计算的定理公式构建的科学界，突然出现了一些随机性与非预见性的因素。电子云运行轨道、波粒二象性、薛定谔方程……在传统的科学观念里绝不可能出现的概念相继被提出并逐步完善。而《时间简史》所涉及的领域，正是无法被直接证明的充满着种种假说的领域，这就将其与哲学互相联系上了。

虽然就理论而言，我们在讨论物理学的书籍时不应该把任何哲学上的问题代入，因为物质本身存在的规律是没有思想的，它是一个相对客观的存在，所谓哲学在物理中更像是人为强加的东西。但是《时间简史》在揭示宇宙真相的同时，会引发读者不自禁地对人生产生一些思考。在我看来，它在这方面最大的贡献，莫过于对读者宇宙观和世界观的重新构建，让我们认识到人类的渺小与宇宙的磅礴。《三体》中曾经说过“你的无畏来源于无知”，而适度畏惧宇宙、畏惧世界可以帮助我们的文明走得更远。

霍金是一位思辨能力与抽象思维绝佳的科学家，也正是这种天赋推动着他在宇宙起源这一方向做出了功垂竹帛的贡献。在《时间简史》一书中，他的这种能力使其成功地运用浅显易懂的语言解释了许多概念，比如贯穿全书的“人存原理”。首先来看一个典型的“人存原理”：宇宙学时间箭头为何存在方向？当宇宙进入收缩状态时，时间箭头会倒转吗？对此霍金的解释是：“在收缩相时无序度继续增加。当宇宙开始收缩时或在黑洞中，热力学和心理学时间箭头不会反向。”为何会是这样的情况呢？霍金用一个生动的例子进行了回答：人类作为智慧生命，为了生存下去，必须消耗食物。而把食物转换为热量的过程，是一个熵增的过程。因此，智慧生命只能在熵增的过程中生存，我们观察到的宇宙学时间箭头与热力学时间箭头永远是一致的。细品其中的逻辑，不难发现“因为人类只能在这样的条件下生存，所以宇宙是这个样子的”。这也恰恰解释了“为何宇宙是这个样子的”这一问题。

《时间简史》中不仅有物理知识所带来的对哲学的思考，更有霍金对科学本身局限性的疑问。书中有一段非常有趣的话：“假定我们是理性的生物，既可以随心所欲地观测宇宙，又可以从观察中得出逻辑推论。在这样的方案里可以合理地假设，我们可以越来越接近制约我们宇宙的定律。然而，如果真有一个完整的统一理论，则它大概也将决定我们的行动。这样，理论本身就决定了我们对之探索的结果！那么为什么它保证我们从证据得到正确的结论？难道它不也可以同样地保证我们引出错误的结论吗？或者根本没有结论？”这种问题的答案，本身就已超出科学的范畴。

爱因斯坦曾经说过：“思维世界的发展，在某种意义上说，就是对惊奇的不断摆脱。”在霍金看来，这个世界是需要用科学和哲学来共同解释的，科学不能解释的地方常常要用哲学来解释。科学尤其是物理学，研究流程通常先是利用实验得出归纳性的原理，再由原理推出预言性结论，最后再进行实验去验证那些推导出来的结论，因而世界规律的科学结论往往是晦涩难懂的。哲学则相反，它会对这世界的规律冠以通俗性的理解，在科学不能达到的地方，哲学家常常发挥自己的想象来给出解释。因此，在霍金看来，这个世界是科学和哲学家共同构建的世界。

刘慈欣曾经说过：“人类向宇宙深处的探索和扩张肯定是悲壮的，但只要保持进取心，前途一定是光明的。”不可否认，探索宇宙、寻求真理对于普通人来说一般难以上升到推动人类发展的高度，但它至少可以让我们更好地理解这个世界。在《时间简史》一书中，霍金在第一章就明确表示了“科学的终极目的是提供描述整个宇宙的单一的理论”，而在结尾，霍金又特意用一章的篇幅描绘了物理学统一与宇宙终极理论建立的蓝图。从某种角度上讲，物理学的发展史，其实可以看作不断寻求所谓“终极理论”的过程史。找到这一套“终极理论”的时刻，也将是我们科学与哲学的终极胜利之时！

三、《时间简史》——热门问题盘点

该书涉及很多人关注的热门话题与热门概念，接下来举几个比较经典有趣的例子，看看《时间简史》是如何解释它们的。

时间有方向吗？为了解释这个问题，霍金提出了时间箭头的概念，以论证时间的单向性。即我们只能从过去走向未来，无法从未来回到过去。时间箭头分为三部分，分别为热力学时间箭头、心理学时间箭头、宇宙学时间箭头。热力学时间箭头实质上就是热力学第二定律，即熵增定律；心理学时间箭头本质上仍为热力学时间箭头，原因是我们的记忆过程本身就是熵增的；宇宙学时间箭头如前文所述，与热力学和心理学时间箭头在方向上保持一致。这三种时间箭头的存在共同说明了时间的方向性。

如何理解虫洞？霍金认为，我们生活在一个三维空间世界里，加上时间构成了四维空间。但实际上这个宇宙空间远远多于四维。就像一个虫子在一张纸似的空间中爬行，这张纸就像我们已知的空间世界，如果虫子想要爬到纸的反面或者边界以外，到达未知的世界（其他维的空间），它必须一直沿着纸张爬到边缘。而如果虫子能够舔破纸张，那它很容易就达到另外一面的空间，这就是虫洞。

时间旅行可以实现吗？时间旅行可以分为两种。一个是去往未来的时间旅行，理论上，高速飞船（近光速）即可实现所谓的“时间变慢”，从而成功地“去往未来”。而另一个则是回到过去的时间旅行，理论上有两种解决方法，一是超光速飞行，一是利用虫洞。然而，以目前的研究来看，人类很难打破光速壁垒，第一种方案无法实现。由于维持虫洞需要极大的负能量，人类目前无法维持大于基本粒子尺度的虫洞，回到过去目前来看也难以实现。但是假如有了回到过去的方法，在霍金看来，那一定存在某种“时序防卫”以防止宏观物体将信息传到过去，这就解决了回到过去旅行中必然产生的谬论与矛盾。

时间存在起点与终点吗？在时间起点之前是不存在时间这个概念尺度的，只有当时间开始，这个维度才存在，而终点也是如此，时间到达终点之后，这个概念也就消失了。换一句话说，即在时间的两端之外是不存在时间这个东西的。

黑洞是黑色的吗？答案：不是。理论上，黑洞具有自身的颜色，只不过因其引力作用太大，以至于万物都无法逃离甚至连光也不行，这就导致在黑洞之外的观察者无法观测到它的真实颜色。

《时间简史》这本书，或许由于翻译的关系，并不是一本很好理解的科普读物，甚至有部分观点认为它根本不是一本成功的科普读物，它有着诸多的缺点比如缺乏逻辑、没有深入浅出、内容太浓缩、思维过于跳跃等等。然而，我却认为这恰恰是这本书的与众不同和宝贵之处。科普，究竟普的是什么？是知识与理论本身吗？固然是的，但科普更重要的是思维方式的科普。霍金在该书关于黑洞的章节中，不是简单地把关于黑洞的结论摆到明面上给大家看，而是详细阐述了自己研究黑洞的心路与学术历程。这个思维过程才是最令读者受益匪浅的，毕竟这个世界有很多优秀的科普作者，却只有唯一一个霍金。

精彩片段

我们看到的从很远星系来的光是在几百万年之前发出的，在我们看到的最远的物体的情况下，光是在80亿年前发出的。这样当我们看宇宙时，我们是在看它的过去。

引自《第二章 空间和时间》

现在我们知道，任何粒子都有会和它相湮灭的反粒子。（对于携带力的粒子，反粒子即为其自身。）也可能存在由反粒子构成的整个反世界和反人。然而，如果你遇到了反你，注意不要握手！否则，你们两人都会在一个巨大的闪光中消失殆尽。

引自《第五章 基本粒子和自然的力》

为何我们从未看到碎杯子集合起来，离开地面并跳回到桌子上，通常的解释是这违背了热力学第二定律所表述的在任何闭合系统中无序度或熵总是随时间而增加。换言之，它是墨菲定律的一种形式：事情总是趋向于越变越糟：桌面上一个完整的杯子是一个高度有序的状态，而地板破碎的杯子是一个无序的状态。人们很容易从早先桌子上的杯子变成后来地面上的碎杯子，而不是相反。

引自《第九章 时间箭头》

正如在第一章中所解释的，一蹴而就地建立一个包括宇宙中万物的完备统一理论是非常困难的。取而代之，我们在寻求描述有限范围事件的部分理论上取得了进步，这时我们忽略了其他效应，或者将它们用一定的数字来近似表示（例如，化学允许我们计算原子间的相互作用时，可以不管原子核内部的结构）。然而，最终人们希望找到一个完备的协调的，将所有这些部分理论当作它的近似的统一理论。在这理论中不需要为某些任意数选值去符合事实。寻找这样的一个理论被称为“物理学的统一”。

引自《第十章 物理学的统一》

有一次爱因斯坦问道：“在建造宇宙时上帝有多少选择性？”如果无边界假设是正确的，上帝就根本没有选择初始条件的自由。当然，上帝仍有选择宇宙所服从的定律的自由。然而，这也许实在并没有那么多选择性；很可能只有一个或数目很少的完备的统一理论，例如弦论，它们是自洽的，并且允许像人类那样复杂结构的存在，这些结构能够研究宇宙定律并询问上帝的本性。

引自《第十一章 结论》

参考文献

[1] 霍金.时间简史.许明贤，吴忠超，译.长沙：湖南科学技术出版社，1992.

走进西方哲学发展史

导读者：卢欣宇

"你是谁?""世界从何而来?"当这两个问题摆在我面前时，我陷入了苦恼。看似简单的问题，其实包含着对于这个世界和自我存在的思考。漫长岁月以来，对这两个问题进行思考的哲学家不胜枚举，其中肯定有过很多曲折，但正确的道路终将被探索出来。而《苏菲的世界》就是讲述这个西方哲学发展道路的图书。

哲学是贯穿《苏菲的世界》始终的主题，那么哲学是什么？是马克思与恩格斯吗，是关于社会主义的美好设想吗？我们很难做出回答，因为在大众的理解中哲学似乎和神学一般虚无缥缈。但在该书中，哲学并不是以那种无事可做的人进行深奥思考的面目出现，而是作为与生活相统一的事物出现。读完此书你会发现，哲学是贴近现实生活的，是"关于天底下每个人都关心的一些问题的学科"，哲学所要解决的都是还没有科学方法可以证明的问题——诸如善与恶、美与丑、生与死、秩序与自由等。如果你对哲学感兴趣，又苦于内容过于晦涩难懂，那么你一定要读一读这本书。

一、作者的世界——作者经历及创作背景

说起《苏菲的世界》，不得不聊聊作者乔斯坦·贾德。乔斯坦·贾德1952年出生于挪威，是当代最重要的北欧作家之一。大学时主修哲学、神学以及文学，并于奥斯陆大学获得斯堪的那维亚文学系挪威文学的学位，曾担任文学与哲学教师。自1986年出版第一本作品以来，已成为当代最重要的北欧作家。1991年《苏菲的世界》出版后，就成为挪威、丹麦、瑞典和德国的畅销书，销量达

到300万册。现已有30多个国家购买了该书的版权，被翻译为90多种文字，全球销售量超过三亿册。

乔斯坦·贾德的作品致力于对人生意义与终极关怀的探索与思考，擅长以对话形式讲述故事，从而将高深的哲理以简洁、明快的笔调融入小说情境。除了致力于文学创作，启发读者对于生命的思省外，他对于公益事业亦不遗余力：于1997年创立“苏菲基金会”，每年颁发十万美金的“苏菲奖”，鼓励能以创新方式对环境发展提出另类方案或将之付诸实行的个人或机构。

《苏菲的世界》诞生于20世纪90年代初，当时正值苏联解体、两极对峙格局结束，国际环境趋于和平。作者乔斯坦·贾德一直生活的挪威，国内政治稳定，经济繁荣，是创建现代福利国家的先驱之一，国民生活水平长期处于世界前列。

而此时在思想领域、哲学研究方面，古斯塔夫·博格曼、理查德·罗蒂先后提出哲学的“语言学转向”，即语言不再是传统哲学讨论所使用的一个工具，其所代表20世纪哲学对语言的集中关注是哲学反思自身传统的一个起点和基础，是标识西方20世纪哲学与西方传统哲学区别与转换的概念之一。与此同时，人文社会科学则出现了被称为“文化转向”的研究热潮，多种社会学科均将“文化”视为研究的焦点，这被看作是“二战”后一次深刻的社会观与政治观的变化。

以上所提到的地域、文化与社会背景，都使得《苏菲的世界》对现实与哲学的书写均呈现出与以往哲学小说不同的面貌，对现实的描写围绕着挪威两个小女孩“苏菲”“席德”的家庭学习生活展开，但从连接二者的少校身上却能看到诸多现实问题的反映；在梳理哲学思想史时，历史中哲学家们对两性平等观念的影响是作者文化批评的着力点；对语言的关注则从西方哲学历史的发展、小说文本叙述的运用来综合表现作品中的语言意义。

二、苏菲的世界——一部关于西方哲学发展的小说

《苏菲的世界》是一本讲述西方哲学发展史的小说。哲学，在大众的眼里向来是佶屈聱牙的，但乔斯坦·贾德以通俗、有趣的叙事手法为我们讲述了哲学的发展，演绎了哲学的原理，阐明了一个个哲学流派，作为一本西方青少年哲学启蒙书，其普世价值远大于学术价值。

“你是谁？”“世界从何而来？”小说以14岁的少女苏菲收到的神秘信件展

开。而在这之后，苏菲开始陆续收到各种来信，这些信件给苏菲带来了一堂又一堂的哲学课。

从古希腊发源的自然派哲学对大自然循环与变化的猜想，到雅典的苏格拉底、柏拉图和亚里士多德三人在整个欧洲所燃起的千年智慧的燎原之火；从古代印欧文化和闪族文化发展出来的各种宗教，到中世纪长时间的人性压抑，到文艺复兴时期人文主义思想的重生，再到以笛卡儿、斯宾诺莎等人为代表的理性主义和以洛克为代表的经验主义的碰撞；从启蒙运动里人权对于王权和神权的反抗，到康德对理性主义和经验主义的综合，到浪漫主义不讲究理性、强调感情的侧重，再到黑格尔三段式的辩证法；从祁克果的个人主义和存在主义，到以马克思、达尔文和弗洛伊德为代表的自然主义，再到尼采、萨特等为代表的现代哲学……

在这位神秘导师艾伯特的指引下，苏菲学习了众多西方哲学的课程，并且审视从古希腊到康德，从祁克果到弗洛伊德的哲学发展历史，开始探讨各位哲学大师思考的根本问题。同时小说中穿插苏菲家庭和个人的生活细节：她的爸爸是一艘大油轮的船长，几乎一年到头都在外面，难得有几个星期在家；苏菲正在上中学，有一个好朋友叫乔安；苏菲的15岁生日快到了，她的妈妈和同学在为她的生日聚会准备着……

其后席德的出现，让故事变得有趣而悬疑。故事的开始，苏菲收到神秘信件的同时，也收到了一封古怪的明信片，上面的收件人是“请苏菲转交给席德”，这是席德的第一次出现。而苏菲在和哲学导师艾伯特学习的过程中，苏菲收到席德父亲托苏菲转交的明信片越来越多，明信片出现的方式也越来越离奇，它会出现在探索的小木屋，在作业本，在厨房的窗户上，在导师家前门的信箱里……苏菲生活中也开始出现各种奇特的事情，席德丢失的东西开始离奇地出现在了苏菲的房间；导师艾伯特经常错叫她为席德；送信的猎狗对她说的是“祝席德生日快乐”，香蕉皮内层毛笔字写的也是“祝席德生日快乐”……

面对各种不可思议的情节和频繁出现在生活中的席德，苏菲开始迷惑，席德到底是谁。随着小说情节的进展，我们会发现席德父亲的存在就仿佛苏菲世界里的上帝一样，他能够监视苏菲和艾伯特的所有行动，也能随便干涉他们的生活，还会制造各种各样不可思议的“现象”。到了小说尾声，我们会发现原来席德才是真实世界的人，苏菲和艾伯特不过是席德的父亲为了给他深爱女儿生日礼物而创造的一本书中的人物。在艾伯特的提示下，苏菲渐渐意识到自己只是书中的一个角色，是席德的父亲艾伯特意识的一部分。当苏菲得知真相的时候，她并没有感觉一切变得虚无和丧失意义，而是希望摆脱艾伯特少校的干预。苏菲努力地想要反抗，想要让席德感知到她，于是，秋千微微动了，小船解开了绳索，甚至，她打在席德头上的一巴掌也有了反应……故事结尾的时候，恰恰是故事的开始。

三、你我的世界——关于作品的评价

书中通过书信、提问、对话等形式引发思考，一系列的哲学问题贯穿成全书的一条线索，而随着问题的解决，一部西方哲学史便展现在我们面前。本质来说，这是一本哲学书。但从另一方面来说，这更是一本小说，作者通过特别的故事讲述方式把哲学融进了文学，书中的苏菲在哲学导师的指导下，意识到自己只是被艾伯特上校创造出来的角色，于是她开始反抗，并最终摆脱了艾伯特上校的意识，逃离了书中的世界，充满悬疑的情节为小说增添了故事性。

从文本内容的叙述结构来看，《苏菲的世界》主要呈现为三个叙述层面：内核叙述层为哲学教师艾伯特在前半部分以书信体和后半部分亲口为苏菲讲述的西方哲学历史；中心叙述层的内容是上校艾伯特为女儿席德生日所写的“苏菲的世界”书稿内容，其中描写了苏菲的日常生活和学习哲学史的过程。外围叙述层是席德在十五岁生日时收到父亲为自己撰写的书稿，以及苏菲和艾伯特对上校的反抗并最终进入席德所在的世界。作为“创作者”的上校创造了主人公苏菲的世界，而这本书的作者乔斯坦又创造了上校和他的女儿席德的世界。

围绕贯穿全文的哲学历史内核叙述层，小说中多个叙述者、不同叙述层中的内容形成嵌套叙述结构。按照阅读文本的自然顺序，最先进入读者视线的是苏菲的故事，哲学课随之展开，直到文本一半之处，席德才款款露面。这不同于传统的将套盒逐层露出的方法，而是别具一格地首先展出第二层盒子，并处处设置悬念，引出第三层套盒，适时地让读者看到最外层的盒子。

相比之前传统哲学小说的叙述水平，《苏菲的世界》叙述水平有了很大的进步。借助叙述学理论，文本通过三层叙述分别对应着理念、书中和现实的世界；通过嵌套的叙述结构构建了各叙述层之间的联系；同时“跨层”又冲击了原有的层次划分。

整本书读起来并不那么轻松，内容比较枯燥甚至有些晦涩，比起小说，它看起来更像是一本哲学课程的讲义，其通过对话、书信等形式，重点介绍了约20位哲学家的生平和主要观点。作者试图用最通俗的句子来解释这些哲学家们的观点，但依然需要细细咀嚼之后才能理解，所以这并不是一本阅读起来很畅快的书。但为了避免陷入无聊的说教，作者设计了一个悬疑和揭秘的过程，增加了这本书的趣味性，而谜底揭晓的时刻，也是全书架构最精彩的地方。

单从哲学的角度出发，《苏菲的世界》可能并不完美，因为作者在书中没有提出自己的哲学理论，对诸多哲学流派理论的讲述也过于简洁，不够全面。但在写法上，《苏菲的世界》做到了小说与哲学之间的同步，小说故事情节的发展与哲学历史发展相辅相成；在内容上，书中哲学的问题都是围绕生活展开的，哲学源于生活，探索哲学的目的也是为了生活本身。

菲力·詹森评价《苏菲的世界》时就说道："一本关于哲学史的小说，是《苏菲的世界》一书的副标题，颇能点明该书的要点。这是一本小说，但也是一本系统的涵盖各哲学思潮的速食大杂烩。书中讲述的内容广泛，从远古罗马神话写到现代哲学思想，其阐述了每个时期的哲学议题，随着小说人物在哲学中寻求谜团的解答，整部西方哲学史在读者面前演习了一遍。"

回到"你是谁?""世界从何而来?"关于所有的这些哲学问题的答案，《苏菲的世界》里用了一个比喻："这世界就像魔术师从他的帽子里拉出的一只白兔。只是这白兔的体积极其庞大，因此这场戏法要数十亿年才变得出来。所有的生物都出生于这只兔子的细毛顶端，他们刚开始对于这场令人不可置信的戏法都感到惊奇。然而当他们年纪愈长，也就愈深入兔子的毛皮，并且待了下来。他们在那儿觉得非常安适，因此不愿再冒险爬回脆弱的兔毛顶端。唯有哲学家才会踏上此一危险的旅程，迈向语言与存在所能达到的顶峰。其中有些人掉了下来，但也有些人死命攀住兔毛不放，并对那些窝在舒适柔软的兔毛的深处、尽情吃喝的人们大声吼叫。"这是作者乔斯坦·贾德的答案，而你，也可以有自己的答案。

精彩片段

如果你没有意识到人终将死去，就不能体会活着的滋味。同样的，如果你不认为活着是多么奇妙而不可思议的事，你也无法认识你必须要死的事实。

引自第一章《伊甸园》

遗憾的是，当我们成长时，不仅习惯了有地心引力这回事，同时也很快地习惯了世上的一切。我们在成长的过程当中，似乎失去了对这世界的好奇心。也正因此，我们丧失了某种极为重要的能力（这也是一种哲学家们想要使人们恢复的能力）。因为，在我们内心的某处，有某个声音告诉我们：生命是一种很庞大的、神秘的存在。这是我们在学会从事这样的思索前都曾经有过的体验。

更明白地说：尽管我们都想过哲学性的问题，却并不一定每个人都会成为哲学家。由于种种理由，大多数人都忙于日常生活的琐事，因此他们对于这世界的好奇心都受到压抑。（就像那些微生虫一般，爬进兔子的毛皮深处，在那儿怡然自得地待上一辈子，从此不再出来。）

对于孩子们而言，世上的种种都是新鲜而令人惊异的。对于大人们则不然。大多数成人都把这世界当成一种理所当然的存在。

这正是哲学家们之所以与众不同的地方。哲学家从来不会过分习惯这个世界。对于他或她而言，这个世界一直都有一些不合理，甚至有些复杂难解、神秘莫测。这是哲学家与小孩子共同具有的一种重要能力。你可以说，哲学家终其一生都像个孩子一般敏感。

人的嗜好各有不同。有些人搜集古钱或外国邮票刺绣，有些人则利用大部分的空闲时间从事某种运动，另外许多人以阅读为乐，但阅读的品位人各不同，有些人只看报纸或漫画，有些人喜欢看小说，有些人则偏好某些特别题材的书籍，如天文学、自然生物或科技新知等。假如我自己对马或宝石有兴趣，我不能期望别人都和我一样。假如我看电视体育节目看得津津有味，就必须忍受有些人认为体育节目很无聊的事实。

引自第二章《魔术师的礼帽》

生命本来就是悲伤而严肃的。我们来到这个美好的世界里，彼此相逢，彼此问候，并结伴同游一段短暂的时间。然后我们就失去了对方，并且莫名其妙就消失了，就像我们莫名其妙来到世上一般。

引自第十六章《文艺复兴》

参考文献

[1] 刘嘉琦.《苏菲的世界》叙述艺术研究.兰州：西北师范大学，2016.

[2] 艾亚南，梁彩龙.论《苏菲的世界》“中国套盒”式的叙事结构.河北北方学院学报(社会科学版)，2014(4)：38–41.

[3] 何成洲.《苏菲的世界》与元小说叙述策略.当代外国文学，2007(3)：143–149.

是什么蒙蔽了爱

导读者：武秀枝

“我相信，人天生热爱生命，乐于互助。可是，究竟是什么，使我们难以体会到心中的爱，以致互相伤害？又是什么，让有些人即使在充满敌意的环境中，也能心存爱意？”这样的思考始于马歇尔的童年。

马歇尔·卢森堡博士，师从卡尔·罗杰斯，是国际非暴力沟通创始人，全球首位非暴力沟通专家。由于在促进人类和谐共处方面的突出成就，2006年，他获得了地球村基金会颁发的和平之桥奖。非暴力沟通也被称为“爱的语言”，这是一种极具启发性和影响力的沟通原则和方法，不仅教会人们如何使个人生活更加和谐美好，也解决了众多世界范围内的冲突和争端。我们或许无缘向这样一位优秀的大师面对面请教，却可以把《非暴力沟通》这本书当作我们个人的沟通导师，在与他人建立良好的人际关系的同时，也与自己握手言和。

本书共包含十三个章节。第一、二章中，作者提出了非暴力沟通的四个要素，即观察、感受、需要和请求，并阐释了“异化的沟通方式”；第三到六章中，作者详细地分析了四要素的内涵，向我们辨析了一些相似的概念并提供了练习模板；第七到十三章讲如何运用非暴力沟通来倾听他人、爱自己、表达愤怒、表达感激。这本书的作者始终以一种相当平和的姿态来叙述他在生活中遇到的诸多问题，在教会我们沟通技巧和交流方法之余，其实也在告诉我们“如何成为一个平和的人”。

一、异化的沟通方式

长久以来，我们认为只有打人、杀人以及战争等才算暴力，而这类事与我们无关。殊不知，语言中“隐藏的暴力”具有更大的杀伤力。言语上的指责、嘲讽、否定、说教以及任意打断、拒不回应、随意出口的评价和结论等给我们带来的情感和精神上的创伤，甚至比肉体的伤害更加令人痛苦。这些无心或有意的语言暴力让人与人之间变得冷漠，产生隔阂。

在我们的日常生活中，大部分暴力沟通的根源在于人们忽略彼此的感受与需求，而将冲突归咎于对方。常见的异化的沟通方式主要包含四种，其中之一是道德评判。道德评判，顾名思义，就是用道德标准来评判人，如果一个人的行为不符合我们的价值观，那他就被看作是不道德的或者邪恶的，常见的表达有："他对人有成见""他的毛病就是太自私"……事实上，批评、指责、辱骂、归类、比较以及评论等都是在评判人。进行比较也是一种异化的沟通方式。当我们把自己的生活和他人的生活进行比较时，就会开始觉得自己过得很惨。然而，每个人的出生、长相、际遇本就千差万别，横向地比较只会让自己的心像在地狱，心里生出嫉妒，无法感受到生活的美好。另一种异化的沟通方式是回避责任。人对自己的思想、情感和行动都负有不可推卸的责任，但很多人喜欢使用"不得不"这样的语言来回避自己的责任，常见表达："你让我伤透了心""领导命令我做的""这是公司的政策""这是法律的规定"……这些语言的表达都回避了自己的责任，一旦我们意识不到我们是自己的主人，我们就变成了危险人物。此外，还有一种异化的沟通方式是强人所难，在我们的社会中，这是强者常用的手段。我们对别人的要求往往暗含着威胁，别人如果不配合，他们就会感受到惩罚。作为父母、师长、上级，拥有这些身份的人相信他们的职责就是改变他人并让他们循规蹈矩，但这些人也常常会发现，他们无法最终强迫他人按照自己的意愿生活。事实证明，强人所难、采用惩罚的方式教训不听话的孩子和下属，结果常常适得其反，迟早有一天，他们也会想到同样的方法来对付这些人。

异化的沟通方式不仅无益于沟通，而且沟通的结果常常事与愿违。非暴力沟通则不同，它提醒我们专注于彼此的观察、感受、需要和请求，鼓励倾听，培育尊重与爱，使我们情意相通，乐于互助。因此，有的人用非暴力沟通了解自己，有的人用它改善人际关系，还有人借助它改进工作，在世界各地，非暴力沟通被用来协调各个层面的争论和冲突。

二、非暴力沟通的四要素

非暴力沟通的四要素内容虽然只占全书篇幅的三分之一，却是全书最精华的部分。只有掌握了这四要素，才能真正学会非暴力沟通的运用技巧。

非暴力沟通的第一要素是观察，然后表达事实，而非评论。学会区分观察和评论，是非暴力沟通的第一步，也是最重要的一步，它要求仔细观察正在发生的事情，并清楚地说出观察结果。将观察和评论混为一谈，人们将倾向于听到批评，甚至会产生逆反心理。非暴力沟通是动态的语言，不主张绝对化的结论，例如：非暴力沟通会表达“欧文在过去的5场比赛中没有进一个球”，而不是说“欧文是个差劲的前锋”。同样的事实，不同的道德判断，这样的场景在现实中经常上演。所以卢森堡博士建议在沟通中直接说自己观察到的事实，而不是下道德判断。

非暴力沟通的第二要素是感受。表达内心的感受，不仅可以促进亲情，还可以改善工作。通过建立表达感受的词汇表，我们可以更清楚地表达感受，从而使沟通更为顺畅。在表达感受时，示弱有助于解决冲突。非暴力沟通主张可以用五个字来表达我们的感受，如“我感到愤怒”“我感到温暖”“我感到难过”等等。这意味着我们在沟通时不能单纯地靠身体语言、靠面部表情去传递感受，而是要直接、大胆地说出自己的感受，不让对方猜，这样双方更容易获得共情，有助于相互理解。

非暴力沟通的第三要素是需求。他人的言行也许和我们的感受有关，但并不是我们感受的起因。感受根源于我们自身的需要，对他人的指责、批评、评论以及分析反映了我们的需要和价值观。事实上，直接说出我们的需要，其他人就较有可能做出积极的回应。一旦人们开始谈论需要，而不指责对方，他们就有可能找到办法来满足双方的需要。

非暴力沟通的第四要素是请求。区分请求和命令是第四要素的关键。现实生活中，一旦人们认为不答应我们就会受到责罚，他们就会把我们的请求看作是命令。不论如何，只要人们认为我们是在强迫他们，他们就不会乐于满足我们的需要。卢森堡博士在书中也提道，有两种看似请求的情况都是命令：一种是当请求没有得到满足时，提出请求的人如果批评和指责，那就是命令；另一种是想利用对方的内疚来达到目的，这也是一种命令。事实上，我们应该明确告知他人，我们期待他采取何种行动来满足我们，建设性地解决问题；当请求被拒绝时，我们需要寻找其他有效的解决问题的方法，而非抱怨、指责或是内疚。

总之，我们要借助非暴力沟通的四个要素诚实地表达自己，遇到问题时，用

“我观察到……我感觉……是因为……我请求……”这样的句式去分析现状，理清自己的需求，表达自己的请求，始终专注于问题的解决而非负面情绪的表达。

三、非暴力沟通的实操攻略

掌握了非暴力沟通的四要素，还需要辅以一些沟通技巧才能进一步把非暴力沟通真正应用到生活中去。作者从第七章开始为我们提供了很多实操攻略，此处选取几个关键点与大家分享。

首先是要学会倾听他人，这意味着要放下自己已有的想法和判断，一心一意地体会他人。不论别人以什么样的方式来表达自己，我们都可以用心体会其中所包含的观察、感受、需求和请求。非暴力沟通建议我们使用疑问句来给予他人反馈。一般来说，如果一个人在说话时有明显的情绪，他一般会期待得到他人的反馈。在我们的文化中，直接谈论一个人的感受是很少见的，重要的是，我们在倾听别人的过程中已不再把他的话看作是对我们的攻击，而是注意体会他人的感受和需求。非暴力沟通鼓励我们表达自己最深的感受和需要，因此，我们有时也许会发现运用非暴力沟通是富有挑战性的。通过倾听，我们将意识到他人的人性以及彼此的共通之处，这会使自我表达变得容易些。我们越是倾听他人语言背后的感受和需要，就越不怕与他们坦诚地沟通。生活中，我们最不愿意示弱的时候往往是因为担心失去控制而想显得强硬的时候，而倾听使我们勇于面对自己的弱点，它还可以帮助我们预防潜在的暴力，使谈话生动有趣，并了解“不！”和沉默所反映的感受和需要。

非暴力沟通不仅是一种促进与他人的谅解的沟通技巧，更是一种让人与自己和解的心灵解药。马歇尔在书中指出：“非暴力沟通最重要的应用也许是培养对自己的爱。”生活中，当我们表现得不够完美的时候常常会自责，比较典型的话有：“笨蛋”“这么蠢的事你也干得出”“你有毛病”“你总是干啥啥不行”“你怎么能这样呢”……这些语言的根源是我们尚未满足的需求的可悲表达。我们认为自己所做的事情是不好的或错误的，这让我们的内心感受到痛苦。可悲的是，自责并不会让我们从自我憎恨中获益，反而会让我们的成长受限。经常责备自己、强迫自己将使我们“更像椅子而不像人”。当我们的行为无法满足自身的需求时，我们体会到人生的悲哀和内心的渴望。非暴力沟通鼓励我们直面人生的苦难：在遇到挫折时，充分体会人生的悲哀和内心的渴望。

如果说感到遗憾是难免的,那就让它能帮助我们从经历中学习,而无须责备自己。我们意识到过去的行为违背了自己的需要及价值观,那就允许这种觉察引发的情感充分流淌。一旦专注于尚未满足的需要,我们就会考虑如何满足它。反之,如果用苛刻的语言指责自己,我们就不仅难以找到解决办法,而且容易陷于自我惩罚的痛苦中。

爱惜自己的关键是同时包容那两个不同的"我":一方面包容对过去的某种行为感到后悔的"我",另一方面包容采取那种行为的"我"。非暴力沟通的忧伤及自我宽恕为个人的学习和成长创造了条件。只要对自己的需求保持清醒的认识,我们就能建设性地满足它们。非暴力沟通要求我们不要做任何没有乐趣的事情,要出于对生命纯洁的爱,而不是出于恐惧、内疚、羞愧、职责或义务来选择生活,这是爱惜自己的重要体现。如果我们致力于满足他人及自己健康成长的需要,那么,即使艰难的工作也不乏乐趣。反之,如果我们的行为是出于义务、职责、恐惧、内疚或羞愧,那么,即使有意思的事情也会变得枯燥无味。通过运用非暴力沟通,我们不再试图分析自己或他人有什么毛病,而是用心去了解我们自己的需求,这样,我们的内心将逐渐变得平和。一旦我们发现自己心底深处的愿望,并采取积极的行动,我们将会重获生活的热情。

非暴力沟通是一门爱的哲学,但并不是主张忽视或压抑愤怒的哲学,书中指出通过深入地了解愤怒,我们可以充分表达内心的渴望。愤怒是我们的思维方式造成的,它的核心是尚未满足的需要。如果我们能够借助它来提醒自己——我们有需求没有得到满足,而我们的思维方式正是使它得到满足,这就是愤怒的价值。如果你感到愤怒,那就有意识地用"我生气是因为我需要……"来取代"我生气是因为他们"。很多人认为自己的痛苦是他人造成的,并认为那些人应该得到惩罚或谴责,那就会在自己的心里种下暴力的种子。但如果我们满脑子都是是非对错,把某些人看作是贪婪的人、不负责任的人、骗子或者其他类型的坏人,那我们就很难与他们建立良好的关系。所以,一般性表达愤怒的步骤应该是这样的:首先,停下来,呼吸;然后,留意我们的指责;接着,体会我们的需求;最后,表达感受和尚未满足的需求。为了充分表达自己,我们现在需要说出愤怒——怒火此时已被转化为需要以及与需要相联系的情感。然而,大多数情况下,在表达自己之前,我们需要先倾听他人。如果对方还处于某种情绪中,他们就很难静下心来体会我们的感受和需要。一旦我们用心倾听他们，并表达我们的理解，在得到倾听和理解之后，他们一般也就会开始留意我们的感受和需要。在日常生活中，我们要有意识地练习把各种指责都转化为尚未满足的需求，倾听他人的需求，体会自己的需求，改掉习惯性地指责、批评，放慢自己的节奏，在说话前多想一想，有时候甚至可以停下来，什么也不要说。

《非暴力沟通》自出版以来一直畅销不衰，被认为是心理学界的经典之作。虽然这本书是围绕着人与人之间的关系展开，但书中关于改善个人生活的深层次内涵发人深省。这本书能够闻名世界，正是因为它揭示了人际冲突的本质，其中关于避免暴力沟通的思想，值得每一个人学习，书中所介绍的沟通方式、技巧，更是所有人都能够受用终生的。史丹福研究中心经过长期的研究，得出了一个重要结论："你赚的钱12.5%来自知识，87.5%来自人际关系。"所以，无论是出自功利化的需求，还是身心幸福的需要，构建良好的人际关系都是不可或缺的。《非暴力沟通》的表达和倾听技巧，能帮我们打开人际交往的新思路。这本书读起来很快，但要想真正应用非暴力沟通还需要花时间进行训练。改变自己的习惯和思维模式需要巨大的勇气和刻意的训练，这样才能迎接更好的自己。

精彩片段

不带评论的观察是人类智力的最高形式。——印度哲学家克里希那穆提

引自《第三章　区分观察和评论》

我们越是将他人的不顺从看作是对我们的排斥，我们所表达的愿望就越有可能被看作是命令。这将导致恶性循环，因为一旦人们认为我们是在强迫他们，他们就会不太想满足我们的愿望。

引自《第六章 请求帮助》

在有些情形中，我们没有机会和他人交流，这时，我们也许需要使用强制力来保护自己和他人。我们这样做，是为了避免伤害，而不是为了惩罚他人。如果我们威胁他人或实施惩罚，人们常常会产生敌意和抵触心理。这样，彼此的关系将会疏远。同时，惩罚还可能使人忽视事情本身的意义，

而把注意力放在不服从的后果上。如果我们试图通过惩罚来使人们认识自己的需要,那么,我们很可能适得其反。

引自《第十一章 运用强制力避免伤害》

在情绪低落的时候,我们也许会怨天尤人。然而,如果我们以苛刻的态度对人对己,我们的心情也好不到哪里去。通过运用非暴力海通,我们不再试图分析自己或他人有什么毛病,而是用心去了解我们的需要,这样,我们的内心将逐渐变得平和。一旦我们发现自己心底深处的愿望,并采取积极的行动,我们将会重获生活的热情。心理咨询和心理治疗行业的从业人员可以考虑借助非暴力沟通来与来访者进行坦诚的交流。

引自《第十二章 重获生活的热情》

参考文献

[1] 卢森堡.非暴力沟通.阮胤华,译.北京:华夏出版社,2016.

我们与完美之间的差距

导读者：陈石

几天前乘出租车穿城而过，为了打发时间跟司机攀谈起来。司机是位中年人，经历过不少事，言谈举止大开大合。他说自己做过很多种生意：卖过假发，销售过女性服装、化妆品什么的，赚了不少钱。他直言女性的钱最好赚，我饶有兴趣且甚是不解，他说通过观察女顾客的表情和行为，可以断定她们需要什么，什么价位，以及什么时机为她们提供导购建议等，几乎从未出过差错。司机自谦没读过多少书，但为了做好生意没少研读心理学及经济学类相关书籍，尤其是曾经阅读的《怪诞行为学：可预测的非理性》一书中的"征订《经济学人》杂志广告""黑珍珠如何从无人问津变为稀世珍宝"等案例，让他获益匪浅，他将其巧妙地应用到商业活动中，获利颇丰。碰巧前阵子我刚阅读过丹·艾瑞里[①]《怪诞行为学》的前4册，不由得对他刮目相看，惊叹其为"有知识的奸商"的同时，不自觉地看了看支付宝账单：原来我也一直在为"非理性"买单！

《怪诞行为学：可预测的非理性》包含十三个章节，书中展示了大量的实验成果和趣闻逸事，表明"非理性行为并非无规律、无意识，而是成系统的"，且"一再重复，它就是可预测的"。生活中，无论减肥、喝咖啡，还是买一辆车，甚至是谈恋爱，我们的决策行为中多多少少都带有一定的非理性因素。

一、非理性是人类的本能

有位学子说："期末的时候，一份颇有难度的试卷，因为考了八十多分而满

① 丹·艾瑞里（Dan Ariely），美国杜克大学心理学和行为经济学教授，同时也在该校经济学院、医学院等担任教职，获得过心理学博士及营销学博士学位。

心喜悦，但当得知有几个人超过自己而拿到了九十多分时，心里不由得有点发酸，充溢的兴奋立刻荡然无存！”你会不会也这样？上网查阅资料，你会不会时常不经意间点开一个与所查内容无关的推送，接着又不自觉地兴趣十足地打开一个又一个链接，等你回过神时，时间已经过去很久？你很懊恼，发誓以后一定不让同样的事情发生，但每一次，你还是一样地重复着自己的举动，你不明白为什么信誓旦旦的事情却总是做不到？丹·艾瑞里的《怪诞行为学：可预测的非理性》能解释这些问题，可以弄清楚很多常见现象发生的原因并且找到解决的办法。

对非理性行为的理论研究和实际应用浓厚的兴趣，引领丹·艾瑞里进入一个新天地——行为经济学领域。他乐此不疲地通过实验揭示一个个我们司空见惯而又不能解释的非理性行为方式背后的原因，不断钻研探索这些有趣的问题，分享研究成果，这不仅改变了作者的职业和人生，而且给他带来无限乐趣。但在试图推广这些理念、实验和成果的过程中，丹·艾瑞里等行为经济学家们遇到了不少障碍，如传统经济学与行为经济学关于“理性”与“非理性”之争、实验室得到的实证证据与市场环境本身差异之争等。

行为经济学家认为怪癖和非理性是人类的基本元素，弄清非理性行为的来龙去脉，明白“竭尽全力与最终能不能做出最好的决策是两回事”，就可以重新通过学习来改善和提高人们的决策能力。将理性看成“上帝之手”的传统经济学家们，则不屑一顾行为经济学家们的实验数据，质疑其证据的局限性，进而怀疑“人的非理性”理论。理性经济学家认为：面临重要的决策时，人们的非理性行为会消失，他们会仔细权衡各种选择，然后才会采取行动。涉及收益攸关的股票市场更是如此，不断追求投资回报的最大化心理，会使所有的非理性因素因为事情的重要性而被排除，取而代之以理性。职业投资人更是如此，行业竞争的工作性质、巨额资金的管理及与投资回报相关联的高额薪酬等会确保其决策的规范性和正确性，即便偶有犯错者，但由于此错与彼错的此消彼长，市场的价格机制仍能保持其理想状态。然而，2001年安然公司的破产，以及随后披露的财务造假丑闻，无疑给这些自信满满的理性经济学家们一记闷棍；被誉为全球的“经济沙皇”“美元总统”的美联储主席艾伦·格林斯潘，于2008年的金融风暴爆发之后亦感到“震惊”，并坦言他犯了一个错误：“市场没有如预期的那样运行，或者说没有像预期那样自动进行纠正，他原以为企业团体为了自身利益一定会顺理成章地保护它们自己的股东!”

传统经济学教父式人物格林斯潘的思想转变,给行为经济学创造了机会,至此,将心理学引入经济学的行为经济学迎来了春天!《纽约时报》专栏作家戴维·布鲁克斯喜出望外:“会出现一个由行为经济学家等学者组成的学派,这些崭露头角的人能把新颖、精妙的心理学研究成果引入公共政策领域。”

二、非理性行为与决策

在日常生活中人们需要做出各种各样的决定,小到吃饭穿衣,大到择偶、购房、就业等,对于种种决定,人们未必如传统经济学理论所假定的那样理性,那么,影响人们决定的因素到底是什么?如何用行为经济学解释这些动因?如何化解、剔除决策中的非理性成分,使自己的决策更合理、更科学、更理性,从而使自己更完美?《怪诞行为学:可预测的非理性》正是探讨这些问题、处理这些问题的非理性的行为及其背后的决策过程的一本书。

人们面临选择时,大多需要参照物,需要依赖周围的事物以确定彼此间的关系,丹·艾瑞里对人们的这种行为进行了研究,发现人们“不仅喜欢将事物与事物进行比较,而且喜欢比较容易比较的——避免比较不容易比较的事物”,通过对物品(与“诱饵”物品)进行比较来判定其价值,从而形成决定,购物、旅游、择偶、就业等莫不如此。富人为什么会嫉妒比自己更富有的人?你为什么会羡慕或者愤愤不平奖学金比你多的同学?生活中比较“诱饵”惹的祸,俯拾皆是。

丹·艾瑞里还揭示了比较相对论的真相:人们就近与现成的其他选项做比较,用相对比较而非绝对比较的方法进行决策。如同样花费15分钟路程在别处可以得到相同差价7美元的笔和衣服,人们往往愿意为了总价低的一支笔的差价而走一趟,却对总价高的一件衣服的差价而无动于衷,尽管这个差价完全相同,所需要花费的时间也相同。

解决的办法:警惕“诱饵”参照物,控制比较的范围,勿忘初心,想一想自己是否需要,是否有能力得到,以及真正想要的是什么,拓宽视野,打破相对论怪圈,“非理性”选择的可能性便会大大降低,甚至被消除,从而接近完美决策!

拖沓问题人皆有之,不少人常常会陷于当下的满足和惬意而放弃长远的目标,如总能找到合适的理由坐下来看一整天电视,却放弃手头正进行的工作或计划中的健身;作业周、考试周花样百出、层出不穷的请假理由;一拖再拖的体检；刷爆的信用卡等等。如何有效地控制并解决这些问题？首先，认识并承认自己的弱点，灌输自制意识，然后根据自身喜欢的路径和方法，采用有效工具制定合理的底线和期限，帮助自己抵御诱惑，从而治疗“非理性”的拖沓，实现“理性”的自制控制。

生活中随时可见不诚实的事例：考试作弊；将办公用品拿回家私用；买了衣服将标签藏在里面，穿过了再全额退货；虚开发票面值；业绩造假以及动辄几千万上亿元的贪渎腐败事件等不胜枚举。背诵《圣经》可以减少不诚实的行为，这一现象给了我们一些启示，遏制不诚实的举措无外乎两种形式：一种外在的，如强制推行诚实的道德准则以提高大众的诚实水平：如医生、律师的职业宣誓，考生的考前宣誓等；一种是诚实作为高尚道德思想的内化，将诚实内化为自身的德行。前一种方式效用短暂，需要不时强化其应尽的责任以避免职业道德的沦丧，后一种方式不容易实现，需要日积月累的修身养性，但为长久之道。

三、非理性是可以预测的

丹·艾瑞里的《怪诞行为学：可预测的非理性》告诉我们：非理性是人类的本能，是主宰人类行为和决策的隐性力量。然而，这些非理性的行为既不是随机的，也不是毫无意义的。它们是有系统的、可预测的。“非理性”有其规律，且具有一定的系统性，当“非理性”一次又一次地以相同的方式发生时，意味着“非理性”有径可循，可以进行预测。丹·艾瑞里认为：“懂得了非理性的预测方法，就为我们改进决策、改善生活方式提供了一个支点。”

丹·艾瑞里的《怪诞行为学：可预测的非理性》涉及众多“非理性”行为及其解决策略，这些策略不仅与你的学习、生活以及未来的职场生涯息息相关，也必将提高你认识世界、驾驭生活的能力，增强决策时的理性度，从而提升你的存在感、成就感和幸福感。该书可谓行为经济学知识普及类作品，它从我们常见的现象入手，介绍了行为经济学的基础内容、实验方法，文字浅显易懂，语言幽默风趣，读起来妙趣横生。如“没有阵阵的闪电照亮我的实验室，也没有沼泽地上的犬吠，这是个从事实验研究的好日子……”“我们在卡罗来纳啤酒屋里想到了许许多多的问题，足以装满盛啤酒的大桶。为了对其中连酒带泡的那一大堆问题追根寻底，我和乔纳决定跳进去弄个明白——当然，这只是打个比方。”“这一次，我们实验的‘小白鼠’就是我消费行为学那几个班里可爱的学生。”各章节采用一个个专题报告的形式，有图有真相，没有任何心理学和经济学相关知识的读者同样会轻松驾驭，阅读的过程中你会感觉到丹·艾瑞里就在你跟前，在跟你喝着咖啡聊着天，对于他的“侃侃而谈”，你可能会不住地点头、偶尔质疑、不时莞尔，甚至有大笑的冲动，不信？试试便知！

我们不仅可以从书本获益，书中详细列举的大量的实验设计也具有极佳的示范作用，丹·艾瑞里对探究事件真相的好奇和热情也无时无刻不在深深地打动着我们。丹·艾瑞里年仅31岁就成为麻省理工学院教授，或许你觉得他是命运的宠儿，然而，18岁时的一盏战场照明用大型镁光灯的意外爆炸，让他全身皮肤的70%遭受三度烧伤，每天经历撕心裂肺、无以复加的疼痛，住院达三年之久，几乎与世隔绝。身穿治疗用黑色弹性紧身衣、头戴面罩的他，自嘲为“蜘蛛侠”。上帝在关闭一扇门时一定会打开一扇窗，恰恰是在这段漫长、无聊，而又痛苦不堪的岁月里，那套奇异的“蜘蛛侠”服装拉开了他与外界的距离，使他可以以局外人的眼光重新看待身边的世界：“生活中人们的行为究竟受什么力量的驱动和促使我们行动的原因”，从此产生了探索人类行为与经济关系的兴趣。最终，他成为著名行为经济学家。正所谓“祸兮福所倚”“失之东隅，收之桑榆”，面对困境时狭路相逢勇者胜！

精彩片段

实验结果证明我是错的，但这并没有影响我的热情。不管怎样，我学到了一些东西。即使我的理论是错误的，也让我明确无疑地知道了错在哪里。我对事物怎样发展、人们怎样行动一直有很多疑问，现在我有了新的认识——我们对感兴趣的任何事物都可以研究，科学为我们提供了手段和机会，这一认识吸引我进入了研究人类行为的领域。

引自《引言 飞来横祸让我与行为经济学结下不解之缘》

比如你是单身，希望在即将到来的相亲晚会上吸引更多的约会对象，该怎么办呢？我的建议是，你带上一个同伴，外观特点和你基本相似（相似的肤色、体型、面貌），但要比你差一点儿。

引自《第一章 相对论的真相：为什么我们喜欢比较和攀比？》

请朋友帮忙搬一件大家具或者几个箱子是可以的，但请他帮忙搬一大堆箱子或几件家具就不可以（特别是你让他肩并肩地和你花钱雇来的人干一样的活儿的话），因为这样，你的朋友会感到你在利用他。同样，请你的邻居（碰巧他是律师）在你度假的时候帮你收信件是可以的，但是你让他花同样的时间为你免费起草租赁合同，那就不可以了。

引自《第四章 社会规范的成本：为什么我们乐于做义工，干活儿赚钱时反而不高兴》

我们有必要退出一些浪费时间的委员会，不要再给一些朋友寄送节日贺卡，因为他们有了新的生活、新的朋友。我们需要确定是否有时间去看篮球，是否能同时打高尔夫球和壁球，又能和家人在一起。我们或许应该把其中某些运动放一下。我们有必要把这些门关掉，因为这些事既费时费力还挤占了我们的参与机会，使我们无法顾及那些有价值的选择，并使我们疲惫不堪。

引自《第八章 多种选择的困境：为什么我们希望所有的门都开着？》

上述结果非常清楚明确，但我们怀疑，在标新立异不被视为正面人格特质的文化背景下，人们在大庭广众之下点菜点酒时，更倾向于表现出对群体的归属感，着意刻画与别人一致的印象。

引自《第十三章 啤酒与免费午餐：什么是行为经济学，哪里有免费午餐？》

参考文献

[1] 艾瑞里.怪诞行为学：可预测的非理性.赵德亮，夏蓓洁，译.2版.北京：中信出版社，2017.

向与生俱来的行为顽疾宣战

导读者：徐文强

你有没有过这样的经历？本来打算周末下午看书，但是却刷了一下午的微博；下定决心减肥，但是计划拖了一天又一天，看到美食就又沦陷；看到乱糟糟的房间，本来想去打扫干净，但是躺在床上又不想动了。本来想做好多事情，却总是做不成，事情一拖再拖，拖到了猴年马月。拖延在我们的脑海里都有不同的画面出现，我们懊恼、自责、抓狂，但每次睡了一觉之后就忘得一干二净，第二天又重复循环。每次我们都陷入这样的拖延怪圈，从一开始“这次我要早一点开始”，等过了十分钟“我得马上开始了”，再过了二十分钟“我不开始又怎么样呢”，等到半个小时后“没事儿，我还有时间”，过了一小时想着“马上到饭点了，还是先吃饭吧，到时候再说吧”。

一项研究显示，拖延是一种普遍存在的现象，调查中约75%的大学生认为自己有拖延症，其中50%的大学生认为自己一直拖延。慢性拖延问题已经影响到了25%的一般人群，超过95%的拖延者希望减轻他们的拖延习性，因为拖延让他们表现不佳，对自己生活状态不够满意，而因此产生痛苦。从学生到科学家，从秘书到总裁，我们每个人或多或少都受到过拖延心理的影响，我们每个人或多或少都有过把事情一拖再拖的经历。正是对个人亲身经历的总结与多年和拖延心理打交道的职业经历，让该书的两位作者清楚地认识到“我们为什么会拖延”和“如何应对拖延症”，也让该书成为拖延症领域最受欢迎的科普书籍。在还没看这本书之前，我原本以为，拖延只是单纯懒惰，或是想逃避耗费心力的事情，但这本书从心理学的角度来告诉读者，拖延不是一种习惯，不是时间管理的问题，也不是道德问题，而是一个复杂的心理问题，是内心深层次的恐惧和脆弱。接下来，就让我们走进这本书，打响战胜拖延的征服之战。

一、写作缘由

该书的两位作者简·博克、莱诺拉·袁在美国被称为流行心理医生，他们在电视、电台做节目，在各地召开工作坊、做演讲，并且两位都是心理学博士、美国加利福尼亚大学的资深心理咨询师。曾经出现在《奥普拉脱口秀》和《20/20》等电视节目中，同时也是《纽约时报》《今日美国》《洛杉矶时报》《人物》和《当代心理学》等出版物的专访对象。他们一直致力于为全美学生、公司组织和公众团体提供心理治疗和专题演讲的服务，并活跃于伯克利、斯坦福大学的讲坛。

写书的人往往对他们的写作倾向有很深入的了解，同样这本书的两位作者大学时对通宵开夜车完成博士论文有着刻骨铭心的记忆，除了亲身的经历以外，两人也有多年与拖延心理打交道的职业经历，自1979年开始他们就为学生中的拖延者开设了第一个团体治疗课程。虽然每个人的情况不同，但都呈现出一些共同点，就好比，原计划上午九点开始的课程，在十点之前没有一人出现在现场。

30多年的心理治疗与心理分析的工作经验让两位作者能从更深的层次来探究拖延的问题。在这本书之前，中文图书中鲜有关于拖延心理自助的书籍，而这本书能在2009年出版至今一直畅销，与作者二十几年磨一剑，只专注于拖延主题的写作、演讲、培训、治疗是分不开的。

二、为什么会拖延

在字典中，动词“拖延(procrastinate)”的定义是“推迟，延后，延缓，延长”，由两个拉丁词组成:“pro”的意思是“往后”，而“crastinus”的意思是“为明天”，合起来的意思就是“往后挪到明天”，也就含有“往后再做”的意思。

拖延自古以来就是一个问题，埃及有两个词可以翻译成拖延，这两个词都和生存有关。一个词暗指拖延为有用的习惯，可以避免不必要的工作和因冲动而牺牲精力，从而达到保存能量的目的。另一个词暗指拖延为有害的习惯，是在完成一件为了维持生存必须完成的任务中所表现出来的一种懒惰，比如尼罗河洪水周期中的合适时间里没有去耕作田地。

那么我怎么知道我是否在拖延呢？有些人只是将事情延后处理，因为我们没有时间去做每一件事情，或是需要一定的放松和休息。然而在弄清拖延是否成为你的一个问题时，最简单的方式就是看它是否让你烦恼不已。下面是一个简单的例子：有的人将自己的日程表排满，他们没有办法同时去完成每一件事情，拖延只是将精力与时间放在重要的事情上，让自己有所选择。有的人不会将精力花在无关紧要的事情上，而重要的事情总能及时完成，虽然拖延也在他们生活中占有一席之地，但是影响微不足道。

然而有些人的拖延却造成了比较严重的问题，拖延造成严重的后果，他们必须承受内在情绪的折磨，恼怒、后悔到强烈的自我谴责和绝望。他们对自己感到恼怒和挫败，是因为他们本来有时间和能力来完成事情。日常中最简单的例子就是，我们本可以早点完成作业，但花过多的时间去打游戏，拖到没有时间完成，最后懊恼、自责不该花时间在游戏上。

拖延从根本上说并不是一个自我时间管理的问题，也不是一个道德层面的问题，而是一个心理问题，此外还受一些生理因素的影响，如注意力缺陷紊乱、执行功能障碍等。因此仅仅参加时间管理的相关培训是不够的，你也大可不必因为拖延而给自己或他人背上沉重的道德枷锁。

重度拖延症的状态持续久了，是一种自我攻击、自我毁灭、一种破罐子破摔的心态，越是做不好，就越完成不了目标，就越有挫败感，下次就越没信心完成，这样就是一个恶性循环。拖延者往往会陷入拖延怪圈之中，其大致过程如下："这次我想早点开始""我得马上开始""我不开始又怎么样呢？""我还有时间""我这个人有毛病""最后的抉择：做还是不做""我永远不会再拖延"。就这样，随着一个个放弃拖延行为的坚定誓言，这个拖延怪圈就画上了句号。然而，尽管他们诚心诚意痛下决心，大部分的拖延者都会重蹈覆辙，一次一次地在这个怪圈中挣扎。但愿不要到最后，压死你心中骆驼的最后一根稻草，就是你一直摆脱不掉的拖延。

在找寻拖延的根源的时候，你是否还记得自己的第一次拖延吗？想象一下当时的环境，也许是在读小学或者是在上中学。但无论拖延从何时开始，一旦开始，就很难停止。拖延者总有自己的"拖延信条"，诸如："我必须要做到完美""我做每件事情都轻而易举，不费力气"等等，之所以产生这些不良习性，根本原因是恐惧：

第一是恐惧失败：追求完美。很多拖延者担心被他人评判或者被自我评判，害怕自己的不足被发现，害怕付出最大的努力还是做得不够好，害怕达不到要求。他们的担忧反映了一种恐惧失败的心理。我们相信拖延可能是应付这种恐惧的一种心理策略。第二是恐惧成功：如果将成功定义为“及时追随目标”，那么它会将你渐渐引向其定义的成功，同时，它也可以让你在付出努力的时候感受到成功。然而拖延者即便到达成功，也不会充分享受到喜悦，因为成功的喜悦早已被心急火燎、通宵达旦的最后冲刺冲得无影无踪。试想一下自己通宵完成论文后，早就已经筋疲力尽，完成任务的喜悦早已不见踪影。第三种是对掌控权的恐惧，简单说就是我们是否拖延取决于让我们做这件事的人是谁，如果掌控权属于我们喜好的人，我们就愿意去做；如果掌控权属于我们讨厌的人，我们就情不自禁地想拖延。

另外，拖延者还受一些生理因素的影响，可以肯定地说“世界上不存在拖延基因”，但是，一些涉及大脑运行的生理因素确实和拖延有着密切的关系，如患者的注意力缺失、执行障碍、季节情绪紊乱、抑郁症、强迫症等。

三、如何应对拖延

首先改变是一个过程，拖延是我们原有心理因素背后作祟的结果，因此在应对拖延时要找到那些抵制背后的心理原因，这样就不会疲于应对或心生恐惧。自己是否对成功所需的能力缺乏自信？自己是否对于完成某项工作任务有反感心理？自己设立的目标和回报是否太过遥远，感觉不到对自我的意义？无法进行自我约束，总是容易冲动和分心？

这时候就要有一些应对手段：一次尝试一个技巧，不断实验，找到适合自己的摆脱拖延的方法；慢慢来，不急于完成每一件事情，给予自己充分完成的时间；观察内心的抵抗，人们只有在内心感觉不舒服时才会产生抵抗，这时候就要给予充分的耐心与忍耐；最后当自己难以完成时可以找寻心理治疗。事实上心理治疗对大脑也有好处。诺贝尔奖获得者、心理学家埃里克·坎德尔说过：“心理治疗可以使大脑发生某些可以侦测到的改变，这已经是一件毋庸置疑的事情了。”

其次就是要对自己内在、外在的拖延有一个全面的盘点与清查。控制拖延的一个关键步骤就是对你的个人拖延方式进行清查。不需要评判，只需要去清点，好让自己更为清楚地觉察到自己的拖延心理和言行。盘点你内心的挣扎，想一想事情被你推迟的那些时刻，这些事情可能发生在两小时之内，也可能发生在两年之前。例如：在大学时，老师布置作业，不需要马上完成，于是你总是被其他事情分心，认为有其他事情要完成，每次到了要开始写作业时，觉得时间还很充足，可以缓一缓来完成作业，时间就在一次次内心挣扎中过去，到了要交作业时只能通宵达旦来完成。

拖延总会造成内在或外在的后果，在拖延时你就应该有一个清楚的认识，外在的后果通常为金钱上的损失、丢掉工作、成绩下降、丧失机遇、完不成学业或培训等。内在的后果通常为自责、尴尬或者羞耻、焦虑担忧、无法集中精神、负罪感、紧张、慌张等。

在选用应对拖延的作战武器时，首先要有明确的目标与可行性的计划。就好比作者在撰写这本书时，他们的目标十分清晰：想写一本关于拖延的书。而我们日常在确定目标后，一切的社交邀请、其他娱乐活动与目标相冲突时，都需要为目标让路。这个可操作的目标具有以下几个特征：可观察性、具体性和特殊性、可以分为几个小的步骤、第一步可在五分钟内完成。那么就可以列出具体步骤，有计划地完成了。

同时在面对各种诱惑时我们需要有应对拖延的作战方法。作战方法：一是学会判断时间，时间是拖延者面临的最大挑战之一，拖延者喜欢待在一个具有潜在可能性的模糊王国，而不是一个具体、可测量的有限时间框架内。因此为了更好地对时间进行管理，你必须首先转变对时间一厢情愿的态度。二是学会“拒绝”和“接受”，与依靠拖延相反，我们应该有意识地接受那些提高我们生活品质的事情，而拒绝那些对此无益的事情，并直接表达出来，而不是通过拖延的方式来拒绝。三是利用你的身体减轻拖延，当你的身心处于和谐的状态，你就准备得更为充分，随时去处理那些等着你去处理的事情。

针对注意力缺失紊乱和执行功能障碍拖延者，该如何处理呢？注意力缺失紊乱（ADD）和执行功能障碍（ED）基本上都是约束控制方面出了问题，也就是说，你难以管控冲动和干扰，而不专心使人很难去组织管理一件事，也很难坚持不懈地持续跟进，拖延也因此滋生。要花一点力气才能将分散的注意力拉回来，让自己走上正轨。所以，要有策略地去减少干扰的数量，并提醒自己走回到正在从事的事情。

巧妙应对造成拖延的文化压力

针对造成拖延的文化压力，该如何应对呢？假如你从一个文化环境搬到另一个文化环境，就会有一些特殊的压力成为你拖延的起因之一。比如从一个国家搬到另一个国家，也可能是一个社会经济或教育阶层转变到另一个，这些转变涉及复杂的心理、社会和情感经验，对一个人适应性构成了多重挑战。有些人在面临这个额外的压力和复杂的环境的时候，采取了拖延和回避的方式来处理这些让他们苦恼或让他们无法承受的经验。这就需要我们：建立社会联系；发展你的“大学知识”；关注时间；学会说和写当地的语言；坚持超越障碍；跟家庭保持联系；考虑约见治疗师。

聪明摆脱被动拖延的怪圈

针对被动拖延的怪圈，该如何摆脱呢？我们有时候也会被别人的拖延而影响，从而陷入被动拖延的怪圈。第一阶段：鼓励，我们给予拖延者足够的鼓励，“我知道你可以做好它”“一旦开始了，事情就没有那么糟了”。第二阶段：失望，对拖延者失望，提供了足够帮助却没达到效果，或是对自己失望，要是更努力帮助他处理问题也许早就完成了。第三阶段：恼怒，恼怒随着拖延者不能完成工作而产生。第四阶段：僵持，你与拖延者陷入僵局。

40多年前对拖延的研究几乎是空白的，人们试图在神经科学和行为经济学领域找到对于拖延的解释，但自20世纪80年代该书第一版面世以来，世界已经发生了巨大的变化，技术特别是互联网及电子产品的普及让我们可以每周工作7天，每天24小时工作。与此同时，它们也引诱着我们拖延时间。我们在网络的世界中迷失自我，无时无刻不在刷微博，看视频，沉迷于网络虚拟的世界，因为总能在网络中找到吸引你的东西。

事实上，网络日益成为人们不愿做事的代罪羔羊，并且这种趋势还在不断蔓延。我们要面对铺天盖地、无所不在的信息，这些信息让我们无所适从。太多的信息、太多的决定、太多的诱惑、太多的选择，信息日益让人们陷入拖延的泥沼。拖延不仅仅是个人心理、行为和情绪上的问题，还涉及社会、文化及技术走向，生物和神经取向，以及全体人类的去向。因此我们也将以更为慎重的态度对待拖延的复杂性。

该书的目标不是消除拖延，某些时候对一些事情置之不理反而更有好处，同时做事情分清轻重缓急反而更有利于事情的完成。希望在读完这本书后读者能够接受自己，由自己掌握取舍得失，希望读者对人性抱着宽容与乐观的态度，接受自己的优缺点，能够与自己像老朋友一样和谐相处，通过这样的心态来减缓拖延的惯性。因为，只有我们接受真实的自己，才能以最有利的方式来采取行动，而不是生活在拖延的无边阴影之中。

精彩片段

拖延的情绪根源涉及内心感受、恐惧、希望、记忆、梦想、怀疑以及压力。但是很多拖延者并不能识别所有这些活跃于表面现象之下的情绪波动，因为他们利用拖延来逃避不舒服的感受。

拖延是我们对失败、成功、控制、疏远和依附的恐惧，是我们逃避现实压力的一种策略。那么就让我们看看拖延者的信条吧：我必须要做到完美。我做每件事都应轻而易举，不费力气。什么也不做要比冒失败的风险更为安全。没有什么是我无法做到的。如果不能把事情做好，那么它就根本不值得去做。我必须避开挑战。如果我成功，有人就会受到伤害。如果这一次我做得很好，那么我每次都应该做得很好。按照别人的规定做事意味着屈服和失去掌控。我不能承受失去任何人或任何事情。如果我展现真实的自己，人们不会喜欢我。终有一个正确答案，我将一直等待直到发现它。

引自《第一部分　拖延vs行为》

从拖延的信条中解放出来：万事无完美。努力尝试是一件好事，而不是愚蠢或软弱的表现。失败并不危险。失败是正常的，这是生活的组成部分。真正的失败是不敢去经历。每个人都有局限，包括我自己。如果那是一件值得去做的事情，那么为它犯错误也是值得的。挑战有助于我的成长。我有成功的权利，我也能应对别人对此的反应。如果这一次没有做好，下一次我还有机会。遵守别人的规矩去做事并不意味着我一点权利也没有。当我展现出真实的自我，真正喜欢我的人就会跟我坦诚相对。答案很多，但我需要找到那个最符合我感觉的答案。

引自《第三部分　拖延vs大脑》

参考文献

[1] 拖延心理学.[2020-03-21].https://baike.baidu.com/item/拖延心理学/6363394?fr=aladdin.

[2] 博克，袁.拖延心理学.蒋永强，陆正芳，译.北京：中国人民大学出版社，2009.

[3] 叶往.《拖延心理学》：你拖延，并不怪你.（2016-04-30）[2020-03-20]. https://www.jianshu.com/p/39d565b20708.

[4]《拖延心理学》读后感：你为什么会拖延？一句话戳中你内心的痛！ .（2018-02-20）[2020-03-23].https://baijiahao.baidu.com/s?id=1592884508141958636&wfr=spider&for=pc.

[5]《拖延心理学》：认识拖延（一）.（2020-03-17）[2020-03-28].https://zhuanlan.zhihu.com/p/113854558.

驾驭“我要做”“我不要”“我想要”

导读者：李瑞瑞

不知道大家是否和我一样，时常觉得缺乏自控力。常常把减肥挂在嘴边，却因为管不住嘴迈不开腿而一再搁浅；想要做一个早睡早起的人，却抱着手机到深夜；想要坚持每天阅读，然而一本书没翻几页就不了了之；想要写论文做科研，可是文献没看几页又被八卦新闻吸引去了注意力……如果你也是这样的人，那么《自控力》这本书就是为你而写。

一、何为自控——自控让我们成为真正的人

《自控力》是凯利·麦格尼格尔的一本畅销书。作为一名健康心理学家，凯利·麦格尼格尔的主要工作就是帮助人们管理压力，并在生活中做出积极的改变。她开设的“自控力科学”是斯坦福继续教育学院最受欢迎的课程之一，参与过这门课的人称其能够“改变一生”。《自控力》是对这门课程的整理和补充，作者以清晰的框架，讲述了什么是自控力、我们常犯的自控力错误、自控力如何发生作用以及自控力为何如此重要，书中“自控力”等同于“意志力”。

很多人觉得自己意志力薄弱，自控是一时行为，而失控却是常态。要更好地了解自控力并提高自控力，首先我们得知道它是怎样形成的。人类大脑中有一个区域叫前额皮质，分为3个区域管理我们的自控力。前额皮质的左边区域负责“我要做”力量，能帮我们处理枯燥、困难或充满压力的工作；比如当我们想洗个澡的时候，它会让我们继续待在跑步机上。右边的区域则控制“我不要”，能克制我们的一时冲动；比如开车的时候没有看手机而是盯着前方的路，就是这个区域的功劳。这两个区域一同控制我们“做什么”。中间靠下的位置

会记录我们的目标和欲望，决定我们“想要什么”；这个区域的细胞活动越剧烈，我们采取行动和拒绝诱惑的能力就越强。人类很幸运，因为大脑赋予了我们这三种力量，能够施展这三种力量，恰恰体现了人类的优越性。凯利·麦格尼格尔认为意志力实际上是驾驭“我要做”“我不要”和“我想要”这三种力量。它们协同努力，让我们变成更好的自己。

人类只有一个大脑，但大脑里拥有两个“自我”。一个自我任意妄为、及时行乐（冲动的自己）；另一个自我则克服冲动，深谋远虑（控制自己）：我们总是在两个自我之间摇摆不定。自控力需要解决的是内心两个自我的冲突：原始自我的本能冲动和现代自我的理性，人类之所以进化出前额皮质并不断增强，就是要处理与原始本能的冲突。前额皮质的主要作用是让人选择做“更难的事”。如果在沙发上“葛优躺”更容易，它就会让你站起来做做运动。如果把学习拖到明天更容易，它就会督促你打开书本，开始学习。可以说，自控力不仅区分了人类和动物，还区分了每一个人。

二、为何失控——自控力的科学本质

很多人可能会把意志力当成一种个人特质、一种美德、一种你可能有也可能没有的东西、一种面临困境时突然爆发的力量。但从科学的角度来说并非如此，人们关于自控的很多看法实际上妨碍了我们取得成功。例如，把自控力当作一种美德，可能会让初衷良好的目标脱离正轨。麦格尼格尔结合心理学基础、心理陷阱及各种社会因素，解释了意志力的科学本质，粉碎了很多鱼目混珠的意志力神话。

自控力是种生理本能。作者的一个核心观点是自控力不仅和大脑有关，也和身体有关；自控力既是心理问题，也是生理问题。很多人以为大脑控制我们的自身行为，但《自控力》以大量的科学实验案例指出：意志力是种生理本能，它和压力一样，通过不断进化来保护我们不受自身伤害。书中第三章提出意志力像肌肉一样存在极限。佛罗里达州立大学的心理学家罗伊·鲍迈斯特和其他研究团队，通过多个实验证明了意志力是有限的，并在《意志力》这本书中指出人的意志力运用主要分为四大类：一是控制思维；二是控制情绪；三是控制冲动；四是控制表现、绩效、成绩。日常所需的自控会消耗意志力，自控力从早到晚会逐渐减弱。你可以试着观察一下，是不是起床的时候意志力满满，但随着时间的流逝会消耗殆尽。每次使用自控力系统都会消耗能量，为了保存能量，大脑不愿给你充足的能量去抵制诱惑、控制情绪；但事实上自控力一直存在，从某种程度上来说，我们要感谢大脑替我们保存能量、保留意志力。

仅仅从生理角度解释自控力是不够的，很多外在因素也会影响意志力。“不是每一次自控力失效都是因为真的失去了控制。有时，我们是有意识地选择了在诱惑面前屈服。”人们做出一些有利于向目标前进的行为后，接下来更容易纵容自己朝目标反方向的行为。很多人在做一件有长远利益的事情（比如减肥、考证）时，坚持一段时间就要破戒（比如胡吃海喝、几天不学习）。“道德许可”效应可以解释人们的这种行为。“我们迫切想给诱惑我们的对象加以道德标准，好让我们在放纵自己的时候毫无负罪感。”自控力要求我们为了长远目标，压抑及时行乐的渴望，但是如果我们把这些渴望放在道德的框架内，按照“正确”或“错误”进行判断，而不是牢记我们真正想要的东西，就会带来与目标相抵触的冲动。什么意思呢？就是我们做了一件好事情之后，就容易放纵自己去做坏事。一切给我们带来良好感觉的道德标签，容易造成失控。“道德许可”不会直接打垮我们的自控力，但会渐渐消耗我们的自控力。

常见的道德许可有很多。比如“透支未来”：有时候大脑会对能完成目标的可能性感到兴奋，错把可能性当成真正完成了目标。我们会不断期望明天能做出和今天不同的选择，但这种期望是错误的。每个人都会犯“未来再好好表现”的错误，比如说我今天先不去健身房了，从明天开始锻炼；我今天先饱餐一顿，从明天开始吃蔬菜沙拉；我今天先看完这个综艺，从明天开始好好学习……明日复明日，今天放纵明天改变，但明天和今天毫无区别。“神奇词语”：现代营销常常在99%的罪恶旁边加上1%的美德，让我们产生良好的感觉而取代常识判断，比如说我们在包装袋、广告里经常会看到的“买一送一”“全天然”“非油炸”“零脂肪”“无糖”……这些神奇的词语会给我们放纵的许可，照单全收进而破坏我们长远的目标。“光环效应”：使你觉得放纵的东西和你觉得品德高尚的东西同时出现时，会产生光环效应；比如正在控制消费的你在购物时，看到“每一笔订单都将为这个慈善行动捐款”字眼时，会让买东西的想法更加坚定：“我花钱不是为了买东西，我这是做慈善呢，为了帮助别人必须买！”

自我感觉良好会让人失控，自我感觉糟糕同样会导致失控。比如说，正在减肥的我，早晨称体重发现居然胖了两斤，情绪就会很低落，可能会赶紧再吃两口面包压压惊。如果我们看到同事在喝奶茶，自己也会忍不住喝两口；如果伴侣或室友胖了，那么我们变胖的可能性也会增加。作者提到的“镜像神经元”理论可以解释这一现象，我们的大脑有一类神经元，像照镜子一样反应别人的言行举止，让我们不自觉地模仿。

生理本能、自我感觉良好、自我感觉糟糕和群体都会影响自控力。那我们就拿意志力没办法了吗？其实不然，意志力就像肌肉一样是可以锻炼的，通过科学有效的锻炼可以提高意志力。

三、何以自控——自控是一种选择和态度

在了解了意志力的生理本能和生活中的意志力陷阱后，我们会明白自己如何失控，为何失控。自知之明是自控的基础，认识到自己的意志力存在问题，则是自控的关键。《自控力》这本书没有给出一条捷径，但是给出了很多循序渐进提高意志力的方法和技巧，可以说是一本实操指南。

首先可以试试“自控力肌肉”的锻炼模式。增强“我不要”的力量，比如不要随便发誓、不说某些口头禅、坐下的时候不跷二郎腿、用不常用的手进行日常活动比如吃饭和开门。增强“我想要”的力量，比如每天都做一些事（但不是已经在做的事），用来养成习惯或者不再找借口，可以每天给家人打个电话、冥想5分钟、每天做50个仰卧起坐，或者是每天在家里找出一件需要扔掉或再利用的东西。增强自我监控能力，认真记录一件你平常不关注的事，可以是支出或饮食，也可以是每天刷手机的时间。

日常生活中的一些修炼也可以帮助我们将身心调整到自控状态。充足的睡眠、健康饮食和锻炼都有助于提高意志力。冥想也是一种简单有效的方法，坐好闭眼，将注意力放在呼吸上，在呼吸的同时在心中默念，几分钟后就可以不再默念了。当你发现自己有点走神的时候，重新将注意力集中到呼吸上。在小事上的持续自控，比如坐下的时候不跷二郎腿、每天起床做20个俯卧撑等，即使是看似最愚蠢、最简单的方式每天锻炼意志力，也能为你的意志力挑战积攒能量。

当遇到意志力挑战或者诱惑时也有一些快速提高意志力的方法。放慢呼吸：有助于将身心从压力状态调整到自控力状态，将呼吸频率降低到每分钟4–6次，也就是每次呼吸用10–15秒的时间，比平常呼吸慢一些，这样训练几分钟后就会感到平静、有控制感、能够克服欲望、迎接挑战。5分钟的“绿色锻

炼”：慢跑、散步或简单的拉伸都可以，只要是走到室外、回到大自然怀抱中的活动。等待10分钟：在所有诱惑面前安排10分钟的等待时间，如果10分钟后你仍然想要就可以拥有它；但在10分钟之内，一定要时刻想着真正的目标以此抵抗诱惑，可以创造一些物理上或视觉上的距离远离诱惑。直面欲望但不付诸行动：试图压抑自己的想法、情绪和欲望，只会产生相反的效果，让你更容易去想或去做你原本最想逃避的事情。当欲望来袭时，不要马上试着转移注意力或者与之争论，提醒自己记住真正的目标；当冲动一直存在时，与这些生理上的感觉共处，像驾驭海浪一样驾驭它，不要试图摆脱但也不要付诸行动。失败的时候原谅自己：情绪低落会使人屈服于诱惑，面对自己的挫折不要过于苛刻，持同情自我的态度，以免罪恶感让自己再次放弃抗争，告诉自己：“一时的失败不算什么，我不能破罐子破摔。”

确定目标之后也需要做意志力准备。将“我想要”做的事，安排在意志力最强的时候去做，比如早上。为自己树立意志力榜样：由于“社会认同”的影响，意志力和诱惑都具有传染性，可以通过意志力榜样，或者寻找一个与你目标相同的“群体”加入进去，置身于与你共享承诺与目标的人群当中，你会觉得自己的目标才是社会规范，更有助于坚持。遇见未来的自己：我们无法明确预知未来，这为我们带来了诱惑，让我们拖延着不做某事。但是，为现在行为承担后果的对象看似是未来的自己，实际上还是我们自己。我们可以预想对未来的自己做出承诺，做好拒绝诱惑的准备，让改变偏好变得更难，用奖励或威胁来激励未来的自己。

“懂得很多道理，但依然过不好这一生。”改变我们的只有我们自己，提高自控力不仅仅关乎方法，更是一种选择的态度。遇见更好的自己，希望从翻开这本书开始。

精彩片段

欲望是大脑的行动战略。正如我们看到的，它可能对自控构成威胁，也可能是意志力的来源。当多巴胺让我们屈服于诱惑的时候，我们必须区分渴望和快乐。我们也可以利用多巴胺和奖励的承诺来激励自己和他人。最后，欲望没有绝对的好坏之分，重要的是欲望将我们引向哪个方向，以及我们是否足够明智，指导什么时候该听从欲望的声音。

引自第五章《大脑的弥天大谎：为什么我们误把渴望当幸福？》

你只是个凡人。每个人都会遇到意志力挑战，每个人都有失去自控的时候。这只是人性的组成部分，挫折并不意味着你本身有问题。想一想这些说法是不是真的。你能想象你尊敬、关心的其他人也经历过同样的抗争和挫折吗？这个视角会让自我批评和自我怀疑的声音变得不那么尖锐。

引自第六章《"那又如何"：情绪低落为何会使人屈服于诱惑？》

如果说真的有自控力秘诀，那么从科学的角度来说确实有一个，那就是集中注意力。当你做出决定的时候，你需要训练自己的大脑，让它意识到这一点，而不是让它自行其是。你需要意识到，你是如何允许自己拖延的，你是如何用善行来证明自我放纵是合理的。你也需要意识到，奖励的承诺并非总能兑现；未来的你不是超级英雄，也不是陌生人。你需要看清，自己身处的世界，无论是销售陷阱，还是社会认同，都在影响你的行为。当你的注意力即将分散的时候，或者你即将向诱惑投降的时候，你需要静下心来，弄清自己的欲望。你需要记住自己真正想要的是什么，什么才能真的让你更快乐。"自我意识"能帮你克服困难，实现最重要的目标。这就是我能想到的对"意志力"最恰当的定义。

引自《结语》

参考文献

[1] 麦格尼格尔. 自控力. 王岑卉，译. 北京：印刷工业出版社，2012.

批判性思维的力量

导读者：李瑞瑞　刘珊珊

思维决定着你正在做的事情，思维决定行为、感受和需求。作为人类重要的高级心理活动之一，思维对我们的重要性不言而喻。然而日常生活中，大多数人都在本能地、无意识地利用自己的思维，并没有意识到大脑的工作机理、思维的方式方法，这就导致很多时候我们的思维是盲目的、无效的。理查德·保罗认为批判性思维是解决上述问题的一种思维工具。

理查德·保罗是国际公认的批判性思维权威，美国批判性思维国家高层理事会主席，他通过对成功人士的分析，总结出了一系列优秀的思维特征，并试图把这些成功思考者所使用的方法提供给我们每一个人。《批判性思维工具》作为保罗的权威之作，通过17章的篇幅阐述了批判性思维的问题，包括批判性思维的概念、意义，如何成为一个批判性思考者，以及一个好的批判性思考者应该是什么样的，等问题。

一、什么是批判性思维

批判性思维不是远离生活的抽象名词，掌握它，就可以掌握自己的思维方式，成为一名更加出色、明智的思考者和解惑者。那么批判性思维是什么呢？有些人认为不停地批判别人的观点，或对别人说出的话提出质疑就是批判性思维。与其说这是批判性思维，倒不如说是“抬杠”。作者认为，批判性思维是建立在良好判断的基础上的，使用恰当的评估标准对事物的真实价值进行判断和思考。这里可以看出批判性思维有三个维度：分析、评估和创造性。作为批判性思考者，我们分析思考以评估我们的思维，而又在评估思考中提高自身思维的质量。换一种说法，批判性思维是指为了提高我们的思维水平而对自身思维进行的系统性监视。

批判性思考者经常会将思维标准权衡并融入推理元素中，进而发展自己的思维特质。所以要更好地理解批判性思维，需要对思维元素和标准有一定了解。思维都具备8种元素：目的、问题、信息、概念、推论、假设、结果和意义、观点。“我们的思维都有一定的目的，在一定的观点下做出假设，产生一定的意义和结果，并用一定的观念、理论来解释我们的数据、事实和经验，最终解决问题。”要掌握思维这些元素，关键在于必须用不同的方式对这些基本元素进行解释，直到这些元素间非线性的复杂联系在你的头脑中形成直觉性的概念关联。同时，思维的8种元素也不是割裂的，各元素之间是相互关联的。例如，如果我们的目的是找到节省生活开支的方法，那么需要回答的问题就是：“怎样才能少花钱呢?”这一问题的提出实质上是用语言重组了目的。另外，在这个问题中，我们的观念立场可以理解成“利用消费习惯减少生活开支”，这一观点可以是对目的和问题的重组。思维的8大元素概括了解决问题或者进行思维的步骤。

思维元素是批判性思维的根基，了解思维元素后，才有可能对它进行有效的评估；而有效的评估需要有效衡量思维优缺点的思维标准。作者提出了9个最简化的思维标准：清晰性、准确性、精确性、相关性、深度、广度、逻辑性、重要性、公正性。以公正性为例，公正性是指合理的、非自私或片面的，作者之所以单独提出公正性，是因为人类思维中存在自欺本性。例如当我们拒绝相反观点、追求非公正的目标、为谋求私利而不惜伤害他人时，我们还常常以为自己的思维是公正的。办公室内冬天开关窗户的问题就是一个很常见但是经常被我们忽略的例子：小王喜欢开窗户通风，在言辞中使用的信息全部是他自己的观点，即开窗空气流通，有利健康；如果其他人感到冷可以多穿一件毛衣或盖个小毯子。小王的思维并不合理、公正，他没有从他人的观点中思考支持关窗的信息，因为这样做意味着小王将会对开窗做出一些让步。思维公正要求我们在情景中公平地思考，根据推理论证得出结论。生活中另一个常见的不公正的例子是，当我们对假设进行思考时，常常囿于不合理的偏见之中，比如如果我们相信所有的知识分子都是书呆子，无论何时我们遇见一个知识分子，我们都将断定他是书呆子(可能会不公正地对待这个人)。公正性作为一个重要的思维标准，能够让我们意识到自己和他人如何歪曲事实来获得自私的目的。因此，在利用公正性进行思维评估时，可以问自己这几个问题：我的想法在情景中合理吗？我考虑了别人的想法吗？我的目的在该情景中公平吗？我使用概念的方法合理吗，或者我是否扭曲观点来谋取自己的私利？

从公正性的角度出发，批判性思维会走向两个方向：自我中心或公正，也就是弱势批判性思维和强势批判性思维。弱势批判性思维是利用思维来捍卫自己现有的立场和看法。为什么说这种思维是弱势的呢？因为这意味着你对能否接近真理和发扬美德漠不关心，弱势批判性思维的目的就是抵制和驳倒那些与你意见不同的观点和论述。比如很多诡辩家、欺骗家、不道德的律师政客，尤其擅长歪曲信息来服务于自身的利益。强势批判性思维是利用批判性思维来评估所有断言和看法，尤其是自己的看法。这要求我们用关键性问题一视同仁地质疑一切主张，包括自己的，只有这样才能保证自己不会变得自欺欺人和人云亦云。该书中主要关注的是强势批判性思维。

批判性思维是一种高级的思维方式，由思维元素组成，用思维标准衡量，最终达到接近真相的立体思维方式。批判性思维的本质是质疑，通过不断论证贴近事实真相。

二、批判性思维的实际应用

具有批判性思维，对我们的工作和生活会有很大帮助。具有批判性思维的人，更善于总结思考，也更懂得如何跟团队合作，对工作有自己深入的独立思考，能对一个问题给出更多可选择的解决方案，而这些素质无疑是很多企业进行人才筛选的重要标准。

学会运用批判性思维，可以更有效地进行决策和解决问题。日常生活中充斥着各种各样的决策和问题解决，决策的质量和问题解决的能力很大程度上决定我们生活的质量，然而现实中很多人是根据直觉并非系统的方法来解决问题。书中提供了一些方式可以提高决策和问题解决的能力，如对我们生活中决策的本质和作用做出批判性思考；判断我们生活中的大问题，进而专注于这些问题的解决；系统地采取某些策略来提高我们有效做出理性决策和问题解决的能力。在应用这些提高策略时，我们可以按照自己的需求进行思考、行动。一个优秀的决策者和问题解决者，不但深层次系统性地了解自我，并且知道如何运用批判性思维的基本规则，能够很好地意识到思维中固有的自我中心、社会中心性质，从而能做到思维上的谦卑、耐心和公平。

学会运用批判性思维，可以帮助我们更好地提问。教育的真正目的就是让人不断地提出问题，思索问题，提问题比回答问题更启发人的智慧。答案其实并不能推动思维的发展，真正能推动思维发展的是问题。问题主要包括三种类型：基于事实的问题；基于偏好的问题；基于判断的问题。问题的类型决定了思考的类型，批判性思考者不仅要提出对问题类型的提问，也要提出与所要达成目标相关的重要问题。只有提问时，你才在思考，如何通过练习提高自己的提问能力，作者也给出了可供练习的提问步骤。苏格拉底式的系统提问："提问——思考——决策——验证"，是能够优化思维的优秀提问方式。

学会运用批判性思维，可以帮助我们应对自身的非理性。人类的自我中心和社会中心是导致非理性的两个重要因素。所谓自我中心，是指人类自然倾向于自我中心地、从自己的角度去观察世界万物；社会中心则可以简单地定义为群体的自我中心。如果我们对自己的自我中心思维没有一个明确的认识，就会陷入一个狭隘自私的角度，如果我们对社会中心思维没有一个明确的认识，就会陷入偏激的群体性思维中。应对自我中心和社会中心不是一件容易的事，但意识到这两种思维并开始有意识地去摆脱这些模式，是一个很好的开始；问题的关键在于，我们处理头脑中的隐私时，要坚持一致性，花时间逐渐成为优秀的批判性思考者。

学会运用批判性思维，可以帮助我们甄别新闻中的媒体偏见和宣教。媒体中的偏见和宣教逻辑简单且全世界都通用。新闻媒体一定程度上反映了它所在文化的世界观，但是真实的世界远比媒体中呈现出来的文化形态要复杂得多，批判性思维者会直视这一事实并做相应的解读。辨别新闻媒体中的偏见和宣教需要花费一定时间来练习，可通过理解媒体新闻报道的基本流程、新闻报道的逻辑、掌握重新定义事实的方法、评估信息来源、认清报道中隐含的利益和受众情绪等步骤，一步步地成为新闻批判性读者。

学会运用批判性思维，可以帮助我们应对谬误。谬误是塑造他人观点和信念极其有效的策略，是模仿良好推理的"赝品"，是操纵思维上"沉默羔羊"的有效工具。日常生活中充斥着各种谬误，该书中作者列举了44种最常见的谬误。批判性思维可以帮助我们走进并且识别谬误，改变对谬误的反应，更好地管理自己的思维和情绪，在追求目标过程中避免犯下谬误，逐渐发展出独立的自我。

三、如何成为一个批判性思考者

批判性思维可以让我们的日常生活、方方面面都变得更好。那么，该怎样学会批判性思维呢？批判性思维的前提条件是公正心。人类生而自私，以自我为中心；处在一个社会群体里也是以社会群体为中心。思考问题的角度不可避免地从自身或者这个民族为出发点。保持公正心，不在于放弃自己的利益，也不在于抛弃自我中心，而是让心中的那一杆秤保持平衡，去看清问题的本质，更舒服地与他人、与生活相处。

然后是建立批判性思维系统。了解思维元素和评判标准是进行批判性思维的基础。批判性思考者经常会将思维标准应用于思维元素中，发展自己的思维特质，从而形成一个批判性思维系统。全书花了大量笔墨描述了8思维元素和9种思维标准，在思考问题时，对于每一个元素都应该综合考虑是否达到了思维的标准。在审视自我思维的时候，通过考察思维元素和标准，能够认识到当前思维所处的阶段和不足之处，从而改进提高思维决策的能力。

除此之外，理查德·保罗也给出了实操性很强的方法指导。一是反思自己的思维，每天问自己一些小问题。如我今天实际上在思考什么；我是否无谓地为一些消极的事情而感到沮丧；如果我重新过这一天，我应该做出哪些改变；我今天做了哪些对自己的长远目标有益的事情；如果我以今天的生活方式生活十年，最终我能否完成一些有价值的事情。二是关注自己的情绪，改变看待事物的方法，理论上我们可以将生活中所有事件的消极影响变成积极影响。例如当你感到一些消极的情绪时，问自己：到底是什么原因导致消极情绪的发生；一直消极下去对解决问题是否有益处；是什么思维产生了这一情绪；这一思维是否有缺陷。三是改变你的自我，重新塑造你的人格。如反思自己一天的行为，是否被细小的事情惹怒了；是否说了一些失去理性的话来坚持自己的意见；是否将自己的意愿强加给他人；对某种事物有强烈情感时，是否良好地表达了自己的意愿。四是坚持写思维日记，每星期记录一定数量的日志。如描述自己非常关心的一个事件；描述自己在事件中的行为；分析事件中到底发生了什么；挖掘事件的深层含义；总结在事件中学到的知识和获得的经验。

任何学习都不是一蹴而就的，批判性思维的学习同样如此，需要在实践中反复地、刻意地练习。学会批判性思维，坚持真理而非教条，努力思考而非盲从，在现实世界中慎思明辨、保持理想、不断进步。

精彩片段

批判性思维是建立在良好判断的基础上的，使用恰当的评估标准对事物的真实价值进行判断和思考。批判性思维有三个维度：分析、评估、创造性。作为批判性思考者，我们分析思考以评估我们的思维，而又在评估思考中提高自身思维的质量。

引自《绪论》

你越能够将所学和生活中看重的事物建立有力的情感联结，你越会容易理解学习的内涵。思考学习学科的最基本概念，尽量摒弃专业术语，通俗地表达这些概念，将生活中的概念与学科中的基本概念相联系，将学科的目标与你生活中的目标联系起来。本书为读者提供的一些方法能够帮助读者向高水平的思维转化。但是作为读者，你必须调动自己全部的力量和情感，积极投入到思维工作中来。

引自《第3章 自我理解》

没有人能代替你思考。除了你自己，没有人能真正改变你。成为自己成长的主人要面对很大的挑战。我们都容易固守习惯，都会自欺，都非常擅长自我辩护、合理化和自我防御。我们不会在没有人要求我们的情况下主动增加自己的负担。学术或者社交生活很少鼓励独立、批判性思维。尽管大学给人们提供了成为终生学习者的良好机会，但并不是所有大学都重视批判性思维并积极地向自己的学生教授这种思维方式。

引自《第7章 掌握思维，掌握内容》

但是，我们并没有生活在一个理想的社会中，我们这个社会，谬误是赢得辩论的诡计，因此操纵家每天会利用这些诡计来赢得辩论。大众媒体充斥着谬误，谬误逐渐成为政治演说、公共关系和广告的主要内容。我们无时无刻不受到谬误的影响，在这样的情境下生活，我们甚至误认为这些谬误就是事实。

引自《第13章 谬误：心理诡计和操纵诡计》

参考文献

[1] 保罗，埃尔德.批判性思维工具（原书第3版）.侯玉波，等译.北京：机械工业出版社，2013.

[2] 尼尔·布朗，斯图尔特·基利.学会提问（原书第10版）.吴礼敬，译.北京：机械工业出版社，2013.

灾难与教育

不是一个人，而是一座丰碑

导读者：武秀枝

“人世间数百万个闲暇的小时流逝过去，方始出现一个真正的历史性时刻”，这一时刻可能是发现，可能是革命，也可能是灾难。在这漫长的历史进程中，灾难好像从未停止，它以各种方式肆虐着人类生存的这片土地，然而文明并没有因灾难而停止过脚步，因为面对灾难，英雄从未缺席，他们就像那道最璀璨的星光。

2020年的初始，因一场突如其来的新冠疫情而严峻和不同寻常。疫情初期的未知、疫情高速传播期的恐惧，以及当下疫情防控常态化时期的不安，我们每一个人都不是局外人。我们体会到了生命的脆弱，我们看到了人性的温暖，我们同样见证了无数平凡人的英雄时刻。他们并非生来勇敢，只是选择无畏。在灾难面前，他们挺身而出，用自己的血肉之躯拉开了人们与苦难的距离；他们不论生死，在阴霾下挺起了中华民族的脊梁。这让人不禁回想起，一百多年前在中国东北大地上爆发的“20世纪世界上最严重的一次流行性鼠疫”，它夺走了6万余人的生命。危急时刻，31岁的医学博士领导了一场由中国人主导的国际防疫行动，花4个月的时间成功地扑灭了百年不遇的大瘟疫。是的，他就是我们今天推荐书籍《国士无双伍连德》的主人公，中国现代医学的拓荒者——伍连德。

《国士无双伍连德》全书包含20个章节，以伍连德丰富多彩、曲折坎坷的人生经历为主线，记叙了他从一个普通学子成长为一代国士的不平凡历程。这本书试图从大历史角度，通过伍连德这个人物来展现现代医学在中国的传奇进程。

一、少年苦旅，天赐英才

1879年，伍连德出生于南洋槟榔屿的一个华人家庭。华人在槟榔屿生活的历史悠久，对于生长在这里的华人来说，他们永远是中国人。伍连德正是在这样的文化氛围下长大的，家国观念和民族使命在他很小的时候便深深地植根于他的心中。

伍连德是家里的第八个孩子，像大多数华人家庭一样，他的父母也很重视孩子的教育。伍连德从小天资聪慧，勤奋用功，7岁就考入了当地英国人设立的槟榔屿公学。微弱的椰子灯光，此起彼伏的浪涛声，陪着他度过了无数个苦读的夜晚，他是全班年龄最小的学生，却也是成绩最好的学生。1896年，他通过了女皇奖学金的选拔考试，以第一名的成绩成为该年度的唯一获奖人，并获得了去英国留学的资格。

17岁的伍连德剪去了自己的辫子，在海上漂泊了一个多月，终于到达了英国，开启了海外求学之旅。伍连德十分珍惜这来之不易的求学机会，和过去十年里一样，持之以恒坚韧不拔地学习。天道酬勤，即使在异国他乡，伍连德依然名列前茅，多次获得学校的奖学金和奖章。七年负笈，学业有成，伍连德毅然踏上了归乡报国之旅。归国后，他开设了私人诊所，并积极参加华侨社会服务，致力于社会改革，主张男子剪发辫，提倡女子接受教育，大力主张禁烟，鼓励青少年开展体育运动及创办文学会等。

艰难困苦，玉汝于成。伍连德用自己的坚定信念和意志在他求学阶段获得了令人羡慕的成绩，而他始终心系祖国、心系社会的赤子之心更是难能可贵。这种求真务实的学习精神和满腔热血的报国理想，为现代青年的成长树立了良好的榜样。爱国从来不只是一句口号，只有把自己真正变成国家需要的人，才能实现报国理想，这也是伍连德先生用自己的亲身经历教给我们的。

二、生死一线，披荆斩棘

1910年底的中国，千疮百孔得像一个行将沉沦的巨轮。甲午战争、义和团运动、庚子赔款……导致国家国力大伤，举步维艰。当时的中国医疗卫生状况连简陋都称不上，很多地方都是一片空白。就在这样的情况下，哈尔滨爆发了死亡率极高的流行性传染病。这次疫情来势汹汹，“如火燎原，如水溃防，竟成不可收拾之势”。

危急之中，当时的外务部右丞施肇基电召伍连德赶赴哈尔滨调查处理鼠疫。这年的12月24日，伍连德来到了世界鼠疫斗争的前线，一进入傅家店，他马上感觉到这里惶恐不安、大祸临头的气氛。“到处都有人交头接耳，人们谈论着高烧、咳血和突然的死亡，谈论着路旁和旷野被人遗弃的尸体，还有不请自来的穿着制服的白人在那里调查这些死者的病因”。当时的哈尔滨政治环境十分复杂，日俄两国控制着部分铁路，明争暗斗，使得防疫工作变得更加艰难。当地官员并没有意识到事态的严重性，普通百姓只能听天由命。在伍连德眼中，“防疫工作不亚于一场战争”。

苟利国家生死以，岂因祸福避趋之。为了探究病因，伍连德冒着生命危险偷偷解剖了尸体，发现了当时流行的鼠疫为肺鼠疫，主要通过人与人之间的飞沫传播。于是他提出让大家戴口罩预防鼠疫，并采取了封城、隔离病人等措施切断病毒的传染，甚至下令焚烧堆积如山的尸体，要知道在“身体发肤，受之父母”固有观念盛行的土地上做出这样的决定有多艰难……

最后，伍连德不辱使命拿下了这场没有硝烟的战斗。他在防疫过程中，表现出的异于常人的敏锐、自信、冷静和果断，令人赞叹。梁启超评价他“科学输入垂五十年，国中能以学者资格与世界相见者，伍星联博士一人而已”。这个看上去不高的南方人，在风暴中顶住了种种压力，擎起了中国东北的一片天空。他首创了中国国家防疫制度，他还是第一位诺贝尔奖华人候选人。灾难并不可怕，可怕的是灾难后的遗忘。现在很多人听到伍连德的名字，可能有点陌生，但他是真正的民族脊梁。

三、精神不灭，薪火相传

这世上，哪有什么天生的英雄。只是因为有人需要，才有人愿意牺牲自己成为英雄。1960年1月21日，伍连德因心脏病逝世，终年81岁。1月27日的《泰晤士报》称伍连德是“流行病的英勇斗士”“伍连德的逝世使医学界失去了一位传奇式的人物，他的毕生为我们所做的一切，我们无以回报，我们将永远感激他”。伍连德先生虽已离我们而去，但英雄的旗帜却被一代又一代的中华儿女接过。

2020年的这次疫情，我们有幸见证了这个时代的英雄。病毒肆虐之际，已经耄耋之年的钟南山院士临危受命，挂帅出征。他没有丝毫的犹豫，也没有被潜在的危险劝退，毅然决然地踏上征程，“一言九鼎，百姓安心”，钟南山院士坚定了人民战胜疫情的决心，也加快了中华大地战胜疫情的步伐。疫情之下，有很多刻在我们心上的名字，最先提出封城的李兰娟院士，疫情“吹哨人”李文亮，硬核医生张文宏……还有很多“无名英雄”的事迹也让我们动容，那群愿舍三千青丝的最美天使，在公安局放下一万元捐款的84岁衣衫褴褛的拾荒者，骑行四天三夜返岗的“九五后”女医生，雷神山、火神山不眠不休工作的建筑工人，穿行在道路上为人们提供服务的快递小哥，以及无数停课不停教的老师……灾难下，每个人都选择以自己的方式抗击疫情，为他人默默付出。2020年8月11日，钟南山院士被授予了“共和国勋章”。喜讯传来，社会各界纷纷献上了对院士的祝贺，钟院士获得这个荣誉是真正的实至名归、人心所向。英雄的精神永不泯灭，总有人会在社会和人民需要的时候，挺身而出，“为天地立心，为生民立命，为往圣继绝学，为万世开太平”。

历史需要铭记，却不是目的；未来可期许，但不是归途。伍连德作为流行病学领域的专家，在祖国需要时，把人生最宝贵的几十年光阴毅然献给国家，为国内乃至世界的公共卫生事业做出了巨大贡献。他是医药工作者科研道路的指南针和治病救人的道德楷模，是悲壮时代里为国补天的英雄，是国难危急时刻的民族脊梁，也是战火飘摇年代里最不应该被遗忘的国士，更是高悬在每一个中国人头顶三尺的神明。英雄不应该被遗忘，在文章的结尾我也想向所有像伍连德先生一样，在危难中给人们带来希望、挺起民族脊梁的白衣天使们致敬！

精彩片段

我要写的伍连德，就是这种被今人所遗忘的民族栋梁。不仅仅现在我们回顾他平生所为时发出了这般感叹，即使在八十余年前，在他风华正茂的年代，有一位大名鼎鼎的人物极其不寻常地写道：“科学输入垂五十年，国中能以学者资格与世界相见者，伍星联博士一人而已！”

引自《前言》

临危受命的伍连德来到哈尔滨，马上表现出他异于常人的品质，就是出奇的敏锐、自信、冷静和果断。这种品质平时看不出来，只有到了关键时刻，方显英雄本色。

引自《第六章 风波骤起》

东北省鼠疫防疫成功，不仅拯救了万千生灵，使晚清的统治转危为安，而且因为是运用科学的最新成就，完全按专家的建议用科学的办法控制疫情，并出乎所有人的意料，在百日之内获得彻底成功，使晚清社会从上到下地，对传入中国几十年的西方现代科学特别是医学，产生了浓厚的兴趣和崇拜。可以说，东三省防疫成功使中国开始正式地承认和接受现代科学。

引自《第十章 天下扬名》

幸运的是，在这个关系民族存亡的关键时刻，伍连德英雄际会，力挽狂澜，不仅应付了第一次鼠疫大流行的挑战和考验，而且准确地预料到了再次大流行的可能。在第一次大流行刚刚结束时，就着手组建现代化防鼠疫网，也就是东北防疫总处，用人生最宝贵的十年光阴坚守在北满。正因为有了东北防疫总处这个十年心血，在第二次鼠疫大流行之际，伍连德才能如此得心应手，如此从容不迫，如此誓言有声。

引自《第十三章 事业由人》

伍连德虽然安静地行医，但是对时事依旧很关心。新中国成立以后，最令他赞赏的，就是很快消灭了鸦片问题。这是他毕生奋斗而没有完成的夙愿，使他对新中国寄予热望。

有一种人，他们不仅仅是英雄、是国士，而且是我们心里道德和人生的楷模和榜样，是知其不可为而为之的支柱，是奋不顾身、舍生忘死时的勇气，是民族的灵魂，是高悬在每一个中国人头顶三尺的神明。这些人中，有一个人，名字叫伍连德。

引自《第二十章 光芒重现》

参考文献

[1] 王哲．国士无双伍连德．北京：世界知识出版社，2020.

为了不被忘却的纪念

导读者：袁曦临

面对突如其来的灾难，地震、瘟疫、海啸，人类总是脆弱的，在大自然的伟力面前似乎是无能为力的。灾难在改变每一个个体命运的同时，也在某种程度上决定了时代的走向。《大地的呼啸：地震、国家与文明》(Earth-Shattering Events: Earthquakes,Nations and Civilization)回顾了不同历史时期世界范围内的几场大地震，研究了地震与人类的历史错综复杂的关系，解读地震对政治、经济、社会、思想、宗教及文化资源的影响。作者安德鲁·罗宾逊(Andrew Robinson)不仅是《今日历史》《柳叶刀》《自然与科学》等杂志的撰稿人，也是著名的科学作家。他从历史的角度解读灾难对社会、经济以及人的思想的影响，并给出了回答：那就是灾难不全然是大自然的破坏，也包含着来自人和人类社会的作用，世界是一个人与人、人与自然、人与社会相互作用与依存的整体，没有人可以置身事外。丧钟为谁鸣响？丧钟正是为你而鸣！

新冠疫情当前，全世界的人们都在竭尽所能，顽强应对。眼下的困难和痛苦记忆是如此清晰沉重，以致人们以为对于这一次的疫情，一定会没齿难忘。但是，也许这只是当下的想法，遗忘的力量是无穷的，时间必将会带走一切，在来日方长的安慰中，过去的灾难也许会被慢慢遗忘，渐渐隐退到历史的深处、岁月的河流中去。试问现在有谁还真正记得，并有心去回顾汶川地震呢？而造成近十万人死亡的汶川地震，仅仅才过去12年，对于不幸，从来都是“亲戚或余悲，他人亦已歌”。

一、2020：汶川地震12周年

2020年5月12日，汶川地震12周年。12年并不是一个很长的时间，但记忆已经在褪色了。偶尔有人提起，更多的人则已经想不起来了。2008年的5月12日，汶川发生了震级8.0级的大地震。遇难69 227人，受伤374 643人，失踪17 923人，这是多么巨大的灾难。据映秀镇的地震亲历者回忆，那天的14时28分，先是听到轰隆隆声音，仿佛无数重型压路机驶过，接着山摇地动，山上的石头从四面滚落，滑坡在陡峭的山上冲向小镇。一时间烟尘弥漫，黑云笼罩，然后下起了瓢泼大雨，房倒了，桥塌了，路断了，一个平静如世外桃源的万人小镇刹那间被击毁，只有大约1/5的人活了下来。小学没了，幼儿园没了，幸存者跑上泥泞的大街，呼喊着孩子的名字，徒手在堆积如山的瓦砾堆里刨寻孩子……北川中学两栋5层高的教学楼瞬间垮塌，在校师生近半被掩埋在瓦砾之下，一千多名师生不幸遇难，那里掩埋了整个北川县城一半多家庭的希望。“好多家长都到学校来找孩子。整个夜晚，那里边是人山人海，喊声一片，哭的人特别多。”北川中学高一（2）班69个人全都被埋在了废墟之下。班主任宋老师趴在废墟上面，能够清晰地听到从瓦砾、钢筋、水泥块底下传来的呼救声。“我班的学生在里面，还有学生喊：‘宋老师，救救我！’看到那个巨大的钢筋水泥，我手足无措，没法面对。”69个孩子，最终存活下来的不足15人。更让宋老师无法释怀的是，他的妻子和在北川中学读初中的独生子也被埋在废墟之下，自始至终，尽管他清楚方位和地点，终因无法施救，妻儿不幸遇难。他曾寄予厚望，盼着能够考上理想大学的儿子，最终连尸体也没能见到。

二、来自大自然的警告与暴击

毋庸置疑，地震是天灾。地震、海啸、洪涝、干旱本来就是大地的属性之一，在大地的面前，人原本就是渺小和卑微的存在。人是大地之子，大地滋养万物，除了悲痛、惊慌、恐惧，人们甚至没法去抱怨大地。难道去诅咒脚下的大地吗？然而，地震并不仅仅是一次来自大自然的暴击，在这暴击中也凸显着人类社会的种种反应、政府的应对、社会的救助和人性的善良与丑陋。震后，清华大学、西南交通大学、北京交通大学震害调查组撰写的《汶川地震建筑震害分析》论文[①]指出，同一地区不同建筑的损毁程度不同。同一地区政府建筑的损毁程度远低于学校。在调查组所调查的54座政府建筑中，有13%（7座）因被毁严重无法修复；而在44处学校建筑中，这一比例为57%（25座），是政府建筑的4倍多。报告分析这一差异和建筑结构有关，校舍多是砌体结构，而政府建筑则是框架结构。框架结构的建筑比砌体结构的建筑抗震性能更好，其中，框架剪力墙结构由于具有较大的抗震刚度和承载力，显示出了优越的抗震性。这一研究结果也在后续政府和社会各界帮助灾区重建家园的过程中得到了推广。

安德鲁·罗宾逊在其所著《大地的呼啸：地震、国家与文明》一书中提供了一张地震年表，涵盖从公元前1831年至2015年世界“最致命、破坏性最大或书中提到的重要地震”。在相当漫长的时间里，人类对于地震是无知的，对地震进行现代科学研究，要从1750年“地震年”算起。1750年间，英国发生5次明显地震，皇家学会会员威廉·斯蒂克利遂将其称为“地震年”。1755年11月1日，里斯本爆发大地震。葡萄牙发放官方调查问卷，问卷包括地震时间、方位，余震和前震，地震对水体影响，死难者人数，海啸前海水运动，建筑破坏，食物短缺及权威当局当即采取的措施等等。问卷细致入微，因此，里斯本地震被称作是第一次“以现代科学手段进行调查研究的”地震。直到20世纪中期，人类才有能力获得准确的震级数据。罗宾逊在书中追述了超过2000年的大灾变：诸如1755年里斯本8.8级的地震暨海啸，使得里斯本被夷为平地；1906年的旧金山大地震以及随之而来的大火，对旧金山造成了严重的破坏，但破坏最终孕育了圣安德烈亚斯断层的高科技工业区，即今天众所周知的硅谷。正如安德鲁·罗宾逊所描绘的，地震虽然是天灾，但它有如上帝的棒喝，在导致社会政治和经济损失的同时，也孕育着复兴的机遇。这本书的不同寻常之处在于通过回顾历史上发生的大地震，通过研究地震与人类的历史，来解读它们对政治、经济、社会、思想、宗教及文化资源的影响。

三、凤凰涅槃：废墟上重建家园

历史总是这样的，对于灾害，地震也好，瘟疫也罢，清理掩埋好创伤，重建

① 清华大学、西南交通大学、北京交通大学震害调查组，叶列平，陆新征．汶川地震建筑震害分析[A]. 中国工程院土木、水利与建筑工程学部、国家自然基金委员会工程与材料科学部、中国土木工程学会、中国建筑学会．汶川地震建筑震害调查与灾后重建分析报告[C]. 中国工程院土木、水利与建筑工程学部、国家自然基金委员会工程与材料科学部、中国土木工程学会、中国建筑学会：中国土木工程学会，2008:13.

家园总是最重要的。汶川地震后人们掩埋了亲人的尸体，搬离了旧地，开始在废墟上重建家园。2009年5月12日，震后一年的北川中学成为重建的首个项目。北川中学的桩基深达8米，抗震达到了8级，北川中学成为北川最坚固的建筑物。汶川县城凤凰涅槃，尤其是映秀镇，震后重建规划由同济大学城市规划专家主持，吴良镛先生的建筑专家团队参与设计。贝聿铭设计了大爱磐石纪念广场和青少年活动中心，何镜堂参与设计了地震纪念馆及陵园，周锡元团队设计了映秀小学和映秀幼儿园。小镇兼有藏、羌、川西穿斗式三种民居风格，体现了映秀镇历史上作为汉族联系藏羌的“川西锁钥”的身份。而藏、羌、汉三种民居样式被活泼轻盈的岭南风格融为一体，这是对口援助单位广东东莞的杰作。幸存者们在新的北川县城继续生活，过去被埋在了废墟之下，慢慢沉淀在记忆的深处。北川中学死了孩子的父母，有些人离开了这个伤心地，有些则又孕育出新的生命，新的孩子出生了，带来新希望的同时，也隐藏了过去的怀念。人总是要活下去的，就像这山上的草木，一岁枯，一岁荣。只是那一年死在地震中的人，永远沉默了；我们不能忘记，也绝不应该忘记那些北川中学的孩子们，他们永远不会再长大了，他们的年龄永远固定在了那个时候。所有美好的期待和青春的祝愿，都停在了2008年5月12日下午的2点28分。请记住这个时间，也请记住这个灾难，请记住在这场灾难中所有遭遇不幸的人们，以及在这场自然灾害中所有努力抗争的勇敢的人。

纵览人类历史波澜壮阔的画卷，会发现即便在科技发展迅猛的21世纪，人类在面对自然灾害发生时，仍然是相当被动的，无论是地震、海啸，还是瘟疫等等，这些灾难基本上仍是天灾，在相当程度上仍然处在人类的知识、技术和能力的控制之外。面对灾害，守望相助，携手共进，仍然是人类的唯一选择。人类往往是健忘的，最可怕的从来都不是死亡，而是彻底的遗忘。只有记录下灾难中发生的种种悲剧，正视痛苦、不幸以及应对的不足与错误，才能更全面地完善社会，展望未来。明天才会是新的一天。

精彩片段

或许这种出人意料的记忆缺失可以得到解释，至少在某种程度上。众所周知，考古学家在解释文化变迁时往往忽略了地震和其他自然灾害，而更喜欢寻找人类动因。历史学家也大致如此。这就是缘何广岛和长崎作为20世纪灾难的普遍象征可能永远不会被人遗忘，而东京和横滨，虽然地震引发的灾难堪比广岛、长崎，但全球反响却是少之又少。庞贝古城，在自然灾害中几乎独树一帜，依然被世人铭记。该城毁灭部分原因在于古城居民未能听从维苏威火山即将喷发的警告，这加剧了他们所陷入的困境。庞贝古城的灾难既有自然原因也有人为因素。里斯本大地震却相反，地震爆发时没有任何前震，城中没有一人会有丝毫的逃脱机会。

引自《3 上帝的愤怒：里斯本(1755)》

对死亡人数的否认只是震后各种否认的冰山一角。人们还能记起考古学家和历史学家普遍对地震轻描淡写。在旧金山，政客和商人无疑都做出了持久的努力，把破坏的责任推到大火而非地震身上，并牢固树立这种信念。甚至在接下来的几年中，人们都把“大火前”和“大火后”当成历史基准来谈论。

引自《6 弹性回跳：旧金山(1906)》

黑泽明说：“地震使我了解了自然界中超乎寻常的力量，同时也让我看到了超乎寻常的人心。”

引自《7 日本浩劫：东京和横滨(1923)》

地震预测是一种充满吸引力的海市蜃楼，它永远在向你招手示意，却总是遥不可及。在专业人士中，自地震学伊始，有关地震预测的乐观期便与悲观期交替出现。赫赫有名的地震学家和地质学家往往都受到驱策开始走上地震预测之路。众所周知，1906年在日本，地震学家今村明恒准确地预测了1923年关东大地震的震中位置(相模湾下)以及地震的发生时间是在50年的窗口期内，但他的预测没有可靠的理论支撑。1911年，极具开拓精神的约翰·米尔恩在《自然》杂志中评论道：若地震学家能够像天文学家那样有预测的权利，地震学家的声望也终将提高……天文学家自占星术时代起就得到了国家的支持，而地震学在寻求更多认可的成长过程中仍处于孩提阶段。

引自《卷尾语 地震、国家与文明》

参考文献

[1] 马尔瓦莱斯.从投石索到无人机：战争推动历史.宓田，译.北京：中国社会科学出版社,2019.

[2] 巴里.大流感：最致命瘟疫的史诗.钟扬，赵佳媛，刘念，译.上海：上海科技教育出版社,2018.

[3] 加勒特.逼近的瘟疫.杨岐鸣，杨宁，译.2版.北京：生活·读书·新知三联书店,2017.

[4] 韩毅.宋代瘟疫的流行与防治.北京：商务印书馆,2015.

[5] 利奥波德.沙郡年记.王铁铭，译.桂林：广西师范大学出版社,2014.

人类与大自然的抗争史

导读者：唐权

2020年的初始，因一场突如其来的新冠疫情而严峻和不同寻常。疫情初期的未知、疫情高速传播期的恐惧，以及当下疫情防控常态化时期的不安，我们每一个人都不是局外人。这里，我们想通过引领大家阅读相关的纪实文学、科普作品或经典文学作品，以及欣赏相关的影视作品等，来了解传染病的历史、认识病毒，感受疫情后人们积极的生活态度以及人性中的关爱。通过了解而不盲目，通过客观更加从容，通过科学增强理性，通过人性的透视而心怀感恩。

这次的新冠疫情相比于2003年的SARS病毒（严重急性呼吸综合征病毒）和2012年的MERS病毒（中东呼吸综合征病毒）更加凶猛异常，爆发以后，迅速波及全国乃至世界各地。在采取了强有力的措施之后，中国的疫情防控取得显著效果，新增确诊病例大幅减少；然而，中国以外的疫情呈多点加速扩散趋势，至今尚未得到有效控制。截至2020年5月31日24时，中国累计报告确诊病例83 017例，现有确诊病例76例，境外输入1 756例；海外现有确诊病例5 850 366例。疫情之严重，可见一斑。

纵观整个人类历史，人类一直都在与传染病做斗争。传染病不仅严重威胁着人类的健康和生命，而且影响着人类文明的进程，甚至改写过人类历史。19世纪以来，病原微生物的不断发现及其分子生物学的兴起，推动了生命科学乃至整个医学的发展；疫苗的研究、抗生素的发现及传染病与病原生物学相关理论的研究，奠定了现代医学发展的基石；加上社会文明的推进和物质生活水平的提高，人类逐渐在与传染病的斗争中占了上风。20世纪70年代的西方医学界一度认为，传染病正在消亡。然而，1981年的艾滋病、2003年的“非典”、

2012年的中东呼吸综合征、2013年的人感染H7N7禽流感、2014年埃博拉出血热等新的传染病相继出现，不断给人类敲响警钟；与此同时，登革热、结核病、疟疾及性传播疾病等老传染性疾病再度肆虐，严重影响世界经济发展和社会和谐。

当新的疫情来临，作为普通百姓如何正确地应对？我们可以通过了解传染病的历史，阅读相关的纪实文学、科普作品或经典文学作品，欣赏相关的影视作品，并在相关官方媒体的引导下，更为从容地去面对，多一些防护意识，讲责任，守规矩，不添乱，科学理性地应对疫情来袭。

一、人类发展的历史里，我们不仅看见文明也常见疾病

疫病是人类历史的基本参数和决定因素之一。疾病，尤其是传染病，在一定程度上决定了世界的格局、国家的形态以及文化的样貌。人类历史上遭遇了无数的瘟疫，其中有些瘟疫特别严重，加上当时的医学技术不发达，很多人不治身亡，对后世产生了重大影响。人类历史上经历过的十大恶性传染病事件包括古希腊“雅典大瘟疫”、古罗马“安东尼瘟疫”（伤寒、天花、麻疹以及中毒性休克综合征）、拜占庭“查士丁尼瘟疫”（鼠疫）、中世纪欧洲黑死病（鼠疫）、美洲大瘟疫（天花）、美洲瘟疫（黄热病）、19世纪的霍乱、1918年西班牙大流感、1917年前后俄国斑疹伤寒以及仍在肆虐的瘟疫——疟疾。

下面向大家推荐一些关于传染病史的著作，如《瘟疫与人》《逼近的瘟疫》《大流感：最致命瘟疫的史诗》等，通过了解传染病与人类历史的关系，更以历史的眼光看待当前面临的“新冠”疫情。

《瘟疫与人》是一部有关瘟疫历史及其与人类之关系研究的开山之作。该书是威廉·麦克尼尔备受欢迎的一部经典作品，他从疫病史的角度，以编年的手法，从史前时代写至20世纪前半叶，翔实探讨传染病如何肆虐欧洲、亚洲、非洲等文明发源地，而这些疾病又如何塑造不同文明的特色。他率先将历史学与病理学结合，重新解释人类的行为；他将传染病置于历史的重心，给它应有之地位；他以流畅的笔调、敏锐的推理和高超的技艺，娓娓道出传染病在人类历史变迁和文明发展中所扮演的重要角色。《纽约书评》称“此书从此扭转了人们看待世界历史的角度”，《纽约客》则认为此书是“一部真正的革命性作品”。普利策奖得主哈里森·索尔兹伯里盛赞它提出了“富有创新也具有挑战性的历史

概念，影响深远”，而历史学家威尔·杜兰特有言：“看待历史的崭新观点，我从《瘟疫与人》中受益匪浅。”

《逼近的瘟疫》记述了“二战”以后，随着全球化的发展，病毒如何加速传播的历程，以及在全球化背景下，病毒给发展中国家和欠发达国家的公共卫生带来的极大挑战。劳里·加勒特以文学的笔法记录了20世纪后半期世界各地瘟疫爆发以及研究的过程，冷静地分析了瘟疫产生的根源。全书以通俗的语言叙述了人类发现、研究埃博拉、拉沙热、艾滋等传染病的经过，对人类和传染病原体之间的关系进行了反思，提出人类的活动其实也是传染病发生原因之一的观点。在这本如惊悚小说一般让人紧张不已的纪实作品中，作者以令人信服的口吻告诉大家：人类在与瘟疫的战争中打了败仗。

反观该书问世的几十年间，艾滋病已从非洲和美国爆发，逐步蔓延到全世界；一度被消灭的疟疾又在热带地区死灰复燃，杀伤力超过以往；具有抗药性的病菌卷土重来，以惊人的速度感染新的人群；SARS曾在几个月间肆虐中国大地，吞噬了许多鲜活的生命；禽流感连续多年在世界各地此伏彼起，不断传来死人的消息……事实证明，该书作者并不是在危言耸听。假如你热爱生活，珍惜健康，你应该读一读这本书。毕竟，生命对于人只有一次，人命关天。

《大流感：最致命瘟疫的史诗》依据大量的历史资料和数据，重绘西班牙流感大流行的惨状，为我们再现了这场最致命瘟疫发生、发展及其肆虐全球的过程。大流感指的是1918—1919年横扫世界的那次流感大流行，过去估计全球死亡人数约2000万，新的估计数字为5000万至1亿。这个数字不仅高于历年来命丧艾滋病的人数总和，更远超中世纪黑死病所造成的死亡人数。在该书中，作者多线索展开论述，纵横交错地记述了有史以来极具毁灭性的流感故事，以及20世纪科学与医学发展的历史。该书细致入微地描写了科学、政治与疾病传播互动的过程，并述及传统医学演化至现代医学的重要里程碑，以及当年科学家、医学工作者等在巨大压力下所显示出的勇气或怯懦、信仰、价值观、研究态度和方法。这部著作不只是简单讲述1918年发生的事件，它同时也是一部有关科学、政治和文化的传奇。

另外，刘滴川的《大瘟疫：病毒、毁灭和帝国的抗争》重点描述了秦汉历史中的瘟疫和疫灾，既研究造成这些瘟疫、疫灾的自然疫源性疾病在当时流行爆发的历史原因、历史特点、疫源地和宿主动物，也面向瘟疫中的秦汉历史，研究秦汉瘟疫对秦汉及后世的华夏文明造成了怎样重大且深刻的影响。王哲的《上帝的跳蚤：改变人类历史的瘟疫》分别研究了鼠疫杆菌、天花病毒、流感病毒和艾滋病毒这四种烈性微生物对历史产生的巨大影响，从几个不同的侧面阐述微生物这个肉眼看不见的“翻云覆雨手”是如何改变、推动过去、今天和未来的人类历史的。汉斯·辛瑟尔的《老鼠、虱子和历史：一部全新的人类命运史》从生物学和历史学的角度，讲述了人类的主要敌人“传染病”从古代到20世纪的变迁史。他从寄生现象入手，阐明传染病不过是不同的生命形式之间的生存斗争。以给人类造成巨大灾难的传染病斑疹伤寒为例，他详细讲述了传染病的发生机制、传播途径和流变历史，演绎了病毒从昆虫传到动物，然后传到人类身上的曲折过程。

二、文学作品中，我们既可回望场景也可直叩人生

纪实文学借助个人体验方式（亲历、采访等）或使用历史文献（日记、书信、档案、新闻报道等），以非虚构方式反映现实生活或历史中的真实人物与真实事件。以下介绍几部关于SARS、埃博拉、高致病性禽流感等疫情的纪实文学作品及《鼠疫》《高危地带》两部代表性小说。

《非典警示录：SARS过后的沉思》通过“华北第一例非典患者”的诉说、不会忘却的“4·20”这一天、寻找“首例非典报告患者”“超级传染者”与“毒王”等报道，反思SARS对中国社会经济的深远影响。该书主要叙述的是关于SARS引起的一些反响，主要内容有抗击“非典”精神民族魂、危机经济拒绝“危机”、后SARS时代：我们如何生活等。相关的书籍有《非典十年祭：北京保卫战》，该书通过讲述2003年非典肆虐时期作者深入北京各个“抗非”的现场所获取的第一手采访资料以及亲身经历，真实地记录了首都北京在非典暴发时所经历的一段惊心动魄的生死记忆。另外王宏甲著的《非典启示录》记述了SARS的发生、传播和扑灭，人的奋斗和生离死别的哀伤。作者对真实的追求，几乎从不在真相面前停留，而是直叩本质。

《现代瘟疫：埃博拉病毒病》是中国援助塞拉利昂抗击2014年埃博拉疫情的第二批实验室检测队和医疗队队员在弗里敦抗埃前线的心血结晶。作者在完成危险而艰巨的埃博拉实验诊断和临床救治任务的同时，全面总结了埃博拉病毒病发现以来的病毒学、流行病学、生态学、致病机制、免疫机制、疫苗与药

物、检测与鉴定、临床救治、疫情防控以及生物安全操作等的研究进展和实践经验，对埃博拉病毒及其所致疾病的研究前景进行了积极展望，对亟待解决的问题进行了深入探讨。

《第四级病毒：一对病毒学家与致命病毒的战争》展现了追逐病毒的传奇之旅，带领你走过致命病毒的世界，揭开第四级病毒的真相，借此了解SARS、高致病性禽流感的传播和防控举措。该书是最前线病毒学家的亲身经历，包括麦科明克在"美国疾病控制中心"一手策划最先进的"热实验室"的经过，也包括他们在地球上最原始落后的地区追踪病毒的故事。在那些地方，恶劣的气候、贫瘠的土地、动乱的政治和疾病一样置人于死地。当其他的病毒学著作还局限在"热实验室"、病猴与枯燥乏味的实验数据时，该书却巧妙地将病毒世界的苦难、死亡与存活结合在一起，并告诉我们哪些人为了捍卫我们的健康，冒着生命危险在追猎病毒。

《病毒来袭：如何应对下一场流行病的暴发》从物种进化的角度整体观测人与病毒的关系、病毒在动物和人之间的传播，审视当今社会经济全球化、人的生活方式和行为模式的变迁对新发再发传染病流行的影响。疾病社会史研究为我们揭开了医学史的另一个面目：疾病以超乎想象的方式影响了人类社会的方方面面，病原微生物以难以置信的方式干预了人类文明的进程。该书作者适时地提出公众对加强公共卫生能够做出贡献，每个人都可以从小事做起。作者还指出了媒体报道对公共卫生事件的重要影响。媒体报道可以保障公众的知情权，也能告知公众采取必要的自我防护措施。作者在本书最后乐观地展望：有朝一日可以宣布流行病末日的到来。但是，鉴于人类与病毒的共存关系，只要有人类存在，病毒末日就永远不会来临。如同地球自然风暴永远存在，病毒风暴也将永远存在。但是，随着国际社会和各国政府对传染病的防控投入不断增加，防治技术也得到了快速的进步，在大数据时代的背景下，人类应对病毒风暴的前景是乐观的。中国疾病预防控制中心首席专家邵一鸣指出，只要政府、公共卫生机构和民间科学组织通力合作，尤其是得到公众的鼎力合作，人类完全有能力抵御各类病毒风暴的侵袭。

《病毒星球》从病毒的作用、机制、影响等出发，来阐述病毒对环境及人类的意义。早在人类出现之前，病毒就占领了这颗星球，经历过高温、酷寒或干旱等极端条件，到现在病毒仍然无处不在，抗生素或感冒糖浆等最近用来对付它们的小玩意,更是无法伤及病毒毫发。病毒在我们的DNA里留下了丰富的信息,人类DNA片段中8%来自病毒,说它们是我们亲缘有点远的祖先也不为过。但是要小心,这些休眠在人类DNA中的片段在特定条件下可以复苏,重新组织成活跃的病毒。病毒并不总是面目可憎,人类吸入的氧气里,有1/10是病毒带来的。被视为宫颈癌罪魁祸首的HPV,其实男女通吃且分布广泛,但绝大多数情况下它们都与人类和平共处。病毒在不同宿主间穿梭,有一定概率携带上一部分宿主的基因片段,然后插入到下一位宿主的基因里,在你感叹人类或其他物种多样性的时候,别忘了其中也有病毒的"一份功劳"。不可否认,病毒也是自然创造的冷血杀手。甲流、埃博拉、SARS,这些病毒让人类措手不及,它们本来只攻击蝙蝠、老鼠或鸟类等,怎料自然演化无意之间将人类写进了病毒的黑名单。尽管疫苗不断更新,但演化的力量让病毒一次次地突破我们的防线。这本书会让你重新理解病毒与人类的关系,认识人类在万物中的位置。

"要了解一个城市,较简便的方式是探索那里的人们如何工作、如何恋爱、如何死亡。"除了纪实文学作品,小说也能让读者对其中的情节和人性的描写产生强烈共鸣,觉得仿佛是个寓言。《鼠疫》与《高危地带》就是两部代表性小说。

《鼠疫》描写了北非一个叫奥兰的城市在突发鼠疫后,以主人公里厄医生为代表的一大批人面对瘟疫奋力抗争的故事。一场突如其来的鼠疫降落在一个原本平淡无奇的城市里。开始是城中老鼠大量死亡,人们只是感到惊奇,但并不惊慌,政府部门也是极力掩盖事件的真相……《鼠疫》是加缪最重要的代表作之一,淋漓尽致地展现出那些敢于直面惨淡的人生、拥有"知其不可而为之"的大无畏精神的真正勇者不绝望不颓丧,在荒诞中奋起反抗,在绝望中坚持真理和正义的伟大的自由的人道主义精神。

《高危地带》揭露了一场一触即发的病毒危机。由于热带雨林被摧毁,原本生长在雨林中的各种致死病毒冲破了屏障,开始报复性地四处蔓延,人类一旦被感染便无药可治,只有死路一条,而且死状可怖。这是一个发生在华盛顿某实验室的令人毛骨悚然的戏剧性故事。一种突发的源于中非雨林地带的致命传染性病毒埃博拉出现在华盛顿的近郊。这种传染病来得势不可挡,无法治愈。短短一段时间内有90%的感染者都无一例外的遭遇死亡。著名科幻小说家亚瑟·查理斯·克拉克评论说,这是他读过的最恐怖、最精彩的小说之一,甚至超过了惊悚小说大师斯蒂芬·金与迈克尔·克莱奇顿。书里的事件是真事,而且就在华盛顿纪念碑的视域之内发生。令人毛骨悚然的是，这种事件迟早还会卷土重来。

三、光影与镜头下，我们不仅看见故事更可见抗争

由于新型冠状病毒迅速蔓延到世界各地，更多的人开始意识到它带来的严重威胁，由史蒂文·索德伯格执导的惊悚片《传染病》，在短短几个月内就从华纳兄弟排行榜的第270位跃升至第2位。芝加哥大学的研究生斯里弗纳擅长研究病态好奇心。当他注意到1995年电影《极度恐慌》的受欢迎程度出现类似飙升时，他很震惊：人们为什么会寻找描写传染病威胁的电影和电视节目呢？斯里弗纳的假设是，这种"病态好奇"的行为是一种通过从想象中的经验中学习，以此应对威胁的进化响应机制。他在论文中写道："我们可能会认为这些搜索词的普及率飙升，是因为人们正在尝试了解有关新型冠状病毒暴发的最新信息，以应对最近对其日常生活的影响。"

下面推荐几部与传染病相关的影视作品，如《传染病》《流感》《大明劫》《天外来菌》《极度恐慌》及《末日病毒》等。

《传染病》是一部由史蒂文·索德伯格执导的动作片。讲述了一种新型致命病毒在几天之内席卷全球的故事。剧情介绍：贝丝·埃姆霍夫结束在香港的出差回到明尼阿波利斯，突然感到身体不适，原以为只是时差问题，没想到病情急转直下，两天之后死在了医院的急诊室里。医生告诉她丈夫托马斯，其妻子的死因不明。很快，类似的病例出现在全世界各大都市，先是咳嗽、发烧，接着是昏迷、脑出血，最后无一例外都是死亡。从明尼阿波利斯到芝加哥，从伦敦到巴黎，从东京到香港，病毒跨越国界，通过最普通的人类日常接触，一传十、十传百，一天内有数以万计的人被感染，一场全球大瘟疫就此暴发，记者艾伦趁机散布对政府和医疗机构不利的舆论报道，其影响越来越严重。美国疾控中心的研究员们全体动员，希望在病毒突变之前，破解出它的生物学密码。与此同时，世界卫生组织工作人员利奥兰特斯正努力寻找病毒传染到人类身上的起源，希望借此找到有用的疫苗。

《流感》以蔓延全球的流感为背景，描写了灾难来临之际，韩国各行业、各阶层人民的反应。该片是由金成洙编导的一部韩国灾难惊悚电影。剧情介绍：一群东南亚偷渡客历经艰险来到韩国，但是整个集装箱内的偷渡客几乎全部死亡，只有一人拖着羸弱的身体侥幸逃入闹市之中。殊不知此人身上携带致命猪

流感病毒，短短一天时间，病毒迅速蔓延城市的各个角落。许多人在不知不觉间被感染，进而将死亡的阴影引向周围所有的人。美丽的女医生金仁海是一位单身妈妈，她不久前遭遇一场车祸，幸被消防队救援人员姜智久救出，却因丢失重要论文资料而备受上司苛责。值此期间，韩国蛇头的弟弟因流感送入仁海的医院治疗，医护人员经诊断终于发现流感的起因，死尸横陈的集装箱无疑成为查找病源的关键。未过多久，猪流感病毒呈几何式暴发蔓延，坐享太平的民众面临前所未有的灾难。

《大明劫》讲述了崇祯十五年（1642年）瘟疫横行，李自成攻打开封，明朝江山内忧外患，孙传庭与吴又可分别誓死抗击闯军与瘟疫的故事。该片是由王竞执导的历史灾难题材影片。剧情介绍：明朝崇祯十五年，全国内忧外患，大将孙传庭临危受命，带着妻子冯氏来到潼关抵抗李自成的军队。与此同时，游医吴又可怀着济世救人之心来到潼关拜访师傅——药局提领赵川。大敌当前，孙传庭军中士兵染上怪病，同时还要面对崇祯皇帝的催促出兵和潼关豪绅顾清远等人的自私敛财。赵川因施救不力以身殉职，吴又可在危难之时挺身而出，靠着不同寻常的治疗方法与孙传庭惺惺相惜。最后瘟疫终于被控制住，但是国家的病症能否被战争治好，吴又可和孙传庭都无法预料。

《天外来菌》讲述了美国一艘太空梭在墨西哥的荒凉小镇坠落，导致该镇居民除了一老一少重伤之外全部离奇死亡。特别营救小组将两位幸存者带回实验室进行研究，最终发现了一个可怕的秘密。该片改编自迈克尔·克莱奇顿的同名畅销小说，是由迈克尔·塞洛蒙导演的恐怖科幻迷你剧。剧情介绍：犹他州的皮德蒙特小镇，一对男女情侣正在山上约会，突然一颗人造卫星掉落。好奇的两人将卫星带回小镇，却不知道也将可怕的灾难带回了小镇。突然间小镇上暴发了可怕的病毒，人们纷纷不明原因地死去。为防止病毒扩散到其他城市，军队封锁了小镇，并派出了代号为"仙女座"的科学队前去查明病源。队员包括：传染病学家杰里米（Jeremy）、外空生物学家安吉拉（Angela）、微生物学家金（Tsi）、病理学家夏琳（Charlene）。同时，一个名叫杰克的记者似乎也在探寻着不可告人的秘密……

《极度恐慌》讲述美国病毒专家奉命调查非洲的扎伊尔莫他巴河谷神秘致命病菌，并防止病毒扩散的故事。该片是沃尔夫冈·彼德森执导的剧情片。剧情介绍：1967年，非洲扎伊尔莫他巴河谷的雇佣军兵营中流行了一种奇怪的疾病，人员不断死亡。美国军医抽取了感染血样后，乘坐直升机离开。傍晚，另一架直升机飞来投下了巨型炸弹，整个兵营在一瞬间全被毁灭，只有惊恐的白脸猴在附近的树林中尖叫着……90年代，美国传染病研究所上校军医山姆接到上司比利将军的指示，与同事索尔少校一起前往非洲扎伊尔考察一种奇怪的病毒。他们所见的景象十分凄惨，令人震惊。但幸而这种病毒不会通过空气传染，因此还容易加以控制。山姆在采集了病毒样本后离去。与此同时，一个名叫金宝的美国青年在发病村庄附近的树林中捕捉了一只小白脸猴，并准备把它带回国出售。山姆将他采集到的病毒命名为“莫他巴山姆病毒”，但在做了报告之后，山姆却接到了停止调查的通知。原来，此次的病毒与1967年发现的病毒极为相似，而后者早已被用来制造生物武器。毫不知情的山姆被分派了新的工作。这时金宝已经把他在扎伊尔捕到的猴子偷偷地带回了旧金山的香柏溪镇。由于猴子不合买主的要求，金宝只得找了片树林把它放了，但一种神秘的疾病却很快在香柏溪蔓延。得知此事后，山姆没有服从上级的命令去新的工作地点，而是和索尔一起前往香柏溪镇。

《末日病毒》讲述了一种高致命性和传染性的病毒在世界上蔓延开来，四个好朋友打算一起逃出避难的故事。该片是由亚历克斯·帕斯特尔执导的一部恐怖片。剧情简介：一种高致命性和传染性的病毒在世界上蔓延开来，为了避难，丹尼和哥哥布莱恩及其女友波比，还有好友凯特，驾车以最快的速度穿越美国西南部的沙漠地带。他们希望寻找的是一个相对安全的地方，可是花掉了整整几天的时间，他们却意识到，也许偌大的国家再也没有可供他们容身的地方了。不仅是病毒的肆虐压迫着每个人的神经，他们还不断地被迫去面对道德伦理方面的决定并挑战制造出来的压力——都是一些他们以前无法想象出来的艰难的人性抉择。很快，他们就发现，原来阻挡在他们面前的最大的敌人，并不是不断袭击并打垮人类的致命细菌或病毒，而是隐藏在他们内心深处的黑暗与邪恶……

《黑死病》讲述了主教认为是巫师散播疾病而意欲惩治，以上帝的名义派人缉拿的故事。该片是由克里斯托弗·史密斯执导的一部剧情片。剧情简介：故事发生在1348年鼠疫肆虐的中世纪英格兰。奥斯蒙，一个年轻的僧侣，负责引导骑士乌尔里希和他的雇佣兵前往遥远的沼泽地中的村庄，这个村庄因为尚未受到黑死病的侵害，所以笼罩着神秘的色彩。乌尔里希一行来到这里追捕一个异教的巫师，传闻他能够使死者复活。在这个伴随痛苦煎熬的征程中，乌尔里希的特使找到了这个村庄，这是一个令人毛骨悚然的乌托邦，由一个美丽的巫婆兰吉瓦领导。在她向奥斯蒙说出了她心底的秘密后，奥斯蒙被迫在自己的信仰和村庄的存亡间做出抉择。

我们从传染病相关的历史著作、纪实文学、经典文学作品或影视作品中可以了解传染病及相关防疫知识，并能设身处地地感受到疫情对国家社会及人民生活的巨大影响。当前，新冠疫情在世界范围内尚未得到完全控制，尊重医生的建议、国家的倡导，是我们首先应该做的事情。勤洗手，多消毒；咳嗽打喷嚏时捂住口鼻；尽量戴上符合要求的口罩；肉类煮熟等等。面对疫情，我们要保护好自己，并将这些方法传播给身边的人，特别是老人小孩。应对恐慌，我们需要的是耐心与行动。

2003年SARS波及全球30多个国家和地区，被称为21世纪人类遭受的第一场瘟疫。在人类自认为控制了大多数传染病的今天，面对这样一场突如其来的灾难，不能不感到惊恐。然而，如果我们翻开历史就会发现，传染病这个人类的天敌，一刻也没有停止对人类的侵害，而人类也始终与传染病进行着顽强的斗争。在历史上，危害过人类的传染病有鼠疫、天花、霍乱、麻风、白喉、梅毒、斑疹伤寒、疟疾、狂犬病、肺结核等数十种之多。当然，它们给人类带来的危害程度并不相同，其中以鼠疫和天花为最。

随着科学的进步和医学家不懈的努力，人类在预防和控制传染病方面已经取得巨大的进展。至此，那些历史上作恶多端的传染病大都被人类有效地管制。20世纪70年代起，在许多国家，传染病这个人类的第一杀手已让位于心脑血管、肿瘤等其他疾病，医学研究的重点也发生了转移。这一切都使人们忘记了传染病曾经给人类带来的灾难，我们似乎已感觉不到传染病的威胁了。就在此时，新的传染病又悄悄向我们袭来，艾滋病、军团菌病、莱姆病提示我们，传染病仍威胁着人类，最近暴发的新冠疫情更为我们敲响了警钟，告诉我们人类与传染病的战争还将继续下去。所幸的是，人类在与传染病的斗争中已积累了许多宝贵经验，再利用科学这个武器，凭借我们的智慧和顽强拼搏，最终一定能战胜病魔。只要我们大家同心同德、众志成城，就能熬过疫情的寒冬，迎来光明灿烂的春天。

参考文献

[1] 世界历史上十大传染病死亡事件.健康大视野,2009(11):80.

[2] 麦克尼尔.瘟疫与人.余新忠,毕会成,译.北京:中信出版社,2018.

[3] 加勒特.逼近的瘟疫.杨岐鸣,杨宁,译.2版.北京:生活·读书·新知三联书店,2017.

[4] 巴里.大流感:最致命瘟疫的史诗.钟扬,赵佳媛,刘念,译.上海:上海科技教育出版社,2018.

[5] 刘滴川.大瘟疫:病毒、毁灭和帝国的抗争.成都:天地出版社,2019.

[6] 王哲.上帝的跳蚤:改变人类历史的瘟疫.北京:同心出版社,2015.

[7] 辛瑟尔.老鼠、虱子和历史:一部全新的人类命运史.谢桥,康睿超,译.重庆:重庆出版社,2019.

[8] 华琪.非典警示录:SARS过后的沉思.北京:华文出版社,2003.

[9] 何建明.非典十年祭:北京保卫战.北京:新世界出版社,2013.

[10] 王宏甲.非典启示录.福州:海峡书局,2013.

[11] 杨瑞馥,刘超,夏晓东.现代瘟疫:埃博拉病毒病.北京:科学出版社,2015.

[12] 普雷斯顿.血疫:埃博拉的故事.姚向辉,译.上海:上海译文出版社,2016.

[13] 麦科明克,费雪贺区.第四级病毒:一对病毒学家与致命病毒的战争.何颖怡,译.汕头:汕头大学出版社,2004.

[14] 沃尔夫.病毒来袭:如何应对下一场流行病的暴发.沈捷,译.杭州:浙江人民出版社,2014.

[15] 齐默.病毒星球.刘旸,译.桂林:广西师范大学出版社,2019.

[16] 加缪.鼠疫.刘方,译.上海:上海译文出版社,2013.

[17] 普莱斯顿.高危地带.吴飞,高红梅,译.重庆:重庆出版社,2005.

[18] 张文宏.传染病学.(2020-05-06)[2020-06-28].https://www.icourse163.org/course/FUDAN-1206696808.

[19] 沈孝兵.突发公共卫生事件应急处置机制.[2020-06-29].http://

wmooc.icourses.cn/zmzb2.html.

[20] 历史上人类与传染病的斗争.（2003-05-12）[2020-06-29].http://www.cas.cn/zt/jzt/kpzt/zkywfzfdzgx/kysh/200305/t20030512_2666839.shtml.

[21] 五道口供应链研究院.全球15部关于传染病最经典的电影.（2020-02-03）[2020-06-29].https://baijiahao.baidu.com/s?id=165751608538840734&wfr=spider&for=pc.

[22] 疫情实时大数据报告.[2020-06-01].https://voice.baidu.com/act/newpneumonia/newpneumonia/?from=osari_pc_3.

[23] 李兰娟,任红.传染病学.北京：人民卫生出版社,2018.

天灾，只能面对；人祸，或可避免

——重大人为灾难回顾

导读者：华苏永

经历过2003年非典疫情的人们，可能还心有余悸。眼前仍肆虐全球的新冠病毒，其高传染性和高致死率，更增加了我们对恶性传染病的恐惧。此次疫情对社会方方面面所产生的广泛而深远的影响，也促使人们对各种灾难进行更加深刻的反思。相比于面对天灾的无能为力和面对疾病的努力抗争，或许人们更需要深刻反思与总结的，正是人类自己造成的灾难。因为，只有通过反思和总结，才可能减小人为灾难再次发生的概率；或者，当不幸再次发生时，只有通过反思与总结获得的应对措施，才能最大限度地减少损失。

了解灾难，面对灾难，反思灾难，总结灾难，进而降低灾难损害或避免灾难。今天，就让我们一起通过一些文献资料，来了解人类历史上的各种人为灾难。

一、战争与冲突——无处安放的欲望、贪婪和偏见

纵观几千年人类文明史，战争几乎是文明进程中的永恒话题和挥之不去的阴霾。从持续了整整两个世纪（12、13世纪）的十字军东征开始，世界级战争已经发生了多次。最近的第二次世界大战，从其结束至今也只有短短70多年。哪怕是文明发展到了今天，从全球范围来看，小规模战争和局部武装冲突从来没有间断过。可见，战争离我们并不遥远。

从参战各方的立场来说，战争有正义与非正义、复仇与抵抗、胜利与失败等等区别。而对整个人类来说，战争造成的人员伤亡和城市毁坏，及其导致的疾

病、饥荒和难民问题，都是实实在在的灾难。除去战争本身的物资消耗，战争直接和间接造成的伤亡数字和毁灭烈度要远高于各种自然灾害。第一次世界大战期间，被称为“凡尔登绞肉机”和“索姆河地狱”的两场战役中，参战各方共计投入250多个师的兵力，两场战役直接造成的士兵伤亡就高达200余万。第二次世界大战期间，美国在日本投放的两颗原子弹，虽然加速了日本的投降，加速了亚太地区反法西斯战争的胜利，但是对于全人类来说，其造成的伤害恐怕永远无法抚平。两座城市几乎毁灭，连续几代人持续承受着核辐射造成的污染和疾病。

在人类的历史长河中，关于战争主题的历史资料、文学作品、影视剧作品等浩如烟海。其中有控诉和反对战争的，有从战略战术角度分析战争的，但更多的则是对战胜方和战争英雄的歌颂。而今天要向大家推荐的，是一本从灾难角度描述世界战争史的书——《世界上最惨重的自然、军事灾难：关于历史上发生的重大灾难的记述》，作者是克里斯·麦克纳伯，一位出版了30余本涉及军事历史和人类生存等方面著作的美国作家。全书分为两大部分：前半部分主要讲述人类历史上的重大自然灾难和工业灾难；后半部分则介绍人类历史上的重大军事灾难，时间跨度从远古时期的卡迭石战役和马拉松战役到最近的摩加迪沙战役。书中对每一起灾难的产生原因、结果和伤亡损失情况都进行了全面、细致的介绍。

除战争外，另一种对人类造成毁灭性伤害的人为灾难就是屠杀。提到屠杀，所有中国人都会立刻想到80多年前发生在南京的那场惨绝人寰的惨案。实际上，在中国乃至世界的历史长河中，无论是侵略、叛乱、革命、复仇，或是镇压所引发的战争，往往伴随着屠杀。明末清初的“扬州十日”和“嘉定三屠”，其惨烈程度相较于南京大屠杀有过之而无不及。但由于胜利者所书写历史的粉饰，这两次异常惨烈的大屠杀在很长一段时间内却鲜为人知。

如果说战争来源于欲望和强权，那么屠杀，尤其是对无辜平民的屠杀，则更多源于偏见和人性的丧失。这里为大家推荐一本关于“二战”期间纳粹德国屠杀犹太人的书——《大屠杀：根源、历史与余波》，作者是戴维·M.克罗。该书对犹太人在第二次世界大战中遭受到几乎民族灭绝命运的原因进行了系统、全面的研究。作者回溯了从犹太人起源一直到20世纪初犹太人的历史命运，清晰勾勒出了犹太人在西方文明进程中的地位起落——犹太教的兴盛与衰落、犹太人的形象如何被歪曲。犹太人以其足够悲惨的历史命运，为20世纪希特勒治下的德国推行的种族灭绝政策奠定了基础。作者详细地叙述了纳粹德国的种族灭绝政策从思想起源、制度认可到实施的整个过程。

二、恐怖事件——危害社会安全的毒瘤

第二次世界大战结束后，世界格局进入了一个新的平衡状态。但是，不同阵营之间的意识形态对立仍然存在，种族仇视、宗教分歧以及国家地区之间的贸易和政治摩擦并未消除。从世界范围来看，局部小规模战争、种族冲突、领土争端、贸易摩擦等等并未减少，有些冲突甚至表现出上升或加剧的趋势，所以说战争与冲突离我们并不遥远。在目前相对平衡的世界格局下，由于争端双方的军事力量差异巨大，军事力量较弱的一方，往往倾向于采取更加极端、更加邪恶的冲突方式，即针对平民的恐怖活动，例如纵火、投毒、爆炸、绑架、劫持等等。

相比于战争和武装冲突，恐怖活动具有更高的隐秘性和随机性，也因此离我们更近。从新闻报道来看，近十几年来全球范围内的恐怖活动频率明显上升。虽然世界主要国家和地区从二十世纪六七十年代开始，就陆续针对恐怖主义采取了积极的应对措施并进行相应立法，但从实际情况来看，恐怖活动在规模、危害性、组织性等方面仍然呈明显的上升趋势。各国在反恐斗争中越来越多的投入和越来越密切的合作，仍然难以遏制恐怖主义毒瘤不断膨胀。或许在不久的未来，恐怖主义会成为将世界再次带入灾难的罪魁祸首。因此，我们每个人都需要深刻认识恐怖主义、恐怖组织和恐怖活动。此处按时间顺序列举发生在近二十年的部分惨烈恐怖事件。2014年中国昆明火车站“3·01”严重暴力恐怖案：2014年3月1日21时许，昆明火车站广场发生蒙面暴徒砍人事件，截至3月2日6时，共造成29人死亡、130余人受伤。2011年莫斯科多莫杰多沃机场遭恐怖袭击：2011年1月24日，位于莫斯科南部的多莫杰多沃机场发生自杀式爆炸，爆炸导致35人死亡，近200人受伤。2010年莫斯科地铁爆炸事件：莫斯科时间2010年3月29日早晨7时50分左右，莫斯科市卢比扬卡地铁站内一节车厢发生爆炸，连同随后的两起爆炸共导致40人死亡，近百人受伤。2004年别斯兰人质事件：2004年9月1日上午9时30分左右，一伙武装分子突然闯入俄罗斯南部北奥塞梯共和国别斯兰市第一中学，将大部分学生、家长和教师赶进学校体育馆劫为人质，事件在9月3日结束但导致333名人质死亡。2004年

马德里地铁连环爆炸案：2004年3月11日上午，马德里发生的系列爆炸案导致191人丧生，受伤人数超过1500人。

21世纪，甚至是有历史记载以来，程度最为惨烈、影响最为深远的恐怖袭击事件，当属2001年发生在美国的“9·11”恐怖袭击事件。在此，为大家推荐关于恐怖主义灾难的图书是《“9·11”委员会报告：美国遭受恐怖袭击国家委员会最终报告》。这本书的内容主要来源于美国国家反恐委员会（“9·11”独立调查委员会）对袭击事件的报告，主要包括：基地组织与制造“9·11”袭击的组织；情报搜集、分析及处理方法；国际反恐政策；恐怖组织如何筹集资金；美国对外的安全防御；以及对美国前总统克林顿和布什的独家采访。通过此书，读者可以全面、深入地了解“9·11”事件的来龙去脉及后续，对恐怖主义、恐怖组织、恐怖活动、反恐斗争等内容也会有更加深刻的认识。

三、事故灾难——文明进步的代价

人类进入工业时代以来，科技的变革、经济的繁荣，无疑使人类文明的步伐越来越快。幸运的人们在享受着工业创造的舒适和便利的同时，也有一些不幸的人承受了工业失误或疏忽带来的灾难。

工业灾难的恐怖排行，当首推核事故灾难。核灾难的恐怖，不仅源于初期的爆炸、火灾等，更源于事故后几代甚至十几代人都要无尽地承受事故造成的核污染及其带来的疾病。离我们最近的一次严重核泄漏事故为2011年日本福岛核泄漏事故，至今已近十年。历史上最严重的核电事故，毫无疑问是苏联统治下乌克兰境内的切尔诺贝利核电站核子反应堆事故。切尔诺贝利事件发生在1986年，直到2014年，在无人机航拍镜头中，荒废的切尔诺贝利仍静谧如鬼城。关于此次灾难对人们带来的影响，我们可以通过一本书来深切体会——《切尔诺贝利的祭祷》，作者为白俄罗斯的斯维特兰娜·阿列克谢耶维奇。该书作者冒着核辐射危险，深入切尔诺贝利事故发生现场，历时数年，访问了上百位受到核灾影响的平民，从口述者的独白中揭示出这场灾难造成的痛苦始终存在。

除核灾难外，海难、空难与交通事故也是人类文明进步的代价。探索星辰大海，是人类永恒的主题之一。随着科学技术的发展，人类的远航潜海、航空航天和陆上交通技术日新月异，使得世界甚至宇宙变得越来越小，但是，一旦发生意外，更高的运载能力和更快的速度，也带来了更加严重的灾难。电影《泰坦尼克号》让一百多年前的旷世海难家喻户晓；2014年的马航MH370航班失事后，机身至今尚未找到。整理本期导读过程中，在搜索引擎中输入"海难""空难""轨道交通事故"等关键词时，成千上万条搜索结果和一串串伤亡数字令人不忍卒读。

最后，再向大家推荐一本科普性灾难记录图书——《不可不知的世界5000年灾难记录》，这本书的主编是李杰卿。书中除了本节讨论的海难、空难外，还包括地震、火山、海啸、干旱、洪水、饥荒、瘟疫等自然灾害和疾病，也包含第一部分提到的战争和屠杀。每个灾难事件笔墨不多，既可作为了解灾难历史的科普读物，也可作为进一步研究的索引工具书。

作为众灵之长、地球的统治者，人类无疑是伟大的；而面对自然，人类却与众灵一样渺小。在有历史记录以来，人类一直在努力对抗自然带来的灾难，而同时也给自己带来更多的灾难。看当下科学技术几何级数的发展态势，或许有一天人类真的可以征服自然，克服所有自然灾难，但要如何面对越来越多、越来越重的人为灾难呢？我想，首先需要做的，应该是心灵的内省和对人性的思考。作为个体，面对人为灾难时虽无能为力，但绝不能助纣为虐。

参考文献

[1] 麦克纳伯.世界上最惨重的自然、军事灾难：关于历史上发生的重大灾难的记述.刘淑华，等译.上海：上海科学技术文献出版社，2010.

[2] 克罗.大屠杀：根源、历史与余波.张旭，译.上海：上海人民出版社，2015.

[3] "9·11"委员会报告：美国遭受恐怖袭击国家委员会最终报告.赵秉志，王志祥，王文华，译.北京：中国人民公安大学出版社，2004.

[4] 阿列克谢耶维奇.切尔诺贝利的祭祷.孙越，译.北京：中信出版社，2018.

[5] 李杰卿.不可不知的世界5000年灾难记录.武汉：武汉出版社，2010.

灾难来了，会自救！

导读者：徐晓艳

地球，这个人类赖以生存的星球家园，是一个既美丽神奇又变幻莫测的地方。地震、洪水、泥石流、火山喷发、台风、海啸等自然灾害不断威胁着人类的生命。交通事故、火灾、爆炸、矿难等意外事故，以及各类公共卫生安全事件和社会安全事件愈发让人们的生活充满变数。灾难离我们并不遥远，并且往往令我们措手不及。就像2020年的新冠疫情，在人们没有防备的情况下，突然就让整个世界为之停摆。那么，当灾难发生时，谁来守护我们呢？首先，要靠我们自己！

应对灾难，关键是“三分救助，七分自救”。在紧急状况下的自救能力，对每一个人来说都是至关重要的，影响着我们的生命安全。但是，从近年来发生的灾难的惨痛教训中发现，我国民众的灾难逃生自救意识和技能薄弱。在很多事件中，部分遇难者由于缺乏自救知识，不能有效自救和逃生，最终不幸遇难。有关调查研究发现，大学生往往高估了自身应对灾难的能力，备灾意识不够。

自救能力，不能靠灾难来“培养”，更重要的是在平时，需要居安思危，将危机意识、自救意识扎根在我们每个人心底。因此，在全社会范围内普及灾难逃生自救技术和相关知识极为重要和迫切。

一、未雨绸缪，学习自救知识

已有很多书籍和课程从不同角度对灾难自救进行了很好的总结，用鲜活的例子向读者讲述灾难自救逃生的基本技术和方法。这些都能填补我们灾难逃生自救系统化科普的空白，我们都该牢牢记住这些技术方法和宝贵经验，最终它们会成为我们遇到灾难时的行动指南。通过学习这些作品，我们能更深入地掌握灾难逃生自救知识和基本逃生自救技能，有助于灾难发生时保持冷静，在现场选择正确的逃生和救助方式，减少人员伤亡，最大限度保障生命安全。

《图说灾难逃生自救丛书》是国内第一部用漫画形式讲述灾难避险逃生自救的科普丛书，由中华医学会灾难医学分会主任委员、中华预防医学会灾难预防医学分会主任委员、上海市东方医院院长、教授刘中民牵头完成，由人民卫生出版社出版，于2018年获得“国家科技进步二等奖”。该套丛书共分十五册，涉及在地震、水灾、交通事故、火灾、雪灾、海啸、煤气中毒、化学品事故、矿难、爆炸事故、踩踏事故、泥石流、极端高温等这些我国常见的灾难类型中，可采取的最简易的自救方法。该套丛书体现出系统性、全方位、广覆盖的特点。刘中民教授认为：“灾难医学救援强调和重视‘三分提高，七分普及’的原则。当灾难发生时，尤其是大范围受灾的情况下，往往没有即刻的、足够的救援人员和装备可以依靠，加上专业救援队伍的到来受时间、交通、地域、天气等诸多因素影响，难以在救援早期实施有效救助，于是，身处现场的人民群众积极、正确、及时的自救非常重要。因此，在全社会普及灾难逃生意识与自救、互救技能，就显得极为重要和迫切。”

约翰 · 怀斯曼撰写的《灾难自救书》一书，包含在野外，在任何天气、任何条件下生存下去的所有自救知识与指南——在地震、海啸面前，你如何逃生？在缺水的情况下你怎么办？如果没有火柴，你如何生火？如何在紧急情况下为自己搭建避难所？如果你受伤需要救护，如何发送求救信号？如果你在野外迷路了却没有地图指引方向，你该怎么办？在灾难面前，你除了必须掌握自救知识以外，还必须备好一个救生宝盒和急救箱，配备相应的物品，以便在紧急情况下使用，争取更多的生存机会。约翰 · 怀斯曼（John Wiseman）是一名英国作家和生存顾问，在陆军特种部队服役26年之久，以意志坚定、擅长野外求生术蜚声军内外，由此荣膺皇家特种航空部队（SAS）教官。他以自己半生军旅生涯的丰富经验，传授如何在户外——陆地、海洋、沙漠、天涯海角，在任何恶劣的天气下生存下去。怀斯曼经典语录：“任何人，只要喜爱远足、旅游、探险、行车的普通人，都可能被意外隔绝在地球上的任一地点：茫茫沙漠、热带雨林、无际大海……怎样应对突发事件发生时可能面临的各种危险，除了勇气以外，更重要的是有能力评估自己的生存机会，拥有高超的求生方法和技巧。”

我们还可以通过开放课程学习灾难自救知识。同济大学在中国大学MOOC网站开设了国家精品网络课程“灾难逃生与自救”。当灾难发生时，专业救援队伍通常难以在救援的早期实施有效救助，如果身处现场的人民群众能够积极科学地自救互助，往往会很大程度上降低伤害。因此，中国国际紧急医疗队所在的上海市东方医院的一批专家，有志于投身救援知识的普及工作，以言简意赅、通俗易懂的风格，全面介绍我国各类常见灾难的类型、成因、特点、预防措施、逃生自救方法，以及医学救援基本技术和方法。通过课程学习提高民众应对灾难的能力，普及和提高社会大众临灾自救互救意识，对我国的防灾、减灾、救灾工作起到一定的促进和推动作用。

二、身临其境，灾难自救技能

面对突如其来的灾难时，我们需要利用科学和专业来保护生命。面对地震、火灾、海啸这三种灾难，常见的灾难自救方法有哪些呢？很多灾难题材的电影展示了哪些自救方法？这些有效的方法都值得我们去学习。

地震来临，你会自救吗？地震被称作是自然界中最可怕的暴力，它们的发生往往毫无征兆，其强大的破坏力可能瞬间就会夺走人类的生命，且很少能采取有效的防范措施。地震虽可怕，但是如果你事先掌握了必要的自救知识，抓住时机，冷静判断，选择正确的避震自救方法，就有可能从地震灾难中脱险。那么，当地震来临，在短短的十几秒时间内，如何迅速选择方法自救呢？第一，地震时如果在室内，时间充裕可以迅速跑到户外的空旷位置。千万不要慌乱跳楼，立即切断电闸和煤气。就近选择室内安全三角区位置，如结实家具下（旁）、承重墙壁墙角、厨房和厕所等小开间地方。注意不能躲避在无安全三角区的床上和地板上、不结实墙体下、阳台、窗户边、电梯等地方。蹲下，保护头部，远离玻璃、镜子等易碎品和挂画、吊灯等易坠物。等待震动停止后，立即有序通过楼梯跑到室外，不要乘坐电梯。第二，地震时如果在室外，待在原地不要跑，在开阔位置蹲下或趴下。远离建筑物、电线电缆、路灯、广告牌等。第三，地震时如果在车上，迅速靠边停车，待在车内，蹲伏于座位下。不要把车停在建筑物、大树、桥或电缆下面。等待震动停止后，小心开车前行，注意观察受损的道路和桥梁。第四，地震时如果在电梯中，电梯遇到地震时一般会自动停梯。此时，电梯中的人应紧握扶手、膝盖弯曲、紧贴内壁，以减少可能的坠梯伤害。随后呼救，等待救援。第五，若在山区野外，通常山顶较安全，若遇到滚石，则沿着滚石滚动的方向跑或躲到障碍物下保护好头部。第六，若在人群聚集场所，不要慌乱，立即寻找安全三角区躲避，保护头部，避开易碎品或易坠物，等待震动停止后有序撤离。第七，若在公共交通上，听从指挥，不要拥挤，等车停稳后有序撤离，未停车前，做好防震姿势，保护头部。

地震发生后，因为身陷废墟很多人离开了这个世界，然而，在废墟下也创造了一个个生命奇迹。汶川大地震中，179小时后救出了滴水未进的映秀湾水电厂31岁马元江，196小时后营救出一位被困石缝的60岁老太太……如果不幸被埋在废墟，我们应该怎样自救脱身呢？面对黑暗、无助和坚固的废墟，一定要克服恐惧心理，坚定求生意志，相信自己能活下去。历史上众多生命奇迹都告诉我们，心理上的强大力量是创造生命奇迹的重要前提。等待自己清醒冷静后，就尽快想办法自救。将手脚挣脱，检查自己是否受伤，若流血，用衣物包扎止血。用衣物捂住口鼻，防止吸入灰尘。清理压在身上的物体，用物品支撑上方重物，尝试能否脱身。扩大活动空间，保持充足空气，向有光亮的方向移动。寻找食物和水，创造生存条件，等待救援。避免大声呼救，减少体力消耗。用手机、石头、口哨等物品向外发出求救信号，有人靠近时再呼救。多人同时被埋情况下，要协作计划和行动。

2019年上映的电影《大地震》，改编自唐山大地震中开滦煤矿万余名矿工矿井自救的真实事件，影片以震撼人心的故事和画面，给我们带来了一场教科书般的地震自救知识。片中仿若迷宫的巷道、失去联络的恐慌、不停袭来的余震，都让矿工们陷入了地狱一般的绝境，但他们凭借冷静的头脑、科学的安排、井然的秩序，在地震中于地下千米深处自救互救，在黑暗中摸索互助，被困十几个小时后终于返回地面，成就了一段求生传奇。

火灾突发，你会逃生吗？据统计，世界上平均每两个多小时就有一人在火灾中丧身，每年还有很多人被严重烧伤。近年来“11·15”上海静安区高层住宅特大火灾、“6·30”天津蓟州区莱德商厦火灾等重大火灾频发，火灾逃生不断受到人们的关注。潜伏在我们生活中的火灾隐患太多了，除了做好防火措施，一旦遭遇火灾，如何才能在火灾中安全逃生呢？火灾发生时，第一时间要拨打“119”求救电话，保持镇定，不要慌乱盲目地逃跑或跳楼，然后根据情况进行逃生自救。火灾逃生有四个要点：用湿毛巾捂住鼻子，防止烟熏；避开火势，果断迅速逃离火场；有效地寻找逃生路线；趴在地上等待救援。

于2012年12月在韩国上映的韩国灾难片《摩天楼》，不但引起观影热潮，而且成为都市火灾逃生的活教科书。如今摩天大厦盛行，万一着火，那些平日里风光无限的超高层就会变成难以逃生的火炉。不少观众看了这部电影才发现，原来不少都市消防队用的高架云梯最高只能升至19层。根据片中消防局长的台词，19层以上的高度就只能靠消防员冲入火海肉搏了。不过，由芬兰一家公司研发的全球最高的云梯车，在风力良好的情况下可攀升至最高112米的高度，按3米一层的高度计算，最高可到达大约37层楼的高度。但是，全球仅有一部分城市拥有该云梯。因此，在发生火灾的大楼内，万一不能迅速撤离到地面，也要尽量逃到19层以下，方便使用云梯车逃生。

海啸来临，你会脱险吗？海啸是一种灾难性的海浪，通常由海底地震引起，相对少见而破坏力惊人。人类历史上，已经数次经历惨绝人寰的海啸灾难。如果发现海啸前兆或者收到预警，应远离海边，迅速跑向内陆或高处；如果没有时间逃离海啸，应抓紧坚牢固定的物体，一定不能松手；万一不幸卷人海中，保持冷静放松，让自己漂浮海面，露出口鼻呼吸，尽量寻找漂浮物，往岸上移动，漂浮物多的离岸边近！

2013年上映的《海啸奇迹》，故事背景是2004年的东南亚海啸，影片由一个幸存家庭的真实经历改编。片中玛丽亚的经历告诉观众，碰到海啸一定要往高处走，哪怕你的腿像玛丽亚一样还在滴血，也要努力往树上爬。另外，海啸过后如果你尚幸存，一定不能待在原地，因为海啸通常不只有一波，在一波大浪冲过去之后，重力会把海浪拉回海里，随后形成第二次海啸。保持求生意识也很重要，除了洪水退后即刻撤到高处等待救援之外，也要懂得在不知道救援何时到来的情况下注意收集手边的淡水资源。比如影片中，卢卡斯在海啸过后从水中捡起了一瓶可乐，就是很正确的做法。此外，随身携带家人照片是一个很好的习惯，如果你与家人失散，这些照片在医院等地方就是你寻人的最佳帮手。

学会灾难自救，是灾难教育的一门必修课，是我们对生命的责任。面对灾难，不再害怕，用自救给予生命更多的可能性，给这个多灾多难的世界多一丝生的希望。最后，用《图说灾难逃生自救丛书》书中的一段话结束本篇："每一次灾难降临，都让我们痛彻心扉，失去家庭，失去亲人……灾难面前，生命如此脆弱！灾难也许还会再次发生，但生命只有一次，我们也许无法阻止灾难的发生，但我们至少应该有机会拯救自己，帮助他人。灾难面前，我们需要镇静、需要坚强，但更需要的是救人、救己的逃生常识。下一次灾难来临时，这些知识将成为您的救命锦囊。”

参考文献

[1] 怀斯曼.灾难自救书.烟雨，译.哈尔滨：北方文艺出版社，2011.

[2] 赵柱.灾难来了会自救：不看会死的紧急避害逃生术.北京：西苑出版社，2013.

[3] 朱小丽.实用自救互救与安全知识手册.北京：科学出版社，2017.

[4] 陈东，耀劲.大灾难.北京：团结出版社，1993.

[5] 杜贤.“图说灾难逃生自救丛书”：让读者如临其境学自救.中国新闻出版广电报，2019-07-25.

[6] 姜晓凌.面对灾难，您能做到“七分自救”吗.上海科技报，2013-03-13.

[7] 灾难逃生与自救.[2020-05-18].https://www.icourse163.org/course/TONGJI-1001909011.

生命书写与历史记忆：灾难中的受害者

导读者：孟祥保

灾难一直伴随着人类文明发展，无论是地震、飓风、大洪水、沙尘暴等自然灾难，还是黑死病、西班牙流感、疯牛病、SARS、埃博拉等重大恶性传染病，或者是泰坦尼克号沉没、博帕尔中毒事件、科威特油田大火、切尔诺贝利核电站事故等人为灾难，都给人类造成了巨大的伤痛。

英国诗人约翰·邓恩（John Donne）在《没有人是一座孤岛》中写道："没有人是一座孤岛，能在大海里独踞……无论是谁死了，都是我的一部分在死去，因为我是人类一员。"当下，正在经历着一场前所未有的新冠疫情，我们置身其中，更能切身感受到灾难带来的痛苦。在抗击疫情的过程中，我们该如何去面对灾难带来的伤害？我们又该如何去记忆伤痛？或许在阅读与思考中能够寻找到我们想要的答案。

一、灾难文学中的生命书写

灾难文学是人类抗击灾难历史的形象书写，是人类遭受灾难时情感的沉痛抒发，是人类战胜灾难信念的顽强表达。在中外文学史上，灾难题材作品因其深邃的灾难意识、人文的终极关怀和卓越的艺术成就而传诵至今，如薄伽丘的《十日谈》、加缪的《鼠疫》、马尔克斯的《霍乱时期的爱情》、阿列克谢耶维奇的《切尔诺贝利的回忆：核灾难口述史》、杜拉斯的《广岛之恋》、阿来的《云中记》，透过这些作品的文字，我们更深刻体会到灾难带来的伤害，更加尊重每一位生命。

《切尔诺贝利的回忆：核灾难口述史》是阿列克谢耶维奇的代表作之一。斯维特兰娜·阿列克谢耶维奇（Svetlana Alexievich），白俄罗斯人，著名记者和作家，2015年诺贝尔文学奖获得者，诺贝尔奖评委会给她的颁奖词是，“她的复调书写，是对我们时代的苦难和勇气的纪念”“她创造了一部情感史，你甚至可以认为它是一部灵魂史”。1986年4月26日，切尔诺贝利核电站反应堆发生爆炸，临近居民失去一切。该书真实记录了这一人类历史上最浩大的科技悲剧。全书分为“逝者的国度”“生者的国度”“悲哀过后的震惊”三个部分。作为纪实小说，阿列克谢耶维奇实地采访了切尔诺贝利事件的亲历者，有遇难者的家属和幸存者，有现场医生、教师、记者，有事件关联的政府官员和科学家、学者，还有被安置人员，基本涵盖了事件发生前后的各类相关人员。通过直接的采访，真实还原历史，让读者置身事件之中，更有临场感和震撼力。阿列克谢耶维奇说：“我唯一的痛苦是：我们为何没有从苦难中吸取教训，我们为什么不能说，我不想再受奴役了。我们为什么一次次遭罪？历史为何依旧成为我们的重负和命运？我没有答案，但我希望我的书能够让读者自己思考这些问题。”

《温故一九四二》是作家刘震云创作的纪实文学。刘震云，1958年生，河南新乡人，中国作家、编剧，第八届茅盾文学奖、2016年埃及文化最高荣誉奖、2018法兰西共和国文学与艺术骑士勋章获得者。《温故一九四二》是刘震云的中篇调查体小说，讲述了一个关于饥饿的故事。1942年，中国正处于抗日战争相持阶段，加上旱灾、蝗灾，致使河南哀鸿遍野、三千万民众离乡背井去陕西逃荒。“我”重温那段历史，采访了“我姥娘”“我花生二舅”的记忆，记录了这场几乎已被这个民族淡忘的灾难。文中写道：“当时世界最重要的部分是白宫、唐宁街十号、克里姆林宫、希特勒的地下掩体指挥部、日本东京，中国最重要的部分是重庆黄山官邸。这些富丽堂皇地方中衣着干净的、可以喝咖啡洗热水澡的少数人，将注定要决定世界上大多数人的命运。没有千千万万这些普通的肮脏的中国百姓，波澜壮阔的中国革命和反革命历史都是白扯。他们是最终的灾难和成功的承受者和付出者，但历史历来与他们无缘，历史只漫步在富丽堂皇的大厅。”刘震云曾说：“大家不知道1942年饿死过三百万人，相当于三个奥斯威辛集中营。于是我写了个小说，后来拍了电影，目的是在麻木的人身上扎一针。”

《白雪乌鸦》是作家迟子建创作的长篇小说。迟子建，女，中国作家，茅盾文学奖、鲁迅文学奖获得者，代表作品有《树下》《晨钟响彻黄昏》《北极村童话》《伤怀之美》等。《白雪乌鸦》讲述了一场鼠疫灾难的故事，小说描写了哈尔滨傅家甸地区的民众在东北鼠疫来临之时遭受的灭顶之灾，取材于1910年冬至1911年春在哈尔滨鼠疫的史实。小说描写了灾难中一群小人物的悲欢离合，如王春申、翟芳桂、翟役生、于晴秀、喜岁等，可爱又可恨，极富特色而又真实。正如小说扉页上所述，“每一个灵魂，都有自己的天堂”，作家最想集中呈现的是人性。作家关注鼠疫灾难，但不局限于灾难本身，意在借鼠疫这一灾难，还原一个时代，以及民众在灾难面前的人性呈现。小说在沉重的氛围中传达出人的真实本性、生命的活力。小说取名《白雪乌鸦》，作家解释称：“那场鼠疫发生的阶段，正是哈尔滨飘雪的时节；乌鸦在哈尔滨常见，有些专家还认为是满族人的图腾——当时清朝尚未覆亡。而且雪是白色，乌鸦是黑色，我喜欢黑白两色，这种冷色调，恰好应该是这部小说的基调。”

二、灾难历史中的事实呈现

人类历史既是一部文明发展史，又是一部灾难抗争与启示史。在浩如烟海的史籍中，随处可见对人类灾难的记载，如口述史、人物传记、新闻报道、历史档案、统计数据等。“读史使人明智”，美国历史学家斯塔夫里阿诺斯（Leften Stavros Stavrianos）在《全球通史》中对人类灾难的反思，英国历史学家汤因比（Toynbee）历经两次世界大战反思战争而写就名著《历史研究》，这些历史著作中的数字、史实和观念，能让我们更进一步理解人类的苦难史。

《中国救荒史》由邓拓撰写而成。邓拓原名邓子健，笔名马南邨、邓云特、于遂安等，福建闽侯人，中共党员，当代著名新闻工作者、政论家、历史学家、诗人和杂文家。《中国救荒史》成书于1932年，是中国灾害史的开山之作。其内容包括历代灾荒史实之分析、历代救荒思想之发展、历代救荒政策之实施三编。该书依据历史资料，通过数据统计分析，第一次全面准确地研究了中国从远古到民国时期的灾荒情况及变化特征，并探讨了灾荒的成因，梳理了各个时期的救荒政策、经验和思想。《中国救荒史》研究显示，自公元前1766年至公元1937年，3703年间灾荒共达5258次，平均约每6个月便有灾荒一次。从这组数据中，读者就可以深刻体会到人类始终生活在灾难之中，居安思危不可松懈。

《黑死病：1348—1349：大灾难、大死亡与大萧条》由英国历史学家弗朗西斯·艾丹·加斯凯(Francis Aidan Gasquet)撰写而成。弗朗西斯·艾丹·加斯凯由于其中世纪史方面的学术贡献,被《泰晤士报》誉为“中世纪史宗教方向的巨擘”。14世纪中叶,席卷欧洲的大瘟疫,使得2500万欧洲人失去了性命。该书翔实记录了这场灾难,叙述了1348—1349年黑死病在欧洲的整个传播和蔓延过程。作者作为教会人士,掌握和使用了大量的英格兰主教登记簿、庄园档案等第一手资料,因此该书具有较高的史料价值,读者对灾难也更具有直观的感受。《美国历史评论》称赞此书是“除了瘟疫时期备受惊吓的记录者之外,没有谁能像本书作者那样生动形象地描述黑死病是如何可怕、如何致命的了”。《英国医学杂志》认为“此书叙述生动,其处理医学史实的方式定能吸引流行病医学生的注意”。

最后重点介绍一下应急事件数据库(Emergency Events Database, EM-DAT)。1988年,在世界卫生组织(WHO)和比利时政府的初步支持下,灾难流行病学研究中心(CRED)启动了EM-DAT的建设,主要目标是服务世界各国的人道主义援助行动,促使防灾决策合理化,并为事件脆弱性评估和确定优先级提供客观依据。该数据库的数据来源于联合国各机构、非政府组织、保险公司、科研机构和新闻机构的数据。数据的收集标准符合以下条件之一即可:10人以上死亡;100或更多的人受到影响;宣布进入紧急状态;呼吁国际援助。EM-DAT的核心数据包含1900年以来全球22 000多起大规模灾难事件的发生和影响数据,是较为全面了解世界灾难的事实数据。

三、命运共同体的世界记忆

一个民族和国家所历经的灾难和苦难应该是共同刻骨铭心的历史记忆。法国社会学家哈布瓦赫(Maurice Halbwachs)提出“集体记忆”(collective memory)这一概念。集体记忆是通过节日、聚会等仪式,以及遗址、纪念馆、博物馆、档案馆等场所连接,认识过去和记忆历史,如国家公祭日、唐山抗震纪念馆、南京大屠杀遇难同胞纪念馆、切尔诺贝利核灾难纪念馆、意大利庞贝古城、联合国教科文组织“世界记忆”项目等。

首先推荐入选《世界记忆名录》的《安妮日记》《南京大屠杀档案》。1992年,联合国教科文组织(UNESCO)发起世界记忆工程项目(Memory of the World Programme),其目的是保护、利用和认识具有世界意义的文献遗产。

1997年，UNESCO设立《世界记忆名录》，入选的文献遗产是经世界记忆工程国际咨询委员会评审并经联合国教科文总干事批准，具有世界意义和突出的普遍价值。《安妮日记》即《安妮·弗兰克日记》于2009年入选《世界记忆名录》，现保存地是荷兰阿姆斯特丹安妮·弗兰克故居。《安妮日记》是德籍犹太人安妮·弗兰克写的日记，是其藏身密室时的生活和情感的记载，代表了千千万万受尽迫害的犹太人的声音，也成为战后人们对"二战"进行深刻反省的教材。之后也被翻译为各种语言，在全世界出版，并据此改编为电影《安妮的日记》。美国前总统约翰·肯尼迪曾说："在历史上，众多在重大痛苦和损失之时为人性尊严发言的人当中，没有谁比安妮·弗兰克的声音更铿锵有力。"《南京大屠杀档案》于2015年入选《世界记忆名录》。作为历史档案，《南京大屠杀档案》真实记录了1937年12月13日至1938年3月1日期间，日军在南京对中国人民所犯下的滔天罪行。档案包括各方照片、纪录片、日记、调查档案、审判日本战犯的档案等。因此，该档案是日本帝国主义侵华的铁证，也是研究中国抗日战争史的珍贵资料，更是中国人民的伤痛记录。

再推荐两本书：《遗忘通论》和《灰色大地——美国灾难与灾害景观》。《遗忘通论》由安哥拉作家、记者若泽·爱德华多·阿瓜卢萨（José Eduardo Agualusa）所著。他是2017年国际都柏林文学奖获得者。《遗忘通论》讲述了安哥拉内战爆发以后，一个女人将自己关在家中28年的故事。国际都柏林文学奖评审会评价这本书时说道："尽管《遗忘通论》展示了饥饿、酷刑和杀戮，它的基调与核心仍旧是爱……所有的读者都能在这个安哥拉的故事中找到共鸣。在阿瓜卢萨的蜂巢中，没有一个生命是孤立的，他也让读者相信，我们与这个世界紧紧相连。"《灰色大地——美国灾难与灾害景观》由美国人肯尼斯·富特所著。肯尼斯·富特（Kenneth E. Foote），美国科罗拉多大学终身荣誉教授、美国康涅狄格大学地理系主任，行为地理学家，历任美国地理学家协会主席、美国地理教育委员会主席。作为一部学术著作，该书结构严谨、观点独特。该书主要回顾了美国历史上的重大人为与自然灾害事件，并探讨了此类事件如何导致纪念活动的产生或者趋于被遗忘的过程与机理。作者写作该书的初衷是回答"灾难与灾害事件对于美国境内人文景观的塑造作用"这一命题，该书提出了面对灾难的四种方式：公众祭奠（sanctification）、立碑纪念（designation）、遗址利用（rectification）和记忆湮灭（obliteration）。

黑格尔(Hegel)曾说:“我们从历史中得到的唯一教训是,我们从没有从历史中得到教训。”在灾难面前,每一个人的灾难也是全民族、全世界的灾难。对于受害者而言,任何一种灾害都是一场劫难,是生与死的瞬间转换,是肉体与精神的双重痛苦。对于在场者而言,灾难是一次人性的考验,是白与黑、善良与邪恶的较量。

法国哲学家帕斯卡(Blaise Pascal)曾说:“如果整个宇宙突然向我坍塌下来,将我砸死,那么在我死的一刹那我毕竟高于宇宙,因为宇宙不知道它做了什么,而我却知道。”阅读灾难历史、反思和记忆灾难,从中汲取经验教训,人类未来的脚步才会走得更稳、更远。

参考文献

[1] 阿列克谢耶维奇.切尔诺贝利的回忆:核灾难口述史.王甜甜,译.南京:凤凰出版社,2012.

[2] 刘震云.温故一九四二.北京:人民文学出版社,2011.

[3] 迟子建.白雪乌鸦.北京:人民文学出版社,2010.

[4] 邓云特.中国救荒史.北京:商务印书馆,2018.

[5] 加斯凯.黑死病:1348–1349:大灾难、大死亡与大萧条.郑中求,译.北京:华文出版社,2019.

[6] 弗兰克.安妮日记.高年生,译.北京:人民文学出版社,2009.

[7] 阿瓜卢萨.遗忘通论.王渊,译.上海:上海人民出版社,2020.

[8] 富特.灰色大地:美国灾难与灾害景观.唐勇,译.修订本.成都:四川大学出版社,2016.

英雄心事无今古，神物风云各有时

——灾难下生命的脆弱与光辉

导读者：武秀枝　蒋辰

鲁迅曾说："我们自古以来，就有埋头苦干的人，有拼命硬干的人，有为民请命的人，有舍身求法的人……这就是中国的脊梁。"灾难是一面镜子，它折射出人性的脆弱与光辉。撷取镜子的一角，我们不仅看到灾难的残酷与无情，更看到生命的坚强和不屈。本文从昨天、今天、明天三个角度，带领大家感受那些面对灾难的磨砺更加坚韧的灵魂。

一、勿忘历史上那些负重前行的人

五千年的中华文明，博大精深，源远流长，气象万千。纵观中国历史，记录着民族历经劫难却历久弥坚的血泪，印刻着无数中华儿女百折不挠坚强不屈的英雄事迹，书写着多难兴邦矢志不渝的民族气概。让我们拂去岁月的灰尘，回顾中华民族历史上经历重大灾难，以及那些在灾难中负重前行的人。

白骨露於野，千里无鸡鸣：东汉末年瘟疫。东汉末年的瘟疫是中国古代最大的一次瘟疫。曹植在《说疫气》中记录了当时的惨状："家家有位尸之痛，室室有号泣之哀，或阖门而殪，或覆族而丧。"瘟疫肆虐的时候，又恰逢黄巾起义，中原地区陷入了极度恐怖的状态。一个关于当时户口比较的数字可以说明瘟疫的严重程度：根据古代较为权威的官方记载，瘟疫爆发前的汉桓帝永寿三年(157)时，全国人口为5650万，而在经历了大规模的瘟疫，仅仅120多年后的晋武帝太康元年(280)时，全国人口仅存1600余万，竟然锐减达四分之三。而在瘟疫最剧烈的中原地区，到三国末年，其人口仅及汉代的十分之一。面对这种悲惨的景象，曹操伤感地写下了那首著名的《蒿里行》："铠甲生虮虱，万姓以死亡。白骨露於野，千里无鸡鸣。生民百遗一，念之断人肠。"

社会动荡，疫病流行，民不聊生，一代医圣张仲景横空出世。张仲景出生在没落的官僚家庭，其父亲张宗汉是个读书人，在朝廷做官。由于家庭的特殊条件，他从小就有机会接触到许多典籍。他也笃实好学，博览群书，并且酷爱医学。196—204年，南阳地方疫病流行，同族病死者三分居二，其死于伤寒病者又十居其七。面对这种情景，张仲景毅然辞官业医，对伤寒病的起因和治疗方法进行了细心的研究。他从前人留下的医学著作中，继承了辨证论治的规律知识，又收集了民间的药方和治疗方法，结合自己的医疗经验，加以总结提高，一方面为人治病，一方面从事著述，写出了《伤寒杂病论》。此书经后人整理校勘，编为《伤寒论》和《金匮要略》。张仲景的医学理论为中国古代医学的发展和老百姓健康做出了巨大的贡献，同时张仲景医学理论对现代医学研究有重大贡献，对东南亚各国的影响也很大。后人研究他的医理，景仰他的医术和医德，称他为"医圣"。在河南省南阳市还为他修建了医圣祠。新中国成立后，翻修了医圣祠，并修建了张仲景纪念馆，以纪念这位奠定中国中医治疗学基础的医学家。

对于东汉末年的瘟疫，《汉书》《伤寒杂病论》等书籍中都有记载，现代作家也在《疾病改变历史》《中国古代疫病流行年表》中提到了东汉末年瘟疫带来的浩劫。

震风解瓦，飞沙镇压：明嘉靖关中大地震。明嘉靖三十四年腊月十二日(1556年1月23日)，陕西华县发生了大地震。现代科学家根据历史的记录，推断当时的地震强度约为8.3级，该地震也是中国历史中地震伤亡人数最多的一次，导致83万人失去生命，101个县遭受到了地震的破坏，分布于陕、甘、宁、晋、豫5省，约28万平方公里。地震有感范围为5省227个县，陕西、山西、河南三省97州遭受破坏。余震月动三五，次者半年，未止息者三载，五年渐轻方止。地震也造成建筑物毁坏。最著名的，就是西安小雁塔本来楼高15层，地震后塔顶被震毁，只余下13层，而位于乾县的唐高宗乾陵陵园则被完全毁掉。

地震过后，随之而来的是大面积的瘟疫和饥荒，李自成、张献忠揭竿造反，全国陷入天灾人祸的混乱中。崇祯十五年(1642)，全国瘟疫蔓延，"一巷百余家，无一家仅免，一门数十口，无一仅存者”。危难之中，吴又可不顾危险，亲自到灾区考察，积累第一手资料，决心探明究竟。他追寻病源，潜心研究，依据毕生的治疫经验和体会，撰写出《瘟疫论》一书，不仅开中国传染病学研究的先河，也在世界医治传染病学史上成为伟大创举，赢得后世的广泛尊重。可惜的是，这样一位济世名医，却死于清军刀下。1644年清军入关，摄政王多尔衮为巩固统治颁布“剃发令”。吴又可坚持气节，拒绝“剃发易服”被处死，妻子携子投河殉情。一代传染病防治名医，就这样无辜惨死，但他所做的贡献却永远地被铭记。

关于明嘉靖关中大地震，《明史》《咸宁县志》等书籍中都有记载，现代作家也在《中国历史地震图集》《明朝那些事儿》中提到了这次地震带来的浩劫。电影《大明劫》讲述了吴又可和孙传庭在危难之中挺身而出、救国救民的故事，对这段历史感兴趣的读者千万不要错过。

如火燎原，如水溃防：东北鼠疫。1910年，中国的东北地区暴发了一场严重的鼠疫，这次鼠疫流行达半年之久，先后波及北京在内的数十个州县，官方统计的死亡人数为6万余人。在这危急时刻，31岁的医学博士伍连德临危受命，领导了一场由中国人主导的国际防疫行动，花了4个月的时间成功地扑灭了百年不遇的大瘟疫。他创下了许多中国“第一”：他在中国实施了第一次西医学意义上的人体解剖，他在世界上第一次提出了“肺鼠疫”的概念，他第一个让中国人使用口罩预防传染病，他头一回通过隔离的办法应对传染疫情，他主导了中国第一次对瘟疫死者尸体大规模的焚烧，他首创了中国国家防疫制度，他是第一位诺贝尔奖华人候选人……

由于伍连德在抗击鼠疫过程中的出色表现和对于中国现代医学的杰出贡献，出版界尤为关注伍连德先生，出版了很多相关作品。《鼠疫斗士——伍连德自述》是关于伍连德的最完整完备的传记；王哲的《国士无双伍连德》试图从大历史的角度，通过伍连德这个人物来展现现代医学在中国的传奇进程；《发现伍连德——诺贝尔奖候选人华人第一人》是作者礼露不幸染上非典后开始关注人类瘟疫史撰写的作品，让大家重新走进伍连德；《伍连德在哈尔滨》讲述了伍连德在哈尔滨带领人民与鼠疫斗争的过程。对那段历史感兴趣的读者可以找与伍连德先生相关的书来读。

历史不容忘记。灾难并不可怕，可怕的是灾难后的遗忘。一场灾难总能教会我们一些事，只有进行回望和反思，才对得起人类经历的苦难，和那些在灾难中遭受痛苦的人。回顾历史，研究历史，让我们更加珍惜现在。

二、铭记今天为我们挺身而出的人

这世上，哪有什么天生的英雄。只是因为有人需要，才有人愿意牺牲自己成为英雄。我们生活的时代，灾难从未停止，英雄也从未缺席。平凡成就伟大，英雄永不泯灭，当危险来临时，他们挺身而出，守四方清明无恙，保人民安定祥和。

血肉之躯筑起的钢铁长城：抗洪英雄。1998年夏季，我国长江、嫩江和松花江流域发生了特大洪水，全国29个省（区、市）遭受了不同程度的洪涝灾害，受灾面积3.18亿亩，受灾人口2.23亿人，房屋倒塌685万间，直接经济损失达1660亿元。当年的科技并不发达，救灾主要靠人力。危急之中，解放军战士们用手扛沙包，用自己的血肉之躯阻挡洪水的进一步侵袭。20岁的李向群也是救灾队伍中的一员。当时生病的他坚持去前线救灾，别人都是手持一个沙包，他一个人手持两个，洪水终于退去，可是他却倒下了。生病的他在洪水中浸泡了10多天，最终由于劳累过度离开了人世。为了更多的人不受灾难，这位年轻的战士牺牲了自己，这位战士也值得我们永远铭记。

在九江遭遇重创的时候，党中央、中央军委一声令下，原南京军区上万名官兵开赴九江，与洪水展开一场惊心动魄、生死攸关的恶战。时任南京军区副司令的董万瑞将军担任九江抗洪抢险总指挥，统一协调陆海空三军和武警官兵。洪水中，那些十八九岁的少年，瞬间成长为铮铮铁汉，用自己的血肉之躯为人民筑起了一道钢铁长城。在那场伟大的对抗中，吴祥伟和无数的子弟兵没日没夜扛沙袋，为人民筑起了一道道钢筋铁墙。封堵九江决口的战斗打响后，四连三排长吴祥伟受领任务时，据理力争，非要把最艰巨、最危险的任务揽到手不可。如今，封堵决口的大功臣吴祥伟已经离我们而去，但他那种危难之中勇于担当的精神和勇气一直指引着我们前进的道路。

还有无数在这次洪水中以血肉之躯捍卫我们家园的勇士，我们甚至叫不出他们的名字，也早已忘记他们的样子，但读到他们的事迹依然会眼眶湿润。祖海和佟铁鑫的歌曲《为了谁》，就是为怀念1998年洪水中的英雄而唱。《大写照：1998湖北战胜特大洪水纪实》《'98大洪水百问》都记录了抗击这次洪水的过程。

山崩筋骨在，地裂血照流：抗震救灾英雄。2008年5月12日，四川汶川发生里氏8.0级大地震，伴随着一声巨响，建筑物瞬间土崩瓦解，在毫无防备的情况下，造成了69 227位同胞死亡，17 923位同胞失踪。这是中华人民共和国成立以来最大的地震，也是唐山大地震后伤亡最严重的一次地震。

战士武文斌在随部队参加汶川抗震救灾的过程中，因连续奋战、过度劳累引发肺部血管畸形破裂出血光荣牺牲，年仅26岁……在抗震救灾中还有许多牺牲的战士，他们的英魂将永远守卫着那片大地。谭千秋老师在危急时刻用双臂将4名学生护在身下，使他们成功获救，而自己却献出了宝贵的生命；张米亚老师跪扑在废墟上，双臂紧紧搂着两个孩子，像一只展翅欲飞的雄鹰，两个孩子还活着，而"雄鹰"已经气绝……他们用自己的生命让"老师"这两个字有了更深的内涵。一位母亲，救援人员发现她时，双膝跪地，身子前倾，双手着地支撑身体，成匍匐姿势，身体被压得变形，成为人与大自然抗争的雕像，她已经离开了，但她身子底下的孩子还活着……

缅怀逝者，致敬重生！2020年，是汶川地震12周年，那些冒着生命危险参与救援的战士、没日没夜救助伤员的医生、为我们报道灾后现场的记者，以及那些灾难中的普通人，都值得被记住。陈小波为中国摄影家协会主编的《见证汶川》画册，通过影像记录了这场世纪大灾难，以及灾难中的温情。《赤子之心》是著名作家陈丹燕为纪念汶川大地震而推出的纪实作品，通过志愿者的角度来写大地震。《三川行思——汶川大地震中的心灵花园纪事》记录了心灵花园志愿者团队在四川震区一线350余天的艰苦工作和无私奉献。《纸上的纪录片：5·12汶川大地震实录》的作者用灵魂深情地拥抱着灾难深重的土地和同胞，用一种融入式的新闻摄影手法，对这场天地同悲、鬼神共泣的大灾难进行了原生态记录。

护巍巍青山不老，待灼灼百花盛开：抗疫英雄。2020年，新冠疫情来得突然又猛烈，短短数月便席卷中华，侵害全球。然而，尽管病魔张牙舞爪，还是有无数身影挺身而出冲在了抗击疫情的最前线，他们逆向而行，留下一个个难以忘怀的背影，只为挽救不幸感染的患者。

病毒肆虐之际，已经耄耋之年的钟南山院士临危受命，挂帅出征。他没有丝毫的犹豫，也没有被潜在的危险劝退，毅然决然地踏上征程，"一言九鼎，百姓安心"，钟南山院士的带领作用更加坚定了人民战胜疫情的决定，也加快了中华大地战胜疫情的步伐。疫情之下，有很多刻在我们心上的名字，最先提出封城的李兰娟院士，疫情“吹哨人”李文亮，“硬核”医生张文宏……还有很多“无名英雄”的事迹也让我们动容，那群勇敢奔赴一线的白衣天使，在公安局放下一万元捐款的84岁衣衫褴褛的拾荒者，骑行四天三夜返岗的“95后”女医生，雷神山、火神山不眠不休工作的建筑工人，穿行在道路上为人们提供服务的快递小哥，以及无数停课不停教的老师……灾难下，每个人都选择以自己的方式抗击疫情，默默付出。

爱与希望，从来都比病毒蔓延得更快；信念和勇气，总能拨开笼罩的阴云。疫情之下，希望大家都能去读一读《钟南山传》，了解钟南山院士的传奇人生，汲取一种无私无畏的力量。“为天地立心，为生民立命，为往圣继绝学，为万世开太平”。这些平凡的人，在灾难面前挺身而出，为他人带来生的希望，闪耀着英雄的光辉，是我们这个时代最坚实可靠的守护者。

三、期待未来末日中延续人类文明的人

灾难教育的形式和手段是多样的，其中一个可选项就是科幻阅读。科幻作品致力于对人类社会发展多种可能性的“假想式预演”，因而人类可能面临什么样的灾难，就成为科幻小说的一大创作主题。阅读灾难题材科幻作品，其实就是通过阅读的方式进行灾难教育。

当这个世界只剩下孩子:《超新星纪元》。该书讲述了这样一个故事：位于御夫座的一颗超新星突然爆发，给人类带来了一场近乎毁灭性的灾难，人类从此进入了一个新的纪元——超新星纪元。由于距离超新星太近，强烈的辐射使人类普遍患上了辐射病，人类开始大量死亡，地球上13岁以上的人将在10个月到1年内逐渐死去，只留下13岁以下的孩子。于是，整个世界的大人都拼命把自己毕生所掌握的知识和经验，教给这些还处于懵懵懂懂中的孩子。

一年以后，世界上只剩下了孩子，这个社会已经完全改变了。在经历了短暂的混乱后，孩子们开始重新让世界变得有序。华华、晓梦和严井等几十个用特殊方式选出来的孩子分别出任国家的主席、总理国防部长等。他们瘦小稚嫩的肩膀担负起了领导国家的使命。孩子们令人吃惊地克服了重重困难，建立起超新星纪元最初的新秩序。

灾难中消失的国度:《日本沉没》。该书是小松左京的作品，从1964年开始

执笔花了整整9年时间于1973年才完成的这部长篇科幻小说，上下卷合计售出385万部，被评为“创下了空前纪录的畅销书”，小松也名列文坛收入排行榜第5名。故事围绕着日本列岛展开。小笠原群岛北部一个70米高的小岛一夜之间沉入海底。负责调查工作的地球物理学权威田所博士与深海潜水艇驾驶员小野寺俊夫潜入海底，在7 000米深的日本海沟发现了大规模的异常现象。与此同时，日本列岛上也发生了新干线工程被迫停工、高速公路大桥垮塌等事故，各地火山活动频繁、地震不断。为此，日本政府秘密召开了专家听证会，会上田所发出了日本即将沉没的警报。将信将疑的政府部门立即制订了应付紧急状态的“D-1”计划，展开了绝密调查。随着调查的深入以及“京都大地震”和“东京大地震”的发生，日本面临沉没的事实越来越明朗化，日本政府不得不在“D-1”计划的基础上制订了旨在拯救日本民族的“D-2”计划。当日本沉没的消息公开时，国际社会立即展开了救援活动，同时，打探日本沉没后远东局势的情报活动也开始了。日本列岛沉没了。流离失所的日本人开始了历史性的流浪生活。

同名电影《日本沉没》于2006年在日本上映，讲述了地质学家研究发现由于地壳变化，整个日本将在380余天后沉入海底，日本政府想办法化解这场前所未见危机的故事。动画剧集《日本沉没2020》由汤浅政明担任导演，于2020年7月份播出。

新人类的崛起:《盲视》。这本书是加拿大著名科幻小说家彼得·沃茨的作品。小说讲的是在不远的未来，人类探测到了外星智能，派出一支科考队奔赴太空与外星智能发生接触的过程。他们接触到的这个外星智能超越了以往任何人对于外星智能的想象。他们发现，外星智能有着极高的智力，但是没有自我意识，而宇宙之中这样的智能可能才是主流。这支科考队的成员也很特殊，以正常人的标准，他们是绝对的怪物，甚至不太能够称之为“人”。但是，当外星人现身太空、普通人浑浑噩噩的时候，正是这帮畸形人挺身而出，努力拯救我们的世界。他们所面对的外星人对手神秘莫测，不可理喻。一次次强硬的试探性交流，最终不可避免地引爆了毁灭性的决战。这本书让人思考技术的进步所导致的竞争观念。人类为了在这个宇宙中生存下去，必须继续进化适应环境。

不得不说，科幻作品对灾难的书写，会有对各种沉重甚至阴暗的情节与氛围的描写。从文艺创作的角度来说，这是烘托主题的必要手法；从灾难教育的角度来说，这是对灾难的“真实”呈现。所谓向死而生，“死”的必然在场催生出自我的存在感，进而激发出强烈的生命意志，实现精神的觉醒与迸发。科幻作品可以让人对可能面临的各种灾难有客观的认识。如此一来，当灾难真正袭来时，才能冷静客观地面对，拥有危机意识和认识世界的探索精神，并学会在灾难面前葆有人性的光辉。

灾难教育其实是另一种形式的生命教育。作为个体的人，只有在直面灾难时，才能真正感受到生命的脆弱、健康的重要，才知道人类对这个世界的认识有多欠缺；也只有在这时，人性的矛盾和光辉才能抛开各种伪饰，得以真实呈现。那些坚韧、善良与美好是经历千年也无法使之蒙尘的。然而，历史需要铭记，却不是目的；未来可期许，但不是归途。通过回顾历史和展望未来，我们更应该做的是珍惜当下，热爱生活，善待他人，关爱弱者，就像那些再也回不来的人们教会我们的一样。希望今后的每一天，皆无遗憾可回首，且以温柔度余生。

参考文献

[1] 伍连德．鼠疫斗士：伍连德自述(上)．程光胜，马学博，译．长沙：湖南教育出版社，2011.

[2] 伍连德．鼠疫斗士：伍连德自述(下)．程光胜，马学博，译．长沙：湖南教育出版社，2012.

[3] 王哲．国士无双伍连德．福州：福建教育出版社，2007.

[4] 礼露．发现伍连德：诺贝尔奖候选人华人第一人．北京：中国科学技术出版社，2010.

[5] 孟久成．伍连德在哈尔滨．哈尔滨：哈尔滨出版社，2018.

[6] 叶依．钟南山传．北京：作家出版社，2010.

[7] 刘慈欣．超新星纪元．北京：作家出版社，2003.

[8] 小松左京．日本沉没．高晓钢，张平，陈晓琴，译．南京：译林出版社，2020.

[9] 沃茨．盲视．胡绍，译．成都：四川科学技术出版社，2013.

一切都会过去

导读者：胡曦玮

当我们与突如其来的灾难相遇时，我们的内心是绝望的、恐惧的、焦虑的、凄凉的、麻木的、难以置信的。在这样大难临头的窘境中，一种深深的不平衡会随之而来："为什么灾难偏偏降临在我的头上？""我无法接受现实给我带来的毁灭性的打击，我该如何面对未来？"很多人不愿意去面对曾经发生过的负面事件，选择将它们压抑到潜意识中去，这就是所谓的忘记。其实真正抵达健康的方法只有一个，那就是直面痛苦。直面痛苦的人会从痛苦中得到许多意想不到的收获，这些最终会成为当事人的财富。阴影和光明一样，都是人生的财富！本文通过文学作品、影视作品等题材，大到国家行为，小到个人行为，以助人和自助的视角来探讨灾后的心灵治愈——作为身陷险境的人，他们能做些什么？面对被灾难伤害的人，我们又能做什么？

一、心灵的治愈，最快的办法是家园重建

灾难后的绿色重建不仅需要怜悯、关切、激情，更重要的是需要冷静、科学的态度和理性的思考；要以开放的胸怀、更具创新性的理念，更广泛地调动各种各样的积极因素来帮助重建；要更加尊重生态自然环境，尊重普通民众的根本利益，尊重当地的传统文化和社会资本；不仅要为灾后的幸存者建造更安全、舒适的生态城，同时也要着眼于他们子孙后代的生活更美好。

《地震灾后重建案例分析》总结了国内外地震灾后重建的历史经验教训，

以创新的精神和科学的思路来进行“创造性”的重建。这意味着要在充分认识灾区生态地理条件、地质地貌现状和原有经济社会发展特征等方面的前提下，从长远发展的角度来谋划城乡重建规划。为了突出“绿色重建”理念，将《地震灾后生命线工程修复加固与重建技术》《地震灾后建筑修复加固与重建技术》《地震灾后重建案例分析》等系列书籍形成“地震灾后绿色重建手册”丛书。以2008年汶川大地震为例，地震灾后的重建费用为1.7万亿元，是直接经济损失8 451亿元的2.01倍，重建费用与直接经济损失的金额，不但大大超过中国以往的地震，而且也超过美国和日本的地震。重建的指导思想为可持续重建，目标为把灾区建设成安全、有活力、有魅力、有本土和民族特色的生态家园。

对于灾害的亲历者而言，组织他们重新盖起房子、重新开始工作，就是给予他们最好的心理救助。而最直接的方法就是第一时间为他们送上生活用品，当生活不再困窘的时候，他们的心也就自然而然地安定下来了。你的一个慷慨解囊的行动很可能胜过千言万语的安慰，因为，你给他的是开始新生活的基础条件。

二、心灵的治愈，就是不让任何人孤独

灾难夺走了人类许多东西，失去的东西是那样珍贵，无法重新拥有。这个世界充满着让人伤心的事，如果能很容易地抹去人们内心的痛楚，那会多么美好，但，这根本做不到，因为我们不是神。

《疗愈心中的伤口》是日本放送协会（NHK）制作的医疗类电视剧，讲述了1995年阪神大地震发生后受灾者安和隆致力于治疗居民的心理创伤，帮助他们回到生活正轨的故事。考上大学的安和隆在导师的影响下，选择了不被父亲认可的“精神学”专业；1995年，安和隆所在的城市直接遭受到了阪神淡路大地震的袭击。面对这场7.3级的大灾难，身为精神医师的和隆，不能像其他科室医生那样“直接”地投入救援中；身为一位精神科医生，此时该做的是什么？和隆每天不断地思考着。和隆与受灾者接触的过程中，逐渐发现自己该做的并非治疗，而是帮助受灾者拥有治愈力。人的心灵会像身体一样受到伤害。经历了如大地震一般悲剧的人们，会引起各种各样的应激反应。这类病症被称为创伤后应激障碍（PTSD），国外的灾害精神科

医学研究几乎都以PTSD为中心，大部分患者可以在几周到两三个月的时间内治愈；但也有一些人的治疗周期会延长。一旦长期患有PTSD，就会引发酒精依赖，或者长期抑郁症等症状。和隆所在的地方是保健所精神科急救站，但看着其他科室医生投身于急救中，他第一次产生了疑惑，也意识到自己所做的工作是有意义的。

“我希望你能将难过的事情和悲伤的情绪毫无顾虑地讲给我听，想说的话要是忍住不说，之后你会感觉到心灵的痛苦。软弱是好事情，就因为软弱，才能体会到别人的软弱并给予帮助，有软弱并不羞愧。”“尽管身处于无法忍受的痛苦和悲伤之中，你仍然在尝试寻找活下去的方法，这说明了生命力的强大。”和隆在这段时间内，竭尽全力去倾听人们的痛苦。心灵的创伤只有承受过伤痛的人才能明白，备受折磨的人和心灵没有创伤的人之间，有不可逾越的鸿沟；换言之，对于第三者来说，当事人内心的苦楚是“别人的事”。作为当事人的遇难者的孤立，也就是全体遇难者的孤立。对于受伤的人来说，所有的人看起来都离他而去。难受的时候，还是说出来比较好，表达悲伤和痛苦并不是不体面的事。

人类，是很脆弱的，社会会这样去接受人类的脆弱吗？受伤的人是选择能够疗愈心中伤口的社会，还是会选择将受伤的人遗弃的严苛社会？自地震以后的五年时间内，神户的街道逐渐恢复到以往喧闹的样子，受难者遭受到的心灵创伤，是不是也已经治愈好了呢？不管城市复兴到什么程度，也会有人因为这些阴影而感到苦闷，但社会不能忘记这些人。

三、心灵的治愈，就是不曾放弃

一方有难，八方支援，邻里相帮，患难相恤，是中国民族的传统美德。当我们遭受灾难时，作为有着顽强生命力的个人，我们可以让自己的内心强大起来，勇敢地直面它，选择坚强，同时也可以以坦然的心态接受他人的帮助，积极寻求社会的支持。小到爱人、朋友，大到政府、国家，都是我们可以依赖、可以信任的对象。

《生命不曾放弃——灾后心理康复指导》是2008年华中科技大学出版社出版的一本书。该书讲述了遇到灾难之后做心理援助的方法以及注意事项，以亲身经历者的角度进行书写，内容由“自助篇”与“助人篇”两大部分组成。灾难之后应为哪些人提供心理援助，怎样提供心理援助，提供心理援助时应该注意什么，如何才能有力量去帮助别人，都是该书探讨的内容。该书实用性非常强，可读性与实用性是最突出的亮点，所有章节的写作均以阅读人群的亲身经历作为切入点，以心理创伤康复与治疗的知识为支架，辅之以“知识链接”“小贴士”等生动活泼的形式，运用口语化的写作风格，在轻松、共情的背景下与读者进行心与心的交流。作者不仅关心外在的社会救助资源，而且关注读者自身的内在资源，字里行间充满积极向上的力量。

灾难后，人们的心灵似乎破了一个窟窿，灾难究竟动摇了我们心中的哪些基石？面对灾难，我们如何才能重新找回往日的活力呢？第一，要重新找回安全感，如从信任中唤回安全感，确保灾后生活上的人身安全、保持身体舒适并促进社交活动。第二，要重建对世界的信任，相信自己，信任他人。第三，恢复对生活的控制，如应对自己无助的感觉、了解和表达自己可以赋予自己的力量和设立合适的界限以增强控制。第四，要珍惜自己与他人的价值，重新树立自尊、尊重自己的缺点和整体、接纳别人并给予别人尊重。第五，接受他人的呵护与支持，敞开心扉，重新建立亲密感。灾难，使我们在经验中透过苦痛得到学习和成长，这种经验的震撼冲击到我们的身体和灵魂，力量之大足以改变一个人的生命态度，甚至能改变一个人的一生。在灾难及灾难后的每一件事、每一次经历，都能使我们从中体验到自己真正的价值所在。也许我们不能改变造成苦难的自然环境，但我们仍然能够选择自己的态度。

四、心灵的治愈，最好的良药就是自己

痛苦来临时，不要总问为什么偏偏是我？因为快乐降临时，你可没问过这问题。灾难的不确定性，让不少人感到痛苦，甚至是愤恨，因为在他们的心中根本不接受这样的现实。

《危机时刻安全逃生》是内蒙古人民出版社于2013年出版的图书，是逃生自救知识与灾后心理恢复方法的普及性知识读物。该书收集众多权威灾难逃生自救方法，化繁为简，针对较常见灾害给出了易于记忆和使用的方法。同时针对不同人群的不同心理特点，分析老人、女性、男性、儿童等不同灾难亲历者可能出现的各种心理问题，并给出切实可行的解决方案。该书作者是多年从事

心理咨询和志愿者工作的专业人士，其中两名作者曾亲身参与“5·12”汶川地震的灾后心理援助工作。在稿件成熟过程中，几位作者经常提及的一个词就是“陪伴”，常年游走于人们心灵深处的他们认为，对于深陷痛苦的人而言，再多的劝慰都不及默默地陪伴更令人安心。所以该书在创作之初就是希望能够以一种陪伴的姿态出现在读者面前。不用晦涩难懂的语言扰乱读者的思绪，不用“站着说话不腰疼”的态度给读者造成压力，而是以直白的语言与读者交流经验，用将心比心的态度给读者一些启发。

人生永远没有完美，生活本就是一种有缺憾的美；身体的残缺并不丑陋，失去寻找美的勇气，才会让你的生命就此凋谢。每当灾难过后，都会有一些悲伤的人，在泪水中怜悯自己的身体，因为肢体的不完整，让他们的自卑上升到极限。每当我们看到这样的场面，我们的心里都会有什么样的感受？是庆幸自己，还是怜悯对方？实际上都不需要，存在就是意义，生命的展示是不同的。人倒下了，不怕，怕的是他不愿意再站立起来。

房子倒了可以重建，东西没了可以再买，最爱的人离开了，我们又该怎么办？在生命的旅途中，每一个人都有可能与灾难不期而遇。也许你会因此失去一手建立起来的幸福港湾，也许你因此与最亲爱的人阴阳两隔，但这都不是你放弃生活、放弃自己的理由。也许有的人可以笑对灾难，而你却无法自拔。但这不代表你的无能，勇敢地伸出你的手，让别人带你走出阴霾，你依然是生命的强者。忘掉悲伤不可能，忘掉心痛不可能，麻木不仁也不可能。因为难以忘怀的惨烈画面，就像一个定格的画面，烙印在自己的脑海！那怎么办？一句话，接受你的心境，包容悲痛的境遇，化解内心的痛苦。生命给予我们的不只有快乐，也许更让我们记住的就是一份不解的忧伤。

美国诗人艾略特在诗里说：“我们叫作开始的往往就是结束，而宣告结束也就是着手开始。终点是我们出发的地方。”美国小说作家约翰·肖尔斯在《许愿树》里说过：“没有不可治愈的伤痛，没有不能结束的沉沦，所有失去的，会以另一种方式归来。”就像冬天的冰雪，待到春暖之时就会融化，绵绵阴雨也一定会停下，那些期待的东西总会到来，但不一定就是你想象中的模样。一切都会好起来的！虽然苦难不能泯灭，但希望我们的爱能成为至暗时刻里照亮你、温暖你、治愈你的一盏灯。

参考文献

[1] 仇保兴.地震灾后重建案例分析.北京：中国建筑工业出版社，2017.

[2] 魏刚，王云霈，王海梅，等.危机时刻安全逃生.呼和浩特：内蒙古人民出版社，2013.

生命如何计算?

——法律人对灾难受害者的关怀

导读者: 程宏

人生变幻无常,各种自然和人为的突发事故和侵权事件不断地造成生命的损失,人们将会如何应对悲剧?赔偿和补偿对他们意味着什么?多少现金支票符合人们心中对悲剧后果的预期?国家在治愈创伤和弥合那些被撕裂的缺口方面发挥着怎样的作用?我们又从中知道了何种公平的内涵?《正义永不决堤:水牛湾惨案》和《补偿的正义:美国如何应对灾难》两本书的作者,以法律人的悲悯之心和正义之感,通过他们的办案经历向读者完美阐释了美国历史上最严重的两例人为灾难——“水牛湾一案”和“9·11事件”中对出现生命损失时不可避免涉及的关于生命价值的计算问题。书中既有惊心动魄的场景,也有细致入微的关怀;有知识,更有情怀。

一、为弱势灾难受害者寻求公正的赔偿

《正义永不决堤:水牛湾惨案》一书讲述了西弗吉尼亚州一个小社区如何应对一场可怕的矿业灾难的故事,125人在这场灾难中死亡,成千上万人无家可归……作者杰拉尔德·斯特恩是位有故事可讲的律师,而且故事说得非常引人入胜。书中我们会看到很多像是发生在影视剧中的情景:如何避免到已被大公司控制了的州法院诉讼,而到联邦法院诉讼?如何像在茫茫大海里捞针一样查找执审法官?最终作者精心选择了法院和法官,让原告们遇到了一个有同情心的法官——霍尔法官,作者强调了霍尔法官出身贫苦,理解小人物

的悲苦世界。经过两年多的较量，原告方最终迫使这家煤矿的唯一股东匹茨顿公司十分不乐意地掏出了1350万美元的赔偿金，这个赔偿金额是当初该公司愿意支付金额的4.5倍。

在这个故事中，令人感佩的不仅是在整个案件中殚精竭虑的斯特恩所带领的律师团队，还有站在他们背后的阿诺德-波特律师事务所。在可能完全得不到任何回报（风险代理）的情况下，律所从自己的腰包中掏出大量的资金，甚至先行垫付为受害者进行心理检查的钱。书中提到的新闻媒体的监督，前期也给了被告很大的压力。正如美国前总统比尔·克林顿在该书序言中所言："如果法律系统向每一个人开放，法官务实而清明，律师们也愿意以免费或低收费的标准接收疑难案件的话，这个法律系统就是行之有效的。"

从该书的故事中，我们还能了解到以下事实：灾难后的幸存者们遭遇的不仅是身体伤害和经济损失，还会遭受严重的精神痛苦。斯特恩所称幸存者的"心理损伤"，现在被正式称为"创伤后应激障碍"。汶川地震中人们对地震没有被预报的强烈质问，对"蟾蜍搬家""阴阳云"等敏感信息的反复纠结，终日观看地震报道节目而不能自拔等精神现象，都是在此类情绪支配下的极端表现。"水牛湾一案"将创伤后应激障碍作为司法过程中的一个考量对象加以确定，为以后类似案件的精神损害赔偿开辟了道路。如果以后还有人遭受了如此巨大的打击，即使他的精神得不到完全的康复，也可以拿到足够的金钱让其生活无忧。另外，这个案子中匹茨顿公司付出如此巨大的代价，对于其他在安全和利益间动摇，并且更加倾向于放弃民众安全的人而言更是一种警示！

杰拉尔德·斯特恩的这部经典作品为我们诠释了"任凭法律如何健全，没有律师，正义也会决堤"这一朴素真理，充分展现了律师、法官这些法律秩序维护者们的职业素养和对弱势群体的人文关怀，让我们对灾难发生的原因、造成的人员伤亡，以及法律系统如何追究过失方的责任、如何减少损失、帮助受害人复原等方面都有所认识。

人为失误、建设过程中的偷工减料、政府部门在监管中忽视安全问题等，所有这些本可以避免的因素正是导致灾难性溃坝事故的原因。既然上述危险如达摩克利斯之剑一样威胁公众，那么，如何走出水牛湾灾难，防止此类带来重大伤亡的工业事故重演，是工业化社会必须面对的问题。约翰·维特所著《事故共和国：残疾的工人、贫穷的寡妇与美国法的重构》一书记录了美国摆脱这一恶名的艰难历程，是关于工人补偿制度起源方面最好的著作，但它的主题更为宽泛。维特对美国工业化时代的描绘既细致入微，又视野恢宏。工业事故赔偿“一头连着美国普通的工人阶级家庭，一头连着美国的法律制度”，灾民获得法律救济所依靠的是克林顿称赞有加、许多美国律师正在践行的公益法律服务。

二、为每一位灾难受害者计算合理的补偿

《补偿的正义：美国如何应对灾难》一书以不同寻常的第一人称视角引领读者探索“金钱补偿受害者”的深刻命题。该书为读者展现了另一种突发事件与公共危机的赔偿救助解决之道——专项补偿基金与特别主事人机制的形成与运作。作者肯尼斯·R.范伯格是美国著名律师、灾难赔付人、突发事件与公共危机处理专家。在过去三十多年时间里，范伯格几乎参与了美国所有严重灾难的赔付进程：橙剂案、“9·11”恐怖袭击、2008年金融危机、弗吉尼亚理工大学枪击事件、英国石油公司墨西哥湾漏油事故等。它们的共同点在于其善后处理：每起案件均由中立的第三方来设立并发放补偿金。在每一起案件中，美国总统、总检察长以及其他政府高层均力邀范伯格来担当主事人的重任。范伯格在书中将其处理这些棘手要务的非凡经历娓娓道来，并逐一揭示对每起灾祸中的受害个体进行补偿时的深思熟虑、艰难决策，以及其独具匠心的解决办法。

以美国“9·11”恐怖袭击一案的处理为例：恐怖袭击发生后，美国政府既想迅速安抚受害者及其遗属，又希望保护航空公司免于因巨额索赔而陷入灭顶之灾，同时还想刺激纽约的经济，那么势必要大幅提高救助标准。在非常规突发事件中，高标准救助所面临的最大法律问题是：尽管高标准的正当性能够得到证明，人们在情感上也给予了普遍认同，但这种做法毕竟于法无据，甚至有违于法。“9·11”事件中，美国国会想要向全世界证明他们对受害者的同情和支持，通过立法迅速设立了一个慷慨的公共财政资助的补偿基金项目，以证明美国人民的团结一致、愿意互帮互助，并宣告这种特殊的标准及其形成机制是美国人民为了应对“9·11”这一独一无二的历史事件做出的基于共同意志的选择！“9·11”补偿基金的来源主要是财政资金，换言之，是以纳税人的钱来为受害者提供补偿。这是一种独特的、前所未有的补偿，它几乎只给了范伯格一个人无限的自由裁量权：计算美国历史上和平时期最严重的灾难。最终，“9·11”事件中失去挚爱亲人的每个家庭平均获得了200万美金的补偿

金(死者遗属最高获得710万美元,最低仅25万美元);致残的受害者平均获得了40万美金的补偿金(受伤的救援人员获得的最高补偿为860万美元,最少为500美元),98%的受害者家庭选择通过专项补偿基金项目而非诉讼获得补偿。“9·11”补偿基金项目的顺利开展,是美国民众对一场前所未有的国家惨剧所做出的富有同情心的正当反应,公众情绪(包括爱国热情)高涨,从美国民众而非个别受害者的角度来说,“9·11”补偿基金帮助国家度过了这场灾难。

在《补偿的正义》之前,范伯格在一本专门解读“9·11”受害者补偿基金的图书《如何丈量生命?史无前例的“9·11”受害者补偿基金》(What is Life Worth? The Unprecedented Effort to Compensate the Victims of 9/11)中特别提道:“担任‘9·11’受害者的特别补偿基金负责人对我来说是一次非凡的经历,无论是在工作上还是个人生活上。这本书不是一本记录我个人经历的日记,它关注的是我对‘9·11’基金的管理如何改变了我。这个故事的公共政策含义,或许最重要的是,这些家庭可以教给我们关于生命、死亡和应对悲伤的教训。”

生命的价值是什么?范伯格对这场灾难的个人描述是“补偿悲痛的家庭的灾难性损失”。这是范伯格职业生涯中最痛苦的经历:三年来,范伯格几乎把所有的时间都花在会见“9·11”遇难者家属上,他亲自组织了900多场听证会,倾听受害者们诉说他们对已逝亲友的记忆,诉说他们多么渴望挚爱继续活着而不是在没有任何征兆或预警的情况下悲惨离世;同时,他向受害者家属阐述这个项目的慷慨和同情心,并为每个人计算适当的补偿金。

在当前我国的突发事件救助体系中,社会保险阙如,商业保险萎缩,基于公共财政的国家救助就成了受害者生活保障的主要来源,再加上占社会捐赠绝大多数的非定向捐赠最后也由政府统一管理和支配,灾害救助中的政府主导因素进一步凸显。对于环境污染事故造成重大损害的情形,由政府承担一定的金钱补偿等义务已经成为常态,如2015年天津危化品爆炸事件的后续处理中,政府以发放临时资金补贴、免费修复房屋等方式为受灾人员提供补偿,而公众对非常规突发事件中政府采取特殊救助标准的正当性,在情感上也普遍显示出较高的认同。汶川地震中,公众非但没有指责政府的救助标准伤害了平等,反而为救助标准的提高感到欣慰,同时公众提供的大量捐赠又在客观上推高了救助标准。

三、为社会公众筑起一道防灾抗灾的制度屏障

纵观历史，每次重大灾害危机过后，受灾国家或地区都会出现新一轮灾害管理机制的变革，而且都比先前的任何时候都好，这是一个客观规律。

日本是一个危机频发的国家，同时也是世界上公共安全管理体制较为完善的国家。2011年3月11日发生的东日本大地震，由地震、海啸和核泄漏构成的三重打击，使日本遭遇战后最大的灾难。针对大地震中暴露出的问题，日本政府将完善防灾法律制度作为"突破口"，驱动立法和修法两个轮子，在灾后五年间，先后颁布了《海啸对策推进法》《大规模灾害复兴法》等6部法律，三次修订作为日本防灾体系根本大法的《灾害基本对策法》，以确保灾害管理机制的运行有章可循、有法可依。大地震后日本防灾法案出台和修订的数量之多、频率之高、力度之大，均前所未有。此外，政府在防灾资金的投入上舍得花本钱，据统计，灾后五年间日本的防灾预算是前五年的2倍，防灾预算主要用于科学技术研究、灾害预防、国土保全和灾后重建等四个领域。

我国自2003年抗击非典开始，历经了2008年汶川大地震抗震救灾，逐步建立起较为完备的应急法治体系。十余年来，《中华人民共和国传染病防治法》《中华人民共和国突发事件应对法》《中华人民共和国突发公共卫生事件应急条例》等法律法规相继出台实施，为突发事件应对提供了法律依循，也为此次新冠疫情防控提供了基础性的法治保障。在疫情防控的关键阶段，十三届全国人大常委会第十六次会议表决通过了《关于全面禁止非法野生动物交易、革除滥食野生动物陋习、切实保障人民群众生命健康安全的决定》，弥补了《中华人民共和国野生动物保护法》的不足。针对防控初期出现的诸如封闭小区、交通管制等一系列法律依据不充分或超越现有法律规范的应急管控事项，地方各级人大常委会通过重大事项决定权和紧急授权出台和修改有关决定，弥补制度漏洞，为短期内抑制疫情蔓延、及时排查感染人群的快速反应奠定了坚实基础。

在哲学视野中，人的生命因其不可替代性而是无价的，国家往往不惜动用大量的社会资源挽救那些处于生命困境中的人们。习近平总书记在2020年6月2日主持召开的专家学者座谈会上强调，人民安全是国家安全的基石，只有构建起强大的公共卫生体系，才能切实为维护人民健康提供有力保障。这次新冠疫情患者救治工作，我们坚持人民至上、生命至上，前所未有地调集全国资源

开展大规模救治，不遗漏一个感染者，不放弃每一位病患，确保患者不因费用问题影响就医，并将有针对性地推进传染病防治法、突发公共卫生事件应对法等法律的制定和修订工作，进一步从法律上完善重大新发突发传染病防控措施。

人的生命只有一次，关爱生命、敬畏自然，用不断健全的法制预防下一次人为灾祸的发生，用良善的制度最大限度地减轻自然灾害对民众的伤害，以分享和合作的理念构建人类卫生健康共同体，这才是对人的生命健康最大的尊重和最好的关怀。

参考文献

[1] 范伯格.补偿的正义：美国如何应对灾难.孙伟，许捷，郭超，等译.北京：法律出版社，2013.

[2] 斯特恩.正义永不决堤：水牛湾惨案.许身健，译.北京：法律出版社，2015.

[3] 维特.事故共和国：残疾的工人、贫穷的寡妇与美国法的重构.田雷，译.上海：上海三联书店，2008.

[4] FEINBERG K R.What is life worth？: the unprecedented effort to compensate the victims of 9 /11.New York : Public Affairs，2005.

[5] 竹中平藏，船桥洋一.日本"3・11"大地震的启示：复合型灾害与危机管理.林光江，等译.北京：新华出版社，2012.

[6] 林鸿潮.我国非常规突发事件国家救助标准制度之完善：以美国"9・11事件"的救助经验为借鉴.法商研究，2015，32（2）：24–34.

[7] 胡晓进.没有律师，正义也会决堤.新京报，2015-04-04.

[8] 周洋.另一种正义.法制日报，2014-04-16（11）.

[9] 汪建荣，沈洁，何昌岭.用法律保护公众健康：美国公共卫生法律解读.北京：中国科学技术出版社，2008.

[10] 陈珊.我国自然灾害事件下社会救助法制体系研究：基于汶川地震的实证分析.北京：中国政法大学出版社，2013.